O TRIÂNGULO SECRETO

Série O Triângulo Secreto:

As lágrimas do papa

Os cinco templários de Jesus

Didier Convard

O TRIÂNGULO SECRETO

VOLUME II

Os cinco templários de Jesus

Tradução

Maria Alice Araripe de Sampaio Doria

BERTRAND BRASIL

Rio de Janeiro | 2013

Título original: *Le Triangle secret – Tome II: les cinq templiers de Jésus*

Capa: Raul Fernandes

Editoração: FA Studio

Texto revisado segundo o novo
Acordo Ortográfico da Língua Portuguesa

2013
Impresso no Brasil
Printed in Brazil

Cip-Brasil. Catalogação na publicação
Sindicato Nacional dos Editores de Livros. RJ

C783c Convard, Didier, 1950-
Os cinco templários de Jesus / Didier Convard; tradução Maria Alice Araripe de Sampaio Doria. – Rio de Janeiro: Bertrand Brasil, 2013.
378 p. ; 23 cm. (O triângulo secreto; 2)

Tradução de: Les cinq templiers de Jésus
Sequência de: As lágrimas do papa
ISBN 978-85-286-1663-7

1. Ficção francesa. I. Doria, Maria Alice Araripe de Sampaio, 1948-. II. Título. III. Série.

CDD: 843
13-01284 CDU: 821.133.1-3

EDITORA BERTRAND BRASIL LTDA.
Rua Argentina, 171 – 2º andar – São Cristóvão
20921-380 – Rio de Janeiro – RJ
Tel.: (0xx21) 2585-2070 – Fax: (0xx21) 2585-2087

Atendimento e venda direta ao leitor:
mdireto@record.com.br ou (0xx21) 2585-2002

A vida é o conjunto das funções
que resistem à morte.

Xavier Bichat

Sumário

PRIMEIRA PARTE

VIAGEM A JERUSALÉM

SEGUNDA PARTE

A LISTA VERMELHA

TERCEIRA PARTE

O TÚMULO DO ORIENTE

QUARTA PARTE
PELA VIDA ETERNA...

PRIMEIRA PARTE

VIAGEM A JERUSALÉM

1.

A primeira cruz

Dezembro de 1107.

A neve havia chegado com a noite, pesada, espessa, cobrindo rapidamente as ruas e os telhados. Das chaminés, elevavam-se finas volutas de fumaça agitadas pelo vento. No segundo andar de uma casa alta, uma luz filtrava através dos entalhes de uma veneziana de madeira.

Num pequeno cômodo da água-furtada, um homem de uns quarenta anos escrevia num pergaminho lenta e calmamente, esforçando-se para formar bem as letras. Um braseiro esquentava o cômodo cheio de rolos e manuscritos; uma lamparina a óleo em cima de uma arca espalhava uma luz alaranjada que dançava com leve corrente de ar.

O escritor usava roupão grosso e mitenes. A parte frontal da cabeça era calva; os cabelos que restavam, longos, louros e brancos, caíam pelo pescoço. Os pés estavam apoiados num banquinho cuidadosamente trabalhado.

Adornando o anular da mão direita, havia um anel gravado com uma pedra vermelha, que fragmentos de luz faziam brilhar de quando em quando de maneira fugidia.

Concentrado, sereno, ele não parava de escrever no papel velino grosso. Redigia as suas memórias. A história extraordinária de cinco cavaleiros que haviam partido três anos antes, em busca do mais improvável dos mistérios... Cinco irmãos unidos por um indescritível Segredo.

Ele se chamava Arcis de Brienne, companheiro de Hugues de Champagne, de Hugues de Payns, de Geoffroy de Saint-Omer e de Basile le Harnais.

E ele se lembrou da terra ocre e escaldante de Jerusalém, do céu estrelado, dos odores apimentados... Do povoado dos leprosos, do Túmulo.

O Túmulo!

A mão tremeu um pouco com essa lembrança. Um pouco. Pois havia aprendido a controlar as emoções, obrigando a mente e o coração a não se deixarem invadir por pensamentos que, na época, o teriam abalado.

Agora, ele sabia. Descobrira a verdade, a mentira da Igreja. A impostura...

Por isso, escrevia, debruçado sobre a mesa, com os olhos cansados que se franziam a cada palavra nova e o rosto, que se tornara gordo, petrificado como uma máscara de cera.

Ele já fora magro e anguloso. O tempo havia coberto os seus ossos de gordura, o que lhe dava o aspecto de um senador romano.

Por trás das venezianas, a neve abafava qualquer ruído, por menor que fosse. Até o vento estava mudo. Esse pesado silêncio convinha a Arcis de Brienne, que se abandonava às recordações. Elas se impunham por si mesmas, precisas como nos primeiros dias.

Os seus pensamentos não podiam se dirigir a Deus, mesmo que quisesse rezar naquele momento. A sua alma estava vazia, casca seca que perdera a sua seiva na expedição à Terra Santa. Uma alma morta... Os restos de uma fé antiga e fervorosa.

Por isso, ele escrevia, por medo de que, um dia, a memória fraca esquecesse os despojos de um homem jovem, com furos nos punhos e nos pés e o flanco ferido... Escrevia para si mesmo. Isso o tranquilizava um pouco. Ele escrevia... Esforçado e metódico, lembrando as quatro letras que os romanos haviam traçado numa cartela em cima da cruz daquele que se fez passar por Cristo:

I.N.R.I.

Iesus Nazarenus Rex Iudaeorum... "Jesus de Nazaré, rei dos judeus."

Mas Arcis de Brienne, assim como os seus quatro companheiros, agora sabia que esse acrônimo escondia uma mensagem oculta cuja revelação poria abaixo os fundamentos da Santa Igreja.

Dissimulada sob esse vocábulo estava a Chave do Conhecimento. A Equação da imortalidade.

*
* *

O vulto avançava na cumeeira do telhado da casa de Arcis de Brienne, uma forma tornada indefinida pela neve e pelo vento e transformada por uma larga capa em imensa ave de rapina. Era, de fato, com o que se parecia essa presença ágil, desafiando o equilíbrio e enfrentando as telhas cobertas de gelo. Um capuz dissimulava o seu rosto. Um machado estava preso à sua cintura.

Era um fantasma na sombra, voando de uma parte à outra do telhado, segurando-se numa chaminé, deslizando ao longo de uma das calhas da fachada que dava para o pátio interno da casa, pulando na sacada de uma grande janela fechada por uma veneziana de madeira.

Nesse momento, parou por um instante, recuperou rapidamente o fôlego e tirou um punhal da bainha pendurada do lado esquerdo da cintura. E, então, começou a arrombar a fechadura da veneziana. Em menos de um minuto, conseguiu forçar a lingueta, que cedeu sem ruído.

Entrando na casa, seguiu por um corredor escuro percorrido por uma corrente de ar gelada, escalou uma escada, como um gato, e se dirigiu para a porta do escritório de Arcis de Brienne, sob a qual passava uma réstia de luz; tirou o machado da cintura, segurou-o firmemente com a mão direita e, devagar, bem devagar, empurrou a porta com a mão esquerda.

Ele observou o escritor sentado de costas, debruçado sobre a escrivaninha, a cabeça calva brilhando à luz da lamparina a óleo. Por um instante, ele permaneceu imóvel, abarcando a cena no seu conjunto e verificando cada detalhe...

Arcis de Brienne, sem dúvida, ouviu estalar uma tábua do assoalho e se virou, pensando que era a mulher que vinha ao seu encontro; abriu bem os olhos para vê-la, pois tinha de se habituar à penumbra do cômodo.

– Hélène?

No entanto, aquele vulto grande não era Hélène. Na verdade, ele não viu que o visitante que avançava com dois passos em sua direção estava segurando um machado. Compreendeu tarde demais. Num instante suspenso a arma se erguia acima dele e era agarrado pela garganta com um aperto implacável. Numa fração de eternidade... A lâmina iluminada rasgou o espaço. Arcis de Brienne sufocou, olhou o gume do machado, ouviu o próprio grito de animal desesperado.

O berro preencheu a casa e chegou até Hélène de Brienne, que estava dormindo. A mulher se ergueu na cama, tentando voltar à realidade, ainda embaçada por um sonho interrompido.

– Arcis!

O grito do marido cessou bruscamente. Hélène procurou o lampião e o acendedor em cima da arca ao lado da cama, em seguida, iluminou o quarto e se dirigiu para a porta.

Outro grito, mais fraco. Parecido com um estertor, com um gemido de moribundo.

Hélène sentiu medo. Deu alguns passos no corredor, segurando o lampião à sua frente, que mal iluminava. Os pés descalços no lajeado fizeram-na tremer. Precisava chegar ao andar de cima, ao escritório de Arcis. Subir os degraus de madeira com farpas aguçadas.

– Arcis...

Frio. Uma violenta corrente de ar. "Uma janela foi aberta!" Subir... Galgar a escada com uma bola de angústia alojada no peito, um nó no estômago, as pernas pesadas. O patamar. A porta do escritório de Arcis estava escancarada. Hélène se aproximou, evitando acelerar o passo. Uma luz bruxuleante desenhava um retângulo pálido no piso do corredor.

Ela entrou no escritório, esticando o pescoço para a frente, atenta, inquieta.

– Arcis, meu querido!

O marido havia sido lançado para fora da cadeira e jazia no chão num mar de sangue, entre manuscritos e rolos dispersos, pisoteados, rasgados.

Ela avançou, sem se preocupar com os documentos espalhados, pisando neles, totalmente focada no corpo estendido de Arcis. No sangue que se espalhava como uma corola em volta dele.

Ele estava com os olhos abertos, mas não a via. Nunca mais a veria. Estava morto, com uma expressão de terror que lhe deformava o rosto. Com o próprio sangue, haviam sido traçados na sua testa um número e uma cruz:

1 +

Em seguida, Hélène descobriu que o punho direito de Arcis havia sido cortado. A mão que usava o largo anel com a pedra vermelha havia desaparecido.

Invadida pela repugnância, a mulher não pôde conter a bile amarga e vomitou, sacudida por espasmos. Sufocada e aterrorizada, pensou que o assassino ainda podia estar na casa e temeu pela própria vida. Em pânico, esquadrinhou a sombra do cômodo e não detectou nenhuma presença. Um pouco mais calma, saiu do escritório com o lampião que abria um caminho circular reduzido à sua frente. Toda a casa se tornara uma ameaça.

Precisava descer para o primeiro andar, seguir pelo corredor e pela segunda escada que levava para fora. Será que o assassino a estaria esperando em algum canto daquela casa enorme? Quem era o assassino? Por que havia atacado o marido e lhe arrancado a mão direita?

Em lágrimas, Hélène desceu a escada. Sentia dificuldade para respirar, trevas de areia na sua garganta. Cada degrau representava um esforço, uma dor inaudita...

A noite furava as paredes de cal e se movimentava em fiapos macabros que acompanhavam a descida da mulher. Chegando ao primeiro andar, apesar da angústia que lhe esmagava o coração, ela se aventurou pelo corredor.

Avançou com cautela, o mais silenciosamente possível. Dizia a si mesma que, quando chegasse ao canto do corredor, começaria a gritar para pedir socorro aos vizinhos. Faltava apenas descer um lanço de degraus para sair para a rua. Porém, de repente, uma porta se abriu violentamente e lhe bateu no ombro, projetando-a para trás e fazendo com que perdesse o equilíbrio...

Com a ampla capa abocanhando alguns rápidos clarões da lamparina, um vulto negro saltou na frente de Hélène: uma forma espectral brandindo um machado ensanguentado na mão direita e o coto de Arcis na esquerda.

Um brilho fugidio se iluminou no largo anel do membro amputado.

Hélène evitou o golpe do machado. A lâmina feriu a parede bem em cima da sua cabeça, fazendo uma larga fissura no gesso. O assassino preparou-se para atacar uma segunda vez, mas a mulher, bem mais jovem que o marido, esgueirou-se rapidamente pelo tubo do corredor, lançou-se na escada e desceu os degraus pedindo ajuda. O assassino foi atrás dela, atingindo tudo em volta, destruindo o corrimão, quebrando os tijolos da parede, arquejando como um carniceiro.

Hélène não parava de gritar. Ela conseguiu chegar aos últimos degraus da escada de madeira. A mancha de luz da lamparina dançava uma giga enlouquecida. O outro, o assassino, continuava a cortar o ar com o machado logo atrás dela.

O saguão. O homem estava quase em cima de Hélène. Mais três ou quatro passos e a atingiria. Ela se virou ligeiramente e compreendeu que a sua hora chegaria se não reagisse.

O matador e a sua sombra eram uma coisa só. A noite pareceu se materializar ao criar vida na sua capa, no capuz, em toda a sua silhueta. A lâmina do machado brilhou na luz produzida pelo lampião a óleo.

O lampião... Hélène o jogou repentinamente em cima do agressor, atingindo-o na parte debaixo da capa, cujo tecido se colou à perna direita. Enquanto ele se debatia contra as chamas, a mulher conseguiu sair da casa, chegando à rua coberta de neve. Os flocos crepitavam na noite.

A jovem tratou de se distanciar da sua casa. Persianas se abriram ao derredor. A cabeça de um homem gordo, cheio de sono, com os cabelos desgrenhados, apareceu na janela.

– Hélène, é você quem está fazendo toda essa algazarra? – surpreendeu-se ele.

Mais cabeças se inclinaram para a rua onde a fugitiva, descalça na neve, girava sem sair do lugar, boneca apavorada que procurava uma salvação com os olhos.

– Arcis foi massacrado no escritório! – proferiu ela.

O assassino saiu da casa. Ele havia rasgado a opalanda em chamas e ainda a segurava nas mãos, parecendo rodá-la à sua volta como uma asa de fogo. Hélène recuou por reflexo. Discernia vagamente o olhar do demônio sob o capuz. Olhos de gato que pareciam sorrir.

O homem exibiu a mão de Arcis de Brienne como um troféu e, finalmente, livrou-se da capa largando-a na neve, onde, como uma poça de sangue negro, ela acabou de se consumir. Em seguida, fugiu, deixando Hélène transida de frio e de dor, soluçante e perdida. O seu velho amor estava morto. O seu Arcis... O seu esposo tão bom, a quem ela amava mais do que a um pai.

2.

O rei de Jerusalém

Jerusalém, três anos antes.

Um calor úmido colava as roupas no corpo. O jovem Balduíno, rei de Jerusalém, irmão de Godofredo de Bulhão, morto no ano 1100, consultava as plantas junto com os cavaleiros Bertrand e André. Grandes folhas haviam sido desenroladas numa mesa e o suserano, malbarbeado, com o suor escorrendo pelo pescoço, deslizou um dedo preguiçoso nas linhas traçadas por um dos seus melhores arquitetos.

A sala era ampla e, num dos lados, grandes ogivas davam para uma galeria externa sombreada que conservava um pouco do frescor da noite.

Bandeirolas, auriflamas, bandeiras e pendões haviam sido erguidos aqui e acolá, orgulhosos sinais da presença dos cavaleiros cruzados que haviam tomado posse dos limites do Templo de Salomão, bem como de suas dependências, onde estabeleceram um reduto solidamente fortificado para fazer escavações ao pé da sede e em toda a volta da mesquita al-Aqsa.

Fazia pouco tempo que as ruínas, datadas da época israelita pelos engenheiros, haviam sido restauradas. Todos os dias, centenas de escavadores se matavam de trabalhar cavando uma terra vermelha e dura sob as ordens de contramestres vigilantes, atentos para que os enxadões e as pás não quebrassem uma jarra antiga nem estragassem uma estatueta de ouro...

Os homens cantavam para ter coragem, com a pele nua das costas cozinhando sob o sol, as mãos que se tornavam calosas de tanto manejar ferramentas pesadas, a garganta cheia de uma poeira grossa que a água, apesar de bebida em grande quantidade, não conseguia extinguir. Mesmo assim eles cantavam, misturando os seus dialetos como os operários de Babel.

O jovem Balduíno dobrou as plantas e largou-as num canto da mesa, depois pegou novamente uma missiva que já havia lido várias vezes nos últimos dias.

– Precisamos realmente do apoio dos champanheses? – perguntou, percorrendo de novo a mensagem com os olhos. – O conde Hugues é rico demais para se interessar por soldados do Cristo como nós!

– No entanto, teremos de ser simpáticos com ele, Sire Balduíno – disse Bertrand, sorrindo.

Um quarto homem se mantinha retraído perto de uma grossa tapeçaria e parecia não querer participar da conversa. Tratava-se do bispo Bucelin, núncio do papa Pascoal. Com o olhar ausente, ele se dedicava a descascar uma laranja com um cuidado quase feminino e uma expressão de desdém nos lábios finos.

– Uma delegação o aguarda em Ascalão há mais de uma semana – esclareceu André.

O rei suspirou e deu de ombros, ironizando:

– Temo que Hugues e os seus companheiros só venham a Jerusalém para satisfazer a vontade das pessoas que pensam agradar a Deus.

– Ele virá acompanhado do cavaleiro Hugues de Payns, de quem já ouvi falar algumas vezes – afirmou Bertrand.

Balduíno completou:

– Eu também! E se faz um grande mistério desse singular personagem de quem, ao que parece, Hugues nunca se separa.

– A ponto de se dizer que são irmãos – acrescentou Bertrand. – Enfim, Payns seria um bastardo do conde Thibaud, que só teria reconhecido Hugues, o conde atual, como herdeiro! É um boato persistente em Champagne, onde é público e notório que Thibaud teria cometido algumas infidelidades a Adèle de Valois!

Balduíno ia se levantar. Apoiou-se na mesa e ficou assim por um momento, curvado, olhando distraidamente a missiva marcada com o selo do poderoso Hugues de Champagne.

– Que seja – disse ele. – Faremos um acordo com essas pessoas. Afinal, o conde de Champagne é marido de Constance, filha do rei Filipe... Talvez ele nos seja útil!

André pegou uma pequena garrafa e se serviu de uma grande taça de água, levando-a aos lábios. Depois de bebê-la de um só gole e enxugar a boca com as costas da manga, ele disse, rindo:

– Para ser sincero, se conseguirmos defender a nossa causa, podemos pedir alguns benefícios a ele!

– Certo – sublinhou Bertrand, passando a mão na cabeleira ruiva e desgrenhada, em busca de piolhos. – A nossa guarnição sofre incessantes ataques dos bandos sarracenos; homens, armas e víveres seriam bem-vindos.

– Naturalmente – frisou o jovem rei. – Somos o exército de Deus... Um exército como esse não deve ser miserável!

No entanto, ele via as olheiras azuladas no rosto dos companheiros, as faces magras, a pele rachada, prematuramente envelhecida... Via indigentes que se achavam mestres, guerreiros recém-libertos da adolescência. "Estão todos assim", pensou ele. "Todos os meus cavaleiros, os meus capitães, os meus valentes. Todos os meus cruzados! Um bando de aventureiros dizimados pela febre."

– Sire...

Balduíno se virou para o bispo:

– Sim, Monsenhor?

O núncio murmurou algumas palavras no ouvido do jovem rei de Jerusalém, de modo a não ser ouvido por André e Bertrand.

Sorrindo, Balduíno se desculpou com os amigos:

– O bispo, cuja descrição nós todos apreciamos, deseja conversar comigo em particular. Continuem a consultar os últimos levantamentos dos nossos arquitetos enquanto me esperam.

O núncio e o soberano saíram da sala e seguiram pela galeria externa. Esse peristilo corria ao longo do prédio; Balduíno imediatamente apreciou o seu frescor. Seguindo logo atrás do prelado, o rei se distraía ao vê-lo pôr um pé na frente do outro, com uma atenção ridícula, como um funâmbulo andando na corda bamba acima de um abismo imaginário.

Um odor apimentado de suor acompanhava o bispo.

– Nunca vai perder o seu ar de conspirador, Bucelin? Imagino o assunto sobre o qual quer me falar mais uma vez.

– A nossa missão, Sire...

O canto dos escavadores chegava até eles. Uma voz forte dava o tom e ritmava a cadência. Os assobios dos contramestres terminavam de pontuar esse balanço envolvente.

– A nossa verdadeira missão! – retomou o núncio. – O empreendimento secreto dissimulado pela cruzada...

– Faço de tudo para cumpri-la e pode relatar isso ao papa. Retomei com zelo a investigação do meu saudoso irmão Godofredo.

A galeria dava para o pátio das estrebarias. Uma escada surgiu diante dos dois homens e eles subiram, fazendo uma parada no alto. Dali, eles viam um pouco do canteiro de obras. Uma grua presa a um edifício lançava os seus braços verticais de madeira num céu quase branco. O canto dos operários se fazia mais presente e naquele momento se podia perceber as respirações roucas que tornavam esse canto doloroso.

– Não tenho nenhuma crítica a vos fazer, Sire. Nada transpirou da nossa operação. Liberar o Santo Sepulcro continua a ser o engodo ideal enquanto procuramos o túmulo do Impostor.

– Posso imaginar a sua pressa em encontrá-lo, mas os nossos operários escavam sem parar e...

Eles desceram uma escada que levava a um pátio onde os palafreneiros e jovens cavalariços cuidavam dos cavalos. O odor de excrementos e de urina chegou ao coração de Balduíno. Por um instante, o rei se alimentou desse cheiro, lembrando-se dos odores da fazenda por onde gostava de perambular quando era criança.

A sua infância... Ela apenas lhe aparecia episodicamente, se estiolando em recordações esfarrapadas, coberta de sangue, de gritos e de choro. Coberta pela guerra.

– O que íeis me dizer, Sire?

– Ah, sim... – continuou o rei. – Às vezes, eu me pergunto se o segredo que herdei não é um mito! Os seus clérigos poderiam ter se enganado, ter cometido um erro de tradução.

Bucelin se exaltou:

– Não, Balduíno, não! A Igreja, obrigatoriamente, precisa descobrir o Túmulo e desaparecer com os restos mortais que ali estão. Quereis que os fundamentos da cristandade sejam reduzidos a pó? Em algum lugar, em Jerusalém, repousa um cadáver com as marcas da crucificação: os restos de Tomé, que sofreu o suplício no lugar do irmão Jesus!

O jovem rei levou a mão à testa.

– Como eu gostaria de nunca ter sido iniciado nesse conhecimento! – lamentou-se.

– Eu queria vos dizer... Sem dúvida são os champanheses que aguardamos que nos levarão ao túmulo maldito.

– Por Deus! E como?

O núncio apoiou a mão com firmeza no ombro do soberano e lhe impôs o seu ritmo, conduzindo-o suavemente. Eles atravessaram o pátio das estrebarias e se dirigiram para o canteiro de obras.

– Explicarei – disse Bucelin. – Eu pedi para ser informado de todos os fatos e movimentos deles assim que chegarem à cidade.

– Ah, então é isso! Seriam espiões, não é? Na verdade, o que teme a nossa Santa Madre Igreja pelo fato de um desconhecido descobrir o túmulo de Tomé? Não me disse tudo, Monsenhor?

– Realmente, deveríeis saber...

Eles atravessaram um jardim esburacado. Homens transportavam cestos cheios de entulhos; carregavam a carga presa na ponta de cordas passadas pelos ombros, protegidos por pedaços de couro. Uma galeria havia sido escavada na base de uma muralha. Haviam escorado a abertura com uma complexa montagem de vigas e traves que poderia parecer rudimentar e grosseira à primeira vista. No entanto, prestando um pouco de atenção, notava-se que os arquitetos haviam realizado uma proeza com uma grande economia de recursos e conhecimentos empíricos.

Um engenheiro e um padre consultavam as anotações.

Bucelin continuou:

– Tomé teria compartilhado o túmulo com... com o irmão Jesus, que teria se escondido dos romanos durante três dias nas trevas do sepulcro!

– Cristo teria ficado com o morto? – reagiu prontamente Balduíno. – Isso não muda nada do nosso caso! A não ser que...

– A não ser que Cristo tenha deixado um vestígio da sua existência – falou pausadamente o núncio. – Uma coisa que, se fosse descoberta, revelaria uma verdade que poria a Igreja em perigo.

– Compreendo: uma prova suplementar que teremos de eliminar dos olhares dos profanos!

– Realmente – proferiu o prelado. – Temos de suprimir tudo! Tudo! E queimar os restos mortais de Tomé. Para o mundo cristão, Jesus morreu e ressuscitou. Ele passou da sombra para a luz porque era filho de Deus, nascido de uma Imaculada Conceição. Nada deve ser escrito de maneira diferente!

Balduíno parou. Estava sem fôlego. "Esse calor! Essa maldita fornalha!"

– E os champanheses? – perguntou com voz seca. – Qual o papel deles?

Bucelin olhou por cima do ombro. À direita, depois à esquerda. Estavam longe do engenheiro e do padre que faziam o levantamento das cotas. Portanto, poderia contar o segredo que o atormentava e torturava:

– Eles se dizem herdeiros de uma antiga tradição, legatários do Cristo! Os meus clérigos afirmam que eles estão de posse de informações que os levariam diretamente ao túmulo maldito. O falecido papa Urbano II, originário de Champagne, havia obtido alguns segredos deles e, ao lançar a sua cruzada, acreditava que acharia o local onde Tomé estava sepultado sem dificuldade, eliminando, assim, os indícios que desestabilizariam a cristandade. Achamos que era aqui.

– Os meus engenheiros só encontraram algumas galerias destruídas – destacou Balduíno. – Vestígios do antigo Templo de Salomão.

Bucelin balançou a cabeça de passarinho e piscou os olhos. Havia sido atingido por um raio de sol refletido numa enxada.

– O conde Hugues de Champagne e o cavaleiro Payns trabalharão para nós! – disse ele, enfaticamente. – Eles estão vindo à Terra Santa para nos impedir de pôr a mão no que Cristo deixou no túmulo de Tomé.

– Do que se trata, Monsenhor? – impacientou-se Balduíno.

O bispo destacou cada sílaba da sua resposta:

– Está relacionado ao sudário do Impostor!

– Ao sudário? – perguntou o jovem rei. – Um pedaço de tecido ordinário no qual Tomé apodreceu!

– Não é só isso, Sire – articulou Bucelin. – Há algo bem pior! Esse sudário contém um mistério inominável.

3.

Os cinco cavaleiros

Noite.

Uma nau enorme de ventre pesado e borda lisa, exibindo os seus estandartes marcados por uma cruz, com suas seis velas quadradas infladas pelo melhor dos ventos, singrava em boa velocidade o mar agitado, fendendo as ondas e cortando-as de frente. Nos seus ovéns, balançavam algumas lanternas com halos amarelos, vaga-lumes frágeis dançando entre o céu e o mar como estrelas baixas.

Geoffroy de Saint-Omer deixou o convés onde havia vomitado. Descendo com dificuldade os poucos degraus que levavam à coxia de paredes muito inclinadas, ele enxugava a boca com uma ponta da capa.

Estava furioso, com a tez verde e olhos revirados. "Onda, balanço, oscilação... Como se pode suportar um tratamento desses sem vomitar as tripas?"

O homem havia passado dos trinta há pouco tempo, mas uma sólida barriga enchia a sua camisa. De estatura média, parecia um urso. Ombros sólidos, mãos fortes, um pescoço grosso. Tinha olhos pequenos e rasgados, nariz acentuado que uma antiga rixa havia quebrado, cabelos castanhos jogados para trás.

O chão parecia lhe fugir a cada passo. Praguejava o tempo todo, procurando recuperar o equilíbrio, batendo os braços em gestos grotescos.

– Você é ridículo, Geoffroy! – disse uma voz.

Uma porta havia sido aberta, e Basile le Harnais, segurando uma lanterna na mão direita, não conseguiu deixar de rir diante do espetáculo oferecido pelo amigo.

– Ridículo? – respondeu Geoffroy. – Então é assim que eu vou morrer! Tive de esvaziar o estômago por cima da amurada. Se eu continuar com esse regime, em breve serei só pele e osso.

– Meu pobre amigo; você não parou de vomitar a sua bile no mar desde que subimos neste navio.

Basile se aproximou e pegou o braço do doente, acrescentando:

– Só estamos esperando por você! O conde está impaciente.

– Com os diabos, o que vocês fazem para não ter enjoos?

– Sem dúvida, escolhemos uma comida leve que não pesa no estômago. Eu o aconselhei mil vezes a só tomar sopa, um bom caldo de legumes. Está vendo o que acontece ao se empanturrar de toucinho e de peixes encharcados de salmoura? Sem contar as canecas de hidromel que toma de manhã à noite!

– Sábio Basile e os seus sensatos conselhos!

Basile le Harnais tinha dificuldade em sustentar Geoffroy, embora fosse forte e seco como um pau velho. De cabelos ralos, barba grisalha, rosto comprido como uma lâmina, tinha marcas de uma febre malsã na pele enrugada, apesar dos trinta e nove anos.

Depois de muito esforço, os dois cavaleiros conseguiram, enfim, entrar na sala dos oficiais, onde eram aguardados por Hugues de Champagne, Payns e Arcis de Brienne.

Arcis estava ocupado em estender cuidadosamente um pano branco em cima de uma arca de madeira, ornamentando-a com três pequenos candelabros, cada um deles com uma vela acesa, feita de sebo de boi.

Assim que Basile fechou a porta, o conde lhe perguntou:

– Você se certificou de que não havia ninguém na coxia?

– A maior parte dos peregrinos está dormindo e os marinheiros de vigia fazem manobras – tranquilizou-o Basile, enquanto Geoffroy se jogava num banco que estalou a ponto de se quebrar.

O conde tinha vinte e sete anos. Era alto, de constituição forte, rosto quadrado e jovial iluminado por um olhar claro e muito alegre. Antes de partir, havia raspado os cabelos; uma penugem loura crescia como uma escova na sua cabeça.

Virando-se para Payns, ele propôs:

– Vamos começar, irmão?

Payns não respondeu imediatamente. Dirigiu o olhar para Geoffroy e assentiu, com uma expressão reprovadora lhe repuxando os lábios finos.

– Se o nosso doente conseguir se manter de pé, poderemos proceder à cerimônia – reprovou ele.

Geoffroy soltou um gemido de gato e, querendo provar que coragem era o que não lhe faltava, ergueu-se do banco para tentar manter uma posição vertical e digna, a despeito dos movimentos contrariantes do navio.

Payns se aproximou, pôs a mão na testa dele e constatou:

– Você está fervendo.

– No entanto – disse Geoffroy –, sinto o frio correr nas veias. Olhe, estou tremendo!

– Feche os olhos por um instante – recomendou Payns, com uma voz subitamente doce e grave. – Feche os olhos como se fosse dormir!

Os três outros cavaleiros se calaram para observar a cena.

Payns era alto, magro e musculoso. Todo o seu corpo mostrava uma vida saudável, rigorosamente constituída de exercícios físicos, meditação e jejum. Os seus olhos eram tão azuis, tão pálidos, que, às vezes, pareciam os de um morto. No entanto, tinha um olhar intenso, profundo, no qual ardiam chamas brancas e fugidias.

Os cabelos espessos, cortados na altura da nuca, tinham reflexos dourados.

Geoffroy fechou os olhos. Payns apertou-lhe a testa com os dedos finos e disse:

– Era assim que a minha irmã mais velha fazia... Ela punha os dedos na minha testa quando eu sentia o estômago pesado. Depois, descia os dedos ao longo do meu rosto, do pescoço, do peito até o meu abdome.

Enquanto falava, Payns repetia os gestos da irmã tão amada e morta muito jovem. Clotilde...

A embarcação gemia em toda a borda; era o único barulho que enchia a sala dos oficiais. Payns apertou o estômago do amigo e massageou lentamente, descrevendo pequenos círculos. Em seguida, começou a murmurar algumas frases que ninguém entendeu, pois eram ditas em voz baixa. Eram frases escandidas numa melopeia gutural e os cavaleiros pensaram que pertenciam a uma língua que lhes era desconhecida.

– Abra os olhos – ordenou Payns a Geoffroy.

– Com os diabos, o que você fez? Estou nitidamente melhor... Pôs a minha barriga no lugar? Você é um verdadeiro feiticeiro, Payns. Não sinto mais o horrível gosto de bile na goela, nem a cólica que me repuxava a pança!

Payns forçou um sorriso. O seu rosto sério se crispou, mas de maneira tão intensa que parecia uma miragem.

– Podemos começar, Hugues – disse ele.

O conde tirou uma caixa de madeira ferrada nos cantos, com uma fechadura grosseira, e pôs o objeto no altar improvisado.

Os cavaleiros formaram um semicírculo na cabine transformada em larário, iluminada apenas pelas três velas e por uma lanterna colocada na parte inferior da porta.

– Vamos nos unir, irmãos – enunciou o conde Hugues com solenidade, pondo as mãos sobre a caixa. – *Já que está na hora e que temos a idade,* vamos abrir os nossos trabalhos...*

---

* Idade – Em geral, grau a que pertence o maçom. A idade da Ordem se conta a partir da data da iniciação do Aprendiz, e a idade simbólica é a do seu grau atual. (N. T.)

Os outros quatro cavaleiros levaram a mão direita ao peito, a palma sobre o coração, e inclinaram a cabeça enquanto Payns acrescentava:

– À glória do Primeiro. Pela luz da sua Palavra. Que I.N.R.I. nos ilumine!

Hugues se preparou para abrir a caixa, enfiando uma chave na fechadura.

Os cavaleiros deixaram a mão direita cair ao longo do corpo.

Com a tampa da caixa aberta, Hugues pronunciou as palavras:

– *Igne Natura Renovatur Integra.*

Imediatamente, Payns acrescentou:

– Pelo Triângulo,* pelo Hexagrama,** pelo Ômega,*** pela Cruz e pelo Tau...****

– Chegou a hora de prestar juramento e fazer aliança com a Tradição – disse Hugues. – Estão prontos, irmãos? Vocês se comprometem a dar a vida pela Obra?

Os cavaleiros responderam a uma só voz:

– Nós nos comprometemos!

A caixa continha cinco anéis num estojo de veludo, todos eles enfeitados com uma pedra vermelha. Meticulosamente, com gestos cheios de seriedade, o conde de Champagne pôs, um a um, os anéis em cima do lençol branco. As chamas das velas avivaram subitamente o brilho das pedras.

– Uma vez que assim é – disse Hugues –, vamos pôr os anéis nos dedos e pronunciar o juramento...

Ritualmente, em silêncio, ele distribuiu quatro dos anéis para os amigos e colocou o quinto no próprio anular.

---

* Desde a mais remota Antiguidade, o triângulo é considerado o símbolo da Trindade Divina por excelência e é considerado o signo dos altos Iniciados. (N. T.)

** Estrela de seis pontas, também chamada de Estrela de Salomão, simboliza a unidade do espírito e da matéria. (N. T.)

*** Nome da vigésima quarta e última letra do alfabeto grego. (N. T.)

**** O Tau é a cruz em forma de T, o antigo símbolo egípcio de iniciação. (N. T.)

Em seguida, todos os homens elevaram o braço direito esticado na direção dos três candelabros.

– Eu, Hugues de Champagne...

– Eu, Hugues de Payns...

– Eu, Basile le Harnais...

– Eu, Arcis de Brienne...

– Eu, Geoffroy de Saint-Omer...

Um intervalo. O conde olhou os amigos um por um com uma terna amizade e disse:

– Juro solenemente preservar o Segredo do Filho da Luz e impedir que qualquer pessoa se apodere dele para deturpá-lo em benefício de intenções funestas... Juro combater os adversários da Tradição. E, se assim deve ser, renascer da morte para expulsar eternamente os meus inimigos por todos os séculos. Eu juro!

Quatro vozes em conjunto repetiram:

– Eu juro!

O eco do juramento mal havia se dissipado quando Payns se virou rapidamente.

– Vocês não ouviram? Há alguém atrás da porta!

Ele atravessou a cabine desembainhando a espada e abriu a porta na sombra da coxia, na qual mergulhou como um animal selvagem.

Atrás dele, Arcis, que havia pegado a lanterna para iluminá-lo, surpreendeu-se:

– Tem certeza? Talvez fosse apenas um rato, um dos tantos que fervilham nos porões!

Mas Payns teve tempo de ver a ponta de uma capa desaparecendo na escada que conduzia ao convés. Uma forma vaga, parecida com uma asa negra.

– Um rato gordo, no caso! – escarneceu ele, subindo os degraus de quatro em quatro.

O convés. A noite se estendia, espessa. Somente uma luz saía do castelo de proa.

– Ora – disse Arcis, sem fôlego –, não há ninguém.

– Você o viu na escada, não viu? Uma capa preta...

– Não, não vi nada. Estávamos muito emocionados e, sem dúvida, a sua imaginação lhe pregou uma peça. Não temos dormido bem, estamos pouco acostumados a viver num navio que dança demais para o nosso gosto.

– No entanto – continuou Payns – estou convencido de haver escutado. As botas nos degraus de madeira...

De uma amurada à outra, nada se mexia. Contrariado, Payns embainhou a espada. Arcis o pegou pelo punho e o tranquilizou:

– Chegaremos rapidamente a Ascalão e logo estaremos em Jerusalém para cumprir prontamente a nossa missão.

– Você nos acompanhou sem entusiasmo, meu amigo.

– Ao contrário! Mas confesso que sinto saudades de Hélène, a minha jovem esposa. Quanto mais rápido terminarmos, mais rápido estarei nos braços dela.

Ele sabia muito bem que Hélène seria paciente. Ela lhe dera o seu amor e a sua adolescência. Ela o presenteara com os seus dezesseis anos, para recebê-lo no seu corpo e no seu coração, como um amante paternal.

– Venha, Payns, vamos descer.

Payns não pôde deixar de perscrutar o convés uma última vez, certo de que não fora vítima de uma miragem. Havia, realmente, alguém atrás da porta da cabine. Alguém que, certamente, escutara o juramento.

Payns seguiu Arcis, que iluminava a escada com a lanterna. "Uma presença nefasta..."

O cavaleiro não quis confessar ao companheiro que, muitas vezes, era capaz de perceber o que os seus semelhantes ignoravam. A sua mente conseguia vasculhar a malha invisível das almas que o cercavam. No impalpável tecido do presente, às vezes, isolava uma impressão externa, um sentimento longínquo...

E ali, naquela noite, ele sentiu o Mal tocá-lo.

*

* *

Nove dias depois, a maioria dos peregrinos se apertava no lado leste do convés da nau para ver Ascalão emergir de uma bruma de calor que a tornava quase irreal.

– Dizem que os francos de Godofredo de Bulhão massacraram mais de dez mil pessoas no primeiro ataque à cidade – declarou Arcis de Brienne, que se havia reunido a Geoffroy de Saint-Omer perto do castelo de proa, de onde o capitão do navio comandava a manobra de aproximação.

– É, ouvi falar sobre isso – disse Geoffroy, novamente invadido pela náusea, menos incômoda depois que Payns passara a tratá-lo, massageando-lhe o abdome e salmodiando as misteriosas fórmulas.

– Atualmente, a cidade é governada por um tal de Chams al-Khilafa, que só a tem sob controle devido à ajuda de Balduíno. Um equilíbrio precário que corre o risco de desabar de um dia para o outro.

O conde Hugues interveio:

– O rei de Jerusalém instalou uma guarnição de trezentos homens para apoiar Chams al-Khilafa, que se vendeu por setecentos dinares. A população nunca lhe perdoou essa traição. Aliás, ele escapou de inúmeras tentativas de assassinato e, agora, está recluso no seu palácio.

Arcis retomou a palavra.

– Esta cidade está prestes a se incendiar, não vamos nos demorar por aqui. Os egípcios ainda são muito numerosos e é entre eles que os fatímidas formam grupos armados prontos para cercar o refúgio do seu governante.

– A política! – suspirou Geoffroy. – Não entendo muito do assunto.

– Ascalão é um ponto estratégico importante, meu amigo – esclareceu Hugues.

– Ela representa, sobretudo, a terra firme! – exclamou Geoffroy, observando a bruma se dissipar no porto.

Payns e Basile também subiram para o convés. Mais abaixo, no porão, os escudeiros dos cinco cavaleiros terminavam de reunir as bagagens dos patrões: alforjes de tecido grosso, bornais de pele de carneiro, sacos de couro...

Payns abriu bem os braços e aspirou longamente o ar morno e salgado, enchendo generosamente os pulmões.

– Como isso cheira bem! – disse ele. – Como é diferente da nossa fria Champagne!

Imediatamente, Arcis atenuou o entusiasmo do amigo:

– Quanto a mim, acho que cheira mais a sangue! Dos árabes, dos judeus e dos francos.

– Sem dúvida, meu amigo – prosseguiu Payns –, mas é com sangue que se escreve a História. Estou falando da história verdadeira e que se deve tomar como religião. Temos de nos adequar a ela se fazemos questão de desmantelar a mentira da Igreja.

Em seguida, Payns abaixou os braços. Ele se virou para os peregrinos, impacientes para chegar ao porto, descer do navio e pisar na Terra Santa.

"O Mal... está entre eles! Escondido na multidão!"

4.

Fiat voluntas tua

À sombra de uma das tendas encostadas nas paredes de um entreposto, dois cavaleiros terminavam a toalete. Um deles, que tinha por volta de trinta anos, cabelos louros, faces fundas e malbarbeadas, orelhas ligeiramente de abano, inspirava simpatia imediata. Ele aspergia alegremente o próprio torso com a água retirada em grandes e generosas braçadas de uma tina. O segundo, mais velho, mais sombrio, de altura imponente, a pele queimada pelo sol, uma barbicha negra que agredia o queixo pontudo, vestia um colete feito de tecido grosso e coberto de couro. Apontando para a embarcação que estava sendo amarrada no cais, ele não dissimulou uma certa hostilidade para anunciar:

– Eis os seus amigos, Sylbert. Tivemos de esperá-los demais! Estou com pressa de chegar a Jerusalém.

O primeiro se sacudiu, olhou na direção da nau e frisou:

– Você não traz os champanheses no coração, Longmaur. Pode-se adivinhar só pelo tom da sua voz.

– Para ser sincero, não escondo que preferia que estivessem ao nosso lado com o seu exército na tomada da Cidade Santa. Sem dúvida, não teríamos perdido tantos bons companheiros.

Sylbert vestiu-se rapidamente, apressado para ir receber os convidados. Longmaur demonstrou toda a calma para amarrar o cinto, equipar-se com a bainha da espada e enfiar as calças justas.

Da prancha de desembarque do navio, desciam peregrinos, padres, monges e cavaleiros em pequenos grupos.

– Estou vendo o meu primo Sylbert – disse Payns, apontando o homem de pernas compridas que vinha correndo na direção deles, com cabelos desgrenhados e batendo os braços no ar para ser visto pelos recém-chegados.

– Eu o reconheci. Uma recepção bem insignificante! – observou secamente o conde.

– Balduíno deve ter ficado decepcionado por receber apenas cinco peregrinos acompanhados de um punhado de escudeiros – ressaltou Payns. – Sem dúvida, ele preferia que o conde de Champagne viajasse à frente de uma grande tropa!

– Para todos os efeitos, viemos aqui a título particular. E é melhor assim.

Cada um dos cinco cavaleiros estava acompanhado por um escudeiro. Mal puseram os pés no cais, Sylbert correu para o conde e estendeu os braços num gesto amigável.

– Senhor Hugues, estou muito contente por abraçá-lo.

– O mesmo acontece comigo, irmão. Um rosto amigo é um consolo para quem desembarca nesta terra desconhecida. Ainda mais porque não estou acostumado às viagens.

Em seguida, Sylbert, o amistoso Sylbert, literalmente se jogou sobre Payns para beijá-lo, lhe devorando as faces, a tal ponto estava entusiasmado.

– Meu primo! Meu bom primo! Que belo dia, não é? Faz três anos... Não, quatro... Sim, quatro anos que não nos vemos! E você não engordou nada. Continua a se alimentar de castanhas, água da chuva e pão duro?

Payns havia segurado Sylbert pelo pescoço e se deixou abraçar por esse homem bondoso, por mais exuberante que fosse.

Arcis, Geoffroy e Basile, ligeiramente atrás, se divertiam com o espetáculo e sorriram apesar das expressões alteradas, cansadas pela travessia. Quanto aos escudeiros, eles puseram a pesada bagagem no chão, para não se cansarem desnecessariamente, enquanto aguardavam que as intermináveis efusões terminassem.

Sylbert levou o grupo para as tendas dos cruzados que tinham vindo recepcioná-los. Alguns já começavam a preparar os cavalos. Longmaur não saiu do lugar e olhava, com desprezo, os champanheses se aproximarem.

Payns e o conde Hugues andavam ao lado de Sylbert. Em voz baixa, de modo a que os escudeiros não ouvissem, Payns interrogou o primo:

– As buscas de Balduíno estão progredindo?

Sylbert deu de ombros.

– Os engenheiros e os escavadores não cessam de esquadrinhar o Templo, convencidos do que se dedicam a procurar os tesouros de Salomão... Eles recolheram alguns bibelôs de ouro. Urnas e vasos. Para todos, o Túmulo do Cristo já foi liberado. Mas Bucelin, o núncio do papa, vive pressionando o rei para que seja descoberto o túmulo do Impostor.

– O papa Pascoal morre de vontade de passar à nossa frente – frisou Hugues.

– É evidente que Bucelin conhece a razão da vinda de vocês – apontou Sylbert.

– Devemos agir com muita discrição e desconfiar dos cruzados – recomendou Payns.

A contragosto, Longmaur decidiu sair e demonstrar um pouco de polidez para com os champanheses.

Imediatamente, Sylbert cochichou:

– Nem mais uma palavra, eis que o cavaleiro Longmaur se aproxima, um fiel de Balduíno. Um soldado corajoso, tão sutil quanto uma ostra! Eu estava ao lado dele na tomada da Cidade Santa; esse homem é um verdadeiro carniceiro... Ele cortou os adversários melhor do que um esquartejador teria feito. Ah, deviam vê-lo patinhar no sangue, estripando e cortando homens, mulheres e crianças! Infatigável e labutador! E satisfeito com a sua obra...

Ao chegar perto dos viajantes, Longmaur os cumprimentou:

– Sejam bem-vindos, senhores. Os cavalos estão prontos; partimos imediatamente. Não há razão para nos demorarmos neste ninho infestado de egípcios.

Basile suspirou e levou a mão à testa. Geoffroy ficou preocupado:

– Não se sente bem?

– Gostaria de descansar um pouco antes de montar a cavalo. Não sei o que está acontecendo comigo... Na verdade, eu me sinto esgotado.

– Dê-me o braço – disse Geoffroy, pegando-o automaticamente.

Os homens entraram no cercado dos cavalos. Arcis, que observava Payns havia alguns minutos, perguntou:

– Você não para de olhar por cima do ombro como se um fantasma o perseguisse!

– É isso mesmo! O homem daquela noite deve ter desembarcado conosco e...

– Ora, vamos, Payns! – repreendeu Arcis. – Você foi o único que o ouviu. E não tem nem certeza de tê-lo visto.

Os escudeiros amarraram as bagagens dos seus senhores nas albardas de três mulas dóceis.

Ao longe, enrolado na sombra do pórtico de uma casa deteriorada, um vulto encapuzado olhava os cinco cavaleiros subirem nas selas. O vulto pôs a mão direita no cabo de um machado preso no cinto e pronunciou:

– *Fiat voluntas tua!* [1]

Depois, a mão direita coberta por uma luva preta soltou o cabo do machado. O desconhecido se persignou lentamente, desenhando uma cruz imaginária, começando pela testa. Quatro pontos marcados com precisão, acentuados, nítidos.

– *Fiat voluntas tua!* – repetiu o vulto.

---

[1] Seja feita a tua vontade!

5.

O pesadelo de Sylbert

A tropa saiu de Ascalão tomando a direção de Beit Guvrin, onde estava prevista uma curta parada no caminho para Jerusalém.

Os cinco cavaleiros champanheses cavalgavam em grupo, Payns se destacando ligeiramente para falar com o primo Sylbert, sem deixar de lançar olhares furtivos a Basile le Harnais, que parecia sofrer um martírio na montaria, balançando a cabeça, enxugando a testa com a manga e tentando, apesar de tudo, fazer boa figura, forçando alguns sorrisos torturados.

– Primo, notei o seu anel – disse Sylbert – e vi iguais nas mãos dos nossos amigos. Em breve, os cinco serão dotados de um temível poder.

– Fale mais baixo, meu amigo – repreendeu imediatamente Payns.
– Sim, sim... Um poder que juramos preservar mesmo arriscando as nossas vidas. Muitas moscas já foram atraídas pelo brilho desses rubis e o rodeiam com avidez.

– Pudera! É um considerável atributo. Com essa força, o Primeiro, o nosso mestre, poderia ter tido o mundo na palma da mão! Preciso confessar uma coisa... Às vezes eu acordo à noite, sobressaltado, assustado com um terrível pesadelo que me dilacera as tripas a ponto de me fazer vomitar.

Sylbert ficou subitamente pálido.

Foi com voz trêmula que ele continuou:

– E isso ocorre depois que fui posto a par do segredo! No dia da minha iniciação. Um pesadelo que parece tão real que, todas as vezes, tenho de acender a vela e me certificar de que estou mesmo na minha enxerga, respirando, e que todos os meus membros têm o poder de funcionar, como lhes foi dado pela natureza.

Payns dissimulou a sua impaciência. Gostava demais do primo para reprovar-lhe os longos relatos e as redundâncias, muitas vezes cômicas.

Sylbert continuou, depois de puxar o ar profundamente:

– É um sonho muito estranho, na verdade. Eu estou sozinho... Sozinho num cemitério lamacento atingido por uma chuva gelada. Os túmulos afundam num lodo encharcado, todas as cruzes se quebram com o ataque da tempestade. Caminho com esforço no limo negro e esponjoso que prende os meus passos, me obrigando a fazer grandes esforços para chegar a uma cova aberta. Uma força invisível me obriga a caminhar até essa sepultura, sob os brados da tormenta que traz consigo gritos, lamentos e orações salmodiadas numa língua desconhecida. E, repito, Payns, estou sozinho. As vociferações, o pranto e os berros vêm dos mortos que são engolidos pela lama!

O rapaz fez uma pausa. Os lábios se pinçaram, uma lágrima escorreu pelo seu rosto. Payns fingiu não ter visto. Desviou rapidamente o olhar para examinar Basile le Harnais sofrendo no seu cavalo, que ele controlava com dificuldade.

Sylbert prosseguiu:

– Quando chego à beira do túmulo, eu me abaixo lentamente, assustado com a ideia do que vou ver ali. E eu vejo! Vejo o cadáver em decomposição do Impostor, que me olha com os seus olhos escuros. E me sorri! Em seguida, ele se ergue, os ossos saindo da carne que cai aos pedaços. Os pés e as mãos estão furados; larvas fervilham nas chagas. Eu quero gritar, pedir socorro, fugir... No entanto, continuo lá, imóvel. O morto se ergue à minha frente, apresenta os membros torturados e murmura: "Eu sou aquele que detém o Segredo do irmão!", e então põe a mão fria na minha testa para traçar o sinal da cruz.

– Você fica com a mente bem confusa quando dorme, primo! – disse Payns sorrindo, dando à sua voz um tom tranquilizador.

– Você ri! Nunca pensou que a nossa missão pudesse atrair uma maldição qualquer?

– Ao contrário. Queremos preservar os homens de um poder que eles usariam como uma arma assustadora. O nosso mestre, o Primeiro, preferiu encerrar esse conhecimento no barro e agiu com inteligência. Quem se servir da ciência dele por cobiça abrirá as portas do inferno.

– Sem dúvida... É, sem dúvida, realmente! – suspirou Sylbert.

Payns conduziu o seu cavalo para bem perto da montaria do primo e se inclinou para a frente para dizer baixinho:

– Não se torture assim. Faz mais de dez séculos que a nossa confraria está atenta.

– Claro; mesmo assim, desta vez, a ameaça é assustadora.

– Sim, o papa! – admitiu Payns, virando a cabeça por cima do ombro. – A ameaça virá dele... se já não estiver lá!

O champanhês examinou a estrada, franzindo as pálpebras por causa da poeira de areia levantada pela caravana.

O conde Hugues lhe diz:

– Você vai deslocar o pescoço de tanto bancar o perseguido! Ainda está procurando o fantasma do navio?

– Não é hábito do nosso amigo Payns desistir de uma ideia que lhe saltita na cabeça – acrescentou Geoffroy de Saint-Omer.

Payns deu de ombros e deixou que os companheiros rissem dele, que rolasse a onda de escárnio que se abatia sobre ele, que se rivalizassem nas piadas. Até Basile le Harnais, apesar da febre, entrou no jogo. A sua língua era ágil nesse tipo de exercício.

Ao fim de algum tempo, Sylbert interveio, vindo em socorro de Payns, surpreso:

– Você não diz nada, primo? Eles estão rindo na sua cara e você não reage?

– O que quer que eu diga? – respondeu o champanhês. – Que, apesar dos seus ares de superioridade e da gordura de alguns, eles não passam de frágeis donzelas? Veja, pegue Geoffroy, por exemplo. Esse urso gordo e atarracado vomitou ao longo de toda a viagem, o estômago revirado da manhã à noite. Devia tê-lo visto se lamentar e choramingar! E Arcis: esse douto e sério escriba, que se vangloria de ser o mais inteligente de todos nós, queixava-se todas as noites por ter deixado a jovem esposa no povoado. Você nunca acreditaria que ele pudesse se conduzir como um apaixonado lacrimoso! Veja Basile: esse resistente cavaleiro que o celibato deixou seco como um galho velho, tão acostumado com as terras úmidas de Champagne, sofre de mal-estar ao primeiro sol um pouco mais forte. Você poderia tomá-lo por uma rocha; mas ele não passa de um cascalho. Quanto a Hugues: esse dignitário que poderia fazer o rei se curvar batendo nele só com as mãos, esse conde eminente, influente, temido e respeitado, como eu, está com o traseiro dolorido na sela do cavalo e se parece com qualquer outro peregrino. Você o tomaria por um gigante, mas ele range e geme como o mais comum dos viajantes!

– Por são João Batista – exclamou Sylbert –, não posso concordar com essas zombarias! Seria faltar ao respeito com os cavaleiros que me iniciaram e me aceitaram na confraria. Quando pedi que reagisse, não achei que fosse exagerar tanto!

Geoffroy de Saint-Omer soltou uma alegre gargalhada que logo se transformou numa cascata de soluços e, ao recuperar o fôlego, disse a Sylbert:

– Pode brincar à vontade conosco, irmão! Você faz parte da nossa família. Somos simples humanos e Payns não disse nada mais que a verdade.

O conde Hugues acrescentou:

– Somos apenas homens. Como o Impostor dos seus pesadelos.

– Ah, o senhor ouviu? – surpreendeu-se Sylbert.

Payns explicou:

– Ele não precisa disso; Hugues lê os lábios. O que, em certos casos de política delicada, pode ser de importância capital!

6.

O brilho de luz

A caravana parou às portas de Beit Guvrin.

Longmaur deu ordens aos homens que apeassem e enchessem os cantis nos três poços escavados na rocha de cal sólido, o *nari,* ao pé da muralha ocidental da cidade. O escudeiro de Basile le Harnais se precipitou para ajudar o patrão a descer da montaria. O cavaleiro tinha dificuldade para respirar, queixando-se de dor no peito; sentia um peso no tórax.

– Devagar, senhor – disse o jovem lacaio, esticando os braços franzinos –, apoie-se em mim...

Geoffroy de Saint-Omer e Arcis de Brienne correram para ajudar o rapaz que arriscava-se a ser esmagado pelo corpo pesado de Basile.

Ligeiramente afastados, o conde Hugues e Payns assistiam à cena reprimindo o riso. Isso porque o amigo, apesar da má aparência, podia ser motivo de zombaria. Fazia tanto esforço para se manter digno e altivo que se tornava patético e grotesco.

– Ele precisa fazer um grande esforço para não se cobrir de vergonha! – soprou Payns no ouvido do conde.

– Confesso que não é muito caridoso da nossa parte nos divertirmos à custa do sério Basile, mas reconheço que ele inspira mais hilaridade do que compaixão numa situação dessas.

Sylbert se aproximou, indignado:

– Eu não leio os lábios! No entanto, o meu ouvido é bem aguçado para ouvir o comentário sobre um companheiro que sofre!

– Amável e gentil primo – disse Payns, pondo a mão no ombro do rapaz. – É também, e sobretudo, a respeito de nós cinco que nos divertimos.

– Não compreendo – disse Sylbert.

– Então, olhe a bela equipe de apóstolos que formamos – acrescentou Payns. – Já não a descrevi há pouco? E me incluí no lote. Esta é a companhia do Primeiro... Um conde sem exército, quatro cavaleiros sem gonfalão, cinco escudeiros que mal saíram da infância e um menino corajoso com o mesmo nome do santo tão discreto que foi Sylbert! Ora, digamos que é melhor assim e que enganaremos mais facilmente o nosso mundo sobre o que pretendemos. É preferível que Balduíno e a sua corte nos tomem por humildes peregrinos...

– Não considere Balduíno um idiota – interrompeu Sylbert. – Posso apostar que já desconfia de vocês cinco. Garanto que o resmungão do Bucelin já o informou. A sua reputação, conde Hugues, é muito grande, e a sua figura inspira respeito a muitos dos nossos valentes. Você, Payns, intriga pelo mistério que o cerca e com o qual, maliciosamente, construiu uma sólida carapaça! Quanto a Basile, Geoffroy e Arcis, a fama deles, embora discreta, atiça um bom número de observações. Você disse zombando, Payns: o saber de Arcis é considerável, e com a sua mente pode abordar as ciências e a filosofia; aliás, alguns dos seus trabalhos são comentados pelos padres que se tornaram cruzados. Já ouvi, nos serões, estes últimos dissertarem sobre as palavras do nosso irmão. Reconheço que não entrei nos debates e que, para mim, eles fizeram mais estardalhaço do que uma revoada de pombos!

Sylbert havia falado de uma só vez, rápido e sem tomar fôlego. Precisava respirar. Porém, falou ainda mais rápido antes que Payns ou Hugues o interrompessem. Continuou o discurso com a voz ofegante que, em geral, têm as pessoas que falam demais:

– Agora, vejam Geoffroy; é verdade, eu concordo que ele não tem um aspecto esbelto e que deixa pensar que é um homem que aprecia a boa comida e o vinho; no entanto, não existe melhor lutador em Champagne! Ele já quebrou mais de um escudo com a lança e já estropiou uma boa dezena de adversários. As pessoas chegam de longe para aplaudir as suas façanhas nos torneios! Ele parece um colosso e vira a cabeça das mulheres, mais do que se fosse um homem muito atraente. Vamos acrescentar a essa "equipe" (já que é assim que você a chama, primo) o respeitável Basile. Isso mesmo, respeitável! Que maneja tanto as orações como a espada. Que devotou a sua vida à meditação e às armas. Que muitas vezes se cala, mas que reflete sem cessar e...

– Está bem, Sylbert – conseguiu dizer Payns. – Você nos trançou belas coroas de louro, lisonjeando a nossa vaidade no ponto certo.

– Você nos vê com olhos de respeito, meu amigo – disse Hugues.

– Sem dúvida porque são pessoas respeitáveis – explicou Sylbert. – Em breve, serão detentores do mais maravilhoso dos conhecimentos deste mundo...

Longmaur se aproximou, obrigando o rapaz a se calar e, para disfarçar a sua atrapalhação, a soltar um dos dois odres pendurados na sela do seu cavalo.

Mas Longmaur o reteve quando ele se preparava para ir até um dos três poços.

– Você e os dois champanheses parecem conspiradores, companheiro!

– Com razão, lembrávamos do nosso país.

– No seu lugar, eu me apiedaria do estado desse infeliz cavaleiro que parece não suportar o ar dessa região.

– Vou buscar água, ele precisa matar a sede. Com certeza se sentirá melhor quando lhe dermos uma cama para descansar em Jerusalém.

Longmaur ficou olhando Sylbert se dirigir para o poço, logo seguido por três escudeiros da tropa dos champanheses carregando os cantis.

Payns e o conde Hugues, que as censuras de Sylbert haviam deixado abalados, se juntaram aos amigos. Basile estava sentado no chão e deixou que Geoffroy abrisse o seu colete e enrolasse as suas meias enquanto Arcis o refrescava, usando um pano como leque.

– Você está com muita roupa – repreendeu Geoffroy. – De tanto querer proteger a sua virtude, impede a sua pele de respirar.

– Não sou como você, é verdade – articulou o doente. – Eu não conseguiria andar descomposto como você, sem nenhum dos seus agasalhos de peles!

– Na sua bela e grande sabedoria, Deus cobriu o homem de pelos, achando que ele não precisaria se enroupar – retorquiu Geoffroy. – Ele deu à mulher uma bela cabeleira como único traje. Se Adão e Eva não houvessem cometido o pecado, hoje em dia andaríamos nus pelos caminhos afora e tiraríamos um belo ensinamento sobre a igualdade estabelecida entre homens e mulheres.

Basile ergueu os ombros e esboçou um sorrisinho crispado.

Payns foi se ajoelhar diante dele.

– Feche os olhos e relaxe – pediu ele, pondo a mão direita na testa do doente.

– Ah, agora vai usar a sua magia comigo?

– Não é magia.

– Mas parece.

– Não fale mais.

A mão de Payns estava fresca na testa ardente de Basile. O simples contato já acalmou o cavaleiro.

Com a mão esquerda, Payns procurou a pulsação do doente no pescoço. Encontrando-a imediatamente, ele começou a contar:

– 1... 2... 3... 4...

A mão esquerda abandonou a veia, desceu para o peito e parou no lugar do coração. Basile foi sacudido por um intenso sobressalto. Uma ponta fria, um fino e longo prego de aço, uma flecha rápida atravessou-lhe o coração. Uma dor. Nada mais. Uma dor repentina, que desapareceu imediatamente. Nada além de uma curta algia.

– ... 5... 6... 7... 8...

Payns também fechou os olhos. Enquanto fazia os gestos que a irmã lhe ensinara, sentiu uma surda tristeza invadi-lo, inchar a sua garganta, se apoderar do seu corpo. As lágrimas lhe vieram aos olhos, ele vira o rosto amado de Clotilde lhe sorrir nas trevas. O belo sorriso de contornos vagos, entre felicidade e dor.

– ... 9... 10... 11... 12...

A mão direita de Payns deixou a testa de Basile, a esquerda foi retirada do peito dele.

– Abra os olhos e olhe para mim.

As pálpebras de Basile se abriram lentamente, pesadas de um sono curto e anormal.

– Confirmo o que disse: você é um feiticeiro! – disse o doente num sopro. – Tenho a sensação de que o meu mal-estar se afastou. Evidentemente, não afirmo que estou totalmente curado, mas creio poder me adaptar e subir no cavalo com mais facilidade.

Depois de um tempo, Payns se ergueu; os seus companheiros notaram o quanto ele parecia subitamente cansado. Eles o viram se afastar, com os ombros baixos, a cabeça pesada. Hugues se aproximou, pegou-o pelo braço e perguntou:

– O que você tem, Payns? Deveria ficar satisfeito consigo mesmo, mas está mais pálido que um espectro...

– Desculpe-me. Não diga nada a eles... Preciso fazer uma confissão. O dom que a minha irmã me legou pode ser um fardo. Tratar desse jeito os que sofrem, apalpá-los, contrair o mal e extraí-lo de uma parte do corpo ou do espírito deles... é uma tarefa desgastante que reduz a minha energia como se uma criatura se alimentasse do meu sangue.

– Meu amigo, meu bom amigo... tão generoso!

Hugues apertou o pulso de Payns.

– Vou andar um pouco. Acompanhe-me.

Eles deram alguns passos em silêncio, cruzaram com Sylbert e com os escudeiros que voltavam dos poços. Passaram ao longo da muralha que defendia a cidade, na qual não entrariam e que ficaria para sempre nas suas lembranças como uma cidade morta, abrasada pelo sol.

Em seguida, Payns disse:

– Penso todos os dias na minha mulher, na minha filha e no meu filho. Sinto tantas saudades deles!

– É, também sinto saudades da minha família. Compreendo o sacrifício que fez ao se juntar a mim para esta viagem.

– Eu tinha escolha? Nem eu nem você. Nem os nossos irmãos. O nosso dever é preservar o futuro. O segredo que o Primeiro enterrou na tumba do Impostor corre o risco de ser descoberto por Balduíno.

– Ele não sabe onde escavar.

– Ele vai procurar...

– Certamente, porém dispomos de mais tempo. Passaremos na frente dele sem dificuldade.

– Mesmo assim estou preocupado – disse Payns, parando de andar.

– A sombra da embarcação?

– Você não acredita que eu a tenha visto, não é?

– Ao contrário, tenho certeza de que a viu – assegurou o conde.

– Pois bem, então por que zombou tanto de mim?

Hugues pegou o amigo pelos ombros e respondeu sorrindo:

– Fiz isso para não alertar os nossos irmãos. Eles já carregam um peso suficiente nos ombros; quero retardar o momento em que os lançarei na batalha... Esse momento chegará logo. Quando entrarmos em Jerusalém! É, assim que entrarmos na cidade, vamos temer por nossas vidas a cada passo.

O conde retirou as mãos dos ombros de Payns. O gesto foi acompanhado de um brilho vermelho. Uma chama viva, súbita. Que deixou a sua marca no ar. Era o reflexo do sol na pedra do seu anel.

Do seu lugar, Longmaur ficou com o olhar preso nesse brilho. Ele se perguntou se aquele que seguia a caravana havia percebido essa luz. Virou a cabeça para a esquerda e para a direita e não viu nada. Nem o menor vulto na bruma de calor. No entanto, sabia que o enviado do papa Pascoal estava atrás dos cavaleiros champanheses.

E Longmaur sabia que ele tinha por missão matar os cinco.

7.

O enviado do papa

Jerusalém.

Num amplo gesto circular com o braço direito, Arcis de Brienne cingiu a cidade, dando a impressão de que se apropriava dela por inteiro, abraçando-a com uma paixão que os amigos nunca tinham visto nele.

– A cidade dos judeus! – começou a falar com a sua voz grave e lenta. – Tito os massacrou ou os exilou no ano 70 e pôs abaixo muralhas, templos e casas. O povo hebreu se diluiu por todo o Império, uma vez cortadas as suas raízes. O imperador Adriano ordenou que reconstruíssem a cidade para os romanos. Templos pagãos foram erguidos nos lugares santos. Os judeus se revoltaram uma segunda vez e sofreram nova repressão.

– Não foi a mãe de Constantino que tentou encontrar os vestígios sagrados? – perguntou o conde Hugues.

– Realmente – disse Arcis. – Muito depois, há seis séculos... Eu explico isso para esse ignaro do Geoffroy, que sempre clamou que a história dos homens não seria mais do que um galimatias indigesto composto de tantas mentiras e erros que a verdade não teria lugar!

– E você não vai me fazer mudar de opinião – retorquiu Geoffroy. – Não, eu não cedo em nada apesar da sua erudição e da hábil maneira que você usa para destilá-la.

Arcis prosseguiu:

– Você não passa de um reles beócio. Jerusalém merece que conheçamos o seu passado, pois é um meio de respeitá-la. Ela sofreu mil vezes, foi violada, dilacerada, pilhada. Pelos romanos, pelos persas e pelos árabes. E, agora, por nós. Nós, os cruzados, que fizemos correr enxurradas de sangue nas suas ruelas, sem distinção de sexo. Homens e mulheres foram massacrados; Sylbert poderia nos contar as carnificinas e os atos de matança aos quais se entregaram os cavaleiros abençoados pelo papa.

Diante dessas palavras, Sylbert abaixou a cabeça. Ele inspirou profundamente antes de erguê-la. Os champanheses notaram a sombra úmida que submergiu o seu olhar. O rapaz disse:

– Vi nas batalhas a expressão da natureza aterradora que, às vezes, os filhos de Deus manifestam!

– Isso – disse Geoffroy – posso imaginar facilmente.

Sylbert prosseguiu:

– A cidade foi tomada quando o sol estava a pino. Fazia um enorme calor e nós cozinhávamos nas nossas cotas de malha. Estávamos sem fôlego. Quanto a mim, eu havia bebido mais do que o razoável para sufocar o medo. Longmaur e eu éramos do grupo que devia passar pela muralha do norte. Os sapadores haviam escavado um buraco que nos permitiu entrar na cidade. Deus, que carnificina! Longmaur sentia um mórbido prazer em decapitar a população, perseguindo mulheres e crianças até nas suas casas. Eu o vi até mesmo desmembrar vários recém-nascidos, gritando com uma alegria obscena. Eu me limitava a abrir passagem e só matava os homens; adquirimos facilmente o ritmo dessa tarefa! Os cruzados logo entraram em massa na cidade. Patinávamos no sangue e nas tripas. Um bando de brutos, mais embriagados do que eu, se concentrou nos cadáveres cortando-lhes a cabeça e as mãos e formando pirâmides com eles. E nós matávamos. Matávamos sem descanso, metodicamente, como se o fato fosse natural. Éramos animais selvagens. Lobos estúpidos que estripavam, sem distinção, muçulmanos e judeus, queimando mesquitas e sinagogas. As ruas estavam inundadas por um espesso rio vermelho que o sol tornava viscoso. A minha cota e a minha túnica estavam encharcadas... vermelhas... As mãos também... vermelhas! Vermelhas de sangue dos inocentes. Do sangue de mulheres e crianças.

Sylbert fez uma pausa, com a garganta subitamente apertada, os olhos cheios de lágrimas. Ele fungou e acrescentou:

– Dizem que a população de Jerusalém tinha perto de trinta mil almas antes de atacarmos. Um recente recenseamento encomendado por Balduíno contou apenas quatro mil!

Sylbert enxugou os olhos com a manga. Em seguida, deu a impressão de querer continuar o relato, mas se calou.

Os champanheses cavalgavam em silêncio até que Arcis apontou à frente e exclamou, forçando a voz para parecer jovial:

– Olhem essa maravilha! O Domo do Rochedo, que os muçulmanos edificaram no reinado do quinto califa da dinastia dos omíadas, cujo ancestral, Omayya, era tio-avô do profeta Maomé! Vejam como a luz que se reflete nele pode cegar. Não é uma obra sublime? Eu lhes digo, meus amigos, que temos muito o que aprender com os arquitetos árabes. É preciso ser um ocidental bem idiota e vaidoso para considerar essa gente bárbara.

Hugues, Basile e Payns concordaram com um sinal de cabeça ou um sorriso cúmplice. Geoffroy franziu o cenho, evitando dar a sua opinião para não ser criticado; o seu espírito de guerreiro não possuía a delicadeza necessária para apreciar a arquitetura e ele não entendia nada de arte. Se houvesse libertado Jerusalém, certamente teria trucidado os muçulmanos até o limite de suas forças. Não que tivesse ódio deles. Afinal, o que conhecia desse povo nativo? Não, não por ódio... Apenas pela preocupação de honrar a profissão das armas.

Depois de passar pela porta de Jaffa, fortemente guardada por cruzados desgrenhados e sujos, a caravana abriu caminho entre uma densa população, barulhenta e animada. As pessoas se afastavam quando eles passavam. Longmaur incitava o seu cavalo e parecia sentir prazer em empurrar os comerciantes, os curiosos, os camponeses e os peregrinos.

A tropa atravessou a muralha principal onde estavam erguidas a torre de Davi e a mesquita al-Aqsa. Os homens desceram das montarias, entregando-as aos escudeiros encarregados de levá-las às estrebarias.

Um rapaz magricela, de roupas largas, faces cavadas e mal-barbeadas, foi ao encontro dos champanheses. Um padre o seguia alguns passos atrás. E, mais atrás ainda, dois cavaleiros.

– Aí está Balduíno, rei de Jerusalém – anunciou Sylbert. – Vejam, Bucelin não o acompanha... Achei que o núncio do papa teria a delicadeza de se apresentar, conde! Em vez disso, mandou um padre qualquer com a cara coberta de acne!

– Não sou orgulhoso a ponto de me ofender com isso – tranquilizou-o o conde Hugues.

Geoffroy ajudou Basile a descer dos estribos, e Balduíno, que se havia aproximado do grupo, viu o estado do cavaleiro. Ficou sinceramente impressionado:

– Esse homem está com um aspecto bem ruim!

– Ele está assim há algumas horas, Sire – disse Payns. – Precisa de uma boa medicação.

O rei se virou para os cavaleiros Bertrand e André, que haviam se aproximado:

– Bertrand, providencie rapidamente um médico para os nossos visitantes, que serão levados por André para a casa que lhes foi destinada, onde poderão descansar e comer!

– Na qualidade de chefe, eu vos agradeço, Sire. Sou Hugues, do condado de Champagne, honrado em pisar o solo da Terra Santa vosso seu irmão conquistou a preço de muito sangue.

Balduíno notou uma ponta de zombaria na voz respeitosa do champanhês, mas fingiu ignorá-la:

– Eu os recebo no modesto conforto da minha guarnição, senhor. E gostaria que compartilhasse da minha mesa, com os outros, hoje à noite, depois de nos recolhermos diante do Túmulo de Nosso Senhor Jesus Cristo.

– Gostaríamos de ir logo rezar nesse lugar santo – afirmou o conde.

"Mais uma ponta de zombaria!", pensou Balduíno. "Bucelin me avisou: preciso levar em conta a esperteza desses peregrinos."

O rei de Jerusalém ficou observando os cavaleiros se dirigirem para os seus dormitórios, guiados por André. Os escudeiros, exaustos, carregavam bagagens pesadas demais para o tamanho deles.

Balduíno se virou para o padre de rosto granuloso:

– Que equipe surpreendente! O conde de Champagne é o mais importante feudatário da França; a fortuna dele é o dobro, se não for o triplo, da do rei, e aqui está ele em Jerusalém, como um miserável!

– Afirmam que ele é muito piedoso... Sem dúvida, é verdade!

– Piedoso? Sim, sem dúvida. Mas que deus ele invoca?

*

* *

O núncio Bucelin abriu a porta do modesto oratório que os seus padres haviam adaptado numa sala escura, pobremente iluminada por uma estreita abertura.

Ele se afastou para deixar entrar o enviado do papa, que soltou a bagagem aos seus pés, no piso grosseiro.

– *Dominus vobiscum*[2] – pronunciou o núncio.

– *Et cum spiritu tuo*[3] – respondeu o homem de capuz.

Com uma apreensão incontrolável que ele gostaria de não demonstrar, Bucelin disse:

– Então, é você... Então é por você que devemos ser informados. E você veio pessoalmente!

– É uma tarefa que me convém, Monsenhor. Tenho uma certa satisfação em servir, à minha maneira, a causa de Deus.

– É graças à esposa de Arcis de Brienne que está aqui, não é?

---

[2] O Senhor esteja convosco.

[3] E com o vosso espírito.

– A tagarela permitiu que eu soubesse que os champanheses possuíam um mapa especificando o local do túmulo do Impostor. E, sobretudo, que eles colocariam um anel na mão direita durante a viagem.

– Que interesse podem apresentar esses anéis?

– Ora, não adivinha, Monsenhor?

– Para ser sincero, já pensei muito...

– Os champanheses pretendem esconder nos anéis o que esperam tirar do túmulo de Tomé! Por outro lado, espionando-os no navio, eu os ouvi pronunciar *INRI*... Em seguida esta frase: *Igne Natura Renovatur Integra.*

Bucelin olhou a cruz de madeira pendurada na parede oriental da capela, em cima do altar.

– I. N. R. I.! – exclamou ele. – O acrônimo traçado pelos romanos sobre a cabeça do "crucificado"!

– Sempre me ensinaram que essas letras significavam: *Iesus Nazarenus Rex Iudaeorum*!

– De fato, é isso o que relatam as Sagradas Escrituras. Com essa frase, zombavam daquele que se proclamava o Messias! Os romanos haviam posto nele uma coroa de espinhos para humilhá-lo publicamente.

– No entanto, ouvi nitidamente essas palavras. Não posso estar enganado...

Bucelin deu alguns passos em direção à estreita janela.

– Não – disse ele depois de um tempo –, isso tem um sentido... *Igne Natura Renovatur Integra:* "Pelo fogo, a natureza é totalmente renovada!" O que esses feiticeiros dos champanheses querem dizer com essa máxima?

– Já é tempo de impedi-los de fazerem o mal, Monsenhor.

O homem não havia saído do lugar desde que entrara. Estava perto da porta, imóvel, falando com voz muito suave, sem nenhuma entonação.

Bucelin se virou para ele, procurou adivinhar o rosto na sombra do capuz. Somente uma fina linha de luz imitou a forma do seu queixo liso.

– Vou tentar conseguir o mapa deles o mais rápido possível – anunciou. – Nós nos apossaremos das pretensas provas e o caso será logo resolvido.

– Sim, sim... Pois, sem sombra de dúvida, essa frase tem uma relação com o segredo do sepulcro do Impostor! Com o que nós procuramos: o segredo de Jesus!

Desta vez, o homem reagiu. Ele levou a mão ao coração. Depois fez o nome do pai apressadamente.

– Tudo isso é falso, não é? Não passa de uma lenda que devemos abafar no nascedouro!

Bucelin deu dois passos, se plantou diante do desconhecido, ainda tentando adivinhar a sua fisionomia, e disse:

– É verdade que existe uma parte de fábula nesse caso, mas, infelizmente, ela se apoia numa base sólida de verdade.

O homem se persignou novamente. Bucelin acrescentou:

– Em Roma, muitos acreditam nela. O papa em primeiro lugar!

As vozes do canteiro de obras ressoavam ao longe, os cantos ritmados pelos assobios dos contramestres, longas notas marcando o esforço dos operários.

– Onde ficarei alojado? – perguntou o homem.

– Aqui – respondeu o bispo designando o altar.

– Aqui?

Bucelin foi para detrás do altar:

– Venha. Este lugar, provavelmente, é o mais seguro de toda Jerusalém. Os escavadores descobriram uma cripta embaixo desta construção. Uma espécie de entreposto. Eu mesmo coloquei uma escada para descer. Veja, basta abrir este alçapão. E, como esta capela é reservada para mim, aqui ficará seguro. Só um padre vem aqui, de tempos em tempos, dizer algumas orações...

O homem avançou. O bispo se inclinou e pegou uma argola de bronze para levantar o alçapão.

– Um túmulo – murmurou o homem. – Você me oferece um túmulo como residência...

– Estou consternado – mentiu Bucelin.

– Não fique, Monsenhor. Isto aqui me convém perfeitamente. Pratico intensamente as mortificações, privações e penitências. Ensinei a dor, o frio e a fome ao meu corpo. Servimos melhor a Deus quando sofremos.

Bucelin estremeceu. A voz do homem era muito monótona, muito calma e muito carente de vida. Muito cansada e, no entanto, muito jovem.

– Eu pus algumas coisas lá dentro – anunciou o bispo. – Um balde para as necessidades, uma bacia, um jarro de água, uma enxerga, uma vela...

– Obrigado, Monsenhor.

– Quanto às refeições...

– Eu lhe disse, como pouco.

– Eu mesmo as trarei.

– Um pedaço de pão e frutas secas pela manhã. Um pedaço de toucinho, uma tigela de leite de cabra e uma fruta fresca à noite.

– Assim será feito.

O homem se preparou para descer para a cripta. Ele arregaçou a capa para enveredar pela escada; o gesto deixou à mostra o machado preso na cintura.

Bucelin se assustou ao ver a arma.

– Esse machado, meu filho...

– Ele serve para quebrar as lendas! Para picá-las em pedacinhos como a terrível madeira usada para lenha!

Em seguida, o homem sumiu nas trevas e fechou o alçapão sobre si mesmo. O núncio esperou um pouco que as suas mãos parassem de tremer para sair da pequena capela.

Ao atravessar o pátio inundado de sol, ele se sentiu reconfortado, os pés pisando no calçamento ardente, todo o seu corpo pedindo por luz.

O canteiro de obras, mais além, soltava o seu clamor. A vida.

O bispo Bucelin, núncio do papa, estava plenamente consciente de que acabara de fazer a Morte passar pelos muros do pequeno reino de Jerusalém.

8.

Uma carta de Arcis de Brienne

Meu amor, minha terna Hélène, chegamos a Jerusalém. Um estranho sentimento me oprime e tenho dificuldade em lutar contra a inquietação que me invade. Sem dúvida, os meus companheiros sentem a mesma coisa, mas nenhum deles se permite manifestá-lo.

O nosso irmão Basile, que você tanto aprecia pela sua sabedoria, está doente. A sua saúde frágil não resistiu à longa e desconfortável viagem. A febre que o corrói já não seria um sinal de uma maldição depositada sobre nós cinco? Não estaríamos condenados ao vir buscar as chaves do inominável Segredo?

O médico enviado pelo jovem rei Balduíno, no entanto, nos tranquilizou sobre o estado de Basile, pois não diagnosticou nada profundamente atingido. Ele até nos afirmou que o nosso amigo logo estaria de pé e prescreveu uma droga inventada por ele. Eu me dei o direito de pedir que me dissesse os ingredientes que entravam na sua composição; você conhece a minha desconfiança no que se refere às medicações! Os boticários, em geral, são pessoas boas, zelosamente instruídas, mas existem alguns entre eles que nos mandam para o cemitério com uma infusão maldosada.

Instalamos o nosso quartel numa grande sala e não sei qual era a função dela antes de os cruzados invadirem o local. Parece uma estrebaria com paredes grosseiramente caiadas. Apenas duas minúsculas janelas gradeadas que dão para um pátio deixam passar um pouco de luz. Aliás, eu lhe escrevo à luz de uma vela, pois a noite está chegando. Tudo é muito rústico e me lembra o quanto a nossa casa é acolhedora, confortável e agradável. Imagine as enxergas direto no chão coberto de caros tapetes provenientes do "tesouro de guerra" de Balduíno. Imagine uma ucha, dois bancos, vasos noturnos, jarros e copos. Imagine o seu esposo escrevendo em cima dos joelhos uma carta que lhe entregará em mãos quando voltar a vê-la. Pois espero não ter de confiar a minha correspondência a um dos meus companheiros. Isso significaria que eu não estaria mais em condições de fazer a viagem de volta.

Agora, Payns cuida do nosso doente. Acabou de fazer com que tomasse o tratamento do médico e lhe massageia o peito com muita delicadeza e bondade. Os seus gestos são lentos, repetitivos, circulares. Cuidados que um amante dedicaria a sua bem-amada. Como é espantoso assistir a essas ternas carícias prodigalizadas por um homem a outro homem! A cada dia Payns me surpreende um pouco mais. Enquanto nos queixamos constantemente, uns por terem deixado a família no seu país, outros por terem de suportar as misérias impostas pela nossa aventura, ele, esse bom amigo, nunca se lamenta nem se apieda da própria sorte, embora certamente sinta falta da mulher e dos dois filhos.

Aos estranhos, Payns mostra um rosto austero que inspira mais respeito e temor do que simpatia. Para nós, os seus "irmãos", ele é todo compaixão e generosidade. Ele também gosta – aliás, isso me surpreendeu – de rir e gracejar, e não há ninguém que se compare a ele na prática do gracejo, do verbo ágil e na lesta caricatura! Ele foi um excelente companheiro de viagem durante a travessia.

A esse respeito, longe de mim a vontade de preocupá-la, minha amada, mas Payns está convencido de que temos um espião colado na aba das nossas capas. Além do mais, ele pensou em persegui-lo no navio. Tento me convencer de que ele se equivocou e que foi uma troça dos ruídos da mastreação e das sombras da noite. No entanto, Payns não é o tipo de homem que se deixa embalar por miragens. Ele é sempre o primeiro a ver as coisas que nos aparecem bem depois. O homem tem uma viva inteligência; é sempre prudente acreditar nele.

Sinto que ele está preocupado. Ele vigia todo o tempo, lançando um olhar para as janelas, abrindo constantemente a porta que dá para um corredor escuro que ele examina com o seu olhar pálido, tentando ouvir qualquer barulho, por menor que seja. Ele mantém a espada todo o tempo na cintura.

Ah, minha doce Hélène, eu não tenho alma de guerreiro! A única arma que conheço é a do espírito. Payns, mais uma vez, quis me ensinar algumas das suas esquivas e dois ou três golpes; apesar de tudo, continuo convencido de que a minha lâmina é muito estúpida e desajeitada. Às vezes, invejo Geoffroy, que não se atormenta com tortuosas reflexões e maneja a espada como eu faço com a língua. Pois é de soldados que o conde precisa.

Eu me abri com você, meu amor. Eu lhe disse o que viemos procurar em Jerusalém. Lembro-me de tê-la deixado perturbada, ao abalar a fé que a move e a torna tão inocente. Às vezes, me arrependo de ter revelado a você o objetivo da nossa missão. Será que era necessário plantar esse veneno na sua alma?

Acho que logo tudo estará resolvido. Temos a planta que nos permitirá chegar ao túmulo do Impostor. Entraremos nele e agiremos segundo o nosso juramento.

Acredita em mim? Não me toma por um louco? Você tem o direito de duvidar de nós cinco e eu não a culparia. Em breve teremos a prova dessa magnífica e temível verdade. Quando eu voltar, minha querida, serei outro homem. Com os meus amigos, terei me aproximado desse inefável mistério que viola as leis da natureza!

Sim, Hélène, eu carregarei um dos cinco Sinais do Cristo. Serei um dos cinco dedos da mão direita de Jesus!

Aqui interrompo a minha carta; voltarei a ela mais tarde. Hugues pede que nos preparemos para ir a uma missa. Ele propôs que Basile continue de cama, pois o acha ainda muito pálido. Payns tem a mesma opinião do conde. Presenciei uma cena pitoresca e não resisto ao prazer de contá-la. Basile quis provar a sua altivez e coragem tentando se levantar. Preciso descrever a expressão do doente? Saiba apenas que era uma mistura de dor e orgulho e, como você o conhece bem, não terá nenhuma dificuldade em imaginar a situação perigosa em que ele se meteu. Ele titubeou como um homem embriagado, precisou segurar na cota de Payns, obrigando o conde e Geoffroy a acorrerem para segurá-lo. Hugues obrigou-o a voltar para a cama, pondo na sua voz a firmeza que um pai usaria para com o filho rebelde.

Não pude deixar de rir ao compartilhar com você esse momento. Basile berrou como um vitelo no matadouro e exclamou: "Não vou me deitar novamente! Um champanhês nunca fraqueja! Nunca morre na cama!"

Sem a ajuda amigável oferecida pelos amigos, o infeliz teria quebrado o pescoço no chão. Puseram-no na cama à força, dizendo que o rei compreenderia que ele não estava em condições de se locomover.

Temo que o nosso bom Basile não tenha escutado as últimas sílabas. Parecia já estar dormindo!

Desta vez, minha doce esposa, meu amor, preciso fechar a correspondência e guardar a minha pena e o tinteiro.

Balduíno nos espera diante do Túmulo vazio de Jesus.

9.

O homem do machado

Os cavaleiros se agruparam num semicírculo na rotunda que abrigava o Santo Sepulcro. Eram uns trinta carregando as velas que os jovens padres haviam distribuído. Compreendendo e lamentando a ausência de Basile le Harnais, o rei Balduíno quis que os quatro champanheses se posicionassem ao seu lado, sendo que o conde Hugues deveria ficar do lado direito. Este, apreciando a homenagem que lhe era feita, agradeceu calorosamente ao soberano.

Esperavam por Bucelin, o núncio papal, que deveria oficiar. Para preencher o tempo e ser polido, Balduíno se dirigiu aos visitantes:

– Como sabem, devemos a descoberta do túmulo de Nosso Senhor à mãe do imperador Constantino, há quase sete séculos... Ali se erguia um templo romano que o monarca mandou derrubar. Constantino foi o primeiro imperador romano a se converter ao cristianismo, que, aliás, ele impôs como religião oficial a todo o Império. No ano de 326, ele convocou um areópago de bispos para lhes pedir que desemaranhassem os fios de uma singular polêmica eclesiástica. Macário, bispo de Aelia Capitolina (como se chamava, então, Jerusalém), descreveu, na ocasião, o estado de degradação em que estavam os lugares que Nosso Senhor Jesus Cristo havia pisado. Isso contrariou profundamente Helena, mãe de Constantino, que decidiu ir à Palestina, onde reconheceu o Gólgota e o Túmulo do nosso Salvador. Ela não teve nenhuma dificuldade em convencer o filho a construir a magnífica igreja do Santo Sepulcro... Não me canso de reler a *História eclesiástica* do bispo Eusébio da Cesareia, que relata esse acontecimento...

Arcis de Brienne interveio:

– Essa igreja não foi destruída pelo califa Hakim no século passado? Como a sepultura pode ter sido preservada?

O rei sorriu e disse:

– Você é notavelmente sábio, cavaleiro! Na verdade, o túmulo sempre despertou um indefectível respeito entre os invasores desta cidade. Superstição, sem dúvida.

Um movimento entre os presentes. Payns e os amigos se viraram para o bispo Bucelin, que entrava acompanhado de três sacerdotes. Os cavaleiros se afastaram para permitir que o núncio se aproximasse do Túmulo. Ele lançou um rápido olhar aos champanheses, os quais contou mentalmente. "Eles deviam ser cinco!"

O eclesiástico pareceu subitamente contrariado; pensou no enviado do papa, na missão que ele executaria em breve...

Sylbert, que estava bem atrás do primo, soprou no ouvido deste:

– Eis o nosso inimigo! O homem é cheio de manhas, insidioso e manipulador, mas é extraordinariamente inteligente. Balduíno o ouve e é muito jovem para dar o justo peso às palavras que saem dessa boca em forma de cu.

– Teremos cuidado com ele – respondeu Payns, muito baixo.

Lendo os lábios dos amigos, Hugues lhes dirigiu um rápido sinal de cabeça para mostrar que compartilhava da desconfiança em relação ao prelado.

Um dos sacerdotes, muito gordo e atarracado, o rosto vermelho e marcado, cabelos grisalhos, elevou uma grande cruz acima dos presentes. Balduíno dobrou um joelho, e todos os cavaleiros o imitaram.

A voz melosa e hipócrita de Bucelin custou a se impor no edifício:

– *In domum Domini ibimus.*[4]

– *Amen* – responderam em coro os presentes.

*
* *

O homem esperou na escuridão da cripta do oratório. Sentiu o frescor da noite descer sobre os seus ombros, deslizar ao longo da nuca, atingir a parte baixa da coluna vertebral... Como a carícia de Deus. Esse Deus intransigente e temível que ele servia com uma devoção de escravo. A carícia de Deus! Um beijo gelado no fundo da sua coluna.

E, mais uma vez, o homem gozou. Um orgasmo breve, intenso, violento. Semelhante a uma ruptura.

"Pater noster..."

Em seguida, ele se ergueu, o ventre molhado, pegajoso. Prendendo o cabo do machado no cinto, subiu a escada, levantou o alçapão.

Atravessou um pátio escuro, vazio. Alguns passos ágeis, a capa fazendo um ruído de asas. Alguns passos para descer um lanço de escada e chegar a um segundo pátio mais abaixo.

Bucelin lhe havia dito que todos os cavaleiros estariam rezando diante do Túmulo do Cristo, por isso ele se dirigiu confiante para o prédio dos dormitórios.

Um corredor. O homem avançou sem ruído, rápido, determinado. "A terceira porta!" Ele esticou o braço, pôs a mão enluvada na maçaneta de aço, girou-a puxando para ele, para que não rangesse. Em seguida, entreabriu a porta. Esperou três segundos no umbral, perguntando-se o que seria o odor acre e mentolado que chegara até ele.

"Tem um doente lá dentro!" E retirando o machado do cinto, deu dois passos para dentro do cômodo. "Orégano, verbena, valeriana

---

[4] Entramos na casa do Senhor.

e hortelã...", enumerou ele, reconhecendo todos os componentes da tisana que Basile bebera alguns momentos antes.

Os seus olhos se habituaram à escuridão quebrada por apenas uma vela no fundo do quarto. Ele distinguiu, então, o corpo deitado de lado, virado para a parede. "Respiração pesada e sincopada... Mas o homem dorme."

Ele começou a revistar o local, agindo meticulosamente, silencioso e preciso. Ergueu a tampa da ucha, abriu os alforjes e os bornais, revirou as túnicas, coletes e tabardos.

Nenhum barulho além das longas e dolorosas inspirações seguidas de curtas e fortes expirações de Basile le Harnais. Nenhum barulho até que uma voz chamou baixinho da porta:

– Mestre Basile, está dormindo? Eu lhe trouxe o caldo sem gordura. O senhor conde me ordenou que o forçasse a tomar até a última gota.

O tom era fino, de um rapaz bem jovem que ainda não havia mudado de voz. Num pulo de gato, o homem se colou na parede. Basile mexeu na cama, resmungando.

O escudeiro entrou, um largo sorriso mostrava os dentes estragados.

– Está fumegando, mestre.

O adolescente arregalou os olhos ao ver o alto vulto surgir na sua frente como um morcego gigante.

A tigela escapou das suas mãos trêmulas e se quebrou no chão num som breve que, no entanto, acabou de acordar o doente.

Basile viu a cena através de um véu desfocado. O homem ergueu o machado, o escudeiro cruzou as mãos no peito soluçando... E o machado, o machado desceu! Rachando o crânio da vítima, fazendo os ossos estalarem com o mesmo barulho da tigela quebrada. O machado se retirou de um aglomerado viscoso e carmim, se ergueu de novo com a aproximação de um segundo escudeiro que apareceu com a adaga na mão, gritando:

– Ajudem, champanheses, massacraram Dentes-Sujos!

Basile se ergueu, procurou a espada. Ouviu alguém rir e se surpreendeu. Era o assassino. Uma risadinha animal, esganiçada, histérica.

Uma musiquinha cáustica que acompanhava o machado abaixando uma segunda vez. De novo o barulho. Ossos fraturados. Sucção do cérebro dilacerado.

Basile empunhou a arma. Jogou-se para fora da cama, enquanto o desconhecido se virava para ele, com o rosto na sombra do capuz, rindo ainda e salmodiando as primeiras frases do Pai-Nosso:

– *Pater noster, qui es in caelis, sanctificetur nomen tuum...*

Mas ele perdeu a empolgação; alguém gritava no corredor. Pediam socorro, despertando os dormitórios dos escudeiros, dos empregados e dos oblatos. O assassino saiu do quarto contra a vontade. No entanto, ele se retardou um pouco, olhando fixo para Basile, de pé, perto da sua enxerga, uma espada pesada demais nas mãos febris.

– *Adveniat regnum tuum, Fiat voluntas tua...*

Ele pulou os dois corpos que espalhavam sangue no piso e deu de frente com um punhado de meninos, cada um mais assustado do que o outro, berrando para dar coragem a si mesmos, ameaçando-o com os seus bastões e as suas adagas.

– *Sicut in caelo et in terra...*

– Somos em maior número, companheiros – disse um deles.

– Vamos pegar este demônio pelo pescoço e massacrá-lo como ele massacrou dois dos nossos! – lançou um outro.

Eles se precipitaram numa mistura desordenada, atingindo o ar num ataque desorganizado no qual lançavam a sua juventude e a sua fúria.

– Não! Fujam! – rugiu Basile que temia uma carnificina. – Fujam! Esse homem é um demente; ele vai cortá-los em pedaços!

A voz do matador se elevava acima dos gritos, estranhamente doce, monocórdia e tranquila, quase cantante.

– *Panem nostrum quotidianum da nobis hodie...*

O homem abriu caminho por entre o grupo, arrancando pedaços de carne como uma fera abrindo passagem. Ele rasgou, estripou, mutilou, quebrou, com o machado assobiando a cada golpe. Matava por prazer mais do que para se defender. Matava salmodiando a sua oração num tom de cantilena infantil sincopada.

– *Et dimitte nobis debita nostra...*

Basile se aproximou pelas costas, titubeando, e se preparava para transpassar o corpo com a sua lâmina quando bateu com o joelho num banco, caindo. O homem ouviu e se virou.

– *Sicut et nos dimittimus debitoribus nostris...*

O champanhês se desviou do machado, esquivando-se de lado, enganando assim o adversário, que abriu a guarda. Basile avançou; a ponta da sua espada atingiu o homem no rosto. Ele grunhiu. Um ganido surpreso, apenas doloroso. Depois, evitando os golpes dos escudeiros, ainda dando machadadas, ele se livrou do bando.

Noite. Do lado de fora, a noite o engoliu. Ele desapareceu dos olhos dos rapazes, convencidos de terem combatido o Diabo em pessoa.

– Ele saiu voando! Vocês viram? Ele saltou por cima do muro...

– Não, é alto demais!

– Ele levantou voo, estou dizendo!

*

* *

A cerimônia diante do Túmulo do Cristo foi bruscamente interrompida por um escudeiro champanhês que havia assistido ao massacre. O rapaz, um ruivinho descarnado, com as faces vermelhas de emoção, a túnica encharcada de suor e de sangue, atravessou a multidão de cavaleiros para se aproximar do conde e dos seus companheiros.

Chegando perto deles, todo trêmulo, ignorando o rei Balduíno, ele soltou:

– Senhores! Venham depressa, houve uma grande desgraça no dormitório!

Preocupado, Payns perguntou:

– É Basile, não é, o estado dele se agravou?

O escudeiro sacudiu a cabeça.

– Não, ao contrário! – disse ele atabalhoadamente. – O cavaleiro nos ajudou a pôr em fuga um homem que nos atacou...

Foi então que, ao se aproximar, o conde Hugues notou a túnica suja do escudeiro.

– Realmente, você está coberto de sangue! – exclamou ele.

– Não é meu – respondeu o rapaz. – Dentes-Sujos está morto... Assim como Robert-Azur! E os oblatos que vieram nos ajudar perderam dois ou três dos irmãos. Sem contar os membros arrancados de alguns empregados!

– Recupere o fôlego e nos explique – propôs o rei.

– Nunca vi tanta violência! Deus me guarde, vi o anjo do Mal subir à Terra para nos matar a todos! Ele luta com um machado! Um verdadeiro carniceiro...

O rei tirou a espada da bainha e lançou:

– O Senhor nos perdoará, meus amigos: espada em mãos! Vamos ver.

Em seguida, virando-se para os seus dois fiéis amigos:

– Bertrand, André, peguem dez homens munidos de tocheiras; quero que inspecionem os arredores. Longmaur, fique no Santo Sepulcro com uns quinze cavaleiros. Matem o primeiro que tentar entrar.

Em seguida, Balduíno levou a pequena tropa composta dos champanheses, de Sylbert e de Bucelin. O escudeiro não tinha mais coragem para andar. Ele caiu em lágrimas nos braços de um padre que tentou reconfortá-lo.

O rapaz não cessava de repetir:

– Um demônio! Um demônio...

A caminho, Balduíno se dirigiu ao conde:

– É pouco provável que seja uma incursão dos sarracenos... Vocês são os meus hóspedes e saberei reparar esse dano! Uma investigação será diligenciada; encontraremos rapidamente o culpado, eu prometo, conde!

– Estou convencido disso, Sire. Mas não será o inimigo o responsável? Já tivestes um problema como esse?

– Não, é a primeira vez que o sangue corre entre estes muros. Lastimamos alguns furtos, duas ou três rixas. Mais do que normal numa população confinada. Os casos foram resolvidos com umas boas chicotadas na pele dos faltosos.

– Parece que, desta vez, o adversário é mais perigoso. Não posso deixar de notar que ele apareceu na mesma noite da nossa chegada.

O rei olhou para Bucelin furtivamente e, com uma voz que pretendia ser firme, disse:

– Não passa de uma coincidência, conde.

– É o que espero, sinceramente, Sire.

*

* *

O homem entrou no seu reduto. A noite havia esfriado a pedra, impregnando-a de um odor de cripta.

Ele ficou nu e se sentou no chão, com as costas apoiadas na parede. O contato dos pedregulhos ásperos reconfortou-o intensamente. Cada aspereza que espetava a sua carne lhe proporcionava uma picada de prazer.

As trevas o apaziguaram. O ritmo do seu coração diminuiu, ele se acalmou. No peito, os batimentos surdos que ardiam alguns minutos antes haviam desaparecido totalmente.

Ele sabia que o sangue escorria do seu rosto. Proveniente do ferimento que o champanhês lhe havia infligido. Seria profundo? O osso fora atingido? Se a ponta da espada estivesse suja, a lesão poderia infeccionar rapidamente. Precisava tratá-la e costurar...

Esperaria que a exaltação que invadira todas as dependências diminuísse e iria ver o núncio.

Dentro de algumas horas. Depois de rezar, de absorver o frio das pedras por todos os poros da pele, de formar um só ser com a cripta numa osmose perfeita que lhe entorpeceria os músculos e paralisaria até o menor dos seus tendões.

"*Et ne nos inducas in tentationem: sed libera nos a malo.*"

Ao sangue, se misturaram as lágrimas. O homem chorava.

Chorava de alegria, a alma serena entregue nos braços gelados de Deus.

*

* *

O bispo Bucelin foi invadido pela náusea ao ver os três corpos jazendo num mar de sangue e os rapazes mutilados e estropiados que os companheiros sustentavam ou nos quais punham bandagens grosseiras, prestando os primeiros socorros enquanto esperavam os médicos.

Basile havia voltado para a cama, estava sentado, sem fôlego, com a visão ainda embaçada.

– Só consegui atingi-lo com uma estocada no rosto, mas não tenho certeza de tê-lo ferido muito! – contou ele aos amigos, lamentando.

– Ao menos viu de quem se tratava? – perguntou o conde.

– Não, não vi a fisionomia dele. Apenas o olhar quando o atingi. O carniceiro ainda estava com o capuz na cabeça e tomava todo o cuidado para esconder o rosto. Mas os olhos...

– O que tinham os olhos? – trovejou Geoffroy.

– Estavam repletos de uma tristeza infinita – explicou Basile depois de um tempo. – Eram como os olhos de uma criança que acaba de perder o pai e a mãe.

Arcis pôs a mão no ombro de Payns, soprando no ouvido dele:

– Os seus temores eram justificados, amigo. Perdoe-me por haver duvidado da sua palavra. Realmente, você perseguiu um homem de carne e osso no navio! Mas, pelos dois Joões,* os nossos santos padroeiros, quem poderia saber que viríamos para Jerusalém? Tomamos um grande cuidado para manter o maior segredo...

– Cale-se, Geoffroy – ordenou Payns. – O rei não deve desconfiar... Falaremos mais tarde. Por enquanto, vamos cuidar desses infelizes meninos.

---

* São João Batista e são João Evangelista. (N. T.)

Diante dessas palavras, Arcis vasculhou um dos seus bornais e tirou alguns utensílios de cirurgia e dois potes de unguento. Pediu que deitassem os feridos de costas, que fervessem grandes bacias de água e que preparassem bandagens com panos limpos.

Os doutores Hotemaux, Virgile e Manuel, respectivamente médicos e cirurgião, que haviam acabado de chegar, viram com maus olhos um estrangeiro, mesmo sendo champanhês, se dar o direito de dispensar tratamentos no interior daqueles muros.

Todos eles acompanhados de assistentes pessoais, que pegaram como testemunhas, manifestaram bem alto a sua reprovação, usando o mais belo latim para provar a todos o quanto a ciência deles era extensa. Eles ficaram cacarejando por longos minutos. Tempo que Arcis aproveitou para debelar a hemorragia de um paciente.

– Você tem uma rara habilidade, cavaleiro – observou Balduíno, articulando bem distintamente as palavras, de maneira que os médicos ouvissem.

– De fato – frisou Hugues. – A modéstia de Arcis é tanta que ele se recusa a exibir o seu título de doutor em medicina. Assim como ele diz não ser astrólogo nem matemático, mesmo sendo um e outro.

– E filósofo! – apoiou Geoffroy.

Os doutores Hotemaux, Virgile e Manuel se calaram. A contragosto, admiraram a precisão dos gestos de Arcis, que acabara de salvar a vida de um adolescente que tivera o punho direito seccionado. Balduíno se virou para eles e disse secamente:

– O que esperam para agir? Não estão vendo que estes quatro meninos esperam nas suas enxergas?

– Sim, sim, Sire – gaguejou mestre Hotemaux.

Bucelin saiu precipitadamente para o pátio para vomitar numa parede. “Meu Deus”, pensou ele, “como é difícil defender a Vossa causa! Quantas vidas teremos de ceifar antes de abafar o Segredo? Quantos sacrifícios seremos obrigados a perpetrar em Vosso nome?”

Depois de recuperar o fôlego, o prelado voltou ao dormitório. Os cavaleiros e o próprio rei se agitavam em volta dos feridos. Um rapaz agonizava e se lamentava, dizendo que não queria morrer. Ele tomou a mão de Balduíno entre as suas.

– Rezai por mim, Sire! Por favor, Deus saberá vos ouvir... Sois o rei de Jerusalém e zelais pelo Túmulo do filho Dele... Rezai por mim!

E o rei obedeceu. Ele começou a rezar, enquanto o mestre Hotemaux ligava dois tendões do joelho esquerdo do adolescente.

Bucelin se forçou a se aproximar apesar da repugnância. A patela do ferido estava exposta; o núncio levou a mão à boca para reprimir uma ânsia de vômito.

Arcis havia terminado de tratar o segundo paciente e se ergueu com a testa suada. Payns lhe entregou uma tigela de água fresca que ele bebeu de um só gole. Em seguida, depois de enxugar os lábios na manga, ele disse:

– Foi um trabalho de carniceiro! O matador atingiu voluntariamente as juntas, os sobreviventes do massacre ficarão enfermos pelo resto de seus dias. Nunca vi uma ação mais ignóbil!

Sylbert interveio:

– Isso é porque não viu Longmaur em ação! Esse homem deu mostras de uma natureza igualmente cruel.

Arcis suspirou e meneou a cabeça.

– A natureza humana! – disse ele. – *Não há sinal certo da virtude: tudo é confusão na natureza humana!**

Sylbert ergueu as sobrancelhas.

– Como?

Payns foi em seu socorro:

– É assim, primo. Arcis não pode deixar de evocar o espírito dos belos pensadores que o ajudam a pontuar os atos exemplares da sua douta e generosa existência! No caso, ele citou um poeta grego... Já ouviu falar de Eurípides?

– De jeito nenhum – respondeu Sylbert. – Deveria?

– Não lhe serviria para grande coisa no exercício da profissão. Foi melhor aprender a manejar a espada e a se manter na sela de maneira certa.

---

* Da peça *Ifigênia em Áulis*, do poeta trágico grego Eurípides. (N. T.)

– De qualquer modo, sinto-me bem estúpido no meio de vocês cinco – suspirou Sylbert, esboçando uma expressão que franziu todo o seu rosto como um focinho de fuinha.

– Não pense assim, primo! Você é tão irmão quanto qualquer um de nós...

Em seguida, levando-o de lado, de modo a não ser ouvido pelo rei, Payns acrescentou:

– Você é a parte mais importante do nosso projeto, Sylbert. Nós lhe pedimos que deixasse a sua família para participar da expedição dos cruzados e você aceitou, sem protestar. Precisávamos de um homem de confiança em Jerusalém; você se tornou esse homem!

– Para ser sincero, não posso contradizê-lo. A minha devoção é tão forte quanto a minha amizade por você, Payns.

– Meu bom amigo! Essa é a sua inteligência: a do coração. A desse bom e grande coração caloroso que bate no seu peito. Uma inteligência simples e reconfortante que não dá razão a Eurípides: a natureza humana às vezes pode ser equilibrada e sábia. Você é o testemunho vivo disso.

– O seu cumprimento tem o gosto do mel. Mas tenho consciência de que não é com pessoas como eu que se vencem as batalhas. Como disse, Payns, não sou um guerreiro, sendo que você e seus amigos precisariam de um verdadeiro soldado! Um desses gigantes que não se atrapalham com a piedade para matar e trucidar.

– A batalha que travaremos com os nossos inimigos vai precisar de mais habilidade do que de força, meu bom primo. Lutamos contra sombras que o papa movimenta como fantoches.

10.

O túmulo do Impostor

A noite já ia avançada quando os cavaleiros champanheses, finalmente, se viram sozinhos no dormitório.

Basile não se permitia dormir e tinha de fazer um terrível esforço para repelir o sono. Chegava a escorregar, as nádegas deslizando para fora da cama. Mas Arcis, que se sentara ao lado dele, o segurava todas as vezes que estava prestes a cair.

O gordo Geoffroy andava pelo quarto com o pescoço enfiado nos ombros, cara enfezada e testa franzida.

– Como? – não parava de repetir. – Como eles foram informados das nossas intenções?

Sylbert arriscou:

– Está falando da seita oculta, senhor?

– Naturalmente! – fulminou Geoffroy. – Você ouviu bem: estou pensando nessa maldita camarilha, cujos membros traem, mentem e matam com a bênção do papa! Sim, por certo que estou falando dela... Pois só pode se tratar dela! Finória, hipócrita, maligna! Uma hidra que procura a mesma coisa que nós, nos espionando sem parar!

– Mais baixo! – impôs Payns, indo até a porta e a entreabrindo para se certificar de que o corredor estava vazio.

Geoffroy mal abaixou a voz para continuar, sempre andando em círculos, cada vez menores:

– Nós todos temos a mesma opinião, mas não ousamos pronunciar o nome dos nossos rivais como se fôssemos poltrões supersticiosos.

– Tem razão, Geoffroy – disse o conde. – O homem com o machado que entrou aqui bisbilhotou as nossas coisas para encontrar o nosso mapa. É claro que esse lacaio assassino pertence aos Guardiães do Sangue!

Geoffroy retomou a palavra:

– Que tipo de magia ele usou para saber que temos esse mapa? Quem lhe disse? Somos seis neste dormitório e só nós seis possuíamos essa informação! Como os Guardiães do Sangue ficaram sabendo?

Um silêncio se impôs. Os homens se olharam. Eles se conheciam havia muito tempo. O conde Hugues e Payns, desde a infância. Os outros, havia mais de dez anos. Eles tinham feito um juramento por ocasião da sua iniciação na Loja* Primeira e se comprometeram a servir a Tradição de corpo e alma. No entanto, sondavam uns aos outros, fazendo a si mesmos uma pergunta que nunca acreditariam ter de fazer algum dia.

Finalmente, Payns rompeu o silêncio com uma voz na qual havia uma ponta de raiva:

– De nada adianta semear a desconfiança entre nós, Geoffroy! Não podemos nos permitir deixar a suspeita nascer. É um veneno que nos mataria mais rápido do que os Guardiães do Sangue! Somos apóstolos, mas não temos um Judas entre nós.

Geoffroy parou imediatamente de andar. Ele enrubesceu e gaguejou:

– Não... Não... Não era a minha intenção magoá-los, irmãos. Eu estava pensando alto, e sabem muito bem que a reflexão não é a disciplina na qual eu me destaco mais. Se os ofendi, humildemente lhes peço que me perdoem. Sim... Sim... Que grosseirão eu sou, não é?

---

* Lugar ou reunião em que se congregam os maçons. (N. T.)

– Ora, vamos – tranquilizou-o Hugues –, nós o amamos do jeito que você é! Apesar de tudo, o seu raciocínio soa certo. Não sei como o papa e os seus esbirros ficaram sabendo que temos a planta que deve nos levar ao túmulo do Impostor.

– Sem dúvida, há meses ele mandou que nos espionassem – resmungou Basile.

O conde Hugues enfiou a mão direita na sua túnica e tirou um saquinho de couro, abrindo-o em seguida. Continha uma folha de pergaminho que ele desdobrou com cuidado. A pele estalou um pouco no contato com os seus dedos.

– Irmãos – começou ele –, me parece mais sensato não nos demorarmos em Jerusalém. Vamos usar o mapa a partir de agora.

– Hoje à noite mesmo? – surpreendeu-se Arcis.

– Não ficarei sossegado enquanto não honrarmos o nosso compromisso, tomando posse dos Santos Sinais! – respondeu o conde.

– Certo – lançou Geoffroy, jogando o seu grosso tabardo de lã nos ombros. – Aprecio esse tipo de decisão. Ação, finalmente! Não viemos aqui para cochilar recitando o Pai-Nosso diante de um túmulo vazio!

Basile tentou se levantar da enxerga apoiando-se no braço que Arcis lhe estendera.

– Vou com vocês – balbuciou ele.

– Primeiro precisa conseguir se manter de pé! – objetou Payns.

Basile respondeu se erguendo e empinando o peito num gesto decidido.

– Estou melhor! Esse assassino me deixou com o sangue quente... Não esqueçam que consegui fazê-lo fugir.

Ele deu alguns passos, no começo inseguros, depois, com força de vontade, recuperou a postura ereta e um pouco arrogante.

– Vejam – continuou ele –, consigo ficar em pé perfeitamente e não tenho nenhuma vertigem. Os seus passes de mágica fizeram maravilhas, Payns!

Payns olhou para cima exasperado e deu de ombros.

– Imbecil incorrigível! – replicou ele.

*
* *

O bispo Bucelin tomou o cuidado de cobrir todas as janelas do quarto, puxando os reposteiros, para que ninguém do lado de fora pudesse ver que ele não dormia.

O prelado segurava um candelabro acima do rosto do homem do machado. Um jovem abade costurava os lábios do ferimento infligido pela espada do cavaleiro Basile le Harnais.

– Está tremendo, Monsenhor! – observou o homem com a sua voz sombria e adocicada.

– É que eu me pergunto... Enfim, acho que foi imprudente ao vir aos meus aposentos.

Porém, essa era apenas uma das razões que perturbavam o núncio papal; a principal era o rosto do matador. Este tinha exatamente vinte anos e parecia o anjo com o qual às vezes ele sonhava. Um anjo de sexo indeterminado, olhos empalidecidos por um olhar de desespero, lábios que esboçavam um sorriso entediado e desdenhoso... Um anjo, ora mulher, ora homem, a quem ele confiava os seus pecados esperando que fossem perdoados no dia do Julgamento.

– Estava tudo deserto – tranquilizou-o o matador.

O sebo das velas escorria pela mão de Bucelin e se depositava em finas camadas ardentes. Contudo, o bispo não ousava se queixar por tão pouco, uma vez que o ferido não demonstrava nenhuma dor causada pela agulha e pelo fio do jovem padre.

– Por que se recusa a tomar algumas colheradas desta droga hipnótica que diminuiria o sofrimento? – perguntou Bucelin, apontando para um frasco em cima da mesa.

– Na verdade, um martírio bem fraco se comparado aos dos primeiros cristãos perseguidos.

– Não sente realmente nada?

– As mortificações, penitências e abstinências que me impus superam essa fraqueza. O meu corpo e a minha mente apreciam a dor! Eles a vivenciam com êxtase.

– A sua impassibilidade parece assustar o jovem padre. Uma tal insensibilidade não é humana!

– Ao contrário! A ascese deveria levar todos os homens a se desligarem das aflições da carne. Eu não passo de uma arma, Monsenhor! O instrumento que protegerá os interesses superiores da Igreja. A História é enganadora; cabe a nós reescrevê-la de maneira a preservar a fé em Deus... A fé é o cimento indispensável da sociedade que deve preservar a humanidade contra os hereges.

– Pronto – anunciou o jovem padre. – Já terminei. Sem dúvida, será preciso aplicar com regularidade um emplastro de *Anthyllis vulneraria** na cicatriz.

– Água benta é melhor! Foi a lâmina de um renegado que me fez esta ferida!

O matador saiu da cadeira e pegou um grande prato redondo de cobre, usando-o como espelho. Às suas costas, o jovem padre, que arrumava os instrumentos de cirurgia num bornal, não tirava os olhos dele, receando o veredicto.

– Bela obra de costura! – exclamou, finalmente, o homem.

Em seguida, ele largou o prato, se virou para o padre, pegando-o pelo pescoço como se fosse um frango banal, e ordenou, bem baixo:

– Você não vai falar sobre isso com ninguém, ou eu lhe racho a cabeça como uma acha de lenha, fradinho!

– Eu juro, senhor! Pode confiar em mim.

Bucelin interveio, afirmando com um gesto de apaziguamento:

– Não tenha receio, ele fez o juramento de fidelidade aos Guardiães do Sangue e eu respondo pelo seu silêncio.

O matador afrouxou o golpe no pescoço da vítima, que começava a empalidecer e a tossir.

Bucelin prosseguiu, servindo-se de uma taça de vinho:

---

* Originária do sul da Europa, esta planta contém propriedades medicinais. (N. T.)

– Posso contar, também, com alguns cavaleiros que aderiram à nossa causa, assim como alguns de seus escudeiros. Mandei vigiar o dormitório dos champanheses e serei avisado assim que eles saírem de lá.

O bispo fez um intervalo: "Devo falar com ele?"

O homem do machado pôs novamente o capuz e escondeu o rosto.

Bucelin disse:

– Há pouco, no dormitório...

– Sim?

– Era obrigado a causar tamanha desolação? Você matou cinco infelizes crianças! E deixou outros quatro mutilados para sempre...

– Você me disse que eu não encontraria nenhuma resistência, Monsenhor!

Bucelin se serviu de uma segunda taça. O vinho lhe queimava no rosto e ardia na sua alma, liberando-o um pouco da angústia que sentia na presença do matador. Ele replicou:

– Eu não sabia que o cavaleiro Basile le Harnais estava doente e que ficaria no quarto. Quando descobriu isso, deveria ter deixado a revista para depois.

– Por acaso ficou com a consciência pesada hoje à noite? O que estava imaginando? Que a batalha que vim travar nestas terras não causaria vítimas?

– Mas... inocentes!

– Eles levavam bastões e adagas para avançar em cima de mim como uma matilha de ladradores! Eu lhe disse, Monsenhor, sinto uma certa satisfação em servir a Deus. O papa me deu a absolvição; sou o servo da Igreja. Os que atravessam o meu caminho se arriscam a serem chamados prematuramente para perto do Pai Eterno. Que a alma deles me seja devedora: eu lhes dei a felicidade e a beatitude!

O jovem padre pareceu embaraçado por ser testemunha dessa conversa. Sentia que cada segundo passado naquele quarto mal-iluminado o aproximava do inferno. Aquele homem, aquele matador que tinha um machado preso no cinto, aquele rapaz um pouco mais velho do que ele, era o demônio encarnado. E ele o havia tocado! Havia costurado um maldito corte na sua face direita sem que ele reagisse ou reclamasse. Por dez vezes havia enfiado a agulha na sua carne e puxado o fio com força para fechar a ferida, sem provocar nenhum grito, por menor que fosse, nem um pequeno estremecimento.

O padre estava perto da porta, alternando o peso do corpo de um pé para o outro, numa dança impaciente. Bucelin e o enviado do papa ignoravam-no.

*
* *

Os altos dos ciprestes farfalhavam na noite manchada de grandes sombras paradas. Sylbert levava uma lanterna e ia na frente dos cinco cavaleiros, conduzindo-os para fora dos muros da sede.

Uma porta falsa escondida e não vigiada. Um rápido olhar por cima do ombro, e Sylbert fez sinal aos companheiros para passarem pela porta, trancando-a rapidamente atrás deles, com duas voltas na chave.

Basile deu o braço a Geoffroy, que o sustentava firmemente.

Um latido de cão ao longe. Um longo ganido que se apagou numa nota rouca ao qual nenhum outro cão respondeu. Silêncio, somente perturbado pelo murmúrio das santolinas.

Arcis farejou com avidez o perfume complexo, rico e pesado, composto de uma infinidade de aromas, que o calor do sol havia revelado durante o dia e que a noite coagulara no seu frescor.

– Gosto deste país! – murmurou ele para Payns, que caminhava ao seu lado.

– Já?

– De fato, já. Não acha que esta cidade tem um cheiro bom?

– Na verdade, não notei nada. Confesso que o meu espírito não está nem um pouco inclinado à contemplação. Penso mais no que nos espera...

– Justamente por isso, deveria reter para sempre esses momentos especiais, pois a sua memória vai precisar de guias para não esquecê-los.

Eu me lembrarei dos eflúvios desta ruela, desta leve corrente de ar nos meus tornozelos, da areia onde afloram estes grandes paralelepípedos irregulares nos quais torço os pés, da frágil bola de claridade produzida pela lanterna do seu primo... São muitos os detalhes que a pele, os ossos e os olhos absorvem para ajudar a cabeça a se lembrar.

– Aprecio a poesia da sua alma, meu amigo. Ela lhe permite ver o lado belo de cada coisa, sendo que a maioria dos homens só olha o lado mau.

Agora, o conde ia na frente. Ao lado dele, Sylbert levava a luz.

– Esta é uma santa noite – disse ele, com voz seca.

– Na verdade, ela será quando tivermos encontrado o Túmulo e feito o que temos de fazer – frisou o conde Hugues, tirando da sua cota de malhas o saquinho de couro. – Uma santa ou uma maldita noite! – acrescentou ele.

*

* *

Dois homens se destacavam da massa negra de um muro alto.

– Você viu quem os levou pela poterna, Longmaur?

– O meu velho companheiro Sylbert! Mas, é claro, ele não nasceu em Champagne? Esse traidor estava morrendo de impaciência para se encontrar com o primo Payns. Vá logo avisar o núncio, Euric; ele deve reunir os homens. Não vou perdê-los de vista...

Euric se virou, correndo. Longmaur se aproximou da poterna para examinar a fechadura: "O sujeito já estava prevendo o seu trabalho há muito tempo; ele mandou forjar uma chave!"

Em seguida, ele tirou o punhal, com o qual começou a forçar a lingueta, tentando soltá-la da chapatesta. A tarefa levou mais tempo do que o previsto e ele ficou furioso. Finalmente, conseguiu fazer o cravete deslizar, quando o bispo, o homem do machado, Euric e três outros homens se juntaram a ele. Levou-os para o lado de fora, recomendando que não fechassem completamente a porta, porque deveriam passar por ela rapidamente depois da expedição.

– Que direção devemos seguir? – perguntou Bucelin.

– Eles deixaram marcas na areia, olhe.

– Não está ventando muito – disse Euric –, poderemos seguir as pegadas.

– Além do mais – emendou Longmaur –, eles devem estudar a planta e procurar o caminho.

Deram alguns passos. Surpreso, Longmaur apontou para o matador encapuzado e disse:

– Quem é esse homem que nos acompanha, Monsenhor?

– Ora, você sabe muito bem!

– Desconfio; no entanto, seria amável que nos apresentasse! A não ser que ele mesmo queira fazê-lo.

Mas o homem do machado continuou calado.

Bucelin foi obrigado a responder:

– Por segurança, ele não dirá o seu nome. Saiba, apenas, que é enviado pelo papa e que nos ajudará na operação.

– É a ele que devemos o massacre perpetrado no dormitório? – ironizou Longmaur.

Com uma voz sem firmeza, o bispo explicou, embaraçado:

– Um dos champanheses não compareceu à cerimônia no Túmulo. Ele teve de reagir.

– E que reação! Conheço matadores mais sutis.

Sob a sombra do capuz, uma voz doce e quase feminina respondeu:

– Ignoro a sutileza quando se trata de matar. Que o Céu faça com que eu nunca tenha de me virar contra você, cavaleiro!

– Estamos do mesmo lado, amigo.

– Não tenho nenhum amigo.

*

* *

Os champanheses se agruparam ao lado do conde Hugues. Sylbert segurava a lanterna no alto para que todos pudessem ver a planta.

– Conseguiremos ler este mapa? Sem dúvida, a cidade mudou muito em dez séculos – preocupou-se Arcis.

– José de Arimateia, tio de Jesus, desenhou esta planta tomando o Templo de Salomão como ponto de partida do trajeto a percorrer para se chegar ao túmulo do Impostor – disse Hugues.

– E o Domo do Rochedo foi construído no lugar em que ficava o Templo e que José de Arimateia pôs no mapa como sendo a estrela Alkaid – explicou Payns, mostrando um astro. E acrescentou: – Alkaid, geralmente representada sob a forma de um eta, a sétima letra do alfabeto grego, é a primeira estrela da cauda da Ursa Maior. Basta decalcar a nossa rota exatamente sobre essa figura celeste. A ideia de José de Arimateia é engenhosa: ele imaginou Jerusalém como sendo uma parte do céu e o nosso percurso será a reprodução da Ursa Maior, numa escala da cidade.

Hugues sorriu.

– Payns é suficientemente sábio em astronomia e em matemática para nos conduzir até a última estrela da Ursa Maior: Dubhe! É lá que deve estar o túmulo de Tomé.

– Sobretudo porque José disse ter deixado indícios na pedra de alguns muros – frisou Payns. – Talvez tenhamos a sorte de encontrar alguns que tenham sido poupados pelo tempo!

Os champanheses continuaram a caminhar. Menos de quinze minutos depois, chegaram a uma pequena praça pavimentada, em cujo centro havia um poço abandonado, coberto por uma grossa hera retorcida e um espesso musgo muito agarrado.

Payns segurava o mapa, consultando-o a cada passo, às vezes avançando com os olhos voltados para o céu, contando as estrelas para consultar o esquema traçado pelo tio do Cristo e fazer cálculos complicados de cabeça.

– E então? – impacientou-se Arcis.

– Então, se estou interpretando de maneira apropriada este traçado e se a minha avaliação estiver correta, devíamos descobrir um sinal nesta praça. O que deve confirmar que estamos no caminho certo.

Basile suspirou:

– Se permitirem, vou deixar que procurem. Vou me sentar na beirada deste poço e descansar um pouco.

Geoffroy o ajudou a se instalar na borda do poço.

– Pronto, assim ficará bem.

– Você cuida de mim com muita atenção. Tem medo de que eu entregue a minha alma a Deus esta noite?

Geoffroy deu de ombros e disse:

– Nem esta noite nem na próxima... Nem em nenhuma das que virão antes de eu mesmo ser enterrado!

– Muito amável, mas por que quer morrer antes de mim?

– Bom, você é melhor do que eu na arte da palavra. Tenho certeza de que saberá tornear lindas frases sobre o meu túmulo: um magnífico panegírico que fará os presentes chorarem abundantemente. Assim, todos se lembrarão dos meus funerais por muito tempo!

– Meu bravo Geoffroy, assim que voltarmos, prometo refletir sobre os versos que vou elaborar para as suas exéquias, pois aposto que se inscreverá em novos torneios nos quais vai arriscar a vida, não é?

– É difícil mudar, Basile. Preciso morrer como um herói!

Geoffroy ia se juntar aos amigos quando foi detido pelo que viu numa pedra do poço.

– Preciso de luz! – gritou ele.

Sylbert acorreu, erguendo a lanterna com o braço esticado.

– Ali! – indicou Geoffroy.

Payns havia se aproximado, Hugues e Basile vieram atrás dele. Todos se inclinaram sobre a mureta. Eles viram uma marca escavada há tempos por um cinzel.

– Este sinal é um zeta, a sexta letra do alfabeto grego – anunciou Payns. – Ele corresponde à segunda estrela da Ursa Maior, à qual se deu o nome de Mizar. Se prosseguirmos, não devemos demorar a encontrar Alioth, que deve estar indicada por um épsilon.

Payns examinou novamente o mapa e apontou para uma ruela que descia logo abaixo.

Basile apoiou-se no braço de Geoffroy e os cavaleiros se enfiaram pela viela. Alguns minutos depois, Payns avistou a fachada de uma casa de dois andares, coberta, em parte, por uma videira virgem. Payns teve de afastar os ramos para desnudar a base da parede de adobe.

Não precisou de muito tempo para descobrir a quinta letra do alfabeto grego, o épsilon.

– Chego a pensar que você já esteve aqui desvendando este caminho! – disse o conde.

– Na verdade, já, mil vezes, em sonhos!

Eles continuaram a avançar. Por duas vezes, Basile teve vertigens, obrigando-os a parar para que pudesse recuperar o fôlego.

A maioria das marcas feitas nas pedras por José de Arimateia havia sido apagada, mas Payns conseguiu encontrar sem dificuldades os pontos correspondentes ao delta de Megrez, ao gama de Phecda, ao beta de Merak...

– Você nos conduziu ao inferno! – exclamou Arcis.

– É o bairro dos leprosos – explicou Sylbert. – Só infelizes como eles, quase mortos, podem cercar uma antiga necrópole.

Os champanheses haviam atingido o limiar sul de Jerusalém. Era um lugar isolado onde sinistras construções se prendiam a uma rocha negra. Ali crescia um matagal na terra rústica, na qual pairava um odor fétido, acre e pernicioso.

Payns e Sylbert se destacaram do grupo para examinar as silveiras que adulteravam os rochedos.

– Estão nos observando – soprou Geoffroy.

– Por detrás das janelas – mostrou Arcis com um movimento do queixo. – Ali... e ali...

– Toda a noite está com este cheiro de podridão – disse Basile. – Já tive, na minha vida, tarefas mais agradáveis. Quanto mais rápido voltarmos para a nossa fresca região, melhor eu vou me sentir!

– O seu desejo será em breve satisfeito – disparou Payns, que havia descoberto um alfa grande sob os galhos, do tamanho da palma da mão.

– Que I.N.R.I. nos ilumine – maravilhou-se o conde.

Todos eles acorreram, formando um semicírculo diante da parede de pedra.

– Vejam – disse Payns – estes interstícios... Eles delimitam a porta redonda que tapou a entrada do sepulcro. Vamos nos apressar para livrá-la da hera e das moitas. As nossas espadas deverão ser suficientes.

Basile se preparou para tirar a sua arma da bainha, mas Geoffroy deteve o seu gesto.

– Vou trabalhar por dois – disse ele. – Descanse mais; vai precisar descer ao Túmulo quando isto estiver acabado.

– Obrigado, irmão.

Basile sabia o que os cinco teriam de realizar. Somente eles: os CINCO... Os que fizeram o juramento de preservar o Segredo do Cristo.

As lâminas foram usadas como tesourões. Elas atacaram o cimento de poeira e de limo que o tempo depositou na anfractuosidade da parede. As lâminas corroíam e raspavam. Os cavaleiros se dedicavam a essa tarefa com toda a força, sem se preocupar com os vultos dilacerados que apareciam na soleira das casas miseráveis. Trôpegos, estropiados, mancos, mulheres e homens em frangalhos, cobertos de farrapos e de trapos, monstros abandonados pelos vivos, eles saíam dos seus antros e mal se aproximavam, olhando surpresos os intrusos.

Alguns deles murmuravam. Comentavam, na língua deles, essa cena estranha. Vozes enroladas, arranhadas e curiosas.

– Por são João, apressem-se! – disparou Basile aos amigos. – Os leprosos estão se perguntando o que fazemos aqui. Imaginem se o nosso trabalho os deixar irritados...

– Esses pobres sujeitos não se aguentam de pé – respondeu Sylbert. – Nunca pensariam em nos atacar. Nós os reduziríamos a migalhas com três golpes de espada.

– Mesmo assim – continuou a falar Basile –, eles são muitos...

Finalmente, depois de muito esforço, Payns, Hugues, Geoffroy, Arcis e Sylbert conseguiram liberar a pesada porta redonda, que eles rolaram com infinitas precauções para evitar que ela tombasse e esmagasse um deles.

Terminada a tarefa, Payns se dirigiu ao primo:

– Você ficará vigiando a praça enquanto cumprimos o nosso dever, Sylbert.

– Claro, primo. A tarefa não será difícil. Contudo, apressem-se: posso me preocupar se demorarem. Quem me diz que o teto deste túmulo não vai desabar? É razoável descerem todos?

– O ritual impõe que estejamos os cinco presentes – explicou Payns.

– Sim, sim... Os anéis!

– Ora, não se preocupe. Tudo correrá bem.

– Já que você diz! – zombou Sylbert. – Você não é feiticeiro?

– Balelas!

Em seguida, Payns pegou a lanterna:

– Vamos descer!

Basile abandonou o pequeno rochedo no qual descansava e se juntou aos amigos. Geoffroy lhe ofereceu o braço e o ajudou a passar por cima do montículo de cascalhos que caíra na entrada do túmulo. Payns já havia entrado na escavação.

– Cuidado – aconselhou ele –, há um lance de escada que temos de descer, cujos degraus não são nada fáceis!

Os cinco homens afundaram nas trevas do Túmulo. A chama da lanterna ficou inclinada devido ao ar que entrou com eles.

– Vamos examinar todos os arcossólios* – propôs Payns. – Não buscamos um ossuário, e sim um corpo decomposto, o único esqueleto que este túmulo contém.

---

* Termo para designar o nicho em forma de arco nas paredes, usado como túmulo. (N. T.)

Os cavaleiros examinaram os sucessivos nichos que foram se apresentando para eles. Todos eles abrigavam uma urna de arenito que comportava os restos de um membro da família de José de Arimateia.

Payns parou subitamente diante de uma das reentrâncias e ergueu a lanterna acima de uma forma cinza, deitada; restos miseráveis, cujos ossos apareciam salientes embaixo do sudário empoeirado, puído, meio roído pelos vermes.

– Habitualmente – começou ele –, para preparar a ressurreição, depois que os ossos estavam descarnados, eram colocados numa urna. Isso foi proibido pelo Impostor!

O Impostor: Tomé, o irmão gêmeo do Cristo. Aquele que tomou o seu lugar na cruz. Morreu pregado na madeira como um porco comum que se sangra. Morreu nu, com as pernas cobertas de urina, de sangue e de lama, as costas dilaceradas pelo chicote, a fronte rasgada por uma coroa de espinhos. Morreu chorando como uma criança, dor e vergonha misturados. As invectivas, os palavrões e os escárnios podiam ser ouvidos nos gritos da multidão. Morreu com o rosto coberto de cuspe recebido ao longo do seu calvário, da subida ao Gólgota. Empurrado, golpeado.

– Em que está pensando, Payns? – perguntou Hugues.

Payns olhou para a parede em frente ao túmulo em que jazia o esqueleto de Tomé.

– Ali... Foi ali que Jesus ficou sentado, segundo a Tradição. Ele teria falado com o irmão, certo de que a Morte ainda não havia fechado todas as portas do seu espírito... Ele o interrogou!

– Jesus encontrou refúgio neste túmulo – explicou Arcis. – Os romanos o procuravam depois de descobrir que haviam torturado um usurpador.

– Sim – disse Basile –, Pilatos foi informado pelo Sinédrio.* Ele mandou visitar todas as casas que pertenciam à família do Cristo.

* Assembleia de juízes judeus que constituía a corte e o legislativo supremo da antiga Israel. (N. T.)

Nunca poderia imaginar que aquele a quem ele procurava se havia enfurnado ao lado do irmão, neste buraco.

– Tomé era gêmeo dele – continuou Payns. – As duas almas estavam ligadas. Ou será que eles só possuíam uma? Uma alma única que os fazia sofrer e os obrigava a compartilhá-la entre sombra e luz, a disputarem-na sem cessar...

Payns parecia se moldar a essa lembrança. Ele se encostou na parede onde Jesus havia descansado.

– O que Cristo tentava descobrir desde que havia sido iniciado pelos doutores egípcios – prosseguiu Payns –, o que a ciência o fizera vislumbrar várias vezes sem lhe dar a vitória, ele descobriu aqui, num êxtase! Quando interrogava o irmão, ele teve uma luz. A dor que queimava o seu espírito e a sua carne, as drogas que havia adquirido o hábito de tomar, a presença da Morte realizando a sua obra em Tomé, tudo isso o fez entrar em transe...

Payns desencostou da parede e se aproximou dos despojos de Tomé, que o clarão da lanterna tirava em parte da sombra viscosa do túmulo. A forma muito pouco humana, de ângulos esfarelados, parecia criar vida sob o sudário, movida pela chama que um vento fraco fazia dançar.

– Jesus se havia aproximado do Grande Arcano – prosseguiu Hugues –, só lhe faltava simbolizar a Obra derradeira pelas cinco figuras. Foi então que elas lhe apareceram... Como se Tomé, roubando-as da Morte, as houvesse ditado.

Geoffroy interveio:

– E ele se apressou a esboçá-las com a ponta do dedo no sudário do irmão. Com o sangue e os mucos desse irmão!

Todos os cinco conheciam com precisão esse episódio que os clérigos da Igreja haviam subtraído das Sagradas Escrituras. Eles o repetiram naquela noite num coro unido, retardando propositadamente o momento em que, finalmente, teriam de cortar uma parte do pano cinza que envolvia o cadáver de Tomé.

– Jesus desenhou a ordem no caos – acrescentou Payns. – Ele traçou os Santos Sinais! O Segredo da imortalidade para o iniciado que soubesse traduzi-los...

Então, gravemente, com um gesto lento, Payns abaixou a lanterna para examinar o sudário manchado. Os seus amigos se inclinaram, percorreram o linho sujo com os olhos. Arcis foi o primeiro a descobrir os cinco Sinais marrons desenhados por Jesus. Eles se sobressaíam distintamente entre os inúmeros borrões do tecido.

– Este é o Saber! – exclamou Payns. – Este, o Conhecimento que opõe a Vida à Morte. Esta é a luminosa Equação alquímica do nosso mestre Jesus!

Hugues inclinou-se, levou a mão direita ao peito e disse:

– Nós, irmãos da Loja Primeira, nesta noite de graça, nos tornamos os seus depositários pelos séculos vindouros!

– *Igne Natura Renovatur Integra* – escandiu Payns.

– Pelo Triângulo, pelo Hexagrama, pelo Ômega, pela Cruz e pelo Tau... – pronunciaram em seguida os cinco cavaleiros.

Payns colocou a lanterna na beirada do leito de greda de Tomé e tirou a sua adaga da bainha. Começou a cortar o sudário, rasgando com força na altura das cinco figuras.

– Comunguemos na verdadeira eucaristia! – murmurou ele. – A carne da Vida...

Sob o olhar grave dos companheiros, ele cortou o pedaço de tecido em cinco partes, isolando as figuras umas das outras e distribuindo-as em seguida.

– Esta é a luz de Jesus que separamos em cinco fragmentos. Cada um de nós vai pegar um...

Os cavaleiros dobraram com cuidado o seu pedacinho de tecido, guardando-o no minúsculo tabernáculo do anel.

– Nós nos tornaremos os cinco dedos da mão direita do Cristo!

Eles fecharam o anel.

Surpreendendo os amigos, Basile pegou a mortalha. Enérgico, febril, ainda que Geoffroy tentasse impedi-lo, ele arrancou o tecido do esqueleto.

– Quero ver – disse ele. – As marcas!

Pedaços de carne mumificados, curtidos pelo tempo, ainda se prendiam aos ossos.

– Os punhos e os pés furados! – disparou Basile. – Finalmente, vejo o crucificado. O Impostor que tanto assombrou de pesadelos as minhas noites!

Hugues interveio, pegou o amigo pelos ombros para tirá-lo dessa visão mórbida e sacrílega. Estático, Basile se deixou arrastar. O queixo estava caído no peito; de repente, ele se encurvou.

– Não é bom ficar olhando para ele, meu amigo – aconselhou o conde.

– Mil vezes eu o vi se erguer na sombra... me estender os braços mortos e me puxar para ele. O maldito!

Payns colocou a mortalha de volta sobre o cadáver de Tomé, enquanto Basile prosseguia:

– Ele me enlaçava com o mau cheiro da sua carne em decomposição e me beijava os lábios...

– Cale-se! – disse secamente Arcis.

– Vamos subir, a nossa tarefa foi cumprida – concluiu Payns, pegando a lanterna.

Mas Basile não pôde evitar se virar. A figura que repousava no nicho se havia apagado na sombra que a envolvera. Um último clarão dançou por um curto instante em cima da mortalha.

II.

Luta à noite

Assim que os champanheses saíram do túmulo, Sylbert foi ao encontro deles e lhes disse:

– Temos de dar o fora; vi alguns vultos e o brilho de lâminas.

– Os leprosos? – interrogou Payns.

– Por Deus, os patifes estavam muito empertigados para serem estropiados! Realizaram o que tinham a fazer?

– Cumprimos a nossa missão. Agora não tem mais importância se outros entrarem neste túmulo. Ninguém saberá jamais o que estamos levando embora.

– Este lugar é um verdadeiro labirinto – ressaltou Sylbert. – Vamos permanecer agrupados e fugir sem demora.

– Vamos apagar a lanterna – propôs Hugues.

*
* *

O homem do machado se virou para Longmaur e ordenou:

– Cavaleiro, pegue os seus homens e cace esses ratos!

Longmaur não estava acostumado a ser mandado, mas Bucelin lhe lançou um olhar que o intimou a se submeter à ordem. Ele resolveu aceitá-la:

– Pois bem, sigam-me! – disparou ele aos quatro homens que o acompanhavam.

Sozinhos na noite, o homem do machado e o núncio ficaram um instante sem dizer nada, olhando na direção do sepulcro. Em seguida, depois de acender uma tocha, o matador anunciou:

– Foi melhor afastar toda essa gente da sepultura, não é, Monsenhor? Seria desagradável se os seus cruzados descobrissem o que vamos ver.

– Está certo. No entanto, temo que os champanheses tenham tido tempo de pegar o sudário!

– Eu sei! Sei também que os nossos homens não conseguirão alcançá-los.

– Como pode ter certeza?

– Os seus agentes de Champagne não lhe contaram a reputação do maldito Payns, Eminência?

– Para ser sincero, correm alguns boatos sobre ele. Rumores que mais parecem lendas. Temos de prestar atenção a esse tipo de boato?

– Ele é um feiticeiro criado pelo Diabo! E foi o Maligno em pessoa quem lhe ensinou o domínio das armas. Quem estiver ao alcance da sua espada está condenado!

Bucelin deu de ombros, querendo parar a conversa por ali. É bem verdade que haviam lhe falado muito sobre o cavaleiro Hugues de Payns. Por várias vezes lhe haviam sugerido que o champanhês praticava a feitiçaria.

O núncio do papa não podia confessar ao matador que estava com medo. Medo da noite silenciosa, das sombras atormentadas que apareceram na soleira dos seus casebres. Medo do que ia descobrir no túmulo. A verdade adormecida na terra havia quase dez séculos. A verdade!

Medo. E frio.

O sangue lhe latejava nas têmporas com golpes gelados.

– Você está tremendo – observou o homem do machado.

– Não é nada – articulou Bucelin, com dificuldade. – Vamos acabar com isso!

Alguns leprosos haviam acendido tochas e lanternas e avançado até uma certa distância da abertura do túmulo.

Bucelin levou a mão à boca, invadido por uma súbita náusea. Ele não sabia como a lepra se propagava. Bastaria respirar o ar que envolve os doentes para ser contaminado?

– Venha! – ordenou o matador, que já entrava no túmulo.

*

* *

– Mais um esforço, Basile, eu suplico...

– Diabos de pernas que não podem mais carregar a minha carcaça!

Com a espada na mão, sem tirar os olhos dos cinco vultos de cruzados que apareceram detrás de uma parede a menos de vinte metros, Payns exigiu:

– Que Arcis e Geoffroy levem o nosso irmão Basile de volta ao dormitório! Hugues e Sylbert venham comigo...

– Ei, primo – exclamou Sylbert –, seremos apenas três para enfrentar esses canalhas!

– É mais do que suficiente – respondeu Payns às gargalhadas. – Pela glória de Jesus!

– Pela fidelidade à sua Palavra! – acrescentou Hugues.

Os cruzados se aproximaram. Quando estavam apenas a alguns passos dos champanheses, ao reconhecer um deles, Sylbert gritou:

– Ah, é você, Longmaur? Você, um irmão de armas?

– Não incluo os renegados entre os meus companheiros!

– Não sabe por que ele lhe pediu que nos matasse e obedece cegamente?

– Não tenho uma inteligência muito arguta; sei, simplesmente, que o Monsenhor, em quem confio plenamente, me deu a certeza de que eu trabalho para uma causa justa.

Payns interveio:

– Ainda dá tempo de se retirar com os seus homens, cavaleiro. Assim evitaremos derramar sangue inutilmente.

Virando-se para os cruzados e dirigindo-se, em especial, a um deles, Longmaur disparou, numa gargalhada:

– Que belo conselho nos dá este pobre sire! É claro que o sangue vai correr e não será o nosso! O que acha, Euric?

Este não compartilhou da hilaridade do companheiro. Não sabia por que motivo uma surda apreensão dificultava a sua respiração e lhe dava um nó na garganta. Não tinha medo de Sylbert, que, por melhor espadachim que fosse, não representava um grande perigo. Mas e os outros dois? Aqueles dois que esperavam, impassíveis, firmemente apoiados nas pernas, segurando o punho da espada com as duas mãos...

– E então, o que acha, Euric? – repetiu Longmaur.

Euric acabou respondendo, sem muita coragem:

– Concordo com a sua opinião.

Então, com um gesto, Longmaur jogou os seus cruzados contra os champanheses.

Choques de metal. Arquejos, gritos, palavrões...

*

* *

– Veja! – disse Bucelin em voz alta, inclinando-se sobre a mortalha sob a qual apontavam os ossos de Tomé. – Eles recortaram o sudário. Portanto, não era uma lenda. Compreendeu agora? Era verdade! Eles levaram a fórmula revelada pelo Cristo!

Em seguida, vendo que o matador não manifestava nenhuma emoção, que se limitava a permanecer impassível diante do cadáver do Impostor, o bispo acrescentou, com voz seca:

– Isso não o afeta em nada? A Igreja que servimos de corpo e alma procura este corpo desde as origens, e você não parece ter sido afetado com isso!

– Simples peripécia... Um tempo para cada coisa.

A voz era doce, infantil.

– Uma peripécia? – trovejou Bucelin. – Não pode ignorar a importância magistral dessa descoberta! É o milagre da imortalidade! Jesus não possuía poder divino... Ele foi um alquimista que transgrediu as leis da natureza!

A voz de mel, sob o capuz, endureceu um pouco:

– Blasfêmia!

– Eu também neguei isso por muito tempo. Resignei-me a defender a causa enganosa da Igreja. A defender o dogma... pois o dogma é mais importante do que a verdade!

– Não, está errado, Monsenhor. Eu defendo a Verdade. A que diz que o Cristo é filho de Deus. Não importa o que eu veja ou o que eu ouça que vá contra isso, não deixarei de acreditar nela.

– Mas é loucura não admitir a usurpação da identidade de Jesus pelo seu irmão gêmeo. Veja! Veja!

Bucelin retirou o lençol cinza manchado de bolor dos restos de Tomé.

– Veja! – gritou ele, de novo. – Os punhos e os tornozelos! Os quatro foram furados por pregos que seguraram na cruz este impostor. Nunca houve uma ressurreição neste túmulo. Nunca! O Nazareno ficou aqui por três dias, é verdade. Sim, isso eu aceito: as Sagradas Escrituras fazem alusão a esse tempo passado sob a terra. Mas Jesus saiu em carne e osso para fugir.

A voz adocicada retomou a palavra:

– Santa Menehould* escreveu que "*no primeiro dia da semana, bem de manhã, as mulheres que tinham seguido a Jesus desde a Galileia foram ao sepulcro com os aromas que tinham preparado. Encontraram a pedra rolada para o lado da abertura do sepulcro. Entraram e não acharam ali o corpo do Senhor Jesus. Não sabiam ainda o que pensar, quando apareceram dois homens com vestes brilhantes. Cheias de medo, inclinaram o rosto para o chão. Eles disseram: "Por que procurais entre os mortos quem está vivo? Não está aqui, mas ressuscitou. Lembrai-vos do que vos dizia quando ainda estava na Galileia: 'É preciso que o Filho do homem seja entregue às mãos dos pecadores, e crucificado, mas que ressuscite no terceiro dia.'*"**

---

* Santa venerada na região de Champagne. (N. T.)

** Lucas, 24, 1-7. *Bíblia, Mensagem de Deus*, São Paulo, Edições Loyola, 1993. (N. T.)

Não podendo mais dissimular a sua irritação, Bucelin disse:

– Você é cego ou idiota? Como não aceitar esta prova? Como não ver? Aqui, diante dos seus olhos, jaz o esqueleto daquele que foi flagelado, torturado e crucificado!

– Eu vejo o que devo ver, Monsenhor. Sim, de fato, distingo as marcas do suplício embaixo deste lençol. Em Roma, hábeis artesãos saberão remendar este sudário e, para toda a cristandade, ele se tornará a mais sagrada das relíquias! A prova da existência do Cristo! Da passagem dele pelas trevas da morte antes da ressurreição.

– Quer que a mortalha de Tomé seja venerada pelos cristãos? A mortalha de um mistificador?

Sempre com voz calma e lenta, ele respondeu:

– Quem poderá afirmar que este lençol não é o de Jesus? Onde está a fraude? Estou aqui para escrever a História!

*

* *

Payns usou o pé para retirar a espada do peito de Euric, que havia acabado de derrubar. O ferido gritava de dor e de medo ao ver a lâmina vermelha de sangue sair do seu corpo, levando com ela pele e músculo.

Ele implorou ao cavaleiro que o matasse para acabar com o martírio. Mas Payns o abandonou, correndo para ajudar Sylbert, a quem Longmaur maltratava, fazendo-o recuar passo a passo sob violentos assaltos.

Ao lado, o conde Hugues evitava com agilidade os golpes de dois cruzados, segurando-os até que Payns liberasse o primo e, em seguida, viesse acudi-lo.

– Os seus músculos enferrujaram depois da batalha de Jerusalém, Sylbert! – zombou o cruzado.

Investida com a espada. Exibição da ponta. Ataque. O champanhês recuou, defendendo-se da melhor maneira possível, sem conseguir pôr Longmaur em dificuldades.

E o cruzado acrescentou, rindo:

– Meu pobre amigo, tenho muita pena de você. É fácil matá-lo agora, depois que o cansei bastante. E, por esse gesto, o núncio Bucelin me concederá ao menos dois séculos de indulgências!

Payns ouvira. O nome de Bucelin lhe despertou tanta raiva que ele atacou o cruzado pelas costas e lhe atravessou o torso com um golpe brutal e direto.

Longmaur não percebeu imediatamente. Não sabia por que de repente sentia frio. Por que as pernas se dobravam, os músculos perdiam toda a energia.

Ele viu a ponta de aço sair pela sua túnica, vermelha. E compreendeu que havia sido transpassado de um lado até o outro.

Será que ainda podia falar? Queria maldizer o carniceiro por havê-lo assassinado atraiçoadamente. Esse Payns, que diziam ser amigo de Satã e que tinha relações com a súcia do inferno. Esse Payns, que lhe roubava a vida como faria com qualquer malfeitor!

– Não foi nada cavaleiresco – articulou ele, com voz grosseira e já afogada no sangue.

As pernas não o sustentaram mais, e ele caiu de joelhos.

– Esta é a posição certa para rezar – ouviu ele no latejar do sangue que atingia as suas têmporas.

Como fez com a primeira vítima, Payns pôs a bota horizontalmente nas costas de Longmaur para recuperar a espada. Ao desprendê-la, arrancou do cruzado um gemido de animal ferido.

Longmaur caiu em cima das mãos, sacudido por espasmos e soluços, vomitando um sangue escuro nos pés de Sylbert, que não esboçou nenhum gesto depois do ataque de Payns.

– Rápido, primo, vamos ajudar Hugues!

*

* *

O matador dobrou cuidadosamente o sudário de Tomé.

– Segure, Monsenhor, eu lhe confio um instante.

Depois, elucidou:

– A minha missão também consiste em apagar as mentiras.

Ele ergueu o machado acima do esqueleto de Tomé. Bucelin se afastou, segurando o lençol e a tocha. Recuando três passos, colou-se à parede úmida do túmulo. E murmurou baixinho:

– *Magnificat anima mea Dominum. Et exsultavit spiritus meus in Deo salutari meo.*[5]

O matador abaixou a arma. Os ossos se quebraram e voaram em estilhaços, cintilando por um instante à luz da tocha.

– Meu Deus! – murmurou o núncio do papa.

O homem se concentrou nos restos do Impostor. O seu machado batia e quebrava a miserável coisa branca que se desmembrava, se desintegrava. Os ossos estalavam e se quebravam como madeira seca.

Como um lenhador satânico, embriagado pela loucura, o matador reduziu a pó o lastimável cadáver, que logo se dispersou em átomos de ouro na escuridão do sepulcro.

Bucelin não parava de rezar. Murmurava uma litania ininteligível, tão grande era o seu medo. O massacre do esqueleto parecia durar uma eternidade. O machado do jovem carrasco rangia quando atingia a pedra. Esse ruído estourava os tímpanos do eclesiástico.

– Meu Deus! – murmurou ele, agora distintamente.

– O que foi, padre? – perguntou subitamente o homem do machado, se virando.

Um odor de suor e de urina. O suor do matador. O mijo de Bucelin, que percebeu estar com as pernas encharcadas.

– O que foi, padre? – perguntou de novo com a mesma entonação da primeira vez.

"Esta voz", pensou o bispo, "tão delicada, tão feminina... No fim das contas, observei bem os seus traços? Tenho certeza de que se trata mesmo de um homem? Quando o padre lhe costurou a maçã do

---

[5] Minha alma engrandece o Senhor. E o meu espírito alegra-se intensamente em Deus, meu Salvador. [Lucas, 1, 46-47. *Bíblia, Mensagem de Deus; op. cit.*]

rosto, um pensamento me atravessou a mente. Eu disse a mim mesmo que o seu rosto era quase perfeito demais: a linha do queixo imberbe, a doçura do olhar..."

– Por favor me devolva o sudário, Monsenhor.

– Está bem. Tome.

– Há mais uma coisa.

– O quê?

– O senhor e o seu jovem padre viram o meu rosto. Saiba que lamento muito...

Bucelin suspirou longamente. Não tinha mais voz para defender a sua causa, para prometer que não falaria nunca. Com ninguém. Jurar que seria capaz de esquecer o rosto desse andrógino. Para sempre.

Ele se limitou a fechar os olhos. As trevas se impuseram com todos os seus horrores. Eram vazias. Ninguém lhe estendia a mão.

Ele sabia. Cristo não era o filho de Deus.

Ele morreu, com a cabeça explodindo sob um violento golpe do machado. Morreu antes de o seu corpo cair.

O assassino pegou a tocha que havia caído no chão e pôs fogo nas roupas da vítima antes de sair da sepultura.

A noite o envolveu com o seu frescor perfumado; ele aspirou o ar adocicado. Procurando os cruzados com os olhos, deu de ombros, certo de que os champanheses os haviam matado. Por isso, decidiu retomar o seu caminho e voltar ao Templo. E pôs o machado de volta na cintura.

As formas saíram dos seus casebres e cercaram o estrangeiro, falando baixo. Algumas se aproximaram mais. Outras preferiram se manter mais afastadas, assustadas, temerosas.

Um desses fantasmas apontou para a tumba de onde o homem havia saído. Um clarão brotou de lá.

O matador se virou e viu, um por um, todos os leprosos, múmias desfiguradas, criaturas de barro disformes. Ele esperou que os fantoches formassem um largo círculo à sua volta para abaixar o capuz. Os seus olhos transparentes eram os de um santo estático. Eles iluminavam o seu rosto andrógino.

– Sejam benditos, pois esta noite é uma noite de Luz! – exclamou ele. – É a noite da fé radiante! *Pai, chegou a hora, glorifique o Seu filho para que o Seu filho O glorifique e que, segundo o poder sobre a carne que lhe deu, ele ofereça a vida eterna a todos aqueles que Você lhe deu. Ora, a vida eterna é que eles O conheçam, a Você, o único e verdadeiro Deus, e àquele que Você enviou, Jesus Cristo. Eu O glorifiquei na terra, completei a obra que me deu para fazer. E agora, Pai, glorifique-me ao Seu lado com essa glória que eu tinha ao Seu lado antes que o mundo fosse mundo.*

Em seguida, com a mão direita, ele traçou no espaço um grande sinal da cruz antes de ajustar o capuz do seu colete na cabeça, mergulhando o rosto mais uma vez na sombra.

Ele se virou, atravessando a linha dos leprosos sem sentir o menor nojo.

E ele se viu sozinho numa ruela, andando num passo rápido, com o sudário de Tomé nos ombros.

"Só me resta cuidar do jovem padre. Quanto ao segredo dos champanheses, Hélène de Brienne acabará me contando um dia! Saberei ser paciente."

12.

O segundo juramento

Os cinco cavaleiros champanheses voltaram para o dormitório. Basile, a quem a marcha a Jerusalém deixara exausto, repousava na sua enxerga de palha, com um pano molhado em água fresca cobrindo a sua fronte.

Arcis se sentou ao lado dele e segurou sua mão esquerda.

– Sinto muito – murmurou Basile, num lamento. – Passei a ser um estorvo. Pus a sua vida e a de todos os outros em risco, há pouco.

– Do que está falando? – perguntou Arcis.

– Ao deixar Payns, o conde e Sylbert lutarem contra os homens do bispo.

– Ora – interveio Payns –, nós nos safamos sem muita dificuldade, como vê! Até senti um certo prazer em plantar a minha espada nas costas de Longmaur. Sem dúvida, o bandido esperava uma luta que obedecesse às regras da cavalaria e não ganhou nada com isso.

Sylbert, que se preparava para sair do dormitório, parou na porta e disse:

– Na verdade, primo, confesso que você também me deixou realmente surpreso. Não lamento o seu gesto, que me tirou de uma situação perigosa, mas não o imaginava tão brutal.

Payns caiu na gargalhada e replicou:

– Numa batalha, primo, só conheço uma única regra. Um princípio do qual não me separo jamais: é preciso vencer! Achei que os nossos agressores não mereciam ser tratados com honra e teria sido uma grande perda de tempo ter para com eles uma maior consideração. Vencer, eu digo!

– Eu me lembrarei disso – afirmou Sylbert, retirando-se.

Alguns minutos depois, o conde Hugues perguntou se Basile se sentia suficientemente forte para se levantar.

– Sim, sim – respondeu o doente, tirando da fronte o pano úmido.

Arcis o ajudou a se erguer, depois a sair da cama.

– Vamos juntar as nossas mãos, irmãos – disse Hugues.

– Tem razão, conde – acrescentou Payns –, não podemos nos demorar. Vamos formar a Cadeia de União* para pronunciar o segundo juramento.

Os cavaleiros levantaram o braço direito esticado. As mãos se uniram. Os homens desenharam, assim, uma estrela de cinco pontas.

– Por Salém, a cidade da Paz que Jerusalém se tornou – começou Hugues –, a cidade de todos os confrontos nas mãos dos soberanos omíadas, abássidas, fatímidas xiitas e seljúcidas sunitas...

Payns prosseguiu:

– Pelo inominável Segredo selado nas pedras cimentadas pelo sangue de suas vítimas...

– Pelo cristal de sua água...

– Pela água de suas rochas...

– Pelo seu ouro espiritual!

– Uma vez que sempre será a hora e que sempre teremos a idade, segundo o ensinamento do nosso mestre, o irmão Primeiro, juramos prosseguir os nossos trabalhos na Unidade recuperada.

---

* Círculo formado pelos maçons durante uma cerimônia. (N. T.)

– Jamais tiraremos das nossas mãos o anel que liga a morte à nossa vida e a nossa vida à morte, segundo um ciclo irreversível.

– Juramos nos unir, abrindo a mão direita do Cristo, quando um perigo ameaçar a nossa ordem e a nossa ciência. Juramo-nos eterna fidelidade para que a humanidade progrida. Enquanto o sol se levantar a leste e se puser no oeste além da morte, responderemos presentes ao apelo dos nossos irmãos. Juramos!

Os cinco champanheses repetiram em coro:

– Juramos!

Os braços se abaixaram ao mesmo tempo; somente Payns levou, em seguida, a mão direita ao peito e recitou:

– *No princípio era o Verbo, e o Verbo estava voltado para o Conhecimento, e o Verbo era o Conhecimento. No princípio ele estava voltado para o Conhecimento. Tudo foi por ele, e sem ele nada do que foi seria. Nele estava a vida, e a vida era a luz dos homens; e a luz resplandece nas trevas, e as trevas não a compreenderam. Houve um homem enviado pelo Conhecimento, cujo nome era João. Ele veio como testemunha para render homenagem à luz, a fim de que todos cressem por ele. Ele não era a luz, mas devia render homenagens à luz. O Conhecimento era a verdadeira luz que, ao vir ao mundo, ilumina todos os homens. Ele estava no mundo, e o mundo foi por ele, e o mundo não o reconheceu. Ele veio para o seu próprio bem, e os seus não o acolheram. Mas àqueles que o receberam, àqueles que acreditaram no seu nome, ele deu o poder de se tornarem filhos do Conhecimento. Estes não nasceram do sangue, nem de um desejo carnal, nem de um desejo de homem, e sim do Conhecimento. E o Verbo se fez carne e habitou entre nós, e nós vimos a Sua glória, essa glória que, Filho único, cheio de graça e de verdade, possuía o Conhecimento. João lhe rendeu homenagens e proclamou: "Eis aquele de quem falei: depois de mim vem um homem que me antecipou, porque antes de mim ele era. Da sua plenitude, todos nós recebemos graça sobre graça. Se a Lei foi dada por Moisés, a graça e a verdade vieram por Jesus. Ninguém jamais viu o olho do Conhecimento: o Filho único, que está no seio do Saber, no-lo revelou."*

Depois de um tempo, Payns acrescentou:

– Assim foi dita a verdadeira palavra. A do Evangelho da verdade. A palavra que os doutores da Igreja alteraram e propagaram, dissimulada por detrás de inúmeras mentiras. O nosso mestre Jesus, o irmão Primeiro, não sofreu na cruz, não subiu aos céus, não se sentou à direita do Pai. Nós somos filhos da Luz, filhos do Conhecimento, e fomos iniciados aos arcanos* sutis que ligavam os vivos aos mortos.

Depois, o silêncio. Payns olhou para os amigos, lhes sorriu e, com a ponta do pé esquerdo, fez o gesto de traçar uma cruz no chão. Ele foi o primeiro a cuspir nessa cruz invisível, imediatamente seguido pelos outros quatro cavaleiros.

O conde Hugues concluiu a cerimônia com as seguintes palavras:

– Maldita seja a cruz! Por I.N.R.I., Jesus adormeceu na expectativa de recuperar a Vida, e nós velaremos o seu sono nos séculos vindouros.

*

* *

Ele não conseguia dormir. Era raro que dormisse com facilidade desde a chegada a Jerusalém. Rememorava o tempo todo os gemidos dos moribundos, os gritos das mulheres e das crianças... Todos os infelizes que os cruzados massacraram, andando no seu sangue, gritando a sua loucura como amaldiçoados. Batendo sem parar apesar do cansaço. Quebrando cabeças, seccionando membros, rasgando carnes.

Ele passava as insônias rezando, ajoelhado ao pé da cama, o rosto virado para a grosseira cruz de madeira pregada na parede de cal.

Os joelhos salientes sofriam na pedra fria, cãibras paralisavam os seus músculos com frequência e os rins o faziam sofrer, mas ele se forçava a não sair do lugar.

Ele rezava.

– Você é bem jovem, padre! Jovem demais para ter pecados que precisem ser perdoados!

A voz firme, angelical. A voz do homem cujo rosto ele havia costurado.

---

* Conhecimento secreto iniciático. (N. T.)

O padre se virou, surpreso por não ter ouvido nenhum estalo. No entanto, a porta da sua cela estava escancarada e o enviado do papa estava na soleira.

– Ah, é você! – exclamou o padre. – Correu tudo bem? Monsenhor Bucelin está deitado?

O homem segurava o machado na mão direita. Com a esquerda ele abaixou o capuz e deu três passos.

– Levante-se e olhe bem para mim, padre.

Este obedeceu, tremendo como um gato molhado, um pranto incontrolável lhe subindo à garganta. Uma bola de terror e tristeza.

– Eu lhe perguntei se o Monsenhor Bucelin tinha voltado com você da expedição – conseguiu articular.

O matador não respondeu, limitou-se a sorrir, aproximando seu rosto ao do padre. Tão perto que dava a impressão de querer beijá-lo.

O padre sentiu o hálito do homem amornar os seus lábios.

A voz, aquela voz suave se insinuou nele, num murmúrio:

– Judas beijou Jesus para indicá-lo aos romanos e, assim, o entregou à morte. *Então, um dos doze, chamado Judas Iscariotes, procurou os sacerdotes-chefes. E lhes propôs: "Quanto me quereis pagar para eu o entregar a vós?" Eles lhe garantiram dar trinta moedas de prata. E, desde aquele momento, ele procurava uma boa ocasião para o entregar.** Está escrito! É isso que será verdade para os séculos que virão.

– E o legado? Onde está? O que fez dele?

– Beije-me e morra com o beijo fraternal daqueles que se sacrificam para preservar o dogma da Santa Igreja. *Ora, o traidor lhes havia indicado esta senha: "Aquele que eu beijar é ele. Prendei-o." E logo se aproximou de Jesus, dizendo: "Salve, mestre." E o beijou. Mas Jesus lhe disse: "Amigo, para isto é que vieste?"* **

O jovem padre recuou um passo. As pernas frias e duras o impediram de andar mais.

---

* Mateus, 26, 14-16, Bíblia, *Mensagem de Deus; op. cit.* (N. T.)

** Mateus, 26, 48-50, *Bíblia, Mensagem de Deus; op. cit.*(N. T.)

– Por piedade, senhor... Eu sou um de vocês! – balbuciou ele. – Que Deus venha em minha ajuda; jurei fidelidade aos Guardiães do Sangue!

– Sim. Mas você viu o meu rosto. E aquele que cruza o olhar com o anjo exterminador é condenado à morte!

– Virgem Maria, você é louco!

O voz do assassino ficou esganiçada, cortante e amarga. Pontuda como um estilete. Ele emitiu um riso ácido, soluçado.

E foi essa música histérica que acompanhou o movimento do machado no espaço da cela. Um amplo semicírculo que levou a pesada lâmina à cabeça do jovem abade.

O assassino se afastou para deixar a vítima cair.

– O louco de Deus! – disparou ele, num derradeiro sorriso. – O Seu braço de justiça!

*
* *

O sol mal havia se levantado sobre Jerusalém quando o rei Balduíno se apresentou no dormitório dos champanheses, com o pretexto de perguntar sobre a saúde do cavaleiro Basile le Harnais.

– Estou feliz de constatar que a sua saúde não piorou com a noite... Se bem que essa foi uma noite de caos!

Erguendo-se num cotovelo, Basile perguntou, inocentemente:

– O que quereis dizer? Tivestes de evitar alguma luta que não ouvimos?

Payns se aproximou. O rei prosseguiu:

– Na verdade, não! Não se trata dos muros que nos abrigam; estou falando de incidentes que ocorreram nos subúrbios.

– Uma revolta da população? – perguntou Payns.

– Também não foi isso – disse o rei, enquanto os champanheses formavam um círculo à sua volta.

– Estais aguçando a nossa curiosidade, Sire – disse Geoffroy, sem mesmo dissimular a ironia na voz.

Balduíno aceitou a disputa e bancou o ingênuo, explicando:

– Hoje bem cedo, alguns leprosos vieram nos relatar o que haviam testemunhado, e despachamos um destacamento para o bairro deles. Ali encontramos o cadáver do cavaleiro Longmaur, bem como o de quatro outros cruzados. Prosseguindo nas investigações, também descobrimos algo bem surpreendente...

– Sim? – disparou Payns.

– Um túmulo antigo havia sido incendiado. Ele desabou quando os nossos homens iam entrar, o que nos impediu de revistá-lo. Porém, há ainda uma coisa...

– Sim? – repetiu Payns.

– Monsenhor Bucelin, o núncio do papa, desapareceu! E um dos padres ligado à sua comitiva foi encontrado há pouco na sua cela, com a cabeça estilhaçada!

Essas revelações surpreenderam os champanheses. Até aquele momento, as afirmações de Balduíno eram todas previsíveis. As duas últimas informações os deixaram desconcertados.

O rei fingiu não ter percebido nada e prosseguiu:

– Os meus cavaleiros e eu fizemos imediatamente uma ligação com o desconhecido que massacrou os escudeiros e os pajens ontem, e que o cavaleiro Basile pôs em fuga. Podemos afirmar que ele ainda está dentro dos muros.

– Realmente, devemos temer isso – frisou Basile. – O ferimento que fiz nele não era profundo e certamente não o deixou incapacitado.

– Será que foi ele quem matou o padre? – perguntou Arcis.

– Não há dúvida – afirmou o rei. – Só um machado poderia lhe rachar a cabeça daquele jeito.

Depois de um tempo, ele acrescentou:

– Inicialmente, acreditei que os visitantes do túmulo do povoado dos leprosos eram saqueadores. Eles causam, com frequência, grandes prejuízos, e lamento ter de confessar que um grande número deles vem de nossas próprias fileiras. Para eles, é uma grande tentação juntar uma pequena fortuna nas bagagens para depois levar para casa.

– Não havíeis considerado essa eventualidade? – perguntou Payns.

– O que se pode querer pilhar num antigo cemitério hebreu? Lá não se acha nenhuma roupa cara, nem ouro, nem prata. Nada além de urnas funerárias. Além do mais, não posso admitir que o cavaleiro Longmaur fosse um malfeitor. O homem não era lá muito fino, mas era leal. Temo nunca descobrir a chave desse enigma. Temo nunca saber quem é esse carniceiro que mata rapazes corajosos lhes rachando a cabeça como uma lenha qualquer.

O rei se dirigiu para a porta. Ele se virou para Basile, no momento sentado na cama, e disse:

– Estou muito contente por encontrá-lo em forma, cavaleiro. A sua febre vai desaparecer em pouco tempo, a julgar pela sua pele, que está recuperando um pouco a cor.

– A vossa solicitude me toca, Sire.

O jovem rei esboçou um leve sorriso, que marcou uma delicada covinha em cada face, e saiu do quarto.

O conde Hugues foi atrás dele e o acompanhou no corredor.

– O que deseja, conde?

– Sire, eu queria vos dizer...

– O quê? Que os leprosos foram acordados por combates nas ruas e viram três cavaleiros fugindo e três outros lutando com cinco cruzados? Que eles notaram especialmente um deles? Um espadachim emérito que maneja a espada como um desvairado? É sobre isso que queria me falar, conde?

– Não, Sire, eu queria pedir proteção. Os meus companheiros e eu temos a intenção de viajar através da Palestina; queremos encontrar os locais onde Nosso Senhor Jesus Cristo deixou a sua marca.

– Evidente... Como recusar ao poderoso conde de Champagne e aos seus cavaleiros uma escolta para uma tão piedosa peregrinação? Terá o que pede, Hugues.

Hugues se inclinou para dizer:

– Sede louvado, Balduíno. Desde já podeis me considerar um dos vossos mais fiéis vassalos. Eu vos asseguro que as pessoas de

Champagne virão em breve, em grande número, apoiar-vos em Jerusalém, e ajudar-vos a defender a segurança dos cristãos.

– Nesse dia, serei seu devedor, conde.

O rei falou secamente. Ele deixou o conde e voltou para a corte, onde se reuniu aos cavaleiros Bertrand e André, que o aguardavam.

Hugues fez meia-volta e deu de cara com Payns.

– Ah, você ouviu? É isso mesmo o que quer, irmão? Que sigamos pela Terra Santa?

– É isso o que faremos enquanto tivermos de preservar o Segredo. Investiremos todas as nossas forças e todo o nosso ouro! Pois sabemos que nunca nos faltará o ouro, não é, irmão?

13.

O Confiteor

Fomos até Belém, onde nasceram os dois irmãos, Jesus e Tomé, cuja lenda diz que saíram abraçados do ventre de Maria.

Depois, seguimos até a pátria de José de Arimateia, onde ficamos muito tempo procurando os escritos daquele que enterrou Tomé.

Em seguida, atravessamos a Samaria para, finalmente, chegar à Galileia... Penso todo o tempo em Hélène, que espera por mim; não poderei deixar de contar-lhe a nossa aventura. Nunca poderei esconder nada dela...

O vento gemia nas venezianas, que batiam contra o tijolo, e se introduzia pelos interstícios de madeira para morder os tornozelos de Hélène. Ela havia acabado de ler a última folha das memórias do marido, que um desconhecido assassinara na antevéspera, levando a sua mão direita.

Alguém bateu de leve na porta. Chamou o seu nome. Reconhecendo a voz grave e séria de Payns, ela correu para abrir.

– Como estou feliz que tenha podido vir tão depressa – disse ela, jogando-se nos braços dele para chorar como uma criança.

– Corri para enterrar um amigo e reconfortar a sua esposa – murmurou o cavaleiro nos cabelos da jovem.

Ele fechou a porta e empurrou Hélène delicadamente, encabulado, pouco habituado a manifestar assim a sua compaixão.

A jovem esfregou os olhos com a ponta do xale e foi até a lareira para atiçar grossas brasas vermelhas, quase translúcidas. Em seguida, apontou para as folhas de velino em cima da mesa.

– Eu estava lendo o diário de Arcis. Percebi que amava um herege. Eu o amava acima de tudo! Mas, para dizer a verdade, nunca compartilhei da sua crença.

– Então, você sabe...

– Não tenha medo, mantive silêncio sobre as convicções dele... de vocês! E foi o "homem do machado" que ele descreveu no diário que o matou, não foi? Aquele que entrou no dormitório em Jerusalém.

– É verdade, Hélène. Quando li a mensagem que você me mandou, compreendi de imediato que se tratava do mesmo assassino.

– Arcis repousa no nosso quarto; gostaria de vê-lo?

– Gostaria, mas, antes, preciso queimar o diário. Ele nunca deveria ter escrito essas palavras nem ter feito confidências a você. Alguns segredos, quando são escritos, caminham com os maus ventos.

– Eu era a sua amada, Payns.

– Justamente por isso! Seria preferível deixá-la fora desse caso.

Payns havia se aproximado da lareira com as folhas de velino nas mãos. Olhou as brasas por um instante, parecendo refletir sobre o gesto que estava prestes a fazer.

– Tem razão, Payns – disse Hélène. – Queime esse manuscrito. Queime-o!

Finalmente, o cavaleiro se decidiu. Jogou as folhas na lareira, e logo se incendiaram, crepitando. Encolhendo sob o efeito do calor, elas pareciam querer proteger o seu conteúdo das chamas.

– Agora – disse Payns –, leve-me para perto dele.

Hélène pegou uma lamparina a óleo e seguiu pelo corredor, totalmente escuro.

– Siga-me.

As tábuas grosseiras do piso estalavam sob os seus passos. A jovem abriu uma porta e se afastou para deixar Payns entrar

– Vou ficar na soleira – murmurou ela. – Acho muito difícil vê-lo assim.

Quatro velas haviam sido colocadas nos cantos da cama. As pequenas chamas vacilavam com o vento que atravessava a casa assobiando.

– Os vizinhos me ajudaram – disse Hélène. – Na toalete... Para trazê-lo até este quarto. Para...

Ela não conseguiu terminar. A sua voz foi sufocada pelas lágrimas.

Payns observou o rosto céreo do amigo. A testa de pele branca enrugada. As faces e as órbitas cavadas pela morte. Os lábios esticados numa careta de dor deixavam aparecer os dentes inferiores amarelados.

O braço direito fora dissimulado embaixo do lençol que tomara a sua forma, mostrando nitidamente que havia sido seccionado na altura do punho.

"A Igreja possui o primeiro anel", pensou Payns. "Ela nos condenou... a nós cinco! E o matador do papa foi encarregado dessa ceifa."

Hélène viu Payns se inclinar sobre o rosto de Arcis para lhe dar um beijo na testa, onde o assassino havia traçado uma cruz e o número 1 com o sangue da vítima.

Chorar. Chorar mais. Hélène soluçava, com o peito em fogo e um nó na garganta.

Payns se juntou a ela, puxou-a para o corredor, e fechou a porta atrás deles.

Voltaram para perto da lareira. Para esperar.

– Geoffroy, Basile e Hugues não devem tardar – anunciou Payns.

– O conde virá? – surpreendeu-se Hélène.

– É claro! Você leu o diário de Arcis. Portanto sabe qual laço nos une além da morte. Além do tempo.

– É, sem dúvida – suspirou a jovem. – No entanto, essas coisas que os unem, todos esses mistérios me deixam tão perturbada, que sinto necessidade de pedir perdão a Deus por ter tido conhecimento delas.

– Conserve a sua fé tal como lhe foi ensinada, se ela lhe dá calor e conforto.

– Você é um homem estranho, Payns. Você me reforça uma crença que a sua alma não aceita!

– Eu não rejeito Deus – explicou Payns com voz calma. – Apenas lhe atribuo outro nome. Eu o reconheço num princípio criador que insuflou a ordem no caos do Universo. Que impôs leis imutáveis à natureza. Que permitiu a esta última gerar a Vida.

– Você me dá vertigens, amigo!

*
* *

Três cavaleiros entraram no povoado quando o dia diminuía numa bruma ocre. As suas montarias, com os cascos pesados, precisavam, a cada passo, se libertar de uma casca de neve aderente.

Geoffroy de Saint-Omer, Basile le Harnais e o conde Hugues de Champagne se dirigiram para a casa do irmão morto, Arcis de Brienne.

Hélène ficou um pouco intimidada com a presença do conde, embora este usasse de toda a sua bondade para deixá-la à vontade.

Arcis foi logo posto no ataúde. Carregado por dois coveiros, o caixão foi retirado da casa. O dobre dos sinos ressoou no povoado e os habitantes se dirigiram para a igreja. Um abade esperava no adro, as mãos azuladas de frio cruzadas no peito.

A capela não demorou a encher; um menino, vestido com uma alva branca, grande demais para ele, empurrou a porta, quebrando bruscamente o ímpeto de um vento glacial.

O abade benzeu o caixão e começou o *Confiteor*, repetido em coro pelos paroquianos:

Confiteor Deo omnipotenti,
beatae Mariae semper Virgini,
beato Michaeli Archangelo,
beato Joanni Baptistae,
sanctis apostolis Petro et Paulo,
omnibus Sanctis,
et tibi, pater,
quia peccavi nimis cogitatione, verbo et opere:
mea culpa, mea culpa, mea maxima culpa.

– Vingança! – soprou Basile no ouvido de Payns. – Vingança para Arcis!

– Nós o vingaremos.

Ideo precor beatam Mariam semper Virginem,
beatum Michaelem Archangelum,
beatum Joannem Baptistam,
sanctos apostolos Petrum et Paulum,
omnes Sanctos,
et te, pater,
orare pro me ad Dominum Deum nostrum.

Seguindo a conversa dos dois amigos ao ler os seus lábios, o conde Hugues se inclinou e murmurou:

– No entanto, como combater uma sombra? O homem do machado lê os nossos pensamentos; ele conhece o nosso juramento como se o houvesse pronunciado conosco. Além do mais, temos certeza de que ele agiu mesmo pelos Guardiães do Sangue e não por conta própria?

Misereatur nostri omnipotens Deus,
et, dimissis peccatis nostris,
perducat nos ad vitam aeternam.
Amen.

– Ele tinha o apoio de Bucelin em Jerusalém – continuou Payns em voz bem baixa. – Não é uma prova do envolvimento dos membros mais importantes da Igreja?

– Certamente, você tem razão – admitiu Hugues.

Indulgentiam, absolutionem et remissionem
peccatorum nostrorum
tribuat nobis omnipotens
et misericors Dominus.
Amen

– *Igne Natura Renovatur Integra* – soprou Payns.

– Que I.N.R.I. nos ilumine e receba o nosso irmão Arcis na luz do Primeiro – prosseguiu Hugues.

– A morte não é a morte – disse Payns, retomando a palavra.

– E a terra não é o túmulo!

14.

A confissão

O cemitério era contíguo à igreja. Colados uns nos outros, os túmulos pareciam se encavalar, pois a neve que os cobria abolia os contornos.

A cerimônia havia terminado. Usando as pás, os coveiros já punham o caixão de Arcis embaixo da terra. Hélène ficou olhando por um instante. Depois de encomendar a alma do defunto a Deus, o abade foi embora. O jovem diácono o seguiu, levando uma alta e pesada cruz de madeira, com a qual lutava contra o vento.

Todos os habitantes do povoado foram abraçar Hélène, antes de retornar rapidamente para o calor dos seus lares.

– Venha, Hélène... Vamos voltar para casa.

A jovem se virou para Payns e os seus amigos, dizendo:

– Vão se aquecer em casa, irei ao encontro de vocês daqui a pouco. Quero ir novamente à capela para rezar.

Os quatro champanheses saíram do cemitério depois de saudar pela última vez o companheiro, levando discretamente a mão direita ao peito, na altura do coração.

Geoffroy ficou um pouco para trás e fungava como um cachorro velho encharcado. "Afinal, não é nada desonroso chorar por um amigo querido! Será que as lágrimas são reservadas às mulheres? Homens e mulheres sofrem da mesma maneira. A dor não tem sexo."

– Vamos, Geoffroy, dê-me o braço -- disse Payns, esperando por ele.

– Com prazer, pois este vento me deixa embriagado e eu ando de lado.

– É, é – aquiesceu Payns. – O vento nos atordoa e nos queima os olhos, concordo.

– É isso – confirmou Geoffroy. – Ele nos joga a neve gelada em cheio no rosto.

De braços dados, os dois amigos foram ao encontro de Basile e de Hugues. Geoffroy não procurava mais dissimular a sua dor. As lágrimas lhe escorriam pelas faces gordas, picotadas de pelos espessos.

Os quatro cavaleiros caminharam em silêncio. Só quando entraram na casa dos Brienne foi que o conde Hugues anunciou:

– Em breve, teremos de tomar as providências, às quais já nos referimos, a respeito do Túmulo de Jesus. Os Guardiães do Sangue não se limitarão a tentar nos tomar os Santos Sinais.

– Eles vão querer ter certeza de que o milagre aconteceu mesmo! – acrescentou Payns.

– Sim, a única vez em que o milagre foi tentado e realizado. Por Jesus, o nosso irmão dentre os mortos!

*

* *

– Quero me confessar, padre, pois sinto uma grande necessidade de contrição e de arrependimento neste dia de luto.

– É uma intenção pura que aspira à leveza da alma em tais momentos.

O abade fez Hélène entrar no único confessionário da igreja. Na verdade, era um estreito cubículo, cujas tábuas de madeira estavam desconjuntadas pela umidade.

O abade sentou atrás da grade, na qual a jovem apoiou a testa.

– Eu sempre me sinto melhor depois de confessar – disse ela. – O senhor sempre me sustentou na minha fé! O meu coração teria explodido há muito tempo se eu não pudesse lhe falar, no segredo inviolável deste sacramento.

– Compreendo, Hélène. Só Deus ouve o que é dito aqui. Fale... Abra-se com Ele e ficará aliviada.

Hélène engoliu com dificuldade. Tinha a sensação permanente de ser estrangulada com um cordão imaginário lhe apertando o pescoço.

Ela respirou longamente, lentamente, profundamente. Respirou a atmosfera em que se agregavam o odor melado das velas com o das pedras, mais acre, o cheiro pálido e discreto da madeira e o hálito próximo do abade, quente e enjoativo.

Ela falou...

*
* *

O abade esperou alguns instantes depois da partida de Hélène para sair da igreja.

Passou pelas últimas casas do povoado, inclinado para a frente, lutando contra o vento carregado de neve que o atingia em cheio. Subindo um talude, se encontrou, no alto, com um homem que o aguardava ao lado do cavalo.

O desconhecido, com o rosto dissimulado sob um capuz, levava um machado na cintura.

– Soube de alguma novidade dos lábios da viúva? – perguntou ele.

– Não, meu senhor. Nada além da sua última confissão.

– Então eu voltarei... Mas já sei o principal. E graças a você. Os Guardiães do Sangue agora possuem um dedo da mão direita do Cristo!

– Mesmo assim – lamentou-se o abade – Deus não me perdoará por ter infringido o segredo da confissão. Violei esse sacramento por várias vezes para satisfazê-lo e sofro muito por isso.

O matador levou a mão ao machado e acariciou o fio da lâmina. O abade deu um passo atrás, com o risco de cair de costas na vala.

A voz adocicada o tranquilizou:

– Não tenha medo de mim. Não lhe farei nenhum mal enquanto me obedecer.

– Já me disse isso várias vezes, meu senhor. O que não impede que o seu comportamento me cause pavor.

– Somos aliados e trabalhamos na mesma operação.

– Sim, isso também já me assegurou. No entanto, estou cometendo sacrilégios imperdoáveis que pesarão na minha alma no dia do Julgamento Final.

– Considere-se um soldado de Deus. Por isso, a absolvição lhe será dada.

O homem do machado subiu na sela. Antes de esporear a montaria, disse ao abade:

– Que nunca tenha a ideia de se abrir com um dos seus superiores. Nem de confessar à senhora de Brienne que trai a confiança dela...

– Claro que não!

– É um bom soldado, abade.

O cavaleiro soltou o cavalo e logo desapareceu por entre os flocos de neve que turbilhonavam ao vento.

SEGUNDA PARTE

A LISTA VERMELHA

1.

A visita do papa

Em janeiro de 1108, o papa Pascoal II usou como pretexto a organização de um seminário com o bispo de Reims para ir secretamente a um pequeno e distante mosteiro de Champagne. A guerra que ele havia declarado aos cinco cavaleiros herdeiros da Loja Primeira começara em Jerusalém quatro anos antes e ela somente terminaria quando conseguisse todos os anéis que continham os Santos Sinais traçados por Jesus Cristo no sudário do irmão.

Parara de nevar havia dois dias, mas as estradas continuavam difíceis de trafegar, obrigando os viajantes a serem prudentes.

Um comboio composto de seis cavaleiros armados e de um coche com capota, puxado por dois cavalos, passou pela porta do mosteiro de Santa Menehould. Um homem corpulento, coberto com uma pele grossa, desceu da viatura, resmungando:

– Região sinistra e fria!

O cocheiro, que havia saído do banco, foi ajudar o gordo urso.

– Segure o meu braço, Santo Padre.

– Obrigado, não é necessário, aí vem o padre superior.

Um pequeno monge encapuzado acelerava o seu andar, saltitando na neve como uma ave pernalta apressada. Ao chegar perto do papa, ele se inclinou respeitosamente e disse:

– *Dominus vobiscum.*

– *Et cum spiritu tuo!*

– Santíssimo Padre, bendito seja...

– Rezaremos mais tarde. Leve-me até ele.

De rosto fechado, lábios finos e olhar sério, o papa Pascoal não sentia manifestamente nenhum prazer nessa visita.

O padre superior o convidou a seguir por um deambulatório, cuja maior parte era percorrida por um vento sibilante e cortante que entrava pelas aberturas.

– Devo preveni-lo – começou o padre superior gaguejando – de que, a esta hora, ele...

– Pois bem, ele está aí ou não? – impacientou-se o sumo pontífice. – Ele foi avisado de que eu viria hoje, não é?

– De fato, ele está aqui. No pátio, atrás deste prédio...

O padre superior indicou um celeiro ao visitante. Este reagiu imediatamente.

– Não entendo nada do que está dizendo! O que faz ele do lado de fora com um frio tumular desses?

– Justamente por isso...

Eles atravessaram o celeiro que dava para um espaço quadrado, totalmente coberto pela neve.

O papa ficou um tempo parado.

– Meu Deus! – exclamou. – Nunca vi ninguém mais louco na minha vida! Será que ele quer morrer?

O homem do machado estava quase nu. Usava apenas um capuz para esconder o rosto e um pano branco amarrado no abdome. Com os braços abertos, pernas juntas, crucificado no vento que o atingia e mordia, ele salmodiava o Pai-Nosso:

Panem nostrum quotidianum da nobis hodie.
Et dimitte nobis debita nostra,
sicut et nos dimittimus debitoribus nostris.
Et ne nos inducas in tentationem:
sed libera nos a malo.

– São os exercícios, como ele diz – explicou o monge. – Ele os pratica todos os dias desde que chegou... Para se endurecer. Uma terrível mortificação! Preciso confessar que ele me dá muito medo, assim como a todos os irmãos.

– Deixe-nos a sós.

O padre superior, cuja curiosidade foi violentamente frustrada, retirou-se a contragosto. O papa se aproximou do assassino, que não saiu da posição do Cristo, para dizer:

– *Coram Sanctissimo!*[6] Finalmente, está aqui, Padre. Espero que a minha nudez não o ofusque; a minha carne e os meus ossos pedem este sofrimento, que a minha alma extingue com orações.

– É para expiar os seus crimes que inflige a si mesmo esse tipo de castigo?

– Eu só mato por ordem da Santa Igreja. Sou a sua arma, Padre. Defendo uma justa causa; Deus me perdoará por isso.

– E eu intercederei a seu favor junto a Ele.

Um voo de corvo, de crocitar grave e monocórdio. Depois, a voz quase feminina e átona do assassino:

– Com certeza, prefere que voltemos para a minha cela?

– Na verdade, infelizmente não possuo as suas virtudes, e os meus pés, embora calçados, sofrem com este frio intenso.

O penitente abaixou os braços.

– Venha – convidou ele –; estou esquecendo o meu dever de anfitrião. O senhor deve estar cansado da longa viagem. Saiba que me sinto honrado que tenha vindo pessoalmente.

Constrangido por seguir aquele homem nu, o papa Pascoal acelerou o passo. Queria acabar com aquilo rapidamente. Estava com pressa para receber das mãos daquele demente o primeiro anel subtraído dos cavaleiros champanheses.

Eles entraram num quarto sombrio, afastado do dormitório dos monges: uma cela com paredes rachadas e chão de terra batida, cujo

---

[6] Em presença do papa.

mobiliário era composto apenas de uma cama, um banco e uma arca, com o machado e os objetos pessoais do matador em cima.

Numa lareira pequena, uma acha de lenha acabava de ser consumida.

Ao ver o machado, o papa não pôde deixar de estremecer ao pensar nos membros que ele havia cortado e nas cabeças que havia rachado.

– Os bons monges desta abadia não fizeram nenhuma pergunta quando precisaram me hospedar – disse o rapaz, vestindo-se. – Mas, sem dúvida, a sua recomendação não seria rejeitada.

– Podemos confiar plenamente nesta congregação. Tinha de encontrar um abrigo no condado de Champagne para você.

Em seguida, num tom irritado, o papa quase gritou:

– Então, e o anel? Eu me arruinei nessas estradas só para vê-lo! Assumi um grande risco ao sair do meu palácio com tanta pressa; isso poderia intrigar a cúria!

– Está lembrado do nosso acordo, Padre?

– Eu lhe dei a minha palavra e não voltarei atrás. O pedaço do sudário de Tomé será propriedade dos Guardiães do Sangue. Farei apenas uma cópia, como combinamos.

– Certo.

O papa Pascoal se sentou no banco e perguntou:

– Tem alguma coisa para eu escrever?

– Tenho o necessário, Padre.

O matador tirou um pequeno pacote do seu saco de viagem.

– Pegue isto por enquanto.

O papa soltou o cordão que prendia o tecido grosseiro que envolvia o misterioso objeto.

– Meu Deus! – exclamou ele, ao ver o que havia no pacotinho. – Meu Deus! – repetiu com uma voz aguda e horrorizada, olhando a mão direita mutilada de Arcis de Brienne, com o anel vermelho brilhante no anular.

O membro gelado estava esverdeado, rajado de marrom, salpicado de hematomas violáceos.

– Mas por que conservou esta... esta coisa?

Houve um riso breve embaixo do capuz.

– Achei que cabia ao senhor retirar o anel da mão de Arcis de Brienne.

– Compreendo: tenho de ser o seu cúmplice até no horror! Foi esse o meio que escolheu para me envolver de corpo e alma nesta pavorosa operação!

– Tudo não passa de um ritual, Padre. Eu queria que fosse o senhor que me entregasse o conteúdo desse anel.

E o homem do machado entregou uma folha de velino, uma pena e um tinteiro ao sumo pontífice.

Com repugnância, o papa tirou o anel do dedo, congratulando-se por não ter retirado as luvas de camurça. A carne estava pútrida e se soltou das falanges.

– O que está esperando para levantar a pedra? – perguntou o matador.

Finalmente, Pascoal decidiu a extrair da joia o pedaço de tecido, que desamassou imediatamente para examinar o desenho há tanto tempo traçado por Cristo.

– Isto é tudo? – perguntou ele, com uma decepção não dissimulada.

O motivo era composto de um triângulo com um grosso contorno preto, de cabeça para baixo, entrelaçado com um segundo triângulo de contorno fino e cabeça para cima. Cruzando os lados, as duas figuras unidas formavam um hexágono que encerrava um traço vertical encimado por um apêndice adunco que apontava para a direita.

– Então – continuou o papa – este é um dos Santos Sinais! Uma das cinco figuras...

– É, os quatro cavaleiros sobreviventes, que voltaram de Jerusalém, possuem os outros desenhos.

– Uma vez reunidos, eles formariam a chave da *Ars Magna* – retomou Pascoal. – A Via Real! O caminho da imortalidade! Mas o nosso êxito só será completo quando encontrarmos o verdadeiro túmulo do Cristo. Todas as sucessivas investigações que diligenciamos invariavelmente nos levaram... a Champagne.

– Sei onde procurar, Padre. Eu o encontrarei! E tudo será realizado de modo a que a História só conserve a verdade da Igreja. Disponho de vários agentes, espiões e matadores para consegui-lo.

O papa reproduziu o desenho do Cristo na folha de velino. A pena de ganso maltalhada arranhou o pergaminho e o salpicou de minúsculos respingos.

Quando terminou a cópia, ele soprou sobre a tinta fresca e aguardou alguns segundos antes de dobrar o documento, introduzindo-o sob a túnica.

O papa se apressou a partir, a deixar esse jovem assassino a quem os Guardiães do Sangue haviam confiado a mais criminosa das missões.

– Nós nos veremos em breve, Padre.

– É o que eu temo.

– Vai continuar em Reims?

– Vou, enquanto durar a incumbência que lhe foi delegada. Por falar nisso, eu lhe serei grato se não demorar demais.

O papa se censurou interiormente por haver pronunciado essas palavras. Estava diante de um mercenário da Igreja, de um *condottiere*! "Como se ele se preocupasse com a minha vontade! Ele levará o tempo que julgar necessário para se apoderar dos outros quatro Sinais e descobrir o Túmulo do Cristo que veio morrer na Champagne."

Pascoal se dirigiu para a porta da cela. O homem do machado se apressou em abri-la, afastando-se respeitosamente para deixá-lo passar pela soleira.

– Padre...

– Sim?

– *Jube, domne benedicere.*[7]

---

[7] Meu pai, dai-me a vossa bênção.

O matador inclinou a cabeça, abaixando o capuz. O papa ficou impressionado com os olhos transparentes que conferiam ao seu olhar uma profunda tristeza.

– Em nome do Pai, do Filho e do Espírito Santo – articulou o sumo pontífice, fazendo o sinal da cruz na testa dele com o polegar direito. – Que Deus o abençoe, meu filho, vá em paz.

– *Amen* – murmurou a voz sem timbre.

*
* *

A neve havia recomeçado a cair. O papa Pascoal apressou o passo para ir até o coche, cuja capota já estava coberta de uma fina e granulosa película branca.

O cocheiro apresentou um pequeno escabelo ao passageiro, que o usou para subir no veículo, onde encontrou, encoberto pela sombra, um corpulento eclesiástico envolto num grosso manto e aquecendo os ossos com as grandes mãos estendidas sobre uma escalfeta cheia de brasas.

– Vossa Santidade ficou satisfeito?

– Esse matador deixa o meu sangue gelado; a alma dele é uma pedra. Mas é o único que pode levar a missão até o fim. Ele e a sua Loja!

Pascoal se instalou no pequeno banco e mostrou ao vizinho o pergaminho no qual havia traçado o primeiro dos cinco motivos tirado do champanhês.

– Copiei o Santo Sinal nesta folha de velino. Nem ouso imaginar de que maneira esse homem conseguirá a posse dos outros anéis.

– Será que escolhemos a melhor aliança ao deixar o futuro da Igreja nas mãos dos Guardiães do Sangue? Não teria sido menos perigoso nos aproximarmos do conde de Champagne e dos seus cavaleiros? Poderíamos conciliar os nossos respectivos interesses...

O comboio se pôs em marcha. O coche balançava para a esquerda e para a direita, sob a indecisão dos cavalos que o puxavam.

O papa prosseguiu:

– O Segredo de Jesus deve ser propriedade da Igreja, dom Mestrany. Não pode ser compartilhado! Se eu precisasse vender o meu próprio irmão por ele, eu o faria! Preservamos o mundo do caos. É bom que a mensagem de amor do Cristo seja transmitida às gerações futuras com toda a beleza do seu ensinamento. Apenas alguns saberão que as Escrituras apagaram o papel de Tomé.

– Compreendo. A sua luta é louvável.

– Mas custou caro à minha consciência, que tive de jogar no lixo. A religião me pediu um sacrifício muito pesado.

– A religião, Santo Padre? Não está querendo falar da fé?

– A fé, meu amigo, não sei mais de que virtude vesti-la. A fé é um princípio que lhe é transmitido pela graça de Deus e que o enaltece. A religião é constituída de um conjunto de regras: podemos aceitá-las sem a fé!

– Essas palavras! Na sua boca!

– O que têm?

– Elas testemunham uma grande aflição!

– Considere-me um ministro da Igreja que executa o seu trabalho com sinceridade e humildade e só se consagra a essa tarefa.

– Não seria melhor dizer que o senhor é um ministro de Deus? Foi Dele que recebeu os poderes sagrados do seu cargo.

– Os meus poderes não são sagrados e me foram concedidos pelos homens, dom Mestrany. Pelos homens! Por aqueles que me puseram à frente da Santa Igreja Católica.

*
* *

Ele abaixou o capucho. O rosto não tinha expressão. A ferida que Basile le Harnais lhe havia infligido em Jerusalém imprimira para sempre um traço marrom, ligeiramente inchado, na sua carne.

Ele olhou a mão de Arcis de Brienne, que o papa havia deixado em cima da mesa. Ficou por longos minutos contemplando aquela coisa morta, hedionda, crispada, parecendo uma aranha gigante.

Finalmente se decidiu, pegou-a e jogou-a na lareira, em cima da lenha ardente.

– O que está morto assim deve continuar!

Logo um odor acre encheu a cela.

Ele sorriu. “O perfume do inferno!”, pensou.

Satisfeito, pegou o anel e introduziu-o num saquinho de couro, que enfiou na sacola.

O fogo foi reavivado na lareira. Devorou a carne e os ossos que lhe foram dados. Um crepitar obsceno acompanhou a sua obra.

2.

O poço

O céu espalhava a sua palidez sobre o povoado de Brienne, confundindo-se com a linha das cristas das colinas vizinhas.

Hélène foi à igreja. Ajoelhada no confessionário, fez maquinalmente o sinal da cruz antes de falar com voz lenta e pausada, muito baixa. Quase um murmúrio.

– Desde o assassinato do meu marido, depois que roubaram a sua mão direita, sou perseguida todo o tempo por horríveis pesadelos. Temo ver aparecer o homem – esse demônio! – com o machado...

– Implore à Virgem mais do que faz agora, Hélène. Ela lhe será de grande ajuda. Foi uma mulher que sofreu muito; ficará sensibilizada com o seu desespero.

– Eu lhe revelei tudo, pois o senhor é o único a poder acolher as terríveis dúvidas que me perseguem. Eu lhe falei do cavaleiro de Payns, do conde Hugues, e...

– Eu me lembro: há também Basile le Harnais e Geoffroy de Saint-Omer. Você me contou o horrível segredo que eles trouxeram da Terra Santa e eu lhe supliquei que não acreditasse, sob pena de perder a sua alma.

– No entanto, para quem devo dirigir as minhas orações, depois de saber que Cristo não morreu na cruz?

– Pela graça de Deus, nem mais uma palavra sobre essa fábula, minha filha! Quer acabar na fogueira?

– Tudo o que lhe digo está selado pelo sacramento da confissão. Conto com a sua ajuda e conforto e não com reprimendas. Não sou responsável por ter sido confidente do meu marido.

– É verdade – ofegou o abade. – Perdoe o meu arrebatamento. É que fiquei tão perturbado quanto você. Como acreditar em tais coisas? Não passam de blasfêmias dirigidas contra Nosso Senhor Jesus Cristo, que passou pelo martírio para livrar a humanidade dos pecados.

– No entanto, eu li o diário do meu marido. Ele foi escrito num tom de sinceridade. Arcis era um homem direito e honesto; nunca teria traído a verdade!

O abade suspirou.

– Ele poderia ter sido enganado por esse Payns – continuou o padre. – Pois tenho a sensação de que é ele quem está na origem da expedição à Terra Santa.

– Acredita que Payns estaria brincando com ele e com os amigos? Com que objetivo?

– Você me deu a entender que Payns parece ser o responsável por essa seita que ele chama de Loja Primeira, não é?

– Não tenho certeza de que alguma vez tenha havido um chefe nessa sociedade.

– No entanto, parece que Payns a dirigia e insuflava a sua vontade entre os seus membros, que ele chama de "irmãos". Não tenho razão?

– Arcis me confiou uma coisa, pouco depois de voltar da Terra Santa. Uma afirmação bem estranha, na verdade.

– Estou escutando – disse o abade, inclinando-se para mais perto da grade, na direção da qual Hélène murmurava.

A jovem continuava a sofrer de um desconforto que lhe afetava a garganta e lhe dava a impressão de se sufocar com a própria saliva.

Com voz rouca, ela falou:

– O meu marido escrevia no seu gabinete e, como já era tarde, subi para levar para ele uma tigela de sopa quente e um copo de vinho doce; eu me lembro daquela noite com muita exatidão! Abri a porta; ele não me ouviu entrar. Andei até ele e, querendo lhe fazer uma surpresa, fiquei às suas costas, sem fazer barulho. Dei uma olhada nos pergaminhos que ele havia espalhado na escrivaninha e que lhe monopolizavam a atenção, a ponto de nem mesmo notar a presença da sua mulher. Então, vi os desenhos complicados que me pareceram ser plantas. Eles estavam cobertos de anotações, de operações matemáticas e de palavras em latim. Tossi para chamar a atenção; ele ficou muito surpreso ao me ver ali e eu me espantei ao constatar que estava contrariado. No entanto, ele se descontraiu quando me viu pôr a sopa que eu havia preparado. Ele me agradeceu calorosamente, louvando o destino por ter feito com que nos amássemos, e me disse que apreciava a solicitude e a afeição que eu demonstrava. Não pude deixar de interrogá-lo a respeito das plantas. Ligeiramente atrapalhado, ele me respondeu que se tratava de um poço que deveria ser escavado nas terras de Payns, num bosque ao qual ele havia dado o nome de floresta do Oriente ao voltar de Jerusalém: uma grande extensão de terra, que não ficava muito longe da diocese de Larrivour, às portas de Troyes,* um lugar de vegetação abundante e inculto, segundo diziam. Não sou especialista em arquitetura, no entanto achei a resposta estranha. Porque, se se tratasse mesmo de um poço, a arquitetura me pareceu muito complexa diante do projeto. Mencionei a minha observação a Arcis e ele respondeu que, realmente, a perfuração e a disposição da colocação das pedras necessitavam de uma série de operações extremamente minuciosas, realizadas por mestres em escavação, carpinteiros e pedreiros. Ele explicou que no fundo desse poço seria enterrado um tesouro que, supostamente, nenhum curioso jamais poderia encontrar. Eu o pressionei com perguntas. Que tesouro era aquele? Os amigos e ele haviam trazido riquezas

* Cidade situada a cerca de 158km a sudeste de Paris. (N. T.)

da Palestina? Estaria se referindo aos anéis de pedras vermelhas? Ainda consigo ver o meu marido sorrir e me pegar no colo, como gostava de fazer com frequência. Eu me tornava uma menina submetida ao seu amor. Ele murmurou que o tesouro que seria escondido nas entranhas da sua querida marga de Champagne não podia ser avaliado como o ouro, nem como os diamantes. Ele acrescentou esta frase enigmática: "Payns, o conde Hugues, Saint-Omer, Le Harnais e eu em breve enterraremos o Conhecimento, que ficará morto e vivo ao mesmo tempo, a prova do saber sagrado de Jesus Cristo! O que é carne e sangue por todos os séculos dos séculos!" O poço fazia parte de um enorme projeto. Para conseguir executá-lo, os cavaleiros haviam apelado para um arquiteto e para dois doutores hebreus, muito instruídos em cabala, geometria e alquimia.

– Ele não disse mais nada? – perguntou o abade depois que Hélène se calou.

– Eu queria saber mais, porém ele preferiu se limitar a essas poucas frases sibilinas e mudar de assunto. Estava claro que se reprovava por ter se referido a esse poço e ao que ele encerraria.

O abade soltou um longo suspiro.

– Você precisará rezar diariamente para a salvação da alma do seu marido, Hélène. Rezar com ardor... Porque é evidente que o cavaleiro Arcis e os quatro amigos evocaram forças obscuras. Eles se entregaram a práticas sacrílegas e blasfematórias.

– Quer dizer que esses homens, tão respeitáveis, tão justos, são feiticeiros? Está acusando o conde Hugues de negociar com o demônio?

– Deixemos para Deus a responsabilidade de julgá-los, mas não se esqueça de implorar a Sua compaixão e a Sua mansuetude para a alma do seu marido.

3.
Pater Noster

Uma vez sozinho, o abade pôs uma capa nos ombros, um capuz na cabeça e saiu da igreja.

Ele foi envolto pelos flocos de neve que caíam violentamente sobre o povoado.

Apressando o passo, foi à estrebaria contígua ao presbitério e soltou a égua, um animal gordo e pesado, de barriga grande e pescoço largo. Jogando um cobertor sobre o dorso para fazer as vezes de sela, montou no animal.

"Deus, vós me perdoareis?"

As ruas estavam desertas. O abade afagou o pescoço da égua e a conduziu com a voz, seguindo por um caminho que subia por uma colina, serpenteando entre os rochedos de arestas cortantes.

O trajeto começou a ficar íngreme, seguindo pelo flanco de um despenhadeiro que se tornava cada vez mais profundo e ditava a prudência a cada passo.

Com o rosto encharcado, os dedos enregelados agarrados à crina do animal, o abade viu no alto da colina o vulto do homem do machado. Este aguardava, imóvel na neve e no vento, que faziam rodopiar a sua opalanda preta. O seu cavalo estava um pouco mais distante, dócil e paciente.

Ao chegar perto do jovem matador, o abade desceu da égua.

– Hoje é segunda-feira, a viúva se confessou?

– Sim – respondeu o abade –, como costuma fazer todas as segundas-feiras assim que tocam as matinas.

– Então, diga-me logo o que ela lhe confiou.

– Esta será a última vez, meu senhor. Não quero mais violar o meu ministério, mesmo que seja em nome da nossa santa causa... A última vez!

– Pois bem, que esta última vez me seja instrutiva! Ela mencionou os amigos de Arcis de Brienne?

O eclesiástico repetiu para o espião o que a viúva lhe havia revelado. Dotado de excelente memória, ele lhe repetiu o relato quase palavra por palavra.

– Ah – disse o matador quando o abade terminou –, ela mencionou dois homens de ciência, judeus! E um arquiteto... Sim, isso confirma o que eu pude deduzir graças à minha própria investigação.

– Não ouso imaginar do que se trata! – exclamou o abade.

– Não seja hipócrita; sabe muito bem qual é a natureza da operação iniciada pelos champanheses.

– Prefiro não desempenhar nenhum papel nesse caso. Creio lhe ter servido o suficiente, com devoção e sinceridade. Eu me dou o direito de repetir que é a última vez que o vejo.

O matador foi sacudido por um riso convulsivo, rápido e esganiçado. Em seguida, abriu impetuosamente o manto, pegou o machado preso ao cinto e o brandiu acima da cabeça do outro, dizendo:

– Tem razão, abade. A última vez!

A vítima ergueu o rosto molhado de neve para seguir, hipnotizado, a trajetória da lâmina.

– Com a minha permissão! – disparou o assassino.

O machado desenhou um grande semicírculo para acertar o abade na cintura.

– E a minha bênção!

O sangue brotou imediatamente em grandes jorros da ferida de onde foi retirada a arma.

O abade ficou alguns segundos dobrado ao meio, sob a dor que lhe triturava o corpo. Uma bile de sangue lhe subiu à garganta. Ele vomitou grandes coágulos negros na neve aos seus pés.

Depois, com os olhos fixos no céu branco, vacilou, fez um giro numa dança grotesca. E caiu.

Balançando no ar, rolou no fosso profundo.

O matador pegou um punhado de neve para lavar a lâmina suja antes de subir na sela e ir embora.

O movimento tranquilo da sua montaria e a ondulação ritmada terminaram por levá-lo a um orgasmo apaziguador.

Com o lado interno das coxas molhado de uma lenificante tepidez, dirigiu a Deus a oração de que mais gostava:

– *Pater noster, qui es in caelis, sanctificetur nomen tuum...*

4.

O scriptorium*

Maurin havia adquirido o hábito de ir para o *scriptorium* do pai depois de tomar uma tigela de leite quente e de devorar uma boa fatia de pão de centeio coberta de banha de porco derretida. Ele enfiou às pressas uma grossa túnica bem quente, pôs por cima uma peliça e, calçado com botas, atravessou o pátio da grande fazenda.

Gostava de ouvir a neve congelada pela noite estalar a cada um dos seus passos. A mãe, na soleira da ampla sala de estar, o olhava sorridente para depois, como todas as manhãs, o repreender:

– Maurin, vai de novo atrapalhar o seu pai? Deixe-o trabalhar em paz!

O menino se virou para dizer:

– Ele prometeu me ensinar novos golpes de espada!

Maurin continuou a caminhar com o cacarejar das galinhas que cruzava, se divertindo em perseguir uma ou duas por alguns segundos,

---

* Do latim medieval, a palavra significa "local onde se escreve" e era usada para designar o recinto onde os livros eram copiados manualmente, antes do advento da impressão. (N. T.)

sabendo que isso divertia Émeline, a sua irmã menor, que o olhava pela janela do quarto.

Nesse momento, a menina desceu para encontrar a mãe, beber o seu leite e comer frutas secas.

– O que fazem papai e esses misteriosos homens que hospedamos, mamãe?

– Ah, é... O seu pai dedica-se a uma grande obra, Émeline. Quanto aos hóspedes, eles são pessoas doutas que o ajudam a resolver cálculos complicados!

– Você sempre me responde a mesma coisa, mas faz mais de três semanas que estão fechados no *scriptorium*. E só Maurin pode entrar lá!

– Ele é um menino! Em breve fará dez anos.

A menina se sentou à mesa com cara de mau humor e mergulhou o nariz na sua tigela. Depois de alguns minutos, resmungou:

– Maurin não quer me contar o que papai e os amigos fazem. Ele diz que não vou entender!

– Acho que ele não aprendeu grande coisa e gosta de bancar o importante. Os homens são sempre assim: eles têm necessidade de se cercar de mistérios.

– Não gosto de ter nascido menina!

– Ora, logo você vai perceber que as mulheres também têm os seus segredos. Porém, são mais hábeis do que os homens e não falam sobre eles.

*

* *

Maurin passou em frente à quintana, um boneco de madeira e de palha, mantido na vertical em cima de uma estaca espetada na terra, braços estendidos, confeccionado pelo seu pai para treiná-lo em golpes de espada firmes e hábeis.

– Eis o nosso pequeno visitante matinal! – disparou um homem velho que foi abrir a porta do *scriptorium*.

– Bom-dia, mestre Eliphas. Nunca vou me acostumar com esses vidros que o senhor usa na ponta do nariz!

– Bom-dia, Maurin. Reze para que os seus olhos não precisem nunca de lupas, menino. Entre; o seu pai, que tem uma vista excelente, o viu atravessar o celeiro. Venha rápido para um lugar aquecido.

Na grande peça reinava um odor agradável; Maurin o apreciava de maneira mais apurada a cada dia. Era composto de perfumes fortes de ervas aromáticas e plantas que o mestre Ferrer, um dos convidados do pai, fervia, para obter decocções refrescantes, com um perfume inebriante de cera, resina e alcatrão, usados para fabricar engenhosas maquetes, verdadeiras obras de arte que representavam eclusas, barragens, cabrestantes, polias e um poço duplo em caracol.

Sem falar dos pergaminhos de pele de carneiro, cujos empireumas arranhavam a garganta, mas que o cheiro da tinta suavizava e tornava quase agradáveis!

A criança gostava daquela sala. Gostava dos inúmeros livros nas prateleiras de madeira, dos potes de unguento, dos frascos, das ampolas, dos desenhos complicados traçados em grandes ardósias.

Ele estimava Eliphas, com os vidros redondos nos olhos; Ferrer e os longos cabelos grisalhos, roupas coloridas feitas de tecidos sedosos; Schelomet e a sua baixa estatura, seco como um pau e com um eterno sorriso nos lábios.

E o seu pai, Hugues de Payns. O pai que ele beijou, estalando um "bom-dia" em cada face. O pai que parecia nunca dormir, mas em quem as longas vigílias não deixavam marcas.

– Presumo que a sua mãe tenha lhe dado novamente uma lição de moral e que você não a tenha ouvido – disse Payns. – O que o intriga mais nesta sala?

– Esta grande cortina – respondeu a criança, apontando uma pesada cortina que impedia a visão da segunda sala.

– Uma curiosidade natural: sempre queremos saber o que outros escondem com cuidado. Não há nada mais aqui que lhe interesse?

A criança se aproximou da mesa onde estavam as maquetes de algumas construções. Uma delas, particularmente, prendeu, a sua atenção.

– Claro, eu me pergunto como e por que você quer construir este poço. Você vai precisar de pedras para construir uma coisa destas! E de madeira para a estrutura do conjunto!

– Não faltam pedras e madeira na floresta do Oriente – explicou Eliphas com a sua voz rouca.

– Sem dúvida – prosseguiu Maurin –, mas onde encontrar ouro suficiente para pagar todos os operários e tarefeiros que terão de empregar?

– Decididamente, você é muito esperto! – observou Payns, rindo. – Você veio inspecionar o nosso trabalho?

– Deus me livre! Eu vim buscá-lo, pois você me disse que treinaríamos com a quintana e que me mostraria como cortá-la em pedaços, da maneira como fez com os ímpios em Jerusalém.

– Você me atribui façanhas que não realizei. Não sou o gigante que você pensa!

– Sim, sim! – insistiu Maurin. – É isso o que dizem nos arredores, papai...

– Dê-me mais um tempo para estudar um desenho e vou ao seu encontro.

– Vou correndo vestir a minha cota.

Assim que Maurin saiu da sala, Eliphas disse a Payns:

– O seu filho é esperto; a pergunta a respeito do ouro não é descabida! Ele compreendeu que precisaremos de uma grande quantidade de ouro para realizar o nosso trabalho.

– Ele não passa de uma criança; está longe de imaginar o poder que temos. Até Typhaine, minha mulher, o desconhece. Eu só lhe falei dos diques e eclusas que queria construir nas minhas terras. Quanto a Geoffroy de Saint-Omer, a Basile le Harnais e ao conde Hugues, ela os considera como os meus amigos fiéis, como os meus companheiros de viagem à Terra Santa, nada mais. Eu a mantive longe da nossa descoberta. Ela não desconfia de nada e me acharia o pior dos hereges se soubesse...

– Foi muito sábio, de fato.

Schelomet interveio:

– Mas, e esse anel, irmão... Ela nunca perguntou sobre ele?

– Claro que sim. Ela também soube que o matador arrancou a mão direita de Arcis de Brienne, que usava um anel semelhante. Com certeza, a minha mulher desconfia que esta pedra contenha alguma relíquia trazida de Jerusalém... No entanto, ela não quis saber mais e eu louvo a discrição dela!

Enchendo quatro taças de um líquido aromatizado e fumegante, Ferrer disse:

– Entretanto, meus irmãos, o pesado segredo que defendemos na Loja Primeira corre o risco de ser descoberto pelos nossos inimigos.

– Tem razão – Payns retomou a palavra –, por isso devemos proteger rapidamente o cadáver do nosso mestre, de modo a que ninguém possa chegar até ele.

– Quando houvermos repousado o Primeiro na cripta, no fundo desse duplo labirinto vertical, o Segredo dormirá em total segurança pelos séculos vindouros – frisou Eliphas.

Payns pôs a mão no ombro do velho arquiteto e disse:

– Só uma mente com muita habilidade feito a sua, Eliphas, poderia conceber esse prodígio arquitetônico. Um santuário inviolável!

– Obrigado. No entanto, o nosso saudoso irmão Arcis me ajudou muito, ao me transmitir os esquemas. Penso nele todas as vezes que retomo os meus trabalhos... Agora, vá para junto do seu filho, meu amigo, e ensine-lhe a sua arte. A nossa companhia precisa tanto de cavaleiros valorosos quanto de sábios de espírito. Quanto a nós, vamos pôr mãos à obra; o tempo pode ser curto!

5.

O moribundo

– Vamos voltar ao I.N.R.I. – disse Schelomet, desdobrando um pergaminho no qual Payns havia desenhado os Santos Sinais. – *Igne Natura Renovatur Integra!* – escandiu ele.

– "Pelo fogo, a natureza é integralmente renovada" – traduziu Ferrer.

– Pela Luz, Cristo recuperou a vida! – articulou lentamente Eliphas.

– Mas a hora ainda não chegou, meus irmãos – continuou Schelomet. – Devemos agir de maneira que o Grande Arcano não caia nas mãos dos inimigos. Jesus nos legou o seu poder para zelarmos por esse segredo e transmiti-lo à humanidade quando julgarmos que ela está apta a recebê-lo.

– Será que algum dia os homens serão sábios o suficiente? – perguntou Eliphas. – I.N.R.I. não deverá descansar eternamente no Túmulo que estou construindo para ele? Quem será o juiz? Quem poderá avaliar o momento em que os irmãos Primeiros deverão divulgar o Conhecimento?

– Não sei – admitiu Schelomet. – Tudo o que sei é que o ouro e a vida eterna atualmente causariam o pior dos males! Felicidade e imortalidade se tornariam instrumentos infernais se fossem desencaminhados. I.N.R.I. é um milagre que provavelmente só terá ocorrido uma única vez quando soar a hora do fim do mundo.

– Acha que a Tradição passará por todas as épocas? – perguntou Ferrer. – Acha que a cadeia nunca será rompida?

Schelomet não respondeu; aproximou-se de uma das três janelas que davam para o pátio espaçoso em que Payns se reunira ao filho, o qual terminava de amarrar os cordões da sua cota. Ferrer e Eliphas também se aproximaram.

– Posso adivinhar o que está pensando – disse Eliphas com a sua voz grave e ligeiramente velada.

– Eu também – frisou Ferrer. – Payns e Maurin são o futuro.

– Desde que consigamos desmontar as armadilhas que os Guardiães do Sangue nos prepararam – ponderou Eliphas. – Eles nos roubaram um dos Santos Sinais; farão de tudo para se apoderar dos outros quatro.

– Se isso acontecesse, os clérigos e doutores da Igreja descobririam o seu sentido? – preocupou-se Ferrer.

– Sem a Tradição, iniciada por Jesus e transmitida oralmente há onze séculos aos irmãos Primeiros, eles precisarão de tempo, de muito tempo! Porém, a Igreja é paciente... A sua luta lhe parece legítima e a absolve dos assassinatos que ela perpetra para atingir os fins.

– Olhem! – disse Schelomet. – Payns está ensinando uma das suas mais belas estocadas a Maurin.

*
* *

Payns segurou no antebraço do filho, que empunhava a espada. Assim, o cavaleiro o aliviava de uma parte do peso da arma e o guiava nos movimentos.

Pai e filho estavam unidos e formavam uma só pessoa. Payns estava atrás de Maurin para impulsionar o corpo dele nos menores movimentos, no mais discreto menear dos quadris, na esquiva mais imperceptível, impondo-lhe uma coreografia rigorosa e precisa.

E a quintana recebeu os golpes da lâmina do cavaleiro, realizados a quatro mãos. Um ataque repetido de forma idêntica, para que a criança o memorizasse perfeitamente.

– Aponte para a virilha! – gritava Payns a cada ataque. – Dê uma estocada à direita do adversário e o atinja com força afundando a espada na virilha esquerda.

– Foi assim que você se livrou dos inimigos na Terra Santa?

– Eu não lutei. Além do mais, o que eu lhe ensino obedece à regra dos cavaleiros. Acontece que, na maioria das vezes, temos de nos conduzir feito brutos para nos livrarmos do rival.

Em seguida, Payns soltou o antebraço do filho e lhe disse:

– Agora é a sua vez de lutar sozinho, Maurin!

– Mas... normalmente, eu faço isso com a minha espada de madeira. Esta aqui é muito mais pesada!

– Se realizar o movimento perfeito, a lâmina perde o peso. Ela voa e assobia antes de atingir o inimigo. Tente...

Franzindo a testa com o esforço, a criança atacou o boneco, atingindo-o como o pai lhe havia ensinado.

– Mais uma vez!

Ele atacou de novo. A espada pesada rasgou a palha.

"*Payns...*"

Maurin soltou a arma no chão.

– Você ouviu, pai?

– Ouvi. Veio de trás da estrebaria.

"*Payns...*"

Um apelo lamuriento e doloroso. O homem e a criança se viraram. Eles não viram nada.

– Entregue-me a espada e vamos ver.

Mais uma vez, a voz: "*Socorro... Payns!*"

Ele se dirigiu para a estrebaria.

– Fique atrás, menino.

– Um estertor... Chamam por você, papai!

Mais dez passos. Dez passos para chegar ao ângulo do prédio que abrigava as estrebarias.

Um vulto titubeante apareceu, com uma mão ensanguentada se apoiando na parede. Capa e túnica pretas. Uma égua, mais ao longe. Marcas na neve. Marcas da queda do homem, depois rastros dos passos que vinham até a estrebaria; o ferido havia caído da montaria e percorrido os últimos metros do seu calvário a pé.

– Por são João, conheço este homem! – exclamou Payns, correndo ao encontro do visitante que havia caído ao chão.

– Ele usa roupas de padre – notou Maurin.

– Porque ele é um padre. Com um ferimento terrível do lado.

Payns se ajoelhou no chão para pôr o abade deitado de costas.

– Payns? É você mesmo?

– Sim, sou eu. O senhor é o vigário da paróquia de Arcis de Brienne, não é? Sepultou o meu amigo; eu me lembro perfeitamente do senhor.

– Meu senhor... Eu tinha de lhe falar... De preveni-lo...

– Maurin, corra para pedir ajuda – ordenou Payns –, temos de rodear este homem de cuidados, sem demora. Avise a sua mãe: mande-a preparar uma tisana sedativa!

O menino saiu em disparada.

– Eu vou morrer – balbuciou o abade. – Maldito! Eu sou... maldito!

– Por que diz isso, abade? – perguntou o cavaleiro. – O senhor é um homem de Deus e será considerado santo se Ele tiver de julgá-lo em breve.

– Deus vai me atormentar... Você está condenado... você e todos os seus amigos... por minha causa...

O ferido se pendurou na gola da roupa de Payns com mãos trêmulas. Parecia querer se levantar, mas a sua grande fraqueza o prendia no chão. O seu rosto deformado pela dor já estava branco. Payns sabia que a morte já tomara posse daquela carcaça dilacerada.

– A lista vermelha... – gaguejou o abade. – A lista vermelha!

Os olhos reviraram, os lábios se esticaram sobre os dentes num ricto de pavor e o moribundo desmaiou.

Payns examinou o ferimento aberto, as carnes profundamente cortadas, o osso quebrado.

"Um golpe de machado!"

Maurin voltou com dois rapazes da fazenda, seguidos de longe por Schelomet, Ferrer e Eliphas, que mal conseguia alongar o passo.

Payns se dirigiu aos empregados:

– Vamos levá-lo para um lugar aquecido dentro de casa, embora eu não tenha certeza de que ele resista muito mais.

Depois, virando-se para Eliphas, acrescentou:

– Entretanto, gostaria de que não morresse rápido demais. Ao menos, não antes de acabar o que havia começado a me dizer.

– Foi por essa razão que ele veio morrer na sua casa? As palavras dele eram muito importantes?

– Ele divagava por causa da febre e da dor... No entanto, me falou de uma certa lista, me fazendo compreender que as pessoas à minha volta e eu estávamos em perigo por culpa dele. Uma "lista vermelha"!

Os dois rapazes da fazenda se apressaram. Typhaine estava preparada para recebê-los, na porta, com lençóis nos braços.

Payns continuou a falar para os três amigos:

– Só um machado poderia cortar dessa maneira.

– Compreendo – disse Ferrer. – O ferimento deve ter sido feito pelo matador de Jerusalém!

– Se assim foi – reagiu Eliphas –, que relação haveria entre o abade e o assassino que massacrou Arcis?

Typhaine acorreu assim que eles entraram na casa com o ferido.

– Fora daqui, crianças; não é uma cena para vocês!

Maurin e Émeline se afastaram. O abade foi deitado em cima de uma mesa grande para ser despido, e os lençóis, dobrados em compressas, foram aplicados sobre o ferimento.

– A decocção está pronta, querida? – perguntou Payns para Typhaine.

– Está, está... Lúpulo e milefólio em doses iguais.

– *Humulus* e *Millefolium* – disse Schelomet. – Perfeito, dona Typhaine. Isso deve acalmar a dor e conter a hemorragia.

A mãe puxou os filhos para a barra da saia.

– Venha, querida, o cheiro de morte é muito forte aqui! Venha também, Maurin.

Tentaram fazer com que o abade tomasse a tisana sedativa.

– Vejam – disse Schelomet –, os lábios estão lívidos. Este homem está à beira da morte. Temo que não possamos fazer nada.

– Espero que ele não parta antes de falar comigo – insistiu Payns. – Quero saber o motivo que o trouxe até aqui.

– O pulso está muito fraco. Não há esperança, Payns.

– Faça um milagre, Schelomet! Você não é um homem de ciência?

– Que seja, posso fazer com que a temperatura dele suba por algum tempo. Tragam-me um cobertor e água quente!

Em poucos minutos, o moribundo foi embrulhado num cobertor molhado com água bem quente. Ele abriu os olhos e viu brilhar o anel vermelho no dedo de Payns.

– Este anel...

– Fale, abade – pediu Payns perto do seu ouvido. – Fale! Você mencionou uma ameaça relacionada a nós, a mim e aos meus. Do que se trata?

O abade tiritava apesar do calor do cobertor que o envolvia num casulo úmido. Um frio gelado lhe corria nas veias e se espalhava nos pulmões, no coração, fazendo-o sofrer a cada batimento.

No entanto, ele precisava falar com o cavaleiro... Havia feito um esforço sobre-humano para sair do fosso, se arrastar até a égua, montar, guiá-la com a voz... E desafiar a morte, rechaçá-la. Orar a Deus, pedir-Lhe que lhe desse uma trégua. Mais um pouco de vida para se abrir com Payns. Resgatar a sua alma com esse sacrifício.

Buscar no seu interior uma última pitada de coragem...

– O agente do papa, o Guardião do Sangue... Ele busca todos os anéis. Ele sabe tudo. Eu lhe disse... essa terrível verdade! O túmulo do Impostor em Jerusalém... O sudário...

– Como soube disso? – exclamou Payns. – Como?

Naquele momento, a sombra lhe invadiu o olhar. Uma sombra que esfumaçou o rosto de Payns, inclinado sobre ele. Um véu opaco vermelho de sangue.

– Como soube disso? – ressoou como um eco nas suas têmporas.

– O matador... Ele sabe tudo... Tudo o que Hélène de Brienne me confessou...

Será que a voz lhe saía da boca? Estaria sendo ouvido?

Payns deu um soco na mesa, perto do rosto do abade. Um soco que retumbou na sala.

O cavaleiro estava quase gritando:

– Está mentindo! Hélène não poderia nos trair! Nunca, ouviu? Hélène nunca enganaria o marido nem nos venderia!

– Não foi ela – murmurou o abade. – Fui eu que repeti para o matador o que a senhora de Brienne me contou em confissão... Há anos, os Guardiães do Sangue estão informados da sua busca... da vontade de descobrir o túmulo do Impostor e de recortar os Santos Sinais no sudário...

Subitamente, o abade percebeu que não sentia mais nenhuma dor. Havia, até mesmo, perdido a consciência do seu corpo. Ele não era mais do que um espírito voltado para uma redenção próxima. Nos braços de Deus, a serenidade eterna.

Esse estado lhe era mais agradável do que a vida. Pois havia compreendido que estava entre dois mundos. Onde a consciência se apaga suave e, progressivamente. Para libertar a alma da prisão corporal.

"*Credo in Deum, Patrem omnipotentem...*"[8]

A sua voz cantava numa catedral de luz. Ela se elevava como uma chama que busca o vento.

No entanto, ainda faltava uma pergunta:

– Payns, antes de morrer, eu queria saber...

– O quê?

---

[8] Creio em Deus, Pai todo-poderoso..

– Cristo... Se ele não morreu na cruz... se sobreviveu... O que aconteceu com ele? Ele era de carne e osso como qualquer homem? Nada mais do que isso?

Não importava mais! A intensa claridade que havia expulsado a sombra lhe tomou o espírito.

– Vou responder – disse Payns.

Schelomet pousou a mão no ombro de Payns para convidá-lo a se erguer.

– É inútil, ele já entregou a alma a Deus.

– Foi melhor que ele não soubesse nada mais. De que serviria se sobrecarregar com uma verdade tão incômoda e morrer? Mas o cadáver vai nos atrapalhar. O que vamos dizer ao preboste sobre ele?

Ferrer propôs:

– Nada que possa alertá-lo a respeito das nossas atividades. O abade foi atacado por um salteador de estradas e veio morrer aqui por acaso; é a melhor versão a dar.

– Tem razão, Ferrer – concordou Payns. – Eu me limitarei a essa afirmação, esperando que o bispado não peça uma investigação especial.

– Os nossos gordos prelados têm mais o que fazer do que se preocupar com um pequeno abade de uma diocese perdida!

Payns indicou os dois empregados que haviam ficado na sala durante toda a agonia do abade:

– O meu pessoal é dedicado à nossa causa e respondo pelo seu silêncio. Quanto à minha mulher e meus filhos, eles trancarão a boca se eu pedir.

Em seguida, dirigindo-se a um dos dois empregados em particular, ele acrescentou:

– Émeric, depois de transportar o corpo para o celeiro, junte-se imediatamente a nós no *scriptorium*.

– Está bem, mestre.

Os dois rapazes da fazenda pegaram as pernas e os braços do cadáver, ergueram-no da mesa e saíram da sala.

Typhaine e os filhos desceram do andar de cima. Émeline deu um gritinho agudo ao ver o sangue que Payns e Ferrer estavam enxugando com os lençóis.

– Deixem – disse a mulher –, eu cuido disso. Presumo que tenham coisas mais importantes a fazer. Maurin vai me ajudar.

Payns surpreendeu a esposa ao beijá-la no rosto repentinamente, antes de se retirar sem dizer uma palavra, com o semblante sombrio.

Pouco depois, Émeric, que havia transportado para o celeiro o corpo do abade, se reuniu aos quatro homens no *scriptorium*.

Payns lhe entregou três cartas, dizendo:

– Entregue estes envelopes, em mãos, aos nossos irmãos, depois de lhes dar as palavras de reconhecimento.

– "Oriente-Origem", eu sei, patrão.

– Hugues de Champagne, Geoffroy de Saint-Omer e Basile le Harnais deverão queimar a mensagem na sua frente depois de as terem lido – recomendou Payns. – Em seguida, vá procurar o preboste e traga-o aqui para que ele constate a morte do abade.

– Assim será feito.

Émeric deu meia-volta.

– Está pensando em reunir a nossa Loja, Payns? – perguntou Ferrer.

– Estou, e o mais rápido possível. Mas, antes, temos de ir ver Hélène de Brienne e interrogá-la. Precisamos saber exatamente o que ela disse em confissão e que poderá nos prejudicar.

– O nosso irmão Arcis foi muito imprudente em revelar os nossos segredos para a mulher – avaliou Eliphas. – Acha que ele contou a ela onde repousa o corpo do Cristo?

Payns respondeu sem muita convicção:

– Acho que não... Ao menos, rezo para que não o tenha feito. Isso, não!

– Mesmo assim – prosseguiu Eliphas –, qualquer detalhe que ele tenha dado pode ajudar os Guardiães do Sangue na sua busca. Eles apertaram o cerco sobre nós, passando na nossa frente.

– Por essa razão é que não podemos correr o risco de deixar o corpo do Primeiro onde está atualmente. Nós o mudaremos para guardá-lo em lugar seguro, quando o seu Túmulo definitivo for cavado na floresta do Oriente, conforme as suas plantas, Eliphas. Está na hora de retirar a Argola...

Payns havia falado muito baixo. Estava perto de uma das janelas de onde podia ver Maurin, que voltara a lutar contra a quintana, com a espada de madeira.

Eliphas foi para o lado do amigo.

– Acha que o papa pode desconfiar de que é você que tem a Argola em seu poder, porque lhe foi transmitida através da sua linhagem? Pelo pai do seu pai, pelo pai daquele e, assim por diante, desde João, o fiel amigo de Jesus?

Schelomet acrescentou:

– Que a deu ao filho mais velho do Cristo!

– E que, assim, lhe cabe por direito – sublinhou Eliphas.

Payns se virou para os amigos.

– A mim... e depois a Maurin, um dia – disse ele.

6.

El-kimya

Reims... A sua catedral se elevava no céu coberto de neve. As formas robustas, brutas, às vezes maciças e, no entanto, elegantes, sólidas e esguias ao mesmo tempo, davam sabedoria e serenidade ao edifício.

Encostado no lado sul, ficava o palácio episcopal, composto de prédios que desenhavam um T. Era numa dessas alas que o bispo hospedava o papa Pascoal e o seu séquito.

O sumo pontífice gostava de passar as primeiras horas da manhã numa biblioteca que transbordava de obras, as quais às vezes ele consultava, pedindo ajuda a dom Mestrany para traduzi-las, pois ele lidava facilmente com mais de seis línguas. Ele se interessava pelos manuscritos mais diversos, sentindo um imenso prazer em percorrer as longas listas de feudos camponeses consignados nos austeros e antigos polípticos.

A sala tinha grandes proporções, perfeitamente aquecida por uma lareira imponente, alimentada por lenhas enormes, iluminada por velas e candelabros cujas chamas eram protegidas por mangas em forma de grade.

Naquela manhã, sentado numa cadeira confortável de encosto alto, os rins devidamente escorados por gordas almofadas, o papa conversava com dom Mestrany, como de hábito, e com um homem miúdo, vestido com um burel marrom, grosseiramente tonsurado, que dançava de um pé para o outro.

O visitante examinava o Santo Sinal que o sumo pontífice havia copiado.

– E então, abade? – perguntou o papa Pascoal. – Você é autoridade em ciências herméticas, não é? Espero que me instrua a respeito dessa figura.

– Vossa Santidade me atribui um grande saber – disse o homenzinho, mordendo o lábio inferior e piscando os olhos várias vezes, como uma coruja.

– Um saber que a sua modéstia o impede de reconhecer, Denis – acrescentou dom Mestrany.

O abade respondeu:

– É porque tenho vergonha de induzi-lo ao erro. Certamente, estou orgulhoso e me sinto honrado por Vossa Santidade ter me procurado para esclarecê-la com as minhas humildes luzes. Reconheço possuir um certo renome na região e até já dei conselhos num processo de bruxaria. Graças à minha intervenção, a suspeita, que era uma jovem de quinze anos, escapou da fogueira. Pude provar que a coitada não tinha nenhuma ligação com o Maligno, e sim sofria de um tumor na cabeça que lhe comprimia a sede da razão.

– O que aconteceu com essa criança? – perguntou o papa, interessado.

– Um cirurgião lhe abriu o crânio para extrair a tuberosidade que a fazia afundar na loucura e pronunciar injúrias em série!

– Bom, bom – disse o papa. – E depois?

– Depois – prosseguiu o abade Denis –, puseram a cabeça dela no lugar e costuraram conforme as regras da arte, rezando para que os ossos se soldassem. O que aconteceu.

– Perfeito! Então, a menina foi salva!

O abade mordeu novamente o lábio inferior e pulou duas vezes de um pé para o outro antes de acrescentar:

– Não sei se devo considerar positiva a minha intervenção nessa história, Santo Padre. Consegui que a desafortunada jovem não terminasse a sua curta vida queimada viva e esse é o lado bom do caso; porém, depois da operação, a pobre criança não se mexe nem fala, faz as necessidades nas calças e somente se alimenta se a empanturram com um funil, como se faz com os gansos.

O papa Pascoal dissimulou um sorriso com a mão e disse:

– Você me parece ser um homem de bom senso, abade. Agiu de acordo com a sua consciência e, portanto, não deve ter remorsos. Voltemos ao desenho que tem nas mãos. Ele lhe diz, ao menos, alguma coisa?

– Na verdade – começou Denis – já encontrei esta singular estrela de Davi no *Livro secreto* do filósofo árabe Artéfius, que pude consultar na colegiada de Sens* e do qual aprendi algumas passagens... Esta estrela é feita de um triângulo branco e um triângulo preto que Artéfius também chama de "chave do Universo". No centro, este signo hebraico, esta letra, evoca o espírito de Deus, o sopro da Criação que veio de esferas mais elevadas para organizar as coisas mais ínfimas... até as partículas da terra! A terra negra!

– Entendi – disse o papa –, você está falando de alquimia!

Denis confirmou:

– Aliás, a palavra alquimia é derivada do vocábulo *el-kimya*, que resulta do *kéme* egípcio: a terra negra! No seu tratado, Artéfius disse o seguinte: *Aquele que sabe branquear a terra negra possui o segredo do magistério;*** *ele pode ressuscitar o morto.*

O sumo pontífice se inclinou para a frente, as duas mãos segurando os braços da cadeira, e disse, muito baixo, articulando nitidamente cada sílaba:

---

* Comuna francesa, situada a 120km a sudeste de Paris, no *département* de Yonne, região da Borgonha. (N. T.)

** Nome dado pelos alquimistas a certos compostos, aos quais eram atribuídas virtudes milagrosas. (N. T.)

– Os triângulos branco e negro entrelaçados... A Vida e a Morte integradas. O alfa e o ômega imbricados!

O abade Denis não pôde controlar a curiosidade:

– Posso perguntar a Vossa Santidade onde encontrou este símbolo? Em que livro de magia?

O papa respondeu secamente:

– Não cabe a você sabê-lo. Em compensação, talvez em breve eu lhe peça para ler outros que me serão entregues. E para associá-los uns aos outros.

O abade sorriu.

– Como queira, Santo Padre. Estou à sua disposição. Eu me esforçarei para lhe participar os meus humildes esclarecimentos. Aliás, eu percebi que esta figura não era suficiente sozinha.

– Ah, é?

– É como uma simples palavra que isolamos numa frase. Que sentido lhe dar verdadeiramente sem o esclarecimento de todas as outras? Uma equação incompleta...

O sumo pontífice mergulhou o olhar no do homenzinho de rosto malicioso.

– Não me enganaram, abade: você tem uma mente arguta e hábil.

Dom Mestrany interveio:

– Você se comprometeu a não revelar nada desta conversa a ninguém, não se esqueça!

– Eu prometi – confirmou o abade. – Sabe onde me encontrar se por acaso... se por acaso outros desenhos desse tipo aparecerem! Vossa Santidade mandará me chamar e virei correndo.

O abade Denis entregou a folha de pergaminho ao papa e se retirou. Dom Mestrany fechou a porta atrás dele.

No corredor que levava a uma larga escada, Denis deu um pulo para trás ao ver surgir detrás de um pilar um grande vulto descarnado.

– Monsenhor bispo! – exclamou ele. – O senhor me assustou ao surgir assim da sombra. Veja, perdi o fôlego!

– Sinto muito, Denis. Eu o surpreendi nas suas reflexões; você me pareceu tão absorto! O papa o recebeu em audiência privada e eu me perguntava... enfim, eu dizia a mim mesmo que talvez ele estivesse sofrendo de alguma doença oculta para chamar um boticário tão competente quanto você.

O abade nunca gostara desse bispo arrogante e vaidoso, que versava mais na política do que na religião. E respondeu com uma ponta de escárnio:

– Fique tranquilo, o nosso sumo pontífice não foi atingido por nenhuma afecção.

– Ah, fico contente por isso. Sem dúvida, ele queria se instruir a respeito de algum assunto obscuro entre os que fazem parte do seu cotidiano?

– Não conseguirá me fazer falar, Monsenhor; o Santo Padre me ordenou guardar segredo sobre o teor da nossa conversa.

Em seguida, o pequeno abade, com um gesto insolente, empurrou o bispo que barrava a passagem.

– Com licença, Monsenhor.

– Está certo! Aqui estou eu, na minha própria casa, posto de lado por um papa que conspira com um abade que tem uma reputação de feiticeiro e que estaria melhor numa fogueira.

Denis mal ouviu. O bispo resmungou com voz irada. E acrescentou entre dentes:

– Quem vai acreditar que Sua Santidade veio a Reims apenas para consultar pessoalmente os empoeirados arquivos religiosos da região e conversar comigo sobre assuntos insignificantes a respeito do protocolo da sagração dos reis da França?

7.

A generosidade de Payns

O conde Hugues de Champagne, Geoffroy de Saint-Omer e Basile le Harnais foram chegando, um a um, à fazenda de Payns, que os colocou a par dos últimos acontecimentos.

Eles se reuniram no celeiro e formaram um círculo em torno do cadáver do vigário de Brienne. O corpo havia sido estendido numa tábua de madeira apoiada sobre dois cavaletes.

Hugues, que escutou Payns atentamente sem interrompê-lo, disse, enfim:

– Então, o homem do machado eliminou o espião de quem não precisava mais. Isso significa que esse matador, agora, sabe o suficiente sobre nós. Compreendo melhor por que o papa veio a Champagne.

– O papa Pascoal está aqui? – surpreendeu-se Geoffroy.

– Uma viagem discreta, que na qualidade de conde eu não podia ignorar – explicou Hugues. – O Santo Padre até me informou que me faria uma visita de cortesia no fim do mês.

– Bela hipocrisia! – disparou Payns.

– Naturalmente! Presumo que estou na "lista vermelha" dos Guardiães do Sangue, assim como vocês – disse o conde. – Sem dúvida, Sua Santidade espera que eu esteja morto em pouco tempo.

– Esse apóstolo é uma raposa! – exclamou Basile. – Ele é bem capaz de pedir a você uma grande soma antes de mandar trucidá-lo.

– Tem razão, irmão Basile – continuou Payns. – Mas o ouro também pode nos salvar.

– Financiando os cruzados de Balduíno em Jerusalém? – aventou Geoffroy.

– Eu compreendi: poderíamos submergir a Igreja numa enxurrada de ouro e, assim, comprar a nossa segurança – explicou Basile.

Payns se virou para o conde Hugues e lhe disse:

– Você é o mais poderoso dos feudatários da França e o seu poder se estende bem além de Champagne; em pouco tempo, conseguirá tornar indispensável a sua contribuição para as cruzadas.

– Mas a Igreja não vai se deixar enganar quanto à procedência do nosso ouro, Payns – observou Geoffroy. – Ela também cobiça o segredo da sua fabricação.

– Certamente, irmão Geoffroy – disse Hugues. – Certamente... No entanto, enquanto ela não conseguir o magistério, nós continuaremos a ser o seu mestre.

– E você acha que esse papa desistiria dos seus planos se conseguíssemos um meio de corrompê-lo? – perguntou Geoffroy.

– Esse papa ou o seguinte – respondeu Payns. – Toda alma tem o seu preço! Temos os meios para aceitar os lances mais altos e fazer qualquer pacto!

Depois, vendo a chegada de dois cavaleiros pela porta entreaberta, ele anunciou:

– Ah, eis o preboste! Esperem-me no *scriptorium* enquanto eu resolvo o caso.

Os três amigos saíram e atravessaram o pátio, passando em frente à quintana, que estava com os ombros brancos de uma neve que acabara de cair.

Transido de frio, com as costas alquebradas e o rosto para a frente, em cima do pescoço da montaria, o preboste parecia estar soldado no cavalo. O seu escrevente, mais jovem, estava um pouco mais bem-disposto.

Os dois homens apearam enquanto um menino da fazenda segurava os bridões dos animais. O escrevente passou uma correia pelo pescoço e nela pendurou um minúsculo atril sobre o qual iria escrever o relatório que o superior lhe ditaria.

Payns recebeu-os com uma fingida bonomia:

– Preboste, entre rápido no celeiro. Eu lhe agradeço por ter vindo tão depressa.

– Um caso de assassinato não deve sofrer atraso – enunciou o homem da justiça, num tom sentencioso. – A meu pedido, o seu empregado me explicou o que havia acontecido. Então, senhor Payns, disse que este infeliz conseguiu se arrastar até aqui. Neste estado!

– A égua deve tê-lo trazido aqui, por acaso, na sua trajetória.

O preboste fez um sinal com a mão para o escrevente, que não parava de tremer e bater os dentes.

– Anote, Besan... O abade foi atacado para ser roubado... Ele não sucumbiu ao ferimento... Voltou a subir na égua que o trouxe até o senhor Payns...

O preboste se inclinou sobre o corpo para examinar o profundo ferimento e constatou:

– Anote, Besan... Um único golpe foi suficiente para matar o indivíduo. Um único golpe. Mas com que força! Aplicado com uma lâmina muito larga, a julgar pela profundidade do corte.

Payns se absteve de interferir; era mais conveniente que o preboste não houvesse deduzido que o ferimento fora ocasionado por um machado. De nada adiantaria mencionar o assassino.

A passos lentos, as costas curvadas, o oficial deu a volta no cadáver. Ele praticamente o farejava, como um cão faria com uma carniça.

– Bom – disse ele. – Anote, Besan... Em resumo: a vítima foi atacada não muito longe da propriedade do cavaleiro Payns, aonde veio morrer... O que dizer a mais? A investigação acaba aqui e informarei o bispado. Eu conhecia um pouco este padre; ele não tinha mais família... Dizimada pela última epidemia de peste...

Depois, batendo nas mãos antes de esfregá-las com força, concluiu:

– Gosto das investigações resolvidas com rapidez!

– Eu me encarregarei das exéquias – anunciou Payns –, é o mínimo que posso fazer por ele. Tudo correrá às minhas custas.

– Anote, Besan... Anote que o senhor Payns vai se encarregar dos funerais e que, por esse gesto, ele merecerá a gratidão da comunidade.

– Mandarei rezar todos os anos para o repouso da sua alma – prosseguiu o cavaleiro.

– A sua bondade é grande, amigo. O senhor me dispensa de uma corveia. Se soubesse o número de agressões que deploramos atualmente!

– Como em todos os invernos; os pobres têm fome e se comportam como lobos.

– Isso... Sim, sim, lobos! Mesmo assim, atacar um padre! Lobos, é verdade. E o que atacou este abade tinha um maxilar terrível! Onde quer que esteja agora – ao lado do Pai Eterno, presumo – este pobre padre se felicita por ter dado o último suspiro na sua casa, cavaleiro. Ele não poderia encontrar uma alma melhor, nem uma pessoa mais caridosa.

Lançando um último olhar ao corpo, ele acrescentou:

– Na verdade, se começam a assassinar as pessoas da Igreja, onde vamos parar?

Ele ergueu o colarinho de pele até o queixo e se despediu de Payns:

– Eu o saúdo, cavaleiro.

– Eu também. Passe bem.

Typhaine se reuniu ao marido, que, na entrada do celeiro, ficou olhando o preboste e o escrevente se afastarem.

– Eles não vão levar o corpo? – surpreendeu-se ela.

– Decidi providenciar o enterro. O abade veio morrer na nossa casa; ele merece a nossa generosidade. Isso a contraria, querida?

– Se alguma coisa me contrariasse, meu amor, seria o enorme mistério que cerca o menor dos seus gestos. Secreto, sibilino, enigmático:

você sempre foi assim! Porém, mais ainda depois que voltou de Jerusalém! E os seus amigos são iguais!

– Perdoe-me, Typhaine – pediu Payns, segurando nas suas as mãos da esposa.

– Perdoá-lo, meu amor? Mas o que perdoar? Não sei o que você me esconde. Eu não o recrimino por nada, pois você prova todos os dias o quanto me ama.

– É verdade que a amo, meu anjo. Todos os meus silêncios só servem para protegê-la. Logo terei de ir à casa de Hélène de Brienne para me certificar de... Explicarei mais tarde, querida.

Payns beijou os dedos da mulher. Muitos beijos rápidos. Pequenas marcas quentes na pele fria.

– Sem dúvida, tem relação com a morte do marido! – sugeriu Typhaine. – Os amigos que o acompanharam a Jerusalém foram ameaçados de morte, não é? E você também corre perigo! Que maldição você trouxe da Terra Santa?

– Seja paciente, Typhaine... Eu lhe contarei tudo quando chegar a ora.

– Então, vou esperar. Saiba que rezo todos os dias para que nenhuma desgraça lhe aconteça. O que será de mim sem você?

Ele ia se separar da mulher quando ela o reteve pela mão direita.

– Este anel é muito bonito – disse ela.

Payns esboçou um sorriso. Em vão. Não passou de uma expressão de impotência. Ele não podia lhe contar nada.

Ela soltou a mão e ele saiu do celeiro para ir ao *scriptorium*, onde os três cavaleiros conversavam com Eliphas, Schelomet e Ferrer. Payns se dirigiu a eles:

– Não podemos perder tempo, vamos imediatamente ao encontro de Hélène.

– Se me permite, Payns, prefiro ficar aqui – disse Basile, ligeiramente envergonhado. – Estou me recuperando muito lentamente da tal doença sarracena que ainda me incomoda os rins e me queima as tripas e a bexiga.

– Como queira, Basile. Quanto a nós, a caminho!

Todos eles saíram. Ao vê-los, Maurin correu para o pai.

– Sinto muito – desculpou-se Basile –, por mais que eu tome rigorosamente todos os remédios que o boticário me prepara com prescrição de Payns, ainda me sinto trôpego.

– Não se desculpe, irmão – brincou Geoffroy, batendo-lhe nas costas. – São problemas da idade!

– Mesmo assim! Pareço tão velho? Ainda sou capaz de derrotar todos vocês na espada e de fazê-los comer poeira, inclusive Payns, por melhor espadachim que ele seja!

– É isso – lançou Geoffroy. – Um espírito louco fanfarrão numa carcaça de sofredor!

Maurin se manteve perto da quintana e parecia decepcionado.

– Vai sair, papai?

– Não vou demorar, menino. Três horas, no máximo. Você só precisa continuar o treinamento.

Basile se inclinou para a criança e lhe murmurou no ouvido:

– Eu vou lhe mostrar! Vou lhe ensinar alguns golpes e fintas que farão de você um duro espadachim. Ninguém vai dizer que o bravo Basile le Harnais está acabado!

– Será uma grande honra para mim ser seu aluno, cavaleiro Basile – respondeu Maurin, alegre.

Virando-se para Basile, Geoffroy soltou:

– Será melhor usar uma espada de madeira, irmão! Quero encontrá-lo inteiro na volta!

8.

O ataque

Rajadas de neve atingiam os cavaleiros em pleno rosto enquanto eles iam a Brienne por uma estrada que beirava um canal congelado, no qual mergulhavam, em vão, os corvos esfomeados.

Geoffroy não parava de praguejar e de amaldiçoar os invernos de Champagne, mais rigorosos a cada ano.

Quando entraram no povoado, esperando encontrar pouca vida devido ao mau tempo, ficaram surpresos ao constatar que, ao contrário, ali reinava um grande movimento.

Quanto mais avançavam, mais aumentava a massa dos habitantes do povoado, concentrando-se na direção da casa de Hélène.

Preocupados, Payns e os amigos forçaram as montarias para furar a multidão compacta.

– Deem passagem! Deem passagem!

Eles apearam quando, da casa da viúva, dois homens retiravam um corpo num lençol branco, sujo de sangue.

O terror levou Payns a empurrar, sem nenhuma consideração, os curiosos aglutinados diante da charrete na qual se preparavam para pôr o cadáver.

E com a voz estrangulada, apertada pela angústia, ele disse:

– Esperem, quero ver!

Ele arrancou o lençol, apesar dos protestos dos dois homens.

– Não é Hélène de Brienne...

A mulher era mais velha. Os cabelos, grisalhos. Um ferimento profundo entre os seios. Um segundo no abdome.

– Não, senhor – disse um homem. – Trata-se da tia dela que veio ajudá-la a suportar a viuvez. Veja o que os brutamontes fizeram!

Payns agarrou um habitante do povoado pela túnica e o pressionou com perguntas:

– O que aconteceu? Quem cometeu este crime? E o que foi feito da senhora Brienne?

Soltando-se, o interlocutor disse:

– Não adianta me sacudir assim: vire a cabeça e ficará tranquilo.

– Payns, meu amigo...

Apoiada por um homem gordo, Hélène apareceu no meio do povo que se afastava à sua passagem. Payns se precipitou, abraçou-a apertando com força, quase rindo por encontrá-la viva.

A sua voz havia recuperado o timbre normal:

– Por um instante, pensei...

– Eles mataram Nanthilde... Eles queriam a mim e... foi ela que trucidaram!

O conde Hugues e Geoffroy se aproximaram.

– Quem? Conte!

– Eles eram três, eu acho. Entraram à força na casa; Nanthilde tentou retê-los, gritando para que eu me escondesse. Eu estava no celeiro...

– Foi atrás de você que eles vieram? Tem certeza? – perguntou Hugues.

– Tenho, tenho... Eu me escondi numa ucha cheia de grãos, na qual me enfiei totalmente. Dois homens foram revistar o celeiro e eu os ouvi falar antes que os moradores do povoado chegassem, alertados pelos gritos da minha tia, que estava morrendo.

– O que disseram os homens? – perguntou Payns.

– Não entendi muito bem... No entanto, compreendi que se tratava de uma lista feita pelo chefe deles, na qual estava o meu nome... Eu devia morrer como o meu pobre Arcis.

– Só isso?

– Não, eles falaram da sua propriedade, Payns... De um ataque próximo... Depois, eles fugiram para os campos. O seu anel... Arcis usava um igual e lhe arrancaram a mão direita para roubá-lo! Sei o que essas pedras vermelhas contêm, e...

Payns a interrompeu:

– Mais tarde, Hélène! Falaremos no caminho. Basile e a minha família estão em perigo. Os Guardiães do Sangue querem apagar deste mundo todos os que figuram na lista vermelha do homem do machado! Aos cavalos, rápido!

Payns montou no cavalo e se inclinou para Hélène para lhe dar a mão direita.

– Monte comigo, Hélène.

Ele a ergueu do chão num único movimento; ela era muito leve, muito jovem. Ele sentia nas costas o seu corpo trêmulo de adolescente.

– Segure na minha cintura.

Ela o abraçou. Payns esporeou o cavalo. Hugues e Geoffroy fizeram o mesmo; por pouco não derrubaram os curiosos, e saíram do povoado a toda velocidade.

A neve agora lhes batia nas costas; o vento molhado, glacial, os empurrava pela estrada que o longo espelho branco do canal acompanhava e onde se refletia a cavalgada.

– O seu confessor estava do lado dos nossos inimigos, Hélène – disse Payns, forçando a voz. – Ele lhes relatou tudo o que você lhe disse. Tudo o que Arcis lhe confiou, os Guardiães do Sangue já sabem!

As mãos de Hélène se crisparam nas costas do cavaleiro. A jovem soluçou e disse:

– Meu Deus, isso quer dizer que sou responsável pela morte do meu marido! É como se eu o houvesse matado, ele, a quem eu tanto amava! Mas como soube?

– Certamente, o assassino não precisava mais dos serviços do seu confessor. Ele o feriu gravemente; o abade foi morrer na minha casa para aliviar a alma. Foi por ele que compreendemos que os Guardiães a haviam usado, sem que você soubesse, para nos espionar.

*

* *

O homem do machado e sete outros prenderam as rédeas dos cavalos nos galhos baixos de um carvalho e avançaram curvados, ágeis e rápidos, ocultos por um talude.

Do lugar onde estavam antes, puderam ver os cavaleiros champanheses saírem, assim como o preboste e o seu escrevente.

Depois de terem dado uns trinta passos cobertos pelo talude, subiram pela lateral e atravessaram um grande campo cheio de buracos largos e profundos. As solas dos sapatos quebravam a crosta espessa de uma neve dura.

Eles foram direto para a propriedade de Payns. Distinguiam as construções pesadas, firmemente cravadas na terra, os telhados engomados de branco, as altas chaminés fumegantes; a casa principal com as suas janelas, nas quais brincavam os reflexos de alguns lampiões; o *scriptorium* que fechava o amplo pátio quadrado, onde tronava a quintana na qual Basile a Maurin batiam, rindo. Levadas pelo vento, as risadas chegavam até os homens, que haviam tirado as espadas e punhais das bainhas.

O riso claro, agudo e alegre da criança; o muito mais aberto e grave do adulto.

Uma linha de árvores cristalinas. O grupo parou por um instante para recuperar o fôlego. O homem do machado indicou uma mureta e voltou a andar, seguido pelos espadachins.

Ele escalou o muro baixo com energia, transpondo-o com agilidade para chegar ao pequeno pátio das estrebarias. Em silêncio, atrás dele, os homens fizeram a mesma coisa.

*

* *

– Esta neve dificulta o andar dos cavalos; eles desaceleram o passo – lamentou Payns.

Por cima do ombro, o conde tentou tranquilizar o amigo:

– Chegaremos logo. Por favor, não fique tão desanimado.

No entanto, Payns não conseguia se libertar da apreensão que tomara conta dele depois de Hélène dizer que os matadores planejavam ir à sua fazenda. Uma visão mórbida se havia apoderado dele. Uma imagem de fogo e sangue, de apelos aterrorizados, de gritos de dor. De horror.

De nada adiantou ele esporear o cavalo até sangrar, pois o animal resfolegava e refugava. Os cascos derrapavam na relheira.

Lá longe, no fim daquela estrada reta, Typhaine, Émeline, Maurin e os amigos corriam perigo. Lá longe, atrás daquele horizonte indefinido que a bruma só fazia levar para mais longe..

A mente de Payns possuía um misterioso dom; às vezes, ela era capaz de se projetar num futuro próximo, como se pudesse abolir as regras do tempo. Então, ele absorvia pedacinhos dos acontecimentos semelhantes a quimeras.

O cavaleiro sempre havia se esforçado para sufocar essa singular aptidão, considerando-a uma maldição em vez de sorte. No entanto, com frequência, ela se impunha com toda a brutalidade, fazendo com que vislumbrasse mais as desgraças do que os fatos agradáveis.

Com toda a sua alma voltada para a família e os amigos, ele estava tomado por um pressentimento opressor.

Lançavam o seu nome através dos tempos. Ao longe, gritavam o seu nome. Seria agora? Seria tarde demais?

*

* *

– Estou orgulhoso de você, Maurin – disse Basile. – Estou vendo que o seu pai quer fazer de você um cavaleiro como ele.

– É verdade que não há melhor espadachim do que ele em toda a Champagne?

– É isso o que dizem aqueles que ainda não me viram lutar!

Em seguida, constatando que o menino estava encharcado e imaginando a desaprovação de dona Typhaine, ele disse:

– Seria melhor parar as aulas. Recomendo um bom banho quente no qual devem ser maceradas algumas folhas de louro. Ficarei infeliz se eu for responsável por uma congestão no peito que o deixe de cama!

– Sou mais resistente do que pareço – afirmou, valentemente, Maurin.

– É mais aconselhável prevenir do que se vangloriar. Além do mais, confesso que já estou começando a sentir algumas dores nas juntas dos membros.

De repente, um grito chegou até eles. Um grito lancinante. Maurin reconheceu a voz da mãe. Ele se virou. Achou que agia rapidamente, mas o seu corpo se moveu num espaço subitamente diferente. Espesso, pegajoso.

Ele viu a mãe sair de casa, batendo os braços de maneira estranha, ainda gritando, sendo que ele não ouvia mais nada.

Um homem saiu atrás dela. Segurava um machado ensanguentado acima da cabeça da sua mãe. E a lâmina foi abaixada. E a lâmina rachou a cabeça e se enfiou na carne que explodiu em grumos avermelhados.

Havia outros homens no pátio.

A sua mãe caía lentamente, muito lentamente. Basile o tirou do chão e o jogou para trás.

– Recue, menino! É o demônio, o homem do machado de Jerusalém!

Com a espada na mão, Basile fez uma barreira com o seu corpo. O matador retirou o machado da cabeça de Typhaine. Ergueu-se e, calmamente, fez um gesto na direção dos seus homens.

Schelomet apareceu na soleira da porta do *scriptorium*. Basile gritou:

– Um ataque dos Guardiães do Sangue! Temos de salvar o que deve ser salvo e agir de acordo com o combinado.

A mão de alguém agarrou Maurin, puxou-o para a biblioteca. Os empregados da fazenda surgiram, empunhando espadas e forcados.

– Estou com a criança, Basile! – gritou Schelomet.

Depois, a voz de Ferrer:

– Agora, você!

– Impossível, eles vêm de todos os lados. Fechem a porta e ajam. Não se preocupem mais comigo. Só Maurin é importante!

No *scriptorium*, os odores: cera, alcatrão, pergaminhos, tinta...

Maurin foi empurrado, agarrado, protegido.

Eliphas reuniu às pressas alguns documentos enquanto Ferrer, pegando uma maça, aguardava impaciente perto de duas jarras que havia colocado em frente à porta.

Schelomet arrastou um mesa, liberando assim um alçapão no piso. Ele ergueu a aldraba. Um lanço de escada.

– Apressem-se!

– Maurin deve descer em primeiro lugar.

Os olhos da criança estavam molhados de lágrimas.

– Mas, e os outros? Minha irmã, Basile, Émeric?

Schelomet apressou-o:

– Não faça tantas perguntas e desça para o porão.

– Quero saber... Por que me salvar?

Schelomet lhe deu um tapinha nas costas.

– Porque você é um menino... Do *seu* sangue! O sangue dos Payns!

Ferrer disse, da porta:

– Estão prontos?

– Vamos dar um pouco mais de tempo para o nosso irmão Basile – disse Eliphas.

Como se os tivesse ouvido, Basile gritou:

– Quebrem as jarras, por são José! O que estão esperando?

Um primeiro empregado foi decapitado e jazia por terra. Os seus companheiros recuaram, apesar das injunções de Émeric e da sua vontade de vingar a morte abominável da sua patroa.

Três homens, com as suas espadas, lutavam com Basile, que tinha dificuldade em repelir os ataques, pois as suas forças já estavam abaladas pela aula que havia dado a Maurin e na qual, para parecer numa melhor condição, ele se empenhara mais do que o razoável.

O homem do machado parecia se distrair com o patético combate que o cavaleiro travava, enfraquecendo a cada novo golpe, aparando com uma força cada vez menor os ataques repetidos, sempre mais precisos, mais fortes.

Basile cedeu, titubeou; a espada ficou pesada nas suas mãos trêmulas.

Uma lâmina lhe atravessou o torso num traço de fogo. As pernas lhe faltaram; ele caiu de joelhos, soltando a arma. Não conseguia respirar. O sangue encharcava a sua camisa, amornando-lhe a pele.

Por um instante ele abaixou as pálpebras sobre as trevas gritantes e carmim. Procurou um ponto ao longe, para descansar o espírito. Uma lembrança clara e serena com a qual pudesse apagar o seu terror. Apenas uma imagem da juventude. Uma mulher, um amigo...

Um porto para morrer em paz.

Mas ele ouviu uma voz monocórdia e cansada chamá-lo naquele inferno que ainda é a vida quando está tão próxima da morte:

– Isto é pela cicatriz que me fez em Jerusalém, cavaleiro Basile!

Ele abriu os olhos para sustentar, num último ímpeto de coragem, o olhar do seu assassino.

Numa última fração de segundo, triste por morrer assim, ele compreendeu que seria morto como um porco qualquer, com a coluna partida por um terrível golpe de machado.

Ele, Basile le Harnais, irmão da Loja Primeira, herdeiro da Tradição, estava preso ao solo, ajoelhado, com o rosto na neve. Humilhado.

No *scriptorium*, Ferrer quebrou as duas jarras, espalhando pelo piso um líquido grosso e oleoso. Em seguida, esvaziou a seus pés o conteúdo de uma bolsinha de couro: um pó cinza, pesado e denso.

– Cuidado, Ferrer! – falou Eliphas, passando a cabeça pelo alçapão aberto. – Não mais do que um punhado do pó para esta mistura de óleo ou também iremos pelos ares como um pedacinho de palha!

– Não se preocupe, irmão Eliphas; já experimentei várias vezes a minha areia de salitre!

Terminada a operação, Ferrer pegou uma tocha.

– Você terá pouco tempo para se enfiar no porão – lembrou Eliphas.

– Eu sei. Por isso peço que se afaste e deixe a passagem livre.

Ferrer se preparou para jogar a tocha no pó cinzento enquanto, do lado de fora, o homem do machado reunia os seus homens em frente à porta e lhes pedia para derrubá-la com alguns fortes golpes de espada.

Dois homens faziam o trabalho, rindo, certos de que, em breve, se entregariam a um novo massacre, enquanto três dos seus companheiros punham os empregados da fazenda em fuga.

De repente, uma explosão fulgurante projetou pedaços de madeira, fragmentos de pedra, caco dos vasos e manuscritos rasgados, dilacerando os dois homens ocupados em forçar a porta, jogando no chão os outros, entre eles alguns feridos pela chuva de esquírolas.

O homem do machado foi arrancado do chão e jogado de costas, com mais força do que se um boi o houvesse atacado. Ele se levantou rapidamente, com os tímpanos tapados, os olhos em fogo.

– Por Deus todo-poderoso – exclamou um sobrevivente –, será que isso foi obra do Diabo, que vomitou uma parte do inferno para matar dois dos nossos?

Ao ver os dois companheiros mutilados e queimados, quase totalmente despidos pelo sopro da explosão, o homem do machado respondeu:

– Feitiçaria! Esse prodígio maléfico prova que estamos mesmo lidando com feiticeiros. A magia dos judeus!

E, só então, quando o *scriptorium* não passava de um braseiro, ele pensou:

– Eles preferiram destruir a si próprios...

Um dos homens apontou uma tropa de cavaleiros ao longe:

– Eles estão chegando, meu senhor!

– Payns e os outros dois cavaleiros... Aos cavalos! Vou me encontrar com vocês assim que houver acabado com este herege.

O matador pôs um joelho no chão, pegou o braço direito da vítima, estendeu-o na neve e pronunciou:

– *Res indigna atque intoleranda!*[9]

Ele deixou o machado cair sobre o punho, que se quebrou com um barulho de madeira seca, pegou a mão seccionada e levantou o corpo de Basile.

Na testa deste último, ele traçou com o próprio dedo do cavaleiro que ele havia tingido de sangue:

2 +

– *In hoc signo vinces!*[10] Boa colheita, que me deu o segundo dedo da mão direita do Cristo!

---

[9] Coisa indigna e intolerável!

[10] Com este sinal você vencerá!

9.

A dor

Assim que os agressores partiram, Émeric organizou uma corrente para tentar conter o incêndio do *scriptorium*, no entanto concluindo que nada poderia ser salvo. A água era tirada de um poço; homens e mulheres, que haviam saído das casas, passavam baldes de mão em mão. Gestos insignificantes e inúteis contra a violência das chamas atiçadas pelo vento.

Os cavaleiros apearam. E Payns correu para o corpo da mulher, sobre o qual se jogou chorando, misturando as suas lágrimas com o sangue da vítima.

Ele se lamentou. Gemeu. Chorou pelo seu amor.

Émeric deixou os companheiros e foi ter com o patrão.

– Não pude fazer nada, meu senhor. Ronan foi morto enquanto tentávamos ajudar o cavaleiro Basile.

Payns se ergueu, com o rosto vermelho. Ele viu o cadáver do amigo.

– Basile também! – murmurou ele.

– Ele se defendeu com muita coragem, mas eram três fanáticos contra ele.

– E Maurin? E Émeline?

Payns deu um pulo, tomado por uma surda angústia que lhe esmagava o peito.

– Maurin conseguiu se refugiar no *scriptorium* – tranquilizou-o Émeric. – Sem dúvida, está em segurança no porão com os senhores Schelomet, Eliphas e Ferrer. Não vi Émeline, porém.

O cavaleiro se virou para a sua casa. A porta da copa estava escancarada. Ele deu alguns passos, as pernas rígidas mal respondiam à sua vontade.

O conde Hugues o deteve.

– Não, deixe que eu vou!

E pegando-o pelo braço, Geoffroy disse:

– Fique comigo, meu irmão. Sou muito estúpido para dizer as palavras que o confortariam. A minha mente não é tão arguta quanto a sua, mas posso lhe afirmar a minha dor e compaixão.

– Você viu o que esse carniceiro fez com Typhaine?

Diante dessas palavras, Geoffroy desamarrou a sua capa e a colocou delicadamente sobre o cadáver da mulher. Ele voltou, pegou o braço de Payns, abraçou o amigo e declarou baixinho no seu ouvido:

– Como eu lhe disse, não possuo uma inteligência perspicaz. No entanto, sou mestre na arte da guerra e não tenho medo de trucidar o próximo se este tiver o azar de merecer tal sorte. Estarei sempre ao seu lado para caçar esse monstro! Juro que darei a minha vida se a ação me impuser esse sacrifício.

Enxugando os olhos com o reverso da manga, Payns respondeu:

– Sem dúvida, você é o mais fiel dos meus amigos, Geoffroy. E o mais afetuoso também, pois a sua bondade é sem interesse. Ela é pura como a de uma criança. A sua misericórdia, a sua prodigalidade e a sua inocência valem bem mais do que a maior das inteligências.

Hélène de Brienne se aproximou dos dois homens. Não ousava falar. No entanto, compartilhava do sofrimento de Payns por reviver a dor que a morte de Arcis lhe havia causado: uma dor que ficaria cravada na sua alma pelo resto da vida.

Um grito ecoou no pátio, longo e pungente. Payns acabara de ver o conde Hugues passar pela porta da casa, carregando nos braços o corpo sem vida e maculado de sangue de Émeline.

Se Geoffroy não o tivesse amparado, Payns teria desabado no chão. Toda a sua energia bruscamente o abandonara, deixando apenas um vazio gelado. Um buraco vertiginoso que engoliu a sua razão.

Sacudido por espasmos, ele vomitou na neve a ponto de lhe ferir a garganta.

– Ajude-me! – implorou ele, erguendo os olhos para Geoffroy.

Este último o susteve e, praticamente, o ergueu do chão para fazê-lo avançar e ir ao encontro de Hugues.

Sem sair do lugar, Hélène juntou as mãos e se esforçava para rezar. Palavras confusas saíam dos seus lábios sem que ela tivesse real consciência do seu significado. Era apenas a sua memória que encontrava algumas dessas insípidas fórmulas que um padre lhe havia ensinado na infância, certificando de que eram um excelente recurso num período de luto.

Payns segurou a filha de encontro ao peito para niná-la, a cabecinha no seu pescoço, os lábios sem vida na sua pele.

Geoffroy lançou um olhar cheio de desespero para Hugues. Ele estava tão infeliz quanto esse pai aniquilado. Infeliz por não saber mais por quem chorar. Pois Basile jazia sozinho, mais ao longe, e ninguém fora deitá-lo decentemente.

– Venha – disse Hugues a Geoffroy.

Os dois homens passaram diante de Hélène, e Hugues lhe pediu:

– Tenha a bondade de ir para perto de Payns. Acho que apenas uma mulher poderá confortá-lo num momento desses. Pegue a menina; não é bom que ele a mantenha assim por muito tempo. Deite-a na cama e faça a toalete.

– Sim, senhor conde.

Ao chegarem junto do cadáver do irmão Basile, os dois cavaleiros o deitaram de costas para apagar da testa o número e a cruz que o homem do machado havia desenhado.

– Não acha que devíamos nos separar de nossos anéis, Hugues?

– Impossível! Nós fizemos o juramento de conservá-los no dedo, pois o lugar deles não poderia ser outro. Cabe a nós protegê-los melhor. Além do mais, o matador dos Guardiães do Sangue tentará nos matar usemos ou não os anéis!

– Você sabe que não sou um covarde; no entanto, devo confessar que esse carniceiro me dá medo. Ele trava uma autêntica guerra contra nós. Uma guerra à qual não estamos acostumados. Há alguma coisa de irracional no comportamento desse demônio.

– Ao contrário! – repreendeu o conde, continuando a lavar o rosto de Basile com a neve. – Ele age com frieza e método, sem se preocupar com a ética nem com a moral. Determinado, implacável, executa a sua missão como um fanático por Deus, com terrível rigor. Certamente, ele está convencido de merecer a salvação eterna ao fim dessa luta. É nisso que ele é perigoso. Porque crê demais em Deus!

– O segredo de Jesus nos tem custado muito sangue, irmão – disparou Geoffroy, acariciando o punho seccionado de Basile.

– E, no entanto, o conflito está apenas começando.

E, levantando-se, falou:

– Agora, vamos cuidar dos vivos, infelizmente não nos faltará tempo para adorar a memória dos nossos mortos.

Os dois cavaleiros se juntaram à corrente do pessoal e dos empregados que jogavam grandes baldes de água nas chamas, que começavam a diminuir de intensidade.

Émeric fora buscar uma pá, que usou com intensa energia para lançar grandes quantidades de neve no incêndio.

Devido à obstinação, o braseiro foi vencido e, sem esperar que a fumaça diminuísse, Hugues e Geoffroy penetraram as ruínas do *scriptorium*.

Passaram por cima de mesas, arcas e atris calcinados.

Geoffroy passou a lâmina da espada por dentro da argola do alçapão para levantar a tampa sem queimar as mãos.

O primeiro a sair do porão foi Maurin, com os olhos inchados de lágrimas, as faces vermelhas pelo efeito do calor.

O conde Hugues o puxou para levá-lo rapidamente para fora do prédio, cujo telhado ameaçava desabar a qualquer instante.

– E Émeline? – perguntou a criança. – E Émeline? Onde está a minha irmãzinha?

10.

O segundo anel

A noite caía sobre Reims.

O papa manifestou a intenção de ficar sozinho para rezar na pequena capela consagrada à Virgem Maria. Por isso, ficou de mau humor ao ver um abade caminhar na sua direção.

– O que quer? – perguntou secamente.

– Quero ter uma conversa com o senhor, Padre.

Pascoal reconheceu a voz lenta e assexuada do homem do machado.

– Está louco em vir aqui? E se alguém tiver cruzado com você?

– Ninguém me notou. Sei atravessar as paredes como uma sombra. O senhor mesmo me tomou por um humilde sacerdote...

Com um suspiro, o papa saiu do genuflexório e disse:

– Siga-me, vou levá-lo aos meus aposentos. O que tem a me dizer?

A voz, ainda mais suave:

– Tenho uma coisa para lhe dar.

– Então, fez mais uma vítima...?

Os dois homens saíram da capela, atravessaram o transepto da catedral e passaram por uma porta baixa, seguindo por um corredor que os levaria ao palácio episcopal.

O sumo pontífice fez o visitante entrar num gabinete ao lado do seu quarto. Sabia que ninguém iria importuná-los ali.

O Guardião do Sangue abriu a sobrepeliz, que dissimulava uma sacola da qual ele tirou um pacote embrulhado num tecido e pôs em cima da mesa.

– Eis a mão direita do cavaleiro Basile le Harnais!

Um reflexo do asco obrigou Pascoal a dar um passo atrás.

– Por favor, Padre, apresse-se a copiar o desenho que vai encontrar neste novo anel; preciso voltar a Santa Menehould antes que as estradas fiquem impraticáveis devido à neve que cai abundantemente.

O papa desdobrou o tecido e tirou em seguida o anel do anular. Ele levantou a pedra vermelha e retirou do pequeno receptáculo a peça de pano, desamassando-a e estendendo-a em cima da mesa.

Ele examinou o desenho. O alfa e o épsilon enquadravam um P cortado ao meio por um traço horizontal.

Abrindo o seu escrínio, ele pegou uma pena talhada em bisel e tinta, e em seguida começou a copiar a figura desenhada no pedaço de tecido roubado do sudário de Tomé.

Esforçando-se para respeitar cuidadosamente o modelo, ele disse:

– Eu deveria elogiá-lo pelos consideráveis serviços que presta à Igreja. No entanto, não posso deixar de pensar que sente prazer em cumprir a sua missão.

– A satisfação que sinto é a que um homem de fé deve experimentar ao defender o dogma da Santa Igreja. Sim, é com inominável felicidade que eu luto para preservar o reino de Deus!

– Será que você é mais cristão do que eu, meu filho? Não estaria desestabilizado pelas suas certezas? Cristo não morreu na cruz e teve uma descendência que tememos...

– Pouco me importa! Eu transformei numa verdade a mentira da História e me acomodei a ela. Vossa Santidade sabe, como deve, que Jesus não morreu realmente. Cabe aos Guardiães do Sangue encontrá-lo para preservar a glória da Igreja. Não é esse o seu objetivo, Padre?

– Sem dúvida – disse o sumo pontífice, cansado. – Sim, essa coisa impensável, infelizmente, é uma certeza, embora o meu espírito seja incapaz de admiti-la racionalmente: Cristo experimentou em si mesmo a Equação Alquímica!

O ruído da pena que arranhava o pergaminho. O estalar da lenha na lareira. O vento que batia nas persianas de madeira.

– O senhor também sabe que temos de nos livrar do corpo do nazareno – continuou o matador.

– Realmente, essa prova, como todas as outras, deve desaparecer. A humanidade não pode saber que um homem venceu a morte com a ajuda da ciência e não com a ajuda de Deus. É inconcebível que esse homem continue no túmulo, num estado que não se situa na vida nem na morte. Quem poderia admitir esse prodígio sem duvidar que o nosso criador seja todo-poderoso? Quem poderia imaginar que um corpo deteriorado pela morte, decomposto e putrificado, possa, algum dia, recuperar a sua carne, o sangue e a consciência sob o efeito de um tratamento alquímico?

– É verdade, Padre... A humanidade é estúpida e a sua fé em Deus não está suficientemente estabelecida! Se ela souber da existência desse cadáver, afundará nas trevas. No que me diz respeito, saber essa coisa ignóbil não abala em nada o meu credo. Muitas vezes, uma fábula é mais exemplar do que a realidade quando serve para apoiar a nossa crença. A lenda de Jesus morto na cruz e ressuscitado continuará para sempre a ser um dos princípios mais edificantes das Sagradas Escrituras.

– Você brinca com as palavras – disparou o papa, terminando a cópia. – Não é Deus que você defende, e sim a religião edificada em Seu nome!

Em seguida, dobrando a folha de velino, ele disse:

– Pode pegar o anel e a sua relíquia.

O matador aceitou o anel, mas recusou a mão:

– Jogue-a no fogo, como fiz com a primeira.

E ele saiu do gabinete. O papa pegou a mão com repugnância e a jogou nas chamas, sem conseguir deixar de ficar olhando-a se contrair como se ainda estivesse viva. Não demorou muito para que a pele começasse a empolar e a se rasgar.

O cheiro de carne grelhada que encheu o gabinete tornou-se tão nauseante que ele foi para o quarto.

Mais uma vez, naquela noite, seu sono foi agitado por pesadelos mórbidos e, de manhã, ele se levantou com a sensação de haver dormido no inferno.

No entanto, aquele era o preço a pagar para a Igreja ser salva.

11.

O túmulo do Primeiro

As pranchas foram colocadas sobre cavaletes, na sala maior da casa de Payns; em cima delas estavam os corpos de Typhaine, Émeline e Basile, cobertos por lençóis brancos que deixavam aparecer somente os rostos. A cabeça e a testa de Typhaine estavam enfaixadas com um pano para disfarçar o ignóbil ferimento causado pelo matador com o machado.

Payns, os seus irmãos da Loja Primeira e Maurin estavam de mãos dadas numa corrente que formava um círculo em volta dos cadáveres.

Nas paredes, as velas queimavam com chamas baixas, atingidas por um leve sopro de vento que passava pelos interstícios das persianas fechadas.

Intimidado, Maurin observava, um por um, os homens sérios de traços marcados por sombras implacáveis. Ao constatar a presença de Émeric, ele se perguntou por que Hélène não havia sido convidada para aquela assembleia, mas se absteve de investigar a razão.

Olhava todos eles. Parecia que os via pela primeira vez. Que os via realmente! Imóveis, silenciosos. Estátuas hieráticas às quais somente os olhos brilhantes davam vida.

Mais do que dor, eles expressavam raiva. Ódio.

Maurin estava entre o pai e o conde de Champagne; os dois homens apertavam a sua mão com força, a ponto de lhe causarem dor. Nesse aperto, havia a vontade de mostrar a ele a sua afeição e proteção. Por isso, ele não tinha nenhuma intenção de se queixar.

De repente, soltando a mão do filho, Payns disse:

– Já é tempo!

Tirando da parede uma das tochas, ele acrescentou, dirigindo-se a Maurin:

– Pode me acompanhar. Agora você tem esse direito. Um direito pelo qual pagou tão caro quanto eu, com a morte da sua mãe e de Émeline.

Eles foram para o pátio e Payns se dirigiu direto à quintana.

– O que vamos fazer? – perguntou a criança.

– Recuperar um certo objeto que escondi... Uma coisa sagrada! E que estava ao alcance de todos, até debaixo do nariz dos assassinos!

Entregando a tocha ao filho, ele disse:

– Ilumine-me.

O cavaleiro desembainhou a espada e, para surpresa da criança, começou a cortar o boneco de palha com grandes golpes raivosos.

– Pai!

Payns atacava. Atacava de novo. Atacava com todas as suas forças, à esquerda, à direita, desventrando a quintana, reduzindo-a a farrapos, com uma respiração ruidosa devido ao esforço.

– Pai!

O restolho voava em poeira, os seus grãos brilhavam na luz como flocos minúsculos.

Finalmente o poste apareceu, descoberto. Payns se aproximou e pediu a Maurin que erguesse a tocha. Presa no alto da estaca, uma argola de bronze havia sido encaixada entre dois entalhes.

– Uma argola?

– Sim, Maurin... Mas esta argola é a chave que abre um túmulo, aonde iremos hoje à noite.

– Você está me deixando com medo, pai!

– Falarei com você no caminho, meu filho... Contarei para você um maravilhoso segredo. Por seu intermédio, falarei também com a sua mãe e com Émeline. Revelarei a causa do mistério pelo qual elas morreram. Depois que eu lhe contar, talvez você aceite o sacrifício delas com mais serenidade. Venha, vamos buscar os nossos amigos e partir.

O cavaleiro embainhou a espada e pegou a mão do filho.

– Papai...

– Sim?

– Você está chorando!

– Realmente, estou chorando, por não poder rezar.

*

* *

Os sete homens e a criança iam a pé, com medo de que os cavalos atolassem nos pântanos da floresta do Oriente. Geoffroy e Émeric levavam uma padiola, na qual, como Payns explicou ao filho, eles poriam os restos mortais de Jesus.

Jesus!

Maurin se recordava, dos Evangelhos, que Cristo havia ressuscitado em Jerusalém. Aliás, os cruzados tinham ido à Terra Santa para liberar o seu Túmulo.

– Não – disse Payns. – Iniciado pelos egípcios de Deir el-Medineh, e depois, mais tarde, pelos sacerdotes essênios* de Qumran, Jesus se dedicou à alquimia. Os ensinamentos de amor que ele prodigalizava aos seus semelhantes, o exemplo de generosidade e de fraternidade que lhes dava eram frutos dos seus estudos. Ele havia conseguido assimilar as imutáveis leis da natureza na sua complexa organização e na sua ordem intangível para aplicar essas regras na espécie

---

* Seita religiosa judaica da Palestina, de caráter monacal e tendência ascética. Praticavam a pobreza, o celibato e a obediência a um superior. (N. T.)

humana. Ele afirmava que a natureza era apenas amor! A energia que a dirige devia, obrigatoriamente, ser encontrada na alma do homem... Ou melhor, na sua consciência.

– Pai, não entendo tudo o que me diz.

Ferrer interveio:

– Isso não me surpreende, Maurin. Payns se esquece de que não está falando com um adulto.

– Sinto muito – desculpou-se Payns. – Estou indo rápido demais, é verdade. Segui por um caminho bem mais tortuoso para levá-lo a admitir que Jesus não foi crucificado. Tomé, o irmão gêmeo, foi preso no lugar dele e foi quem sofreu o suplício.

– Como ter certeza disso? – perguntou a criança.

– Depois de saírem da Palestina, Jesus e os seus discípulos viajaram muito até se instalarem nas terras de Champagne, onde, em segredo, começaram a iniciar novos adeptos.

– Por que em segredo?

– Porque Cristo era detentor do maior dos mistérios... Um mistério que devia ficar protegido ao longo dos séculos. Por isso, ele fundou uma companhia que chamou de Loja Primeira, que ele encarregou de zelar pelo seu corpo.

– Pelo corpo dele? – surpreendeu-se Maurin.

– Sim, o mistério é o corpo de Jesus! O único, o verdadeiro milagre já realizado na face da Terra... O milagre de I.N.R.I.: *Igne Natura Renovatur Integra.*

Enquanto os homens penetravam num dos lugares mais lamacentos da floresta, Payns prosseguiu no seu relato, ainda esquecido de que se dirigia a um menino de apenas dez anos.

Ele lhe falou da mensagem oculta de Jesus, da experiência que ele fez em si mesmo antes de dar o último suspiro, do cadáver que se deteriorava lentamente no túmulo, mas que conservava uma ínfima partícula de vida eterna que lhe permitiria, um dia, renascer da morte, desse átomo de consciência que permanecia no cérebro em parte putrificado, dessa pequena parte de alma à qual era proibido se dissolver definitivamente no aniquilamento. Dessa alma retida por um cadáver capaz de atravessar os tempos infinitos, na expectativa de uma ressurreição. Um morto paciente, que se alimentava da energia terrestre e absorvia os fluidos da natureza.

– Quer que eu acredite que Jesus poderia se levantar do túmulo? Ele conseguiria fazer isso sozinho?

– Não, na verdade, não. Mesmo que tenha aplicado o magistério em si mesmo, mesmo que possua na menor de suas fibras a potencialidade requerida para vencer definitivamente a morte e, dos vestígios de carne e ossos, se reconstituir, mesmo que possa regenerar o seu sangue e os seus órgãos, ele precisa, no entanto, ser acompanhado na conclusão desse milagre. A decisão de lhe permitir voltar à vida só pode ser tomada pelos seus discípulos, que deverão prodigalizar uma certa ciência aos seus restos. É necessário um grande saber, Maurin.

– Você é um dos seus discípulos, pai?

– Assim como os amigos que nos cercam esta noite. Sim, nós somos os discípulos de Jesus, através dos tempos. O segredo nos foi transmitido de geração em geração; e assim será nos séculos que virão. Isso se chama a Tradição. O próprio Cristo era um dos elos da Tradição. Eu lhe disse antes que Jesus havia recebido o ensinamento oculto dos sábios egípcios e dos doutores essênios, que eles próprios haviam herdado de um ensinamento empírico que data da aurora da humanidade. Que data dos filhos de Deus, Adão e Eva!

O conde Hugues interrompeu Payns:

– Esse não era o marco de que você nos falou, o que deve nos indicar o novo caminho?

Payns afastou uma braçada de juncos e examinou atentamente a pedra que emergia do lodo.

– É esta aqui. Duzentos pés partindo dela. Vejam, ela forma uma flecha e nos indica a direção: virada para o leste!

– Decididamente, você me surpreende muito – disse Maurin ao pai. – Como soube que esta pedra nos indicaria o caminho a seguir?

– Da mesma maneira que você acabou de aprender, filho! O meu pai me disse.

A procissão se pôs novamente a caminho. Naquele momento, seria preciso atravessar uma vasta extensão de juncos de folhas cortantes, avançar numa lama pesada e pegajosa.

Finalmente, o cortejo atingiu uma clareira mais seca, cheia de salgueiros com enormes folhagens pesadas de neve. Ligeiramente afastado se erguia um carvalho gigante, de tronco largo e preto com galhos retorcidos.

– A clareira! – disse Payns em voz alta. – Vamos contar sete passos a leste, começando do carvalho.

– Ele repousa lá? – perguntou Maurin.

– Sim – respondeu Payns. – Numa fossa que João mandou cavar quando Jesus ia fazer noventa anos.

Os homens rapidamente atingiram um outeiro baixo, pequena excrescência cheia de musgo e de relva na qual formaram um círculo de mãos dadas.

– Vamos nos unir, irmãos – anunciou Payns. – *Já que está na hora e que temos a idade, vamos abrir os nossos trabalhos.* Entremos na via que nos foi traçada pelo mestre, o Primeiro. Pela luz da sua Palavra, pela força do seu Conhecimento, que I.N.R.I. nos ilumine!

O conde prosseguiu:

– Pelos Santos Sinais. Pelas figuras respeitadas, o Triângulo, o Hexagrama, o Ômega, a Cruz e o Tau, trabalhemos esta noite com o fim de preservar a Tradição!

Em seguida, disse Geoffroy:

– Pelas leis eternas, pelo que foi e pelo que será, como o sol se levanta a leste e se põe a oeste, porque um ciclo irreversível liga a vida à morte, pelo amor que rege o Universo, vamos acolher em nós a carne e o sangue de nosso irmão sem idade.

Payns, de novo:

– Naquele tempo, disse Jesus a seus discípulos reunidos diante dele: *A minha carne é o verdadeiro alimento e o meu sangue é a verdadeira bebida. Quem comer a minha carne e beber o meu sangue permanecerá em mim e eu nele, além dos séculos. Aquele que compartilha do meu poder é filho do Conhecimento. Ele sabe que a minha carne nunca será pútrida e que o meu sangue jamais será viciado. O Conhecimento está em mim como está nele. Em verdade, em verdade vos digo: um homem novo nascido da Morte voltará, chamado por seus irmãos. Ele será o pastor que trará o Amor para o seu rebanho. Mas, alguns, procurarão mandá-lo de volta para as trevas e os seus irmãos deverão lutar para salvar a sua carne e o seu sangue. Em verdade, em verdade vos digo: Desgraça e dor aguardam os meus irmãos nos tempos que virão!*

Maurin ouviu com emoção a voz do pai, cortada por um soluço ao fim da sua homilia. Ele também não pôde reter as lágrimas e as deixou jorrar, picantes e ardentes. Pensava na sua irmãzinha. Na sua mãe. Reviu-a girar, com a cabeça rachada, os braços estendidos para ele, que não conseguia se mexer. Que, tão jovem, não passava de uma testemunha aterrorizada. Que gostaria de possuir a força do pai para se atirar sobre o criminoso e atravessá-lo, de um lado ao outro, com uma violenta estocada.

No entanto, a sua arma era de madeira.

A mão do pai apertou a sua, mais forte.

– Vamos quebrar a Cadeia para receber o Primeiro entre nós...

Os homens ergueram e abaixaram os braços três vezes antes de se soltarem.

Payns se ajoelhou sobre o túmulo. Vasculhou embaixo do manto e tirou a argola de bronze, depositando-a no chão. Afastou a relva que o gelo tornara quebradiça, raspou e rompeu o musgo branco, sem se importar em ferir os dedos.

Os homens se aproximaram. O conde pôs a mão no ombro de Maurin. Presença calorosa e amigável.

Payns liberou uma manilha de pedra que saía de uma laje, com uma parte desnudada. Pegou novamente a argola para passá-la no gancho, onde ela coube com perfeição.

Preparando-se para puxar, ele disse:

– É a primeira vez que este túmulo é descerrado.

E, virando-se para Geoffroy, disse:

– Ajude-me a erguer a laje; vou precisar dos seus músculos.

– É uma grande honra, Payns!

– Pare de bancar o simplório e puxe comigo. Puxe esta argola!

Os dois homens se esforçaram em vão, nada aconteceu. O alçapão não se movia.

Eliphas interveio:

– Sem dúvida, é preciso passar uma lâmina nas junções das pedras; o tempo é o pior dos cimentos!

Émeric desembainhou a espada e, por sua vez, se ajoelhou perto dos dois homens. Examinando o musgo para encontrar o contorno da laje, passou o aço da arma nos pontos de junção.

Pouco depois, Payns e Geoffroy pegaram novamente a argola. Dessa vez, conseguiram deslocar a laje do encaixe. Ranger de pedras raspadas, respiração entrecortada dos homens.

Logo, todos ajudaram.

Abriram o túmulo e se ergueram, não ousavam olhar para o interior...

Payns pegou a tocha que havia fixado na terra e a ergueu acima da fossa. A luz dançante da chama parou no sudário que envolvia o cadáver.

– O que tem no peito dele? – perguntou Maurin, apontando um pacote de couro salpicado de manchas de mofo.

– É o Evangelho – respondeu Payns. – Os discípulos o puseram ali durante a modesta cerimônia dos funerais. Jesus havia pedido para ser enterrado com as suas memórias. A Igreja, que sabe da sua existência, procura por elas desde a origem. Ela as menciona sob o nome de Testamento do Louco.

Dando um passo para se inclinar sobre os restos mortais do Cristo, o conde disse:

– Além do relato da sua vida, Jesus revelou no Santo Livro o tratado iniciático do seu magistério. Nós, os irmãos Primeiros, fomos encarregados de zelar por esse evangelho e de impedir, a qualquer preço, que nossos inimigos se apossem dele.

– Nossos inimigos...? – articulou Maurin.

– Os Guardiães do Sangue! – soltou Ferrer. – São eles que nos perseguem.

Schelomet continuou:

– Eles juraram reescrever a História de maneira a impor a sua apologética, em detrimento da verdade. Achamos até que o papa é vassalo deles, embora pense controlá-los. Eles pertencem a uma seita tão velha quanto a Loja Primeira, tendo descoberto há muito tempo que o crucificado era Tomé, o irmão gêmeo de Jesus.

– Estou confuso – confessou Maurin. – O meu espírito está lento demais e muito triste para compreender essas coisas perturbadoras. Além do mais, hoje de manhã, ao me empurrar para o porão do *scriptorium*, Schelomet me disse uma frase que me volta à mente e que me dá o que pensar.

– O que eu disse? O momento era dramático e reconheço que não me lembro do que possa lhe ter dito então.

A criança esclareceu:

– Você disse que eu deveria ser salvo porque era do *seu* sangue! Que eu era um Payns! Tenho consciência de que sou muito novo para avaliar certas sutilezas dos adultos, no entanto, entendi que eu devia viver porque era um macho...

– Sim, é verdade – admitiu Schelomet –, eu pronunciei essas palavras e, agora, lamento; cabe ao seu pai esclarecê-lo a esse respeito.

– Eu o perdoo – assegurou Payns antes de se virar para Maurin e lhe explicar: – Sem as tragédias deste dia terrível, certamente eu teria esperado que ficasse mais velho para revelar o segredo relacionado a você e a mim. Nós somos marcados por um destino do qual não podemos escapar. Veja só, o homem que jaz neste túmulo, esse homem que imprimiu a sua marca na humanidade com a sua mensagem de amor, esse homem é nosso ancestral, meu filho! Temos o mesmo sangue!

*
* *

Gestos lentos. Religiosos.

O corpo do Cristo foi depositado na padiola. O sudário cinza acusava a magreza do cadáver, mas também destacava algumas linhas cheias, indicando que os membros estavam juntos uns dos outros, que ainda existiam carnes.

Maurin não conseguia desviar o olhar do cadáver, imaginando um rosto muito parecido com o do pai. A aresta de um nariz marcado, o osso duro e saliente. As maçãs do rosto relativamente altas, angulosas. Lábios finos e pálidos.

Maurin não pronunciou mais nenhuma palavra depois da revelação que Payns lhe fez. Esgotado, abalado e ansioso, ele se tornara uma testemunha distante dos acontecimentos, que acompanhava com uma indiferença que o surpreendia. Num torpor quase gelado, ele continuava ali, apático, a olhar o corpo do Cristo, o seu ancestral.

Ele percebeu a voz do pai, à distância:

– Vamos fechar o túmulo. Porei a argola em lugar seguro.

E a voz do conde:

– Você parece exausto, Maurin.

Então, era com ele que falavam. Precisou fazer um esforço para recuperar o senso da realidade, voltar àquela noite estranha que parecia uma alucinação.

– Estou com frio – ouviu-se dizer. – Queria voltar para casa.

Ele gostaria de voltar à sua condição de criança, com as alegrias despreocupadas, as lutas contra a quintana, as corridas atrás das galinhas, as brincadeiras com Émeline, os momentos de afeição com a mãe. Simplesmente ser de novo aquela criança que era ainda de manhã. Não aquele menino morto-vivo parado no pátio da fazenda com os gritos de desespero e de dor da mãe que lhe rasgavam os tímpanos.

O cortejo se pôs a caminho. A mão de Payns pegou a do filho.

– Vou lhe preparar uma tisana de hortelã e tomilho e a levarei ao seu quarto.

– Onde está pensando em esconder o cadáver, papai?

– Toda a floresta do Oriente passará a ser o Túmulo do Primeiro. A terra, a água e o vento serão os elementos nos quais ele buscará a força para regenerar o fogo da Vida que ele mantém em letargia no sangue. Eliphas e os nossos irmãos vão construir uma sepultura inviolável nesta floresta. Mais tarde, ela encerrará o corpo de Jesus, que ninguém jamais poderá profanar. Enquanto isso, convém encontrar para ele um abrigo provisório que o esconda das buscas dos Guardiães do Sangue. Um lugar que possamos vigiar permanentemente.

12.

Um registro de Payns

Hoje de manhã realizamos as exéquias de Typhaine, Émeline e Basile le Harnais. A cerimônia se desenrolou na mais estrita intimidade e eu não quis a participação de um sacerdote.

Era primordial que nenhuma testemunha estranha descobrisse a operação que organizei com a ajuda dos irmãos. O abade que traiu Hélène foi discretamente enterrado à beira de um campo, antes do amanhecer; marcamos sua sepultura com uma simples pedra branca. No seu devido lugar, o cemitério da família, enterramos os restos de Jesus, até ser escavado um sepulcro inviolável na floresta do Oriente.

Ao lado dele, agora dormem a minha mulher bem-amada, a minha filha querida e o meu amigo Basile. Assim posso me recolher e meditar à vontade sobre os seus túmulos.

Do meu quarto, da janela virada para o norte, vejo os três sepulcros. De agora em diante, preciso me acostumar com essa presença, sabendo que a primeira coisa que farei todas as manhãs será olhar para eles.

No entanto, não conseguirei esquecer que Typhaine e Émeline se decompõem no barro, nessa terra negra de Champagne, enquanto Cristo se mantém num estado sublime, numa catarse fora do tempo humano. Um milagre cuja origem tem mais de mil anos. Um prodígio oriundo da experiência que ele realizou em si mesmo e que nenhum outro alquimista repetiu desde então.

Jesus revelou a Grande Obra da ciência hermética afastando o fenômeno natural da putrescência.

Sei que Maurin não consegue assimilar plenamente tudo o que lhe ensinei em tão pouco tempo. Ele é tão jovem! Sofre tanto com a perda da mãe e da irmã!

Durante as exéquias, ele se pôs ao lado de dona Hélène, procurando naturalmente a doce presença de uma mulher. Que ela seja louvada! Soube demonstrar compaixão e piedade ao meu filho, reprimindo o dissabor que lhe causava a surpreendente cerimônia para a qual havia sido convidada. Logo compreendi que ela se sentia pouco à vontade entre as pessoas que choravam os seus mortos sem o apoio de um representante da Igreja.

No entanto, ela demonstrou tanta simpatia a Maurin que este se sentiu confortado durante a celebração do nosso ritual.

Espantosa e misteriosa liturgia para quem descobre o nosso cerimonial! Todos nós estávamos vestidos com uma capa branca, o que, logo de início, surpreendeu dona Hélène, para quem o luto somente é concebido em preto.

Levamos os nossos mortos em padiolas e os deitamos perto das fossas cavadas na véspera. Émeric acendeu três tochas, espetando-as na terra próximas das cabeças deles.

Eu pronunciei a seguinte frase:

– Já que está na hora e que temos a idade, vamos abrir os nossos trabalhos!

Nós nos demos as mãos. Hélène consentiu em pegar a minha. Ela olhou para Maurin, lhe sorriu com uma ponta de espanto e pegou a mão dele.

Em seguida, recitei as palavras ensinadas por meu pai e pelos mestres que me receberam há muito tempo na Loja Primeira.*

O vento que vinha da floresta soprava forte; carregava os odores de húmus, de turfa e de terra. Um céu leitoso retinha a neve. Corvos grasnavam ao longe.

Quando terminei de falar, pusemos os corpos nas fossas e Émeric espevitou as tochas enquanto era jogada a primeira pá de terra.

---

* Na maçonaria é o título recebido pelo Companheiro depois da sua passagem pelo "ataúde" e da sua "assimilação ao mestre Hiram". Só depois desse grau é que o membro de um Rito maçônico é considerado um verdadeiro Maçom. (N. T.)

O conde Hugues disse:

– A Ciência é o nosso caminho. Ela está entre a Morte e a Vida. Ela é a mãe do Universo. Nela tudo foi e tudo será. Por ela e pelos seus mistérios, encontramos a força de aceitar a deterioração do corpo. Que I.N.R.I. nos ilumine e receba os nossos irmãos e irmãs na luz do Primeiro!

Eu acrescentei:

– A morte não é morte.

Geoffroy concluiu:

– E a terra não é túmulo!

Maurin começou a soluçar; a cena da mãe e da irmã sendo cobertas pela terra lhe era insuportável. Ele soltou a mão de Hélène e deu meia-volta para fugir do cemitério.

– Vou ficar com ele – tranquilizou-me a jovem viúva, correndo atrás da criança.

Eu não sabia por que experimentava uma sombria sensação. O meu coração foi apertado por uma pinça e fiquei sem respiração. O conde Hugues, que percebeu o meu mal-estar, me deu o braço e me aconselhou a voltar para casa, mas eu recusei. Queria assistir à cerimônia até o fim.

Apoiado pelo meu amigo, fiquei olhando Émeric, Geoffroy e Ferrer encherem os túmulos. Só quando terminaram a tarefa, só nesse momento, decidi sair do cemitério e ir ao encontro de Maurin.

Eu estava sem fôlego e tinha a mente atormentada por uma visão terrível, que não conseguia expulsar. A imagem de Maurin sem vida nos meus braços, com o peito vermelho de sangue.

Eu me contive para não gritar. Mas toda a minha alma estava dilacerada por uma dor intolerável. Um desespero pior do que qualquer outro que me pudesse infligir o Diabo em pessoa.

Payns suspendeu a pena, refletiu, preparou-se para retomar o texto, mas mudou de opinião e fechou o tinteiro.

Estava pálido. O suor lhe escorria pelo rosto e pelo pescoço. Os olhos estavam vermelhos e inchados de tanto chorar.

A noite gemia na janela do quarto. Uma coruja teimosa não parava de ulular com voz surda e sinistra.

Payns dobrou a folha de pergaminho, levantou-se, foi para o fundo do cômodo e afastou uma ucha, liberando, assim, um lugar do piso em que duas tábuas eram removíveis. Ele as retirou e depositou o velino numa cavidade escura. No local onde havia escondido o Testamento do Louco. Depois, repôs as tábuas no lugar.

TERCEIRA PARTE

O TÚMULO DO ORIENTE

I.

Mestre Rogemourd

Março de 1108.

O burgo de Gierry ficava situado a menos de uma hora a cavalo de Troyes. As suas poucas casas se amontoavam em torno de uma capela pouco elegante, grosseira e baixa.

Naquele inverno que se demorava em Champagne, o povoado estava asfixiado num frio persistente e numa neve obstinada. Somente na oficina de carpintaria do mestre Rogemourd ecoava alguma vida.

O homem era robusto, músculos salientes, ombros largos. Com a pele muito pálida e os cabelos ruivos, ele foi objeto de escárnio durante os estudos de marcenaria e teve de distribuir algumas surras cruéis para aqueles que o chamavam de saco de farelo de trigo.

Ele se forjou uma forte reputação, tanto pela força dos seus golpes quanto pelo talento em fazer peças complicadas, pois rivalizava em habilidade com os melhores artesãos na confecção de entalhes, encaixes e outras conexões, eixos de pivô e respigas.

A sua autoridade e renome agora ultrapassavam os limites da paróquia, e pessoas vinham de muito longe lhe encomendar trabalhos, sabendo que ele honraria cada contrato com igual perícia.

Naquela manhã, ele se levantou muito cedo e esperou reavivar a lareira da cozinha para acordar Nizier, o seu filho, que gostava de preguiçar na cama, no quentinho, embaixo do edredom de penas de ganso.

Nizier estava com doze anos. Tão ruivo quanto o pai, também herdara os seus traços redondos, a musculatura e a força natural.

No seu olhar verde-água flutuava permanentemente um nadinha de tristeza desde a morte da mãe, ocorrida três anos antes.

Mestre Rogemourd se vangloriava de agir com toda a simplicidade, virtude que ele transformou em princípio fundamental da sua vida. Assim foi que, com toda a lógica, ele fez de Nizier o seu aprendiz, seguro de que a nobre profissão de carpinteiro trazia o seu lote de satisfações, fossem elas de ordem artística ou pecuniária.

Ele era um excelente professor, raramente se encolerizava e usava a paciência que as pessoas inteligentes sabem mostrar.

Ao começar o dia, mestre Rogemourd se congratulava por ser feliz e agradecia a Deus por ajudá-lo a superar a perda da esposa, que ele adorava diariamente em pensamento, e por lhe dar com o que preencher harmoniosamente uma vida serena, com o filho crescendo ao seu lado. As mãos do menino tornavam-se a cada dia mais peritas, manipulando com vivacidade e destreza as garlopas, martelos, serrotes e serras.

Portanto, naquela manhã, mestre Rogemourd cantarolava ao reavivar as brasas, fazendo com que pegassem fogo numa grande madeira, cortada da antiga pereira da sua propriedade rural.

Ele ignorava que quatro homens vigiavam a sua casa. Um deles levava um machado no cinto.

*

* *

O homem do machado e os três companheiros entraram na oficina de marcenaria, que sempre ficava aberta para a rua.

– O que desejam, senhores? – disse mestre Rogemourd.

– É você mesmo que se chama Landéric, da família Rogemourd? – perguntou a voz doce do matador. – E este é o seu filho, Nizier, não é?

– Palavra de honra, não tenho a satisfação de conhecê-los, mas parecem me conhecer!

– Sem dúvida, você me interessa; sei que o cavaleiro Payns o contatou para participar de uma obra nas terras dele.

– Você não tem o aspecto de um operário à procura de trabalho – observou Rogemourd, procurando descobrir as feições do seu interlocutor embaixo do capuz.

– Depende do trabalho. Sei que Payns percorreu toda a região para contratar os melhores carpinteiros, ferreiros e talhadores de pedra... E que ele mandou drenar os pântanos na floresta do Oriente. Com que intuito?

O carpinteiro não gostou do tom do desconhecido, assim como o desagradava o fato de os três homens que o acompanhavam cercarem a ele e ao filho. Por isso, o artesão disse com uma aspereza não dissimulada:

– Ei! O que pensa do segredo profissional que todo membro honrado de uma guilda deve respeitar? Prestei juramento e sou obrigado a manter discrição. Se eu não o respeitar, perderei rapidamente o crédito. Agora, tenha a bondade e a polidez de sair. Desejo-lhe um bom dia, senhor.

O desconhecido disse, rindo:

– Não tenho a intenção de ir embora sem ter obtido o que vim buscar.

Em seguida, repentinamente, ele pegou a mão direita de Nizier, que soltou um grito de surpresa.

– O seu filho tem belas mãos – disparou o matador. – Robustas, mas finas! Fortes e elegantes. Mãos que, sem dúvida, se tornarão as de um artista como você... se nenhuma desgraça acontecer a elas!

Rogemourd tentou libertar Nizier do aperto de mão, mas dois homens o seguraram e o imobilizaram.

O matador forçou a criança a pôr a mão numa bancada e lhe afastou os dedos com brutalidade, soltando o machado do cinto e perguntando:

– Que dedo prefere que eu corte?

– Pai... – implorou Nizier.

– Só um dedo... para começar!

Rogemourd nem teve tempo de responder; o machado descreveu um semicírculo no ar e caiu em cima da bancada. Um estalido seco. Um tempo de silêncio. Nizier olhou a mão, apavorado, antes de gritar.

O indicador havia sido seccionado na primeira falange.

O matador segurou a criança que desabara, ergueu-a, apoiou a mão dela de novo na bancada e levantou a arma.

– Fale ou vou abaixar outra vez o machado! – ordenou ao carpinteiro.

– Por Deus, você é louco!

– Tenho certeza de que ele é um bom aprendiz. Não acha que ele precisa de todos os dedos para segurar a garlopa ou manejar o cinzel? Então fale, amigo. O futuro dele como carpinteiro depende do que vai me contar.

Mestre Rogemourd não aguentou mais; não suportaria ver Nizier sofrer mais uma mutilação.

– Vou lhe contar o que sei – resolveu dizer. – Por favor, poupe-o.

– Estou ouvindo.

Muito baixo, com a respiração curta, o carpinteiro explicou:

– Provavelmente, trata-se de um trabalho enorme. Todas as profissões relacionadas à construção irão contribuir, mas os seus representantes não sabem a que obra se consagrarão. Payns mantém todo mundo na ignorância. Alguns homens que vieram direto da casa do conde de Champagne – os escavadores – já trabalham em segredo por detrás de um anteparo e ninguém pode se aproximar da obra. Eles estão sob as ordens de um arquiteto judeu, um tal de Eliphas, que ainda não tive tempo de encontrar.

– Isso é tudo?

– Por favor, poupe o meu filho, senhor! – implorou Rogemourd, com o coração dilacerado pelos soluços de Nizier.

O matador mantinha o machado em cima da mão do menino.

O carpinteiro acrescentou, impulsivamente:

– Devo me encontrar com o cavaleiro Hugues de Payns amanhã para que ele me entregue as plantas que, em seguida, executarei ao pé da letra...

– Tem um encontro com ele na floresta do Oriente?

– Sim, numa pequena capela... Que serve de alojamento para os contramestres e onde se reúnem Payns e os amigos. Foi lá que vi pela primeira vez Sua Senhoria o conde Hugues de Champagne.

Uma longa expiração sob o capuz. Como um alívio.

O matador soltou a criança e os dois homens que imobilizavam Rogemourd soltaram a presa. O carpinteiro se precipitou para o filho, pegou a sua mão direita para examinar o ferimento que jorrava sangue.

– Tudo bem – anunciou o homem do machado. – De hoje em diante, você me pertence. Será os meus olhos e os meus ouvidos na obra do cavaleiro Payns. Se se queixar para ele, amputarei de novo o seu filho. Ou o matarei! Aonde quer que ele vá, ou onde quer que o esconda, se for essa a sua intenção, eu o encontrarei. Compreendeu, amigo?

– Agirei conforme a sua vontade, senhor – articulou o carpinteiro, vencido.

Os Guardiães do Sangue saíram da oficina e foram buscar as montarias. Eles se afastaram do burgo de Gierry seguindo por um estrada coberta de gelo, na qual andavam com prudência.

Um dos homens, que cavalgava ao lado do matador, disse com evidente satisfação:

– Temos Payns e o bando na palma da mão. A casa de Geoffroy de Saint-Omer está sob vigilância conforme o combinado. No entanto, não sei como pretende proceder, mestre.

– Vou acertar as contas com ele. Saint-Omer é o próximo da lista e quero manter as minhas contas em ordem. Não há nenhuma dúvida de que esses malditos apóstatas estão construindo um túmulo para receber os restos de Jesus Cristo, que eles devem ter escondido provisoriamente. A obra parece bem avançada, a julgar pelo que nos disse o carpinteiro.

– Um túmulo inviolável concebido por esse judeu, esse tal de Eliphas...

– Passaremos à frente deles! Faremos com que vomitem todos os segredos!... Vou arrancar-lhes a mão direita, como fiz com os dois companheiros. O papa Pascoal adiou a partida de Reims, na esperança de que em breve terminemos com eles. Mas ele não poderá ser hóspede do bispo eternamente. O papa é um aliado e, atualmente, nós somos a sua milícia, mas ele não deve saber da nossa vontade de instaurar a nossa Igreja, a Igreja dos Guardiães do Sangue! Não importa o tempo que levemos para impor uma nova ordem! A nossa luta é justa e atravessará os séculos. *Cum fortis armatus custodit atrium suum, in pace sunt ea quae possidet.*[11]

– *Salvum fac populum tuum, Domine, et benedic hereditati tua.*[12]

E todos juntos, numa única voz, responderam:

– *Amen.*

---

[11] Quando um homem forte e bem-armado guarda o seu palácio, os seus bens estão seguros.

[12] Salvai o vosso povo, Senhor, e abençoai a vossa herança!

2.

Na floresta do Oriente

A neblina matinal estava agarrada aos primeiros galhos das árvores da floresta do Oriente, estendendo-se, leitosa e espessa, pela superfície de um pântano drenado que formava uma larga bacia. No centro, numa pequena ilha, elevava-se uma alta paliçada que desenhava um círculo perfeito.

Essa barreira, feita de toras de madeira espetadas na terra, com estacas aqui e ali, dissimulava a obra dirigida por mestre Eliphas por encomenda da Loja Primeira.

Para se ter acesso ao perímetro proibido, era preciso seguir por uma passarela sobre pilotis e passar por uma porta dupla, cuidadosamente guardada por homens armados que pertenciam à casa do conde de Champagne.

Outros soldados estavam acampados nas margens do lago. Abrigavam-se em cabanas de colmo e madeira, ou se aqueciam com os brandões de seus braseiros.

Mais além, ao norte, haviam sido escavadas inúmeras represas, cujas águas eram contidas por diques e barragens feitas com terra, pedras e tábuas, que os escavadores continuavam a consolidar.

Uma rede de estreitos canais havia sido escavada, de modo que uma parte da água dos lagos artificiais corresse para fora do canteiro de obras, na direção dos mais longínquos paludes.

Atrás da paliçada, uma grua se erguia acima do poço recentemente cavado. Escoras maciças reforçavam as paredes do buraco, que mergulhava nas trevas.

Na estacada estava encostada uma cabana com aberturas, um pequeno recinto no qual os contramestres podiam se abrigar. Naquele momento, Geoffroy de Saint-Omer e um mestre escavador estavam lá observando os operários manobrarem a roda da grua, acionando lentamente uma polia que desenrolava a corda dentro do poço.

Mais embaixo, Payns e Eliphas continuavam a descida numa nacela de vime. O arquiteto segurava uma lanterna que mal iluminava as paredes do largo duto com sólida sustentação.

– Toda esta obra realizada em tão pouco tempo! – maravilhou-se Payns. – Você é um mágico, Eliphas. Um mestre de obras sem igual!

– Ora, devemos agradecer ao nosso irmão Hugues. As suas equipes de escavadores executaram bem as suas tarefas; elas trabalharam dia e noite. Por sorte, não temos nenhum acidente a lamentar, apesar da dificuldade da obra.

A nacela chegou ao fundo do poço. Os dois homens desceram; uma galeria estava diante deles. Elevando a lanterna, Eliphas pediu que Payns o seguisse, explicando:

– Coloquei uma enorme quantidade de frechais para segurar a terra, que é móvel e me causa muita preocupação. Pensei que ela fosse constituída de uma proporção maior de greda. Apesar disso, é partindo deste poço que os carpinteiros e os pedreiros trabalharão.

– Tenho as suas plantas na cabeça – frisou Payns. – O labirinto vertical com saída dupla que você imaginou é uma maravilha de engenhosidade.

Depois de avançarem uma dezena de passos na galeria lamacenta, os dois amigos chegaram a um espaço largo perfurado no barro. Do teto, consolidado por grandes vigas, gotejava uma água preta e gelada que lhes molhava a cabeça e os ombros.

Eliphas desenhou no piso um círculo de luz com a lanterna e disse:

– É aqui... É aqui que ele repousará por todos os séculos dos séculos até voltar para os vivos. Esconderemos o corpo de Jesus nesta sala. Neste túmulo! Vamos precisar de um carpinteiro hábil para confeccionar as estruturas nas quais os pedreiros apoiarão as pedras.

– Eu tenho o homem de que precisamos – tranquilizou-o Payns –, já o encontrei duas vezes junto com Hugues. Aliás, devo vê-lo hoje de manhã para apresentá-lo a você e entregar a sua missão.

*

* *

Tendo ficado na superfície, Geoffroy não conseguia controlar a sua impaciência:

– Por são João, não gosto de saber que eles estão no fundo desse poço! Sem dúvida é uma bela obra, mas faltam paredes sólidas para ser um lugar seguro!

– Não há nada a temer – afirmou o responsável pelas escavações. – Não é o primeiro buraco que eu escavo, senhor Geoffroy; pode confiar em mim.

– Nada a temer? Mergulhar nas entranhas de uma terra empapada de água! Enfiar-se entre os seus maxilares de lodo... Nada a temer, você disse? Perdoe-me por não compartilhar da sua opinião, amigo. E não leve a mal o fato de a sua fama não ser suficiente para me acalmar plenamente. Realmente, nada a temer?

– Acha que o senhor Eliphas desceria num poço e levaria o seu amigo se houvesse algum perigo?

– Por Deus, a confiança em si mesmo é muitas vezes fonte de uma grande cegueira!

– Pela minha alma, com todo o respeito que lhe devo, senhor, não posso me impedir de considerá-lo como um homem de pouca fé!

Inesperadamente, um dos dois operários encarregados da manobra da grua, inclinado no espaço vazio, exclamou:

– Ah, eles acabaram de fazer sinal com a lanterna! Pedem para subir.

– Finalmente! – soltou Geoffroy com alívio. – Pois bem, apressem-se e tirem-nos daí de dentro!

A nacela foi içada. Geoffroy recebeu os amigos com fortes demonstrações de amizade, abraçando um de cada vez e lhes batendo nas costas com as mãos gordas.

– Eu já estava para morrer! Saber que estavam lá embaixo me repuxava o abdome a ponto de me dar cólicas!

– Tem certeza de que também não quer descer? – perguntou Eliphas, inocentemente.

– Está zombando de mim, mestre Eliphas, pois sabe muito bem que tenho vertigem... Sem falar na sensação de opressão que eu sentiria ao me ver nessa boca do inferno!

– É uma pena – acrescentou Payns –, você poderia admirar o trabalho que já foi realizado.

– Acredito na sua palavra. Eu me contentarei com o seu relatório.

Dirigindo-se para a porta da cerca, Payns disse:

– Está mais do que na hora de irmos para a capela; não vamos fazer o nosso carpinteiro esperar.

Antes de se reunir a ele e a Geoffroy, Eliphas foi ao alpendre para pegar um bornal de couro em cima de uma mesa.

– Peguei os projetos que interessam a ele – disse. – Indiquei as dimensões com precisão, de modo que ele só terá de seguir o traçado.

Os três homens seguiram pela longa passarela montada sobre pilotis que os levou à margem, onde pegaram uma trilha margeada de espinheiros de garras afiadas.

Payns notou que Geoffroy arrastava um pouco os pés, brincando, sombrio, com o anel vermelho colocado na mão direita.

– Parece cansado, irmão. Talvez não devesse nos acompanhar, e sim ficar aquecido em casa.

– Este inverno... Este inverno que não acaba nunca! Não é nada mais do que isso. É preciso matar o tempo. Expulsar o tédio, a sombra e o frio. E as lembranças!

– Há outra coisa, meu amigo – insistiu Payns. – Eu notei que você coçava o dedo todo o tempo, como se o aro do seu anel lhe queimasse.

– Payns e os seus olhos de raposa! Eu confesso, este anel me rói o osso. Só penso no que ele contém... Nos que foram arrancados dos nossos dois saudosos irmãos. Os Guardiães do Sangue jogaram uma maldição sobre nós, e esse maldito matador do machado não nos deixará enquanto não houver massacrado a todos. Penso também em Typhaine e em Émeline... A sua esposa sempre me demonstrou muita afeição e foi muito paciente comigo; quantas vezes não a atordoei ao contar as minhas façanhas nos torneios? Quanto à sua filha encantadora, não posso esquecer que, até há pouco tempo, a fazia pular na minha barriga gorda.

– Não se trata de maldição – repreendeu Payns. – Uma ameaça não é uma condenação inevitável às penas do inferno.

– Veja, um reumatismo fez as juntas das minhas falanges incharem e seria muito difícil retirar este anel se eu quisesse.

– Nós fizemos os votos de nunca nos separarmos dele, qualquer que fosse o perigo.

Geoffroy parou bruscamente, tomado por uma raiva violenta que explodiu por todos os traços do seu rosto, pela súbita vermelhidão da sua pele, e trovejou:

– Payns, o inabalável! Payns, o virtuoso! Os seus amigos e a sua família foram cortados por um machado como uma maldita madeira e você continua aí, ereto na tempestade, invadido pelas suas certezas, pelas suas convicções! Quanto tempo vamos esperar antes que o matador do machado nos elimine? Esse homem é a encarnação do Mal!

Sem demonstrar que fora atingido pelo ataque, Payns disse:

– Ele não passa de um hábil assassino a quem eu devoto um ódio sem limites.

Em seguida, retomando a marcha, acrescentou:

– Chegará o dia em que passarei a minha espada através do seu coração.

Subitamente conscientizando-se do erro que acabara de cometer, Geoffroy alongou o passo para ficar ao lado do amigo e lhe disse:

– Perdoe-me, Payns... Eu me apiedo da minha sorte, sendo que deveria ter pena de você e confortá-lo. Não tenho a sua força de caráter, meu velho companheiro. A morte que nos cerca me impede de dormir em paz e me persegue como uma loba esfomeada. Como posso ajudá-lo a carregar essa dor terrível?

– Nós venceremos! – escandiu Payns. – De uma maneira ou de outra, nós venceremos... Não importam os meios!

*

* *

Mestre Rogemourd e o filho esperavam em frente à capela, a qual pareceria abandonada se não fosse guardada por três homens que matavam o tempo jogando dados numa grande pedra chata.

Payns e os dois amigos saíram dos juncos, calças enlameadas, a barra das capas molhadas.

– Bom-dia, mestre Rogemourd. Estou feliz em revê-lo.

– Eu também, meu senhor. Vim me pôr às suas ordens, como combinamos, e estou impaciente para saber qual será o meu trabalho.

– Não conheço este menino: é um dos seus aprendizes?

– De certo modo – respondeu o carpinteiro sorrindo. – É Nizier, o meu filho. Agora, ele passou a me acompanhar para aprender a profissão. Está na idade de se instruir e não há melhor ensinamento do que a observação.

– Tenho certeza de que lhe dará uma excelente educação; falam muito bem de você na região.

Payns se aproximou da criança; pegou a mão do menino para examinar o grande curativo vermelho de sangue e acrescentou:

– No entanto, terá de esperar para que ele lhe preste uma preciosa ajuda. O que ele fez na mão?

Mestre Rogemourd fez uma pausa antes de responder. Limpou a garganta e se decidiu, com uma voz que pretendia ser clara:

– A lâmina de uma plaina levou um pedaço do seu dedo. São coisas que acontecem quando não se domina perfeitamente a ferramenta, não é?

– Sem dúvida. No entanto, é uma pena. O ferimento é recente, a julgar pela palidez do seu rosto e o sangue da bandagem. Espero que o necessário tenha sido feito para evitar uma infecção.

– Sim, senhor... – começou a dizer Nizier. – Eu lhe garanto que vou me restabelecer rapidamente. Não é nada, na verdade.

Mestre Rogemourd se apressou em continuar:

– Exatamente como ele disse. Ele vai se restabelecer. É isso...

Payns sentiu um nervosismo na voz do carpinteiro. O homem teria alguma coisa a se recriminar? Seria responsável pelo acidente?

– Vamos entrar na capela – convidou Eliphas.

O carpinteiro se virou para o filho:

– Espere aqui, Nizier: você ainda não está apto a receber ordens das pessoas que nos fazem encomendas.

– Está bem, pai.

Ao passar pela porta, Payns disse ao mestre Rogemourd:

– O seu filho parece ser um bom menino... Eu tenho um que deve ter quase a idade dele.

– Nizier não tem mais mãe. Ela morreu de parto com o nosso segundo filho.

– O meu filho também perdeu a mãe...

– Então, deve compreender o amor que dedico a ele. Preciso compensar a ausência da minha mulher, mesmo me comportando como pai.

Eliphas se dirigiu ao altar, que havia sido transformado em mesa de trabalho. Ele abriu um espaço entre volumosos rolos e maquetes para estender as plantas que havia tirado do bornal.

A luz indireta que passava pelos vitrais coloridos aquecia as pedras cinza do oratório despojado de ornamentos, ao qual uma cruz de madeira conferia uma nota de sagrado.

Eliphas convidou mestre Rogemourd a se aproximar do altar.

– A tarefa que lhe confiamos o obriga a recrutar ajudantes e companheiros na sua confraria – disse ele.

– Isso será fácil; fui designado como membro do tribunal que julga as pendências profissionais da nossa guilda e posso contar com dez a vinte carpinteiros nas paróquias vizinhas, bons oficiais que acatarão o chamado. Atualmente, há pouco trabalho; braços não faltarão!

Eliphas tamborilou nos seus desenhos com o indicador direito, especificando:

– Desenhei todos os elementos que formarão as vigas, os tabuões e os caibros que devem sustentar a colocação de pedras e de alvenaria. Tem de respeitar, com perfeita exatidão, as proporções dos barrotes, das guarnições e das sambladuras, pois o sucesso da obra depende muito de você. Deve nos entregar as peças que, em seguida, serão unidas e colocadas no lugar por outros operários...

– Esse trabalho será feito por homens que pertencem à casa do conde de Champagne – explicou Payns. – Eu o avisei sobre esse procedimento. Ele ainda lhe convém?

– As plantas são bem precisas, senhor. Eu as seguirei sem procurar saber em que construção serão usadas, se bem que a minha natural curiosidade já sofra com isso!

– Você é um homem honesto e vamos nos entender – disse Payns. – No entanto, antes de falar do pagamento, vamos pedir que faça um juramento; não foi por acaso que escolhemos este lugar.

Mestre Rogemourd ficou surpreso:

– De que juramento se trata?

– Vai jurar sobre a Santa Bíblia que não revelará a ninguém o teor dessas plantas nem divulgará nenhuma das nossas conversas.

– Ah! Já que assim deseja...

Payns apresentou a sua própria Bíblia ao carpinteiro, que empalideceu ligeiramente, porém mesmo assim estendeu o braço direito.

– Repita comigo – pediu Payns. – *Eu, mestre Landéric Rogemourd, me comprometo a guardar segredo sobre tudo o que me for dito nesta capela, sobre as plantas que me são confiadas, sobre o que poderei descobrir...*

Um suor gelado escorreu pelas costas do carpinteiro, que fez um enorme esforço para a mão direita não tremer. Ele, tão piedoso, tão respeitoso aos mandamentos de Deus e aos princípios da Santa Igreja, ele, mestre Rogemourd, ia cometer perjúrio!

*
* *

O carpinteiro saiu da capela e encontrou o filho, que pulava de um pé para o outro no átrio para combater o frio.

– Ficou muito tempo na capela, pai. Achei que ia congelar aqui.

– Precisava concluir o negócio com os cavaleiros, Nizier. Está feito, vamos embora.

Pai e filho se dirigiram para o possante percherão que lhes servia de montaria. Mestre Rogemourd ergueu Nizier do chão como se ele não pesasse nada e montou no animal.

Olhando a modesta equipe se afastar, Payns disse:

– Essa criança...

– Você se lembrou do seu filho – disse Geoffroy.

– É verdade. Os mesmos olhos. O olhar triste, meio vazio.

– Pois bem, o que está esperando para ir ao encontro dele? Não deveríamos ir visitá-lo, assim como à dona Hélène? Ambos estão em segurança na casa de Hugues.

– Realmente – acrescentou Eliphas –, não consigo ver os Guardiães do Sangue se infiltrando no palácio do nosso ilustre irmão. Já imaginou assassinos loucos o bastante para atacar o conde de Champagne, genro do rei?

– Justamente por isso – continuou Payns. – Basta um! O homem do machado... Eu não sabia que algum dia sentiria tanto ódio! E, por Cristo, esse ódio me levará a fazer o que há de pior para vingar a minha esposa, a minha filha e os nossos dois irmãos!

– De pior? – disse Geoffroy. – Já não o fizemos ao trazer de Jerusalém os cinco Sinais de Jesus?

– O que virá será bem mais terrível – revelou Payns. – Vou levar a desgraça para o seio do papado!

Ele ficou alguns segundos em silêncio e depois disparou:

– Tem razão, Geoffroy, já é tempo de ir me encontrar com o nosso irmão Hugues, no seu condado.

– Saúde-o da minha parte, assim como os mestres Schelomet e Ferrer – disse Eliphas. – E não se esqueça de beijar o seu filho por mim e de cumprimentar dona Hélène.

– Darei o recado da sua amizade. Cuide bem da obra. O Túmulo deve ser construído o mais rápido possível, porque temos muito a temer dos Guardiães do Sangue.

– É verdade, respeitaremos o prazo que nos impusemos. Em breve, Jesus repousará num santuário que ninguém jamais poderá profanar.

Eliphas abraçou os dois companheiros e se dirigiu para a cerca, na sua marcha lenta de homem idoso. Ele desapareceu por trás da cortina de juncos.

– Vamos, a caminho, Geoffroy! – exclamou Payns, querendo se mostrar animado. – Uma boa cavalgada vai lhe estimular o sangue e, quem sabe, lhe dar alguma cor.

– Preciso de bem mais para lubrificar as minhas articulações! Há muito tempo não sofríamos um inverno como este.

Os dois homens subiram na sela. Soltando a montaria, Payns anunciou:

– Hugues me disse que o irmão dele, Philippe, bispo de Châlons, nos visitaria hoje; parece que ele tem importantes informações para nos passar. Pelo que entendi, trata-se do homem do machado!

– Aquele demônio!

– Um matador, Geoffroy. Ele não passa disso. Hábil e perverso... Um matador que se esconde em algum lugar e que tiraremos do covil!

*

* *

O percherão avançava no seu passo pesado na neve macia do caminho. Ele respirava forte, resfolegando longamente, com o dorso baixo; porém não era a carga que ele levava nas costas, e sim os anos acumulados que lhe davam esse andar preguiçoso.

Nizier se segurava na cintura do pai, com a face apoiada nas costas dele.

– Fiz um juramento aos cavaleiros – disse o carpinteiro. – Prometi não revelar nada a respeito dessa obra, que dará com o que viver a vários companheiros da guilda. Mas não posso deixar de pensar no homem que cortou o seu dedo...

– Devia ter falado sobre ele com o senhor Payns e os amigos.

– Não tenho certeza de que eles possam nos proteger desse louco, Nizier. Ele jurou pegar você e nos controla com essa ameaça.

– Mas você é membro do tribunal, pai! O seu compromisso com as pessoas que lhe fizeram a encomenda é sagrado!

– Para mim, você é mais importante do que uma palavra dada, meu filho. Mesmo que eu tenha de entregar a minha alma!

3.

O bispo Philippe

O palácio do conde Hugues de Champagne se erguia a noroeste de Troyes. Ali, o suserano vivia a maior parte do tempo, desprezando sem remorsos a sua austera moradia de Provins.*

Hugues soube dar à sua cidade, da qual ele gostava, um impulso comercial que fez com que ela se tornasse o ponto de cruzamento de todas as vias comerciais. Dentro dos muros da cidade eram realizadas as "feiras quentes" e "frias", que aconteciam respectivamente no Dia de São João** e no dia de São Rémi.***

Essas aglomerações gigantes, que punham a caminho fabricantes de tecidos, ferrageiros, joalheiros, fabricantes de pergaminho e comerciantes de couros e peles, obrigavam o conde a proteger as estradas, a construir estalagens, a manter a paz e a segurança até nos bairros

* A 77 km a sudeste de Paris, Provins é uma cidade medieval, considerada patrimônio mundial da Unesco. (N. T.)

** Comemorado em 24 de junho, verão no hemisfério Norte. (N. T.)

*** Comemorado em 15 de janeiro, época do inverno no hemisfério Norte. (N. T.)

menores, pois os malfeitores, ladrões e criminosos se espalhavam em grande número pela cidade...

Todas as moedas do Ocidente circulavam de mão em mão; os senhores do câmbio, como os florentinos e os venezianos, impunham as suas taxas por ocasião das transações, calculadas nos ábacos.

E Troyes transbordava de riquezas. A cidade fervilhava, comercializava, trocava, regateava, juntava bibelôs, negociava velharias. Enchia-se de barulho, de gritos e de algazarras. Entre as duas feiras, Troyes se preparava, crescia, reparava as calçadas, cavava novos poços, alargava as praças.

– Está bem – disse o conde Hugues, com voz cansada. – Cederemos o bairro de Santa Hélène aos levantinos e prometeremos protegê-los melhor do que no ano passado.

– Combinado – disse o homenzinho magro e barbudo que dobrava os documentos que havia aberto em cima da mesa. – Certamente, o pedido dessas pessoas honestas é muito justificado, senhor; não podemos esquecer que no ano passado eles perderam dois dos seus amigos devido a punhaladas e três de suas mulheres foram violentadas.

– Eu sei – suspirou Hugues. – O preboste e os bailios me mantiveram informados das investigações e, mesmo que não tenham conseguido prender ninguém, eles têm certeza de que esses crimes foram obra de alguns flamengos embriagados de vinho. Vou repetir, senescal, informe ao representante dos queixosos que a cidade se compromete a defendê-los contra qualquer outra agressão. E sem pedir que dividam as despesas!

– Eles vão apreciar essa prova de bondade e compaixão – opinou o senescal, sorrindo.

O homenzinho se virou, com os documentos debaixo do braço, deslizando como um rato até a porta e com a túnica marrom varrendo o assoalho.

Assim que ficou sozinho, Hugues se jogou numa cadeira. Apoiou os cotovelos na mesa e segurou a fronte entre as mãos. Normalmente, ficaria feliz com a ideia de preparar a nova feira. O menor dos problemas a resolver o teria entusiasmado, obrigando-o a buscar a solução que melhor pudesse servir aos interesses de cada uma das partes. Contudo, desta vez, o senescal o aborrecera. A voz esganiçada havia penetrado nos seus tímpanos, chegando a doer. Ele ainda conservava um eco metálico nos ouvidos.

O seu espírito, tradicionalmente leve e alerta, lhe parecia pesado e sobrecarregado. A morte dos amigos, a da mulher e a da filha de Payns haviam gerado um tumor negro que, à noite, exalava terríveis pesadelos.

Sentia tanta falta de Arcis e de Basile...

Todos os dias, do amanhecer ao pôr do sol, os fantasmas dos dois cavavam um vazio de desespero na sua alma, que nenhuma oração podia confortar.

Sentia a ausência deles como se fossem irmãos. As mãos longas e ossudas de Arcis que pegavam as suas com delicadeza, o olhar de Basile, sempre distante e sonhador...

Hugues se levantou da cadeira, foi até a janela e colou a testa no vidro frio. Gostaria de adormecer assim, de pé, como uma estátua de pedra. De dormir sem pensar em nada.

O ruído da porta atrás dele. Passos lentos e pesados. Do seu irmão Philippe.

Hugues se virou para o bispo, esse gigante bondoso com olhos de criança e um sorriso de anjo. Aureolado pela luz que entrava na sala, ele se aproximou sem pressa, abriu os braços num gesto acolhedor e disse:

– Dê-me um abraço, irmão.

O conde se aproximou, aceitou o abraço com gratidão, beijou uma face que lhe espetou e perguntou:

– Fez boa viagem? A neve não atrapalhou muito?

– O meu coche, mais de uma vez, quase caiu nas relheiras, mas o meu cocheiro é um homem experiente, que considera uma questão de honra não jogar o seu bispo de cabeça para baixo! Coisa que eu teria recriminado seriamente e jamais absolveria, mesmo que ele demonstrasse uma sincera contrição!

Hugues gostava da voz do irmão. Ela lhe lembrava a do pai.

Soltando-se do abraço, o bispo observou:

– Você não está com bom aspecto! Está pálido e emagreceu.

– Tive alguns aborrecimentos.

– Sim, eu sei.

O eclesiástico tirou o abrigo de pele que lhe cobria os ombros.

Hugues empurrou uma cadeira e propôs:

– Sente-se, deve estar moído.

Philippe se sentou no pequeno banco, que estalou debaixo dele, e disse:

– O papa está travando uma guerra sem piedade contra você. Ele soltou os Guardiães do Sangue das coleiras e atirou-os nas suas canelas, assim como nas dos seus amigos. A propósito, você agiu levianamente ao me mandar o relato da sua viagem a Jerusalém, depois a carta me informando sobre o assassinato dos cavaleiros Arcis de Brienne e Basile le Harnais.

– Tenho total confiança no mensageiro a quem entreguei as cartas. Trata-se de Émeric, da casa de Payns. Um homem que pertence à nossa confraria.

– Ele poderia ter sido interceptado!

A voz era forte.

– Tem razão – admitiu o conde. – No entanto, queria que você ficasse a par da política do papa em relação a nós. Émeric tinha ordens de queimar ou rasgar as mensagens se caísse numa emboscada.

– Não entendo muita coisa de negócios de espionagem; entretanto, acho que a prudência, certamente, é uma virtude indispensável para se ter sucesso nesse tipo de operação.

– Você veio aqui para me encher de repreensões, como fazia quando éramos crianças?

O bispo caiu numa gargalhada que lhe sacudia o peito. Com lágrimas nos olhos, ele respondeu:

– Você sempre considerou os meus conselhos como reprimendas, Hugues! Quando menino, você era só nervos em movimento, batendo pernas e braços, esmagando o ar durante horas em lutas imaginárias.

Apesar da minha força e do meu tamanho, eu passava a maior parte do tempo a ler, a escrever e a fazer contas. Você lembra que os nossos mestres o forçavam a ficar quieto no lugar para ouvir as aulas? Quantas vezes eu lhe soprei as respostas para os problemas e as rimas das poesias?

A essa lembrança, Hugues sorriu.

– Confesso que muitas vezes você me foi de grande socorro – concordou ele. – Não me esqueci nem da sua sabedoria nem da sua bondade para comigo. Você me confortou várias vezes e, ainda hoje, saber que está ao meu lado me deixa aliviado. E me preocupa também! O seu mensageiro me disse que você tinha uma notícia importante para me dar...

– É verdade. A informação deve deixá-lo satisfeito, você e seus companheiros.

– Quer esperar que estejamos todos reunidos para nos contar? Estou hospedando os nossos amigos desde o ataque à propriedade de Payns pelos Guardiães do Sangue e pus um celeiro à disposição dos mestres Ferrer, Schelomet e Eliphas, que eles transformaram em laboratório, embora Eliphas esteja quase sempre na floresta do Oriente.

– Peça também ao filho de Payns que participe da nossa conferência. Estou morrendo de impaciência para me inclinar diante dele.

– Compreendo – disse o conde. – Compreendo...

4.

A bênção de Maurin

Os cavaleiros estavam reunidos e bebiam vinho quente misturado com água e adoçado com mel em frente à lareira gigante que um empregado havia alimentado com achas grossas antes de desaparecer, intimidado com todas aquelas pessoas sérias, austeras e silenciosas.

Sem dúvida, o empregado havia se perguntado por que uma criança, o filho de Payns, havia sido convidada a participar daquela assembleia. Certamente, nunca saberia a razão; isso seria objeto de intermináveis conversas e longas conjecturas com os outros empregados...

O conde Hugues deixou a sua taça em cima da grande mesa de carvalho e, dando um leve tapa nas costas do irmão, disse:

– Este é o meu irmão Philippe, que fez uma viagem do seu bispado de Châlons para vir nos comunicar uma coisa importante.

– Aceite os nossos respeitos, Monsenhor – proferiu Payns.

O bispo sorriu e, se aproximando de Payns, explicou:

– Sobretudo, consegui o direito de merecê-los, cavaleiro. Sei quem você é; Hugues me contou tudo sobre você. Eu sei tudo... Tudo! A peregrinação a Jerusalém, onde conseguiram entrar no túmulo de Tomé. A descoberta do sudário com os cinco sinais que dividiram entre si. A luta que o papa e os Guardiães do Sangue travam contra vocês. As mortes que o atingiram...

Hugues interveio:

– Philippe é nosso aliado no seio da Igreja.

– Sei também o que está fazendo nas suas terras – continuou o bispo. – Hugues me contou que está escavando um túmulo para... para receber os restos de Nosso Senhor Jesus Cristo. A obra está bem avançada?

– Estou surpreso, Monsenhor! – exclamou Payns.

Philippe pareceu achar graça e foi praticamente rindo que acrescentou:

– Como posso surpreendê-lo? Porque falei dos despojos do Messias? Não é verdade que ele não morreu na cruz, que teve uma vida longa e deixou uma descendência?

– Justamente por isso! – reagiu Payns. – Em que bases repousa a sua fé se aceita que o milagre da ressurreição não aconteceu?

– O fato de Jesus não ter sido crucificado não impede que tenha recebido a graça divina. A santidade está subordinada ao martírio? Acredito sinceramente que Nosso Senhor era Filho de Deus... *Gratias agamus Domino Deo nostro. Dignum et justum est!*[13]

– *Amen!* – soltou Geoffroy num tom enfadado, que o bispo fingiu não notar.

Philippe acrescentou:

– Como todos os homens... Sim, todos os homens são filhos de Deus!

Geoffroy elevou a voz para reagir:

– Os sicários do papa pertencem a essa família, Monsenhor?

– Geoffroy! – repreendeu-o Payns, que notara que o amigo já havia bebido três taças de vinho sem nem mesmo respirar.

– Deixe – disse Philippe, com brandura. – Este cavaleiro me pede para nuançar o grau de fraternidade que liga os homens. Ele não me

---

[13] Demos graças ao Senhor, nosso Deus. É digno e justo.

está preparando uma armadilha ao me fazer a pergunta. Ao menos não é assim que a considero. Sei que o gênero humano, infelizmente, gerou pessoas más que não temem a fúria de Deus ao mentir, matar, roubar... Alguns chegam a cometer massacres se valendo do Criador. Não se esqueça de que na origem dos tempos, segundo a Bíblia, os irmãos já brigavam...

– Está falando dos filhos de Adão e Eva – interrompeu-o Geoffroy. – Caim matou Abel, de quem ele tinha inveja. E Deus marcou Caim na testa, como faz o homem do machado nas suas vítimas!

Philippe pôs a mão no ombro de Geoffroy.

– Não vim aqui sustentar uma tese teológica diante de vocês, se bem que essa merecia que nos demorássemos nela – articulou ele, em voz baixa. – Eu queria lhes falar do nosso Santo Padre.

Os homens fecharam o círculo em torno do bispo. Payns puxou o filho para integrá-lo ao grupo.

Philippe retomou a palavra:

– O papa prolongou a sua estada em Reims. Ele está demorando a voltar para o seu palácio, onde, atualmente, as questões da Igreja são resolvidas pelo seu fiel camerlengo. Mas o que pode lhes interessar muito é que ele foi duas vezes a um modesto mosteiro da minha diocese, não muito longe de Châlons. Duas visitas muito discretas que, no entanto, me chegaram aos ouvidos.

O conde Hugues explicou:

– O meu irmão tem uma audição apurada quando se trata dos pequenos segredos do clero!

– Principalmente quando esses mistérios cercam a pessoa do sumo pontífice e quando este se esforça para dissimular as suas idas e vindas às terras cristãs de Champagne!

Em seguida, tirando um pergaminho da capa, o bispo Philippe acrescentou:

– Desenhei um mapa da região para mostrar a vocês onde fica situado o mosteiro de Santa Menehould, do qual lhes falei.

Ele abriu o velino em cima da mesa, entre as taças de vinho. Os homens se inclinaram com ele sobre a planta, que o bispo descreveu:

– Vejam... É aqui, apenas quatro léguas ao norte do povoado de Cormeux. O papa teria se encontrado com um desconhecido hospedado pelos monges. Um homem estranho, pelo que ouvi dizer. Silencioso e sombrio como a noite!

Geoffroy deu um soco forte na mesa, abalando taças e jarras.

– Será possível que...?

– O homem do machado esteja escondido lá? – perguntou-se Payns em voz alta.

– Eu não disse isso, cavaleiro – esclareceu o bispo, erguendo-se. – Só falei dos dois encontros muito discretos do Santo Padre atrás desses muros.

– Ora, Philippe – brincou Hugues –, a sutileza não é o seu forte; você nos deu uma informação capital. Confesse que pensa como nós!

O bispo balançou a cabeça da esquerda para direita, as sobrancelhas arqueadas. Com uma expressão de cachorro gordo contrariado.

– Sem dúvida, penso... Sem dúvida – admitiu ele. – Mas... eu gostaria de não ter de trair o Santo Padre. Já se deram conta da minha posição? Não me sinto nem um pouco à vontade ao ficar entre a cruz e a espada! Por um lado, não posso abonar as ações do sumo pontífice; por outro, continuo sob a sua tutela. Não, decididamente, eu me sinto dividido e sofro muito com essa situação desconfortável.

– Nós compreendemos – anunciou Payns. – Por isso, agradecemos por ter tomado essa atitude.

Philippe balançou a cabeça mais uma vez, com as pálpebras fechadas. E disse:

– Posso estar enganado... Afinal, o papa Pascoal talvez conheça alguém nesse mosteiro. Um irmão com quem gosta de se confessar. Uma alma que sabe ouvir...

– E o que acha do desconhecido que os monges abrigam? – retorquiu o conde.

– Devíamos verificar se esse misterioso personagem é mesmo o criminoso antes de fazer um julgamento – apontou o bispo.

– Nós o faremos – proferiu Payns com firmeza. – Eu lhe garanto que o faremos sem tardar, Monsenhor. O seu nome nunca será citado; o papa não saberá de onde veio a informação.

– Eu lhe sou grato, cavaleiro.

Em seguida, o bispo se virou para Maurin e, para grande surpresa do garoto, se ajoelhou na frente dele, dizendo:

– Preciso me retirar, mas, antes, gostaria de pedir um favor a este menino; Maurin, não é?

– Eu? – articulou a criança. – O que posso fazer pelo senhor?

– Ponha a sua mão na minha cabeça, menino. E me benza.

– Benzê-lo? Mas não estou acostumado com esse tipo de coisa, Monsenhor. É um assunto do qual não entendo nada...

– Obedeça, meu filho – ordenou Payns, delicadamente. – Benza Monsenhor Philippe, como ele pede.

Maurin estendeu a mão direita. Ele tremia um pouco. E pôs a palma da mão na fronte do eclesiástico, perguntando-se quanto tempo deveria deixá-la ali.

Então, o bispo disse:

– Você é o último a ter nascido do sangue de Jesus. Você é o Filho do Homem pelo seu pai, pelos seus ancestrais, por Deus. E, pelo sangue do Cristo, chegará o dia em que o irmão cessará de matar o seu irmão. Em que o homem amará o homem... *Deo gratias*.[14]

Philippe se ergueu e sorriu para a criança.

– Obrigado, Maurin. Você acabou de me dar um presente maravilhoso.

E, depois de abraçar todos os homens reunidos na sala, o prelado se retirou com o seu passo pesado, ligeiramente encurvado, braços balançando, como um urso cansado.

Silêncio... Um longo silêncio durante o qual os cavaleiros trocaram olhares, que Maurin procurou explicar. Ele compreendeu que era ele

---

[14] Demos graças a Deus.

– a criança que benzeu um bispo – que estava no centro do pensamento dos três homens.

A voz de Geoffroy retumbou, de repente, insegura, num tom forçado:

– Ei, vamos terminar o dia neste silêncio de morte? Por Deus, vamos beber como companheiros. Ajudem, irmãos de Champagne! Vamos beber em homenagem a todos aqueles que amamos e dos quais sentimos saudades!

Hugues e Payns participaram do brinde com reticências e se obrigaram a tomar mais um pouco de vinho, enquanto Geoffroy esvaziou a sua quarta taça num só gole. Um arroto retumbante e um estalar da língua enfatizaram todo o prazer que ele havia sentido com mais esse bom trago.

O conde não estava com vontade de rir do amigo. Num outro momento, certamente teria zombado, caçoando fartamente das maçãs do rosto vermelhas, dos vasinhos escarlates que estriavam o branco dos olhos, do suor da testa...

Hugues pensava no que o irmão lhes havia contado.

– Sou da opinião de que devemos ir ao mosteiro do qual nos falou Philippe – anunciou ele. – Usarei a minha qualidade de conde, feudatário do rei, para entrar lá e fazer uma investigação.

– Bem-observado! – arrotou Geoffroy, apoderando-se da jarra pela quinta vez. – Vamos beber a isso também!

No entanto, Payns parou o braço dele e apertou o punho com o possante torno da sua mão.

– Ei! – reagiu Geoffroy. – Está me quebrando os ossos, amigo!

– Eu vou lhe quebrar a cabeça, se for preciso, seu bêbado! Não vê que está dando um mau exemplo a Maurin? Acha que é digno se comportar assim num momento como esse?

– O quê? Desde quando Payns dá lições de moral?

– Desde que percebi que você está se matando lentamente, irmão. Notei que anda bebendo mais do que de hábito. Isso começou depois que voltamos de Jerusalém. Não tenho razão?

Geoffroy abaixou o rosto como um menino pego em falta.

– É verdade – admitiu ele. – E estou bebendo mais ainda desde a primeira morte que nos enlutou. Não sei por qual magia você consegue aceitar a vida, Payns. Você perdeu dois irmãos, a sua mulher e a sua filha... No entanto, está sempre animado, com a mesma energia, com essa fé desconcertante que o empurra todo o tempo para a frente... O que é que você faz? Todas as manhãs, depois de uma noite ruim de pesadelos, eu me queixo da minha vida, que um assassino esvazia como uma fruta passada! O que é que você faz? Esse carniceiro nos arrancou os amigos e exterminou a maior parte da sua família! Ele nos dilacerou a alma ao matar as pessoas que nos eram próximas! Eu acho que a vida é cada vez mais árida sem Basile, sem Arcis, sem Typhaine e Émeline...

As últimas palavras de Geoffroy foram pronunciadas num soluço.

Era a segunda vez que Maurin via um homem chorar. Ele tinha visto o seu pai... e, agora, Geoffroy. O resistente Geoffroy, capaz de se sustentar, numa luta de espadas, até o esgotamento contra os mais famosos competidores de Champagne.

Ele chorava. Os ombros eram sacudidos por espasmos breves, quase ridículos.

Payns suspirou.

– Corra e vá passar um pano no rosto, molhado com água fria– recomendou ele. – E faça força para vomitar todo o vinho que lhe enche o estômago antes de voltar aqui. Você me ouviu?

Geoffroy levantou o rosto. Grossas lágrimas lhe escorriam pelas faces saltadas.

– Sim, tem razão, Payns – choramingou ele. – Aliás, na maioria das vezes, você tem razão.

– Com você, não é nenhuma façanha!

Geoffroy se retirou, num passo inseguro e equilíbrio precário.

Payns esperou um pouco antes de dizer:

– Será que esse animal sabe o quanto nós o amamos?

5.

A visita

Mestre Landéric Rogemourd e o filho Nizier desceram da montaria. Eles haviam demorado muito tempo para voltar da floresta do Oriente. A neve levada pelo vento os havia açoitado ao longo de todo o caminho, entorpecendo-os com os seus uivos e com o frio.

– Não estou sentindo mais as pernas! – exclamou o carpinteiro sacudindo-se para fazer cair a neve da pele da sua gola. – Vamos preparar uma boa tisana: tomilho, pilriteiro, sabugueiro e aspérula cheirosa. E, na verdade, creio até que uma boa dose de vinho doce, além de tudo, não será desagradável. O que acha disso, Nizier?

– Conto com isso, pai.

– E a sua mão? Ainda sente muita dor? Se for esse o caso, vou acrescentar sementes de *Papaver somniferum** em vez do vinho.

– Não vejo nenhum inconveniente em pôr os dois! A não ser que queira que voltemos ao trabalho imediatamente.

– De modo algum. Primeiro tenho de estudar as plantas que mestre Eliphas me entregou. Depois, sairei em busca de bons operários que acharão muito bom o fato de porem mãos à obra. Isso é o que não

---

* Popularmente conhecida como papoula do Oriente. (N. T.)

falta entre os membros da guilda. Vou ser exigente e só contratar os melhores. Tenho uma reputação a manter!

Rogemourd pegou as rédeas do percherão, que ainda estava com o dorso curvo desde que pegara a estrada.

– Venha – gritou o carpinteiro. – Venha, Cinzento... Vou paparicá-lo como merece!

De repente, um forte assobio, violento. Um objeto passou entre Rogemourd e Nizier. Depois, um impacto na madeira da porta da oficina.

– Pedra do Diabo! – exclamou Rogemourd. – Quem é o merda que se diverte em nos assustar?

– Olhe, pai.

Com a mão ferida, Nizier apontou para a porta na qual estava cravado um machado.

Um riso alto e agudo irrompeu. Pai e filho se viraram. Reconhecendo a silhueta do homem que havia amputado Nizier, Rogemourd agarrou o filho, num gesto irrisório de proteção.

O matador saltou do cavalo e, lentamente, com o seu passo de gato, foi recuperar a arma.

– Como vê, Landéric – disse ele –, uma polegada a mais e a cabeça do seu filho explodiria como uma abóbora! Mas não era a hora dele. Tem alguma coisa para me contar?

– Na verdade, muito pouco – articulou o carpinteiro, fazendo Nizier desaparecer embaixo da sua capa.

– A verdade, justamente... Ela é a garantia da vida do seu filho. Não ouso imaginar que correria o risco de mentir para mim.

– Não é a minha intenção! Recebi a missão do meu trabalho na pequena capela da qual já lhe falei. Lá estavam o senhor Hugues de Payns, o cavaleiro Geoffroy de Saint-Omer e o arquiteto Eliphas, que finalmente me apresentaram. Preciso reunir um bando de carpinteiros esta semana e começar a cortar a madeira de acordo com as plantas de Eliphas. Calculando por alto, terei trabalho por dois bons meses. Também ficou combinado que eu vou entregando aos poucos as peças prontas que sairão da minha oficina.

– Tudo bem; continue fiel a mim e este menino viverá. Não se esqueça de que sinto um certo prazer em matar aqueles que traem a minha confiança. Já ceifei muitas almas em nome de Deus.

– Pode ficar descansado a respeito da minha sincera devoção, senhor – disse o mestre Rogemourd, com voz estrangulada. – Eu lhe transmitirei, com franqueza, todas as informações que recolher na floresta do Oriente. Não terá queixas de mim. Mas deve compreender que não passo de um simples carpinteiro e que os cavaleiros não me farão confidências. Como já lhe disse, a obra dirigida por mestre Eliphas foi cuidadosamente compartimentada; as corporações, pelo que entendi, trabalharão totalmente separadas.

– Esses malditos champanheses são espertos! No entanto, em algum momento, precisarão de companheiros experientes para unir todas as partes da obra.

– Sem dúvida, apelarão para os homens do conde Hugues, senhor. Já há muitos deles no local. Escavadores e guardas...

– Tem alguma ideia do que estão construindo? – perguntou o matador, segurando o capuz que, por pouco, o vento não arrancara.

– Impossível saber! Eles ergueram uma alta paliçada numa ilhota e, assim, protegem a operação. Talvez eu possa adivinhar a natureza da obra quando tiver estudado as plantas de mestre Eliphas.

– O Túmulo... – murmurou o matador.

– Como, senhor?

– Não, nada.

O homem deu meia-volta e preparava-se para ir até a sua montaria quando parou por um momento e disparou por cima do ombro:

– Em breve receberá mais uma visita minha, Rogemourd. Em breve! Não se esqueça de que o fio que segura a vida do seu filho é tênue. Posso cortá-lo sem remorso quando eu desejar. Mantenha sempre essa ameaça na mente e será um servo fiel da causa que eu defendo.

Em seguida, ele montou no cavalo e instigou-o a andar cutucando os flancos do animal com um golpe seco dos saltos.

Assim que o matador desapareceu, Nizier se afastou do pai e lhe disse:

– Você se tornou perjuro para me proteger!

– Sim, sou um renegado... Mas esse homem é Satã em pessoa! E fiz um pacto com ele. Eu lhe vendi a minha alma!

– Não acha que se sentiria mais livre se eu me afastasse de você por um tempo? Eu poderia ir para a casa da sua irmã, em Louvoy...

– Ele o encontraria, filho. Tenho certeza de que ele o encontraria. É de mim, e só de mim, que ele precisa. Você é apenas uma moeda de troca que ele usa para me subjugar. Esse homem sente, manifestamente, um mórbido prazer em fazer o seu próximo sofrer; sairemos ganhando se não o contrariarmos!

Rogemourd abriu a porta que dava para um pequeno pátio. A neve, que havia dobrado de intensidade, agora cobria todo o chão.

Mal-humorado, com o coração batendo dolorosamente no peito, o carpinteiro levou o percherão para a estrebaria.

– Vá esquentar a água – pediu ele a Nizier. – Vou esfregar o Cinzento com palha e já vou me reunir a você.

A criança entrou na casa.

Rogemourd catou uma pequena braçada de colmo e começou a esfregar o percherão, cuja pele fumegava.

"Um túmulo", pensou ele. "O que será que quis dizer? Que sepultura necessitaria de tantos mistérios? Tantos homens trabalhando para um túmulo?"

*
* *

– *Sanctus, sanctus, sanctus, Dominus Deus Saboth...*[15]

Ele gritava ao vento.

– *Sanctus, sanctus, sanctus, Dominus Deus Saboth!*

---

[15] Santo, santo, santo, é o Senhor Deus dos exércitos...

Ele gritava e cantava, com o capuz abaixado para que o frio lhe açoitasse o rosto, tomando os açoites como uma carícia de Deus.

Estava sozinho no mundo. Sozinho com o seu Deus encolerizado, a quem ele serviria até o último suspiro.

Por Ele, ceifaria mais e mais. O seu machado cortaria a mão direita dos últimos cavaleiros champanheses. E ele pegaria essa colheita de segredos que o Túmulo do Impostor havia exalado.

Depois, desmembraria e reduziria a pó o cadáver do Cristo, jogando a poeira ao vento.

Assim, tudo o que estava escrito seria Verdade.

A Verdade intangível que se propagaria por todos os séculos dos séculos.

– *Memento, homo, quia pulvis es, et in pulverem reverteris.*[16]

O homem do machado passou um dedo na cicatriz que a ferida infligida por Basile le Harnais havia deixado no seu rosto.

Ele sorriu.

Sorriu ao rememorar a morte grotesca do cavaleiro. "Com o traseiro para cima, o nariz na neve, as costas rachadas, urinando todo o seu sangue!"

---

[16] Lembra-te, ó homem, que és pó e pó te tornarás. [Gênesis, 3, 19. *Bíblia, Mensagem de Deus*; *op. cit.*]

6.

A Cadeia de União

Hugues de Payns convidou Hélène para ir ao celeiro transformado em laboratório, para participar de uma reunião com a presença dos cavaleiros champanheses, de Maurin e dos mestres Ferrer e Schelomet.

Para Maurin, o recinto era idêntico àquele em que os hóspedes do pai ficavam fechados dias inteiros, antes do ataque dos Guardiães do Sangue: as mesmas retortas, os mesmos frascos, recipientes e vasos, os atris suportando grossos maços de pergaminho, o quadro de ardósia coberto de sinais, de letras, de números e as maquetes de arquitetura complicada...

E, também, a grande cortina que dividia a sala ao meio e escondia, como na anterior, um mistério que intrigava a criança.

Payns se afastou para dar passagem à dona Hélène e ela entrou nesse local de trabalho pela primeira vez.

– Entre, senhora – disse Schelomet, num tom alegre. – Entre e não repare na desordem.

Ferrer tirou de um banquinho os velinos que o cobriam e convidou a jovem a se sentar.

– Preparei um excelente apózema revigorante – acrescentou Ferrer, se dirigindo ao fogão. – Temos de admitir que Champagne nos habituou aos seus rudes invernos, mas já passamos por um tão longo? Será que a natureza conseguirá germinar algum dia?

– Tem razão – respondeu Hélène, polidamente, aceitando a tigela fumegante que lhe era apresentada.

– Dona Hélène não veio aqui para discorrer sobre os problemas causados por esta maldita estação – grunhiu Payns, impaciente. – Nós a convidamos para instruí-la a respeito do I.N.R.I..

– Na verdade, isso era apenas uma introdução, Payns! – disse Ferrer, com uma ponta de contrariedade.

Mudando voluntariamente o timbre da voz para parecer mais amável, Payns se arrependeu:

– Desculpe-me, meu amigo. Admito que às vezes tenho sido um companheiro pouco gentil nos últimos dias. O luto me deixou com uma disposição amarga.

– Está perdoado – tranquilizou-o Ferrer.

– Bom – prosseguiu Payns. – Conhece uma parte do sentido destas quatro letras, Hélène. I.N.R.I.... Você as viu no diário de Arcis.

– Sim – respondeu Hélène –, vocês desceram pelo túmulo de Tomé, em Jerusalém. Jesus havia ficado lá três dias e três noites. Recebendo uma iluminação, ele traçou cinco Sinais no sudário do irmão.

– I.N.R.I.. *Igne Natura Renovatur Integra.* É um dos sentidos da fórmula do Cristo... "Pelo fogo, a natureza é integralmente renovada." Mas I.N.R.I. também se traduz por *Ineffabile Nomen Rerum Initium*, que significa: "O Nome inefável é o começo das coisas." O nome de Deus!

– Na Tradição, o nome de Deus não se pronuncia – acrescentou Schelomet – e ele só é escrito sob a forma de um número.

– Esse número é a Chave da Imortalidade – explicou o conde. – E ele está nos cinco Sinais.... Ele é a soma do que foi, de tudo o que é e de tudo o que será!

– Esse número é a Chave da Transmutação – escandiu Payns.

Enquanto acompanhava com interesse esses conceitos, Maurin se aproximou da cortina que cortava o laboratório ao meio. Apesar da opacidade da trama, a criança percebeu uma claridade atrás dela.

Uma singular luz amarela que conseguia atravessar o tecido grosseiro por algumas malhas distendidas.

A criança gostaria de puxar a cortina. Bastaria esticar o braço, e, num golpe rápido, saberia... Saberia, finalmente, o que o pai e os amigos escondiam naquela segunda sala.

Payns falava atrás de Maurin:

– A Morte... Jesus venceu a Morte ao misturar no seu sangue a solução alquímica que lhe fora revelada no túmulo do irmão. Um sangue eterno! Um sangue que se regenera de si mesmo no fogo de Deus! Iod, o princípio criador... Nain, a substância inicial... Rasit, a contínua mutação da Criação... Iod, de novo, o princípio criador para o qual tudo volta... I.N.R.I....

E Schelomet explicou:

– Os doutores hebreus empregavam essas outras palavras: Jamain para a água, Nor para o fogo, Ruach para o espírito e Jabashah para a terra. Ou seja, o sal, o enxofre, o mercúrio e o azoth,* o elixir da vida!

Todos fizeram um longo silêncio que Hélène resolveu romper:

– Isso significa que Jesus, cujo corpo vocês esconderam, está... esperando...? Esperando ressuscitar?

– Isso mesmo – afirmou o conde Hugues.

– Mas, e você, Payns?

– Sim?

– Você é da linhagem dele! Pois agora me lembro de uma frase enigmática das memórias do meu saudoso Arcis: *Bendito seja o sangue de Payns e do seu filho Maurin; por eles, o sangue de Jesus continuará a atravessar os séculos!*

Maurin se virou. Ele olhou para o pai. Este lhe lançou um sorriso e disse:

– No entanto, Maurin e eu somos apenas simples mortais. O meu ancestral experimentou em si mesmo o princípio de I.N.R.I. muito tempo depois de havê-lo concebido. Em seguida, ele fundou a ordem

* Termo de alquimia. Pretensa matéria-prima dos metais. (N. T.)

dos Irmãos Primeiros, à qual confiou o encargo de preservar o Segredo e de zelar pelo seu cadáver.

– Somos herdeiros do seu saber alquímico – sublinhou o conde.

Um gesto... Maurin só precisava fazê-lo rapidamente enquanto os mais velhos cercavam Hélène, que, aliás, parecia muito abalada pelo que ficara sabendo.

Afastar um pedaço da cortina e dar uma olhada. Alguns segundos roubados da atenção do seu pai... só alguns segundos.

Maurin agiu rapidamente. Ele viu. Pesadas e maciças retortas de fundição, atanores nos quais borbulhava um metal em fusão. Uma substância dourada...

A mão de alguém fechou brutalmente a cortina.

– Decididamente, estejamos neste laboratório ou no do seu pai, você se comporta como um incorrigível curioso! – ralhou Ferrer. – Cada aula tem a sua hora, não é bom pular etapas!

– O que eu vi ali... – gaguejou a criança.

– Você viu panelas, caldeirões e retortas, nada mais!

– E um líquido estranho em ebulição – afirmou Maurin com segurança. – Se não estou enganado, parecia ouro.

– Venha, Maurin – ordenou Payns. – Você saberá algum dia!

A criança se reuniu ao pai, contra a vontade. Este pegou a sua mão direita e disse:

– Vamos formar a Cadeia de União dentro de instantes. Se quiser, dona Hélène, poderá se juntar a nós em memória do nosso irmão Arcis. No entanto, vou compreender se as suas convicções e a sua fé a incitarem a se recusar.

Hélène estendeu as mãos e, sorrindo, respondeu:

– De maneira alguma, meu amigo. Aceitem-me na sua cadeia; vocês falam de fraternidade e de amor, com isso eu concordo. E será uma honra segurar a mão de um descendente de Nosso Senhor Jesus Cristo...

Payns a convidou para se pôr entre ele e o conde. Depois, quando todos estavam unidos, explicou:

– Jesus e os seus discípulos já agiam assim. Durante séculos, os irmãos repetiram o cerimonial instituído pelo Primeiro Mestre. É assim que perdura a Tradição. Devemos transmiti-la para que ela nunca se perca...

O conde Hugues prosseguiu:

– Nós nos unimos aos mortos da nossa causa para continuar a sua obra...

Payns disse mais alto:

– *Igne Natura Renovatur Integra.* Pelo Triângulo, pelo Hexagrama, pelo Ômega, pela Cruz e pelo Tau... Pela carne e pelo espírito imortais do Cristo, juramos preservar eternamente o sábio mistério da Grande Obra. E a consciência virá do casamento da estrela com o triângulo no círculo. E a vida renascerá da Unidade fracionada formando o Tau. O Único será multiplicado e recobrirá o espírito.

Todos os homens disseram, em coro:

– Por I.N.R.I.!

– Vamos romper a Cadeia, mas devemos guardá-la intacta na nossa alma.

Eles ergueram e abaixaram os braços por três vezes. Hélène e Maurin também o fizeram. A jovem se virou para dissimular as lágrimas que lhe escorriam pelo rosto.

Payns, que havia percebido, pegou-a pelos ombros e a puxou para ele.

– O que aconteceu, dona Hélène?

– Essa frase... “Nós nos unimos aos mortos da nossa causa para continuar a sua obra”! Não pude deixar de pensar na morte de Arcis, no seu braço mutilado... E a sua mão apertando a minha... por um instante imaginei que fosse a dele! Sim, tive a sensação fugidia de que ele entrara na cadeia. Que viera me fazer compreender que me protegeria... É razoável conceber quimeras como essa, Payns?

– Pelo contrário, é muito saudável. Nós ignoramos como as almas se comportam além da vida; talvez algumas delas, mais afetuosas, mais fiéis do que as outras, encontrem o caminho para nos visitar!

– Eu achava que as almas dos defuntos só pudessem escolher entre quatro caminhos: o purgatório, o paraíso, o inferno e o limbo para as infelizes crianças não batizadas...

– Ora, dona Hélène, isso não passa de jargão da Igreja! O que pensa da memória e dos sonhos dos vivos? Neles, também, os nossos mortos encontram um caloroso abrigo.

Um véu toldou por instantes o olhar de Payns, que continuou:

– Typhaine e Émeline têm um lugar na minha memória. É onde elas repousam melhor do que na mais bela das capelas. Elas falam sempre comigo, aproveitando a noite, quando o meu espírito não está tão sobrecarregado com os problemas do dia. Depois da visita delas, quando chega a manhã, eu me sinto mais sereno e o meu amor por elas fica mais consolidado.

– Não sente nenhum ódio da pessoa que as arrebatou? – perguntou Hélène, enxugando o rosto na manga.

– O meu ódio continua intacto, eu lhe asseguro. Um ódio que, sem dúvida, fará de mim um carniceiro quando eu me encontrar cara a cara com esse matador! Eu o massacrarei sem a menor piedade. Eu vou reduzi-lo a um farrapo sangrento! E, se precisar cortá-lo em pedaços, estripá-lo, amputá-lo para sufocar o meu ódio, eu o farei, dona Hélène. Juro que o farei!

Maurin ouviu. Ele se virou para o pai. E ficou surpreso ao se sentir trêmulo por descobrir um outro homem: de rosto pálido, subitamente envelhecido, olhos arregalados e brilhantes como os de um lobo, maxilares duros e lábios lívidos.

Por um curto instante, a criança viu um demônio. Imediatamente, Payns apagou do rosto essa máscara terrível.

Porém, Maurin tremia sem conseguir parar. Tremia com um ódio semelhante ao que o pai descrevera. Um sentimento imundo que, no entanto, acalmava o seu desejo de vingança. Uma emoção negra e glacial que lhe dava um prazer até então desconhecido.

Se ele pudesse, se fosse mais velho, faria de tudo para matar o homem do machado...

A sua mãe continuava a soltar o grito de terror, correndo, perdida, nas trevas dos seus pesadelos.

7.

Constance

Os cavaleiros champanheses decidiram que iriam no dia seguinte, pela manhã, ao mosteiro que o papa visitou discretamente por duas vezes. Payns aconselhou Geoffroy de Saint-Omer a voltar para a sua propriedade, pois a expedição poderia muito bem ser conduzida por um punhado de homens armados da casa do conde.

Sem resistência, Geoffroy aceitou a sugestão e partiu do palácio de Hugues ao meio-dia, aliviando os amigos.

– É melhor saber que ele está protegido na sua própria casa do que em combate – disse Payns. – Ele foi muito afetado por todas as mortes que nos enlutaram. Além do mais, o vinho que ele toma em abundância, sem, ao menos, misturar algumas gotas de água, diminui os seus reflexos.

Depois da partida de Geoffroy, o dia foi passado na sala do palácio, diante da imponente lareira. O conde leu poesia, Ferrer e Schelomet falaram das virtudes de certas plantas medicinais, Hélène relembrou os vários momentos de felicidade passados com Arcis, Payns explicou como afugentar a dor com um simples controle da respiração... E Maurin escutava. Ele se maravilhava com tudo. Com as belas rimas escandidas pela voz do conde, com os nomes científicos das plantas que cresciam em regiões distantes: *Aesculus hippocastanum,* Carduus marianus,** Galega officinalis,*** Rhamnus frangula...*****

O fogo estalava, enchendo a atmosfera com o seu calor inebriante. Uma suave indolência havia se apoderado dos presentes quando Constance, a mulher do conde, chegou para cumprimentar com muita cordialidade cada um dos convidados. Ela voltava de uma longa estada em Provins, onde havia cuidado de uma tia agonizante.

Maurin nunca tinha visto uma mulher tão doce e calma, que falava com uma voz cantante e lenta, desenhando belas figuras no espaço com as mãos longas e pálidas e que sorria com os olhos e com os lábios.

– Você se chama Maurin – disse-lhe ela. – É você, não é?

– Sim, senhora.

Ela o olhou demoradamente, com ternura.

– Maurin – repetiu ela. – O meu marido me falou de você e me explicou por que os hospedamos, você e os seus amigos. Sem dúvida, ele lhe disse que você pode ficar conosco tanto quanto quiser. Você pode participar das aulas e das brincadeiras dos nossos filhos...

– Eu agradeço, senhora – respondeu o menino. – Ainda não sei o que o meu pai decidiu.

Constance se virou para Payns:

– Nós nos vimos algumas vezes, cavaleiro, nos demos bem e eu pude apreciar a sua alma caridosa e nobre. Tenho certeza de que cuida do seu filho com muito bom senso, mas renovo a minha oferta; se ele quiser poderá permanecer neste palácio.

– A senhora é uma mulher abnegada – respondeu Payns. – Vou pensar na sua proposta. É evidente que, ficando ao meu lado, às vezes vai sofrer de solidão. Em geral, sou um homem austero e as minhas

---

* Castanheiro-da-Índia. (N. T.)

** Cardo-mariano. (N. T.)

*** Galega. (N. T.)

**** Frângula. (N. T.)

maneiras bruscas nem sempre são convenientes para uma criança da idade dele. A mãe e a irmã lhe davam uma bondade que fará falta se ficar só sob a minha tutela. No entanto, um novo laço nos une: a dor! Sim, senhora Constance, a dor é um estranho cimento que solda aqueles que perderam os mesmos parentes amados.

Constance balançou a cabeça, indicando que compreendia, e acrescentou:

– Bom, você vai pensar, Payns. Pense com o tempo. Apenas saiba que a nossa porta sempre estará aberta para Maurin. A qualquer momento!

Payns se inclinou, dizendo:

– Essa é uma bela e generosa gentileza.

Em seguida, Constance convidou os hóspedes do marido para acompanhá-la à sala de banquetes.

Payns deu um jeito para ficar ligeiramente para trás com o conde, de modo a poder interrogá-lo discretamente:

– Quando falou de Maurin para a sua mulher, você lhe disse de que sangue ele vinha?

– Não, Payns. Achei que não precisava falar. Bastava que dona Hélène soubesse.

– Ela jurou não revelar esse segredo a ninguém e aposto que manterá o juramento, depois da traição do confessor. Essa adversidade a abalou bastante para que não a repita.

– Mesmo assim, eu me sentirei mais à vontade depois de colocarmos o corpo do Primeiro no túmulo e de nos livrarmos do homem do machado.

– Se for preciso, reviraremos o mosteiro de Santa Menehould de ponta a ponta. Nós o encontraremos!

Hugues suspirou e pegou o braço do amigo.

– Não sou um mago feito você, movido por tamanha determinação, Payns. Nas últimas semanas, cheguei a duvidar. Eu preferia travar uma batalha contra um exército de bárbaros a ter de caçar esse inimigo. Essa sombra...

– Não, você não, Hugues! Você não vai se curvar diante do obstáculo! O que restará da nossa confraria? Dois dos nossos irmãos jazem sob a terra, Geoffroy se destrói no álcool e você confunde um reles assassino com um fantasma!

Os dois homens entraram na sala de banquetes. Constance censurou o marido, com a voz ligeiramente reprovadora:

– Há tempo para tudo, Hugues: tempo para os conciliábulos e outro para homenagear os seus convidados conduzindo-os à mesa da amizade.

– Peço desculpas, minha amada.

Forçando-se a sorrir, o conde bateu as mãos três vezes pedindo que todos tomassem os seus lugares.

Constance não tirava os olhos do marido. A expressão que lia no rosto dele a entristecia interiormente. Ao vê-la ninguém poderia imaginar que tinha um nó na garganta e o coração apertado.

"A viagem a Jerusalém o envelheceu dez anos! Onde está o meu Hugues? Quem o roubou de mim?"

Ela queria chorar.

Mas sorria. Para todos. Ela sorria, conversando à direita, à esquerda, interessando-se, perguntando, reagindo. Inclinava a cabeça, prestava atenção, arregalava os olhos, admitia, consentia, aceitava. Nunca refutava.

Depois, por acaso, ela cruzou o olhar com o de Maurin, pousado nela de uma maneira tão intensa que quase o sentia fisicamente.

A criança parecia lhe dizer que havia compreendido. Que adivinhara a sua dor. E que sabia que ela se calava, encerrando-a atrás de uma máscara de civilidade que a queimava mais violentamente do que uma brasa viva.

8.

O despertar de Geoffroy

No dia seguinte, quando soavam as matinas, Payns e o conde Hugues, à frente de uma tropa de seis homens, saíram do palácio para pegar a estrada, apesar de uma forte tempestade de neve.

No mesmo momento, Geoffroy de Saint-Omer acordava no seu quarto, um vasto cômodo situado no último andar da única torre da sua fortificação claustral.

O cavaleiro tinha dificuldade em sair da cama que a noite havia esfriado. Os rins lhe doíam, o fígado lembrava que, na véspera, ao voltar de Troyes, havia esvaziado três ou quatro jarras de vinho do seu próprio vinhedo. Um vinho ligeiramente acre, do qual ele gostava particularmente, encontrando nele a acidez da sua terra, a força da greda, o perfume de madeira úmida.

Ele se sentou, primeira etapa antes de conseguir chegar à posição vertical. Permaneceu por longo momento à beira da cama, afundando com o peso o grosso edredom de penas.

Então, com o fôlego curto por ter feito esse simples esforço, entrou em contato com a realidade. Lentamente. Muito lentamente, percorreu o quarto com os olhos, reconstruindo-o mentalmente para impor a materialidade ao seu espírito confuso. A lareira com um balde pendurado na cremalheira. As brasas moribundas, dispostas como diamantes numa caixa de borralho cinza. Uma ucha arredondada, decorada por um refinado marceneiro, com ferragens nos cantos. Dois bancos de três pés. Uma prateleira presa na parede e que segurava um prato contendo uma peça de carne gelada no molho e um pedaço de pão. Estantes curvas sob os maços de pergaminhos, livros e rolos. Um escudo preso próximo à janela: duas tiras verticais, vermelha e azul, que passavam sob um pelicano branco. Uma cuba de pedra, um cântaro cheio de água. Trajes num cabideiro. Palha e ervas secas pelo chão feito de tábuas de madeira...

Ele se levantou. A madeira estalou sob os seus pés. Sabia que logo bateriam à porta. Gérard, que dormia bem embaixo, só esperava esse sinal para subir e preparar a toalete do patrão.

Geoffroy suspirou, lamentando não estar na primavera. Ele se inscreveria em algum torneio que libertaria o seu espírito, agora confuso e atormentado.

Com armas na mão, não se pensava nessas coisas que estorvam a alma e nela se agarram como os carrapatos nos cachorros!

Alguém bateu de leve na porta. Unhadas de um ratinho.

– Entre, Gérard! – gritou Geoffroy, puxando a camisa para baixo.

O velho que entrou no quarto era seco, cheio de nós nas articulações, pele curtida, tendões endurecidos, ossos tortos. Mãos salpicadas de minúsculos pelos marrons, pescoço descarnado, cabelos ralos, em fiapos, que caíam sobre os ombros, olhos redondos em órbitas escuras.

Passos curtos. Atrito vagamente perceptível no tapete de palha e de ervas.

Ele apontou para o prato e para o pão.

– Nem tocou na sua ceia, senhor! Ao menos vai comer agora de manhã? Não se começa um dia frio com o estômago vazio!

– Não estou com fome, Gérard. Só sede!

Sinceramente desolado com o estado do patrão, o empregado balançou a sua cabeça de corvo, fazendo uma careta e se lamentando:

– O senhor não é razoável. Já se olhou? Está com o branco do olho mais amarelo do que um pinto, manchas vermelhas nas maçãs do rosto e horríveis veias pretas nas têmporas!

– Que exagero, amigo! – exclamou Geoffroy, rindo. – Você não teria permissão de falar assim com o meu pai.

– O seu pai não bebia como o senhor. Eu lembro até que, quando ele perdeu a sua mãe, preferiu tratar a tristeza com abstinência e orações! Isso durou um ano! Um ano, senhor! Ele não esperava as matinas para ir à capela e comungar. É, esse homem foi um belo exemplo! Uma fé à flor da alma, sólida e perfeitamente ancorada ao corpo!

– Eu sei, Gérard. Eu era apenas uma criança, mas não me esqueci de nada. Você, em compensação, parece não lembrar que também perdemos a minha irmã mais nova na mesma época... Toda a população da Champagne enterrou um terço de suas famílias. Às vezes, os cadáveres eram queimados. Para que a doença não se espalhasse mais.

– Sem dúvida, era a peste. Quanto à sua irmã, eu não a apaguei da memória, mas ela ainda não havia completado dois anos e foi para o céu sem pecado, toda pura, como um passarinho. Os adultos não têm essa sorte, senhor... Quando Deus os chama para perto Dele, a maioria tem o alforje cheio de minúsculas faltas e grandes pecados. E isso os deixa pesados para voar! Muitos são aqueles que caem como pedras no abismo do inferno.

Geoffroy deu de ombros e disse:

– Você é um tolo, Gérard! Não passa de uma beata a tagarelar!

– É assim? No entanto, não vou morrer na pele de um bêbado!

– Você vai morrer na pele de um animal sentencioso, sempre censurando os seus semelhantes!

– É verdade, por Deus! Eu realmente ataco os seus pontos fracos. E, Deus é testemunha, o meu senhor tem uma grande quantidade de fraquezas.

Geoffroy abriu as venezianas de madeira, fazendo gemer as dobradiças. Um pouco do frio dos vidros grossos entrou no quarto e o fez ficar sóbrio. Em seguida, virou-se para o empregado dizendo:

– Não me venha com "meu senhor" a toda hora; você substituiu o meu pai quando ele se enforcou...

– Não fale desse terrível acontecimento. Eu lhe pedi para nunca falar sobre isso, esqueceu? Eu lhe disse que só continuaria a seu serviço com a condição de que essa tragédia fosse proibida de ser citada. Eu gostava do seu pai como de um filho e nunca me recuperei da sua morte.

– Desculpe-me, Gérard. Devem ser os ares do momento que me levam à melancolia. Mas reconheça que, para um homem cheio de princípios religiosos, matar a si mesmo não está de acordo com os ensinamentos dos nossos sábios abades. Para onde você acha que foi a alma do meu pai?

Resmungando, o empregado derramou o conteúdo do cântaro de água no balde da lareira.

– O senhor vai fazer uma bela toalete – recomendou ele –, depois vai se vestir e descer à copa para pedir um prato cheio de sêmola quente para Éloïse e comer um pedaço de pão de centeio com um pouco de mel... Depois, *meu senhor*, seria bom que montasse o seu cavalo mais rebelde para ensiná-lo a lhe obedecer, num passeio em volta do lago; o exercício será proveitoso tanto para o senhor quanto para ele.

– Agradeço a sua solicitude, mas, para obedecer, eu precisaria de uma energia que não tenho mais – lamentou-se Geoffroy, brincando com o anel.

– Pois bem, faça um esforço, por são João!

Desnudando o cotovelo esquerdo para mergulhá-lo no balde e avaliar a temperatura da água, o velho acrescentou:

– Aconselho uma toalete com água morna hoje de manhã! Nem muito fria nem muito quente... O seu sangue precisa ser tonificado.

Geoffroy voltou à janela. Olhou o lago congelado que se estendia ao pé da torre. Viu um barco encalhado no gelo. Os salgueiros curvados por dezenas de anos de vento que soprava do norte...

Em outros tempos, ele usou o barco para pescar. Agora, este ficava apodrecendo, tanto no verão quanto no inverno, morrendo lentamente como a juventude do cavaleiro.

*
* *

A tropa do conde de Champagne deixou o povoado de Cormeux para trás: algumas casas e uma grande fazenda esmagadas pela neve. Para chegar ao mosteiro de Santa Menehould, os homens pegaram em seguida uma estrada inserida entre dois altos taludes que atravessava uma floresta de pinheiros.

Os cavaleiros apearam. Hugues puxou a corrente que acionava o sino de alerta, que desfiou algumas notas agudas.

Não demorou muito e o postigo foi aberto. Atrás da grade, apareceu o rosto emagrecido de um monge de pele acinzentada, a quem o visitante imediatamente ordenou:

– Vá buscar o seu superior e avise que o conde de Troyes e de Champagne quer vê-lo sem demora.

– Está bem, está bem... – gaguejou o porteiro. – Vou já.

Não demorou muito e a porta foi aberta. Um monge baixinho, com a fisionomia preocupada, acompanhava o porteiro e olhava atentamente os homens armados com as mãos unidas no peito.

– Meu senhor, por que esta honra?

A resposta de Hugues foi seca e áspera:

– Estou com o tempo contado; hospeda um visitante neste mosteiro?

– Para ser sincero, de fato, alguns peregrinos param...

– Não estou me referindo a peregrinos, e sim a um hóspede em particular que tem todo o interesse em se esconder. Será preciso que eu mande examinar o priorado do chão até as vigas?

O padre superior retorceu os lábios e disse:

– Seria inútil, meu senhor... Inútil! Queira me seguir.

Dois guardas ficaram com os cavalos; os outros, seguindo os passos do conde e de Payns, entraram no mosteiro. O padre superior os fez atravessar um pátio e levou-os ao celeiro.

– Não sei nada sobre esse homem – contou ele, com voz insegura. – Exceto que se mortifica ficando nu em pleno frio e aplicando em si mesmo penitências dolorosas. Nunca vi um cristão se martirizar assim... Acho que a tortura não concede o status de santo, e que é mais recomendável se comportar generosamente para com o próximo para se ter acesso à pureza.

Em seguida, diante de uma porta, ele disse:

– Esta é a cela dele. Nós transformamos este pequeno celeiro em quarto para acolher os peregrinos que pedem abrigo e comida. Se quiser dar uma olhada... O homem saiu há pouco.

– Quando ele partiu? – perguntou Payns.

– Três cavaleiros vieram buscá-lo um pouco antes da sua chegada.

Hugues e Payns entraram num quarto sem conforto. Paredes caiadas grosseiramente, uma pequena lareira na qual dormiam algumas brasas insignificantes, uma mesa e um banco, uma arca e um crucifixo na parede.

O chão havia sido coberto de uma palha ocre que exalava um cheiro horrível, semelhante ao de urina.

Payns ergueu a tampa da arca:

– Só uma trouxa e uma sacola... Apenas roupas brancas!

Visivelmente pouco à vontade, o padre superior ficou no umbral da porta, observando os dois homens. Intimidado com a presença do conde, que revirava pessoalmente a roupa de cama, como um empregado qualquer.

– Nada! – disse Payns com pesar. – Talvez nos tenhamos enganado...

– Não – cortou o conde Hugues. – Veja o que encontrei num estojo escondido na cama dele.

Os guardas, que estavam do lado de fora, se aproximaram da porta.

– Meu Deus! – exclamou Payns, percorrendo com os olhos o pergaminho que o conde lhe entregara.

Na folha de velino estavam escritos, em vermelho, os nomes de Arcis de Brienne, Basile le Harnais, Geoffroy de Saint-Omer, Hugues de Champagne, Hugues de Payns e Hélène de Brienne. A cada nome havia sido acrescentado um número e uma cruz: 1 para Arcis, 2 para Basile, 3 para Geoffroy...

– A lista vermelha! – Payns falou num sopro. – A lista citada pelo confessor de Hélène antes de morrer.

– Os nomes dos nossos irmãos Arcis e Basile foram riscados – murmurou o conde. – O homem do machado mantém em ordem as suas contas, como um merceeiro!

– O canalha decidiu nos matar seguindo uma ordem definida – disse Payns. – E o nosso irmão Geoffroy figura em terceiro lugar!

Os dois homens saíram da cela. Ao passar diante do padre superior, o conde parou, agarrou-o pelo colarinho e lançou:

– Está alojando um criminoso!

O monge tentou se desculpar com um nervoso bater de dentes:

– Não compreendo... Esse homem me foi recomendado e... enfim, eu...

– Não fale demais, abade! A sua voz me é insuportável. Sei quem apadrinhou o seu hóspede; porém, mesmo assim, vai pagar caro se acontecer mais uma desgraça com um dos nossos amigos.

O padre superior estava à beira das lágrimas. A sua voz era apenas lamento e gemidos.

– Eu lhe disse... Não compreendo nada de todo esse caso!

Pouco tempo depois, os oito cavaleiros seguiram novamente pela estrada. Enquanto levava a sua montaria a galope entre as relheiras cheias de neve, verdadeiras armadilhas para os jarretes dos cavalos, Payns tentava ver...

Ver. Adivinhar. Os acontecimentos que o futuro já tecia...

Ele projetou o seu espírito muito à frente. Na direção de uma morada situada no meio de um campo, de formas maciças, uma torre dominando o lago gelado, um barco prisioneiro do gelo...

Na direção de Geoffroy de Saint-Omer, o seu amigo.

9.

A ascensão

O homem, Robert le Roué, pulava de um pé para o outro, reclamando do frio que lhe entrava pela medula, da neve molhada que lhe havia encharcado os ombros e as costas.

Batia nos lados do corpo, aplicando a si mesmo sonoros tapas para devolver a vida ao corpo, que uma longa espera havia amortecido.

É verdade que se abrigara sob os ramos de um salgueiro centenário, cortando o vento, bem-agasalhado numa pele grossa, mas isso não havia sido suficiente para realmente protegê-lo.

Agora, ele tremia como uma velha megera ardente de febre. Não cessava de dizer a si mesmo que morreria em breve. "Isso é certo, evidente! A minha pele está dura como madeira. E gelada!"

Ele chegou a se perguntar se não devia encomendar a sua alma a Deus, por mais descrente que fosse desde a juventude, quando ouviu um relincho.

Engolindo as primeiras palavras de uma pobre e pequena oração que lhe viera aos lábios, ele prestou atenção na brisa. Ouviu um segundo relincho trazido pelo vento que assobiava à sua direita.

"Bom, finalmente estão chegando! Cheguei a acreditar que o meu sangue havia coagulado por nada. Tudo em mim é um pedaço de gelo, até a merda que eu caguei!"

Ele viu os quatro cavaleiros chegarem com as montarias soltando fumaça. Reconheceu, cavalgando na frente, o vulto do mestre que os contratara e que não tinha nome.

"Leva a pensar que o cretino não foi batizado! Quanto mais rápido terminarmos a nossa tarefa, mais rápido esse criminoso sairá das nossas vidas. Não sentirei falta dele, disso eu tenho certeza."

O homem do machado desceu do cavalo.

– Pode falar, Robert.

– O cavaleiro tem o hábito de permanecer nos seus aposentos, no alto da torre. Não existe muito movimento de empregados! Ele só tem um velho e uma cozinheira a seu serviço. Eu vim todos os dias, durante uma semana, como me ordenou, meu senhor... E também interroguei as pessoas do povoado. Geoffroy de Saint-Omer não é rico, não tem esposa e vive como um eremita desde que voltou de Jerusalém. Ele raramente sai de casa...

Os três outros cavaleiros desceram por sua vez das montarias e se aproximaram dos dois homens,

– É um verdadeiro ninho de águia! – exclamou um dos Guardiães do Sangue. – Como é possível entrar nessa torre?

– Pela janela, lá em cima – respondeu o homem do machado. – Acho que posso alcançá-la sem muita dificuldade. Já executei acrobacias mais perigosas.

– Meu senhor – disse Le Roué –, a torre é bem alta!

O matador não respondeu e começou a andar no lago gelado, avançando sem dificuldade, lentamente, com segurança.

– Afinal – observou Le Roué –, não é da minha conta; o nosso patrão, sem dúvida, foi cruzado com um gato no ventre da bruxa da sua mãe, mas essa não é uma tarefa fácil! Ele corre o risco de quebrar a coluna, o que causaria um grande prejuízo para nós, pois ele não acabou de acertar o nosso pagamento.

– Quer apostar, Robert? – propôs um dos companheiros.

– Não! Basta eu apostar contra ele, para que o Diabo o empurre pelo traseiro e o arremesse lá para cima, mais rápido do que um peido!

*

* *

O homem do machado atingiu a margem oposta. Estava embaixo da torre. Ele avaliara a altura dela durante todo o tempo da travessia do lago, repetindo mentalmente a ascensão que, agora, ia efetuar.

Grandes pedras salientes lhe serviriam de pontos de apoio e, quando faltassem, ele faria entalhes na argamassa com ajuda do machado ou do punhal.

Foi com grande autoconfiança que começou a ascensão.

A pedra estava coberta de gelo, escorregadia; no entanto, as luvas de pele de cabrito se prendiam nela sem muita dificuldade.

*

* *

Geoffroy de Saint-Omer estava sozinho no quarto. Não havia descido para almoçar como lhe aconselhara Gérard. Preferira se servir de uma taça de vinho, bebendo em pequenos goles que lhe queimavam a garganta e o estômago.

Pensava no poço que Eliphas mandava escavar no coração da floresta do Oriente, nas terras de Payns. Nesse buraco profundo pelo qual não ousara descer, por medo de que se fechasse sobre ele. Nesse buraco sombrio...

Teria de buscar coragem suficiente para acompanhar o cadáver do Primeiro quando os irmãos fossem deitá-lo no túmulo definitivo.

Em breve, sem dúvida. Estava tudo favorável, como Eliphas gostava de dizer, satisfeito com a organização dos trabalhos. A obra avançava depressa!

O arquiteto tinha um bom temperamento. As adversidades pareciam deslizar pela sua velha casca como água numa pedra. Não que ele não tivesse sentimentos, muito pelo contrário. Não havia ninguém igual a ele para consolar e confortar, com a sua voz rouca, um amigo aflito. Nunca se apiedava de si mesmo, afirmando que o esforço para tanto não valia a pena. Por isso, esquecia facilmente a própria idade, as dores que a acompanhavam, a morte que apontava na sua frente, as noites de insônia.

Geoffroy lamentava não possuir um milésimo da filosofia de Eliphas, que os vários lutos não haviam conseguido destruir. A mulher morta aos vinte e sete anos de uma tosse grave que a fizera cuspir sangue todas as manhãs por mais de seis meses. Uma filha levada aos quinze anos por uma febre contra a qual a ciência de Ferrer e de Schelomet – com os quais já convivia – fora impotente. Um menino de nove anos atropelado por uma carroça e que levara quase duas semanas para morrer, com a maioria dos ossos quebrados... Na época, os vizinhos disseram que, não suportando mais ver o martírio do filho, Eliphas o ajudara a morrer, sufocando-o com um pano molhado enfiado na garganta.

"A desgraça", repetia ele sempre, "é uma sórdida areia preta que o homem usa como principal ingrediente para realizar a sua própria transmutação. Certamente, ele nunca se tornará um belo ouro puro; no entanto, participa da obra que leva à Luz! O nosso espírito é uma cripta onde conservamos os nossos mortos. A nossa memória é um cemitério florido e sereno!"

Geoffroy, um selvagem, forte e atarracado, urso sem sutileza, mas de coração afetuoso e alma generosa, nunca havia conseguido disciplinar os fantasmas que o perseguiam.

Ele havia mutilado, derrubado, matado. Como fazem todos os guerreiros com uma forte convicção. Os soldados, patifes e canalhas, em quem ele passara o fio da sua espada, haviam se reunido ao adubo das suas lembranças e nunca perturbavam as suas noites.

Eles, não. Mas os outros... Os irmãos, os amigos, Typhaine, Émeline... sim, esses, vítimas inocentes, deixavam o seu coração pesado. Esses...

Ele terminou a sua taça. Quis se servir de mais uma. A cabeça lhe girava um pouco. Mesmo assim, ele se levantou, com as pernas pesadas e trêmulas.

*

* *

– Veja, Robert, você teria perdido a aposta!

– Com certeza! Só faltam ao meu senhor alguns desgraçados côvados para chegar ao peitoril da janela dos aposentos de Saint-Omer.

– E aí ele só precisará realizar uma sábia elevação para pisar no rebordo da janela.

– É... Mesmo assim a tarefa não estará terminada; ele vai ter de se agarrar no batente, como uma aranha, se não quiser escorregar no monte de neve acumulado no peitoril.

Um outro disse:

– É um milagre a ser visto! Olhem... Ele se ergueu só com a força dos braços para alcançar os pinázios. E pronto! A fera vai pular nos aposentos do champanhês e lhe arrancar a mão direita com um golpe das garras!

10.

A queda

Geoffroy viu o vulto grande e escuro se erguer atrás das vidraças e não compreendeu. A mente enevoada pelo álcool fez com que demorasse a se dar conta do que se passava.

Foi só quando vidros e madeiras voaram em pedaços sob uma violenta machadada que entendeu. Ele quase sentiu prazer...

– Por são João, a face da sombra! O açougueiro do papa...

O homem havia saltado no quarto, caindo a três passos do cavaleiro. Num pulo estava em cima dele, com a arma na mão, pronto para atacar.

Geoffroy evitou o golpe com um banco que o machado quebrou. Em seguida, partiu para a luta, se jogando contra o adversário com todos os seus músculos contraídos e volumosos, como um lutador.

O matador se dobrou com o choque, confuso com a reação inesperada.

– É no corpo a corpo que se deve vencê-lo, carniceiro! Longe do seu machado...

O champanhês impediu o inimigo de usar o machado segurando-o pelo punho, apertando-o no torno da sua mão direita enquanto tentava abaixar o capuz com a esquerda.

– Deixe-me ver o seu rosto, quero saber quem quer me matar!

E, nesse pugilato quase imóvel, nessa prova de força que disputavam os dois atletas, Geoffroy conseguiu descobrir o rosto do inimigo.

Um olhar de anjo, transparente. Um olhar cheio de uma tristeza profunda e ardente. Desmentida por um sorriso que alongava os lábios, excessivamente sensuais para ser de um homem.

No entanto, Geoffroy não podia duvidar: lutava mesmo contra um rapaz.

– Como você é jovem! Esta cicatriz... Foi o meu irmão Basile que a fez. Se ele houvesse podido cortar a sua cabeça!

– Logo você irá para junto dele – respondeu a voz doce, efeminada e cansada. – Dele e de Arcis de Brienne, que apodrecem no inferno, onde encontraram o lugar dos apóstatas!

Eles se estreitavam, os rostos muito próximos, quase se tocando, numa caricatura de beijo. O homem do machado continuava a sorrir. A luta, que ele passou a considerar como uma brincadeira, o divertia.

O cavaleiro não cedeu. Mantinha o machado elevado acima dele, sem poder ser abaixado.

– Você já está morto, Geoffroy de Saint-Omer! Payns, o conde e a viúva de Brienne também; vocês estão na minha lista!

Geoffroy tinha a força de um touro. O Guardião do Sangue recuou lentamente sob a pressão.

– Achou que podíamos morrer juntos, os dois abraçados? – soltou o cavaleiro.

Um véu escureceu bruscamente o olhar aguado do assassino, que parou de sorrir. Ele havia sentido a aresta de uma pedra na sua lombar. A janela...

Eles continuavam abraçados. Nenhum queria soltar o outro.

A janela. O vazio...

*

* *

– Eu garanto, Éloïse... Um grande estrondo e gritos!

– O patrão ainda está bêbado e deve ter quebrado a louça! Querer que eu suba todos esses degraus por tão pouco!

Gérard se virou para a mulher gorda e disse, grosseiro:

– Ande! Sou eu que sou velho e é você que se arrasta...

Éloïse respirou fundo, pôs a mão no peito opulento e revirou os olhos.

– É que você é muito magro e eu sou gorda! É uma vergonha forçar uma pessoa com o meu peso a fazer essa ginástica tão cedo.

– Vai se apressar ou não?

– Pelo amor de Deus, o que acha que poderia acontecer ao patrão nesse pombal, a não ser alucinações? Ouvi dizer que o tio Gaétan, de quem eu já falei algumas vezes e que nunca desprezava uma taça de vinho, no fim da vida via grandes aranhas e ratos gigantes correndo em cima da sua barriga! Não é uma coisa estranha?

– Suba e cale-se!

– Você é tão amável quanto um penico, Gérard... Decididamente, entendo por que nunca teve uma esposa!

*

* *

Geoffroy percebeu que não conseguiria segurar o braço do matador por muito tempo e se surpreendeu que este, apesar da juventude e da magreza, pudesse lhe resistir tanto.

As forças do cavaleiro estavam declinando; o vinho que havia tomado em profusão nos últimos dias estava levando a melhor sobre a sua energia.

O Guardião do Sangue se aproveitou da fraqueza do champanhês e o agarrou pelo pescoço.

– Perdido por perdido... – arquejou Geoffroy. – Vamos mergulhar juntos!

Ele pensou em Hugues e em Payns. Poderia salvá-los com o seu sacrifício, arrastando o assassino com ele para a morte.

"Ainda me resta um pouco de energia para isso. Empurrá-lo, fazer peso com todo o meu corpo sobre ele e sair voando!"

O matador pareceu compreender o que o adversário queria tentar. Redobrou a força para resistir. Em vão. Conseguindo uma coragem derradeira e gritando a ponto de rasgar os pulmões, Geoffroy se jogou no ar com o rapaz.

A capa do Guardião do Sangue ondeou na queda como uma asa negra que batesse ao vento.

Os dois corpos abraçados colidiram com a superfície do lago congelado, que se quebrou sob eles em fragmentos de vidro. Eles desapareceram num jorro de água que caiu novamente numa espuma efervescente.

*

* *

Gérard surgiu no quarto; Éloïse, arfante, atrás dele.

– Houve uma luta aqui! Mas com quem? Geoffroy! Onde está, cavaleiro?

– Eu lhe disse – arquejou a mulher –, com certeza, o infeliz teve uma crise de demência e passou pela janela!

Gérard correu e se inclinou no peitoril. Lá embaixo, o lago estava furado, o gelo estilhaçado sobre uma água escura que se enrugava nas últimas ondulações.

"Geoffroy, meu menino!"

O velho empregado não tinha mais voz. Era a alma que gritava dentro dele.

O champanhês não reapareceu. Gérard já o pranteava.

*

* *

– Eles eram dois, não eram? – berrou Le Roué. – Havia dois corpos? Vocês também viram?

– Posso jurar que sim. Vi nitidamente brilhar a lâmina do machado do nosso patrão!

– Traga os cavalos mais para perto, Robert, e tome conta deles. Os outros, venham comigo!

– Está pensando em andar pelo lago? Isso me parece arriscado, agora que a superfície está fragilizada.

– Vamos deixar um espaço entre nós e procurar o meu senhor. O gelo é transparente; vamos furá-lo com as nossas espadas...

Os três homens foram em frente.

E não demorou:

– Eu os vejo!

Um Guardião do Sangue designou as formas desfocadas embaixo dos seus pés.

*

* *

O matador quebrava o gelo com golpes do machado para sair daquela armadilha. Raiva e violência. O frio lhe mordia o corpo, a água colava as roupas geladas na sua pele.

Ele batia, freneticamente, furiosamente. Atacava a crosta opaca através da qual, no entanto, discernia o vulto dos seus homens.

O cavaleiro desmaiara; o Guardião do Sangue o segurava pela mão e o peso o puxava para o fundo. No entanto, não podia soltá-lo. Bater mais! Quebrar o teto dessa prisão líquida. Prender o fôlego. Bater!

*

* *

O conde Hugues, Payns e os seis lanceiros cavalgavam numa estrada margeada de salgueiros que atravessava uma pradaria, dispersando, com a sua aproximação, um voo de corvos.

– O torreão de Saint-Omer! – exclamou Payns, com alívio. – Finalmente, chegamos!

– Não parece ter gente demais no lago gelado? – surpreendeu-se Hugues.

– De fato, parece formigar de todos os lados!

*
* *

O homem do machado conseguiu fazer uma fenda na crosta de gelo, na qual os seus ajudantes se deitaram para puxá-lo pelas roupas.

– Nós o pegamos, mestre. Solte o cavaleiro e o traremos para cima.

– Fora de cogitação! Puxem os dois. Quero o anel dele! Vim aqui para isso!

Tomando infinitas precauções para não fragilizar mais a superfície quebradiça do lago, os homens içaram o corpo inerte de Geoffroy.

– Maldita raça que por pouco não me afogou! – queixou-se o matador, tremendo dos pés à cabeça.

– Lá, ao longe, uma tropa! – exclamou um dos comparsas. – Vamos pegar os cavalos, rápido!

– Temos tempo – assegurou o assassino. – Este é um momento que eu quero desfrutar; não o estraguem!

Geoffroy de Saint-Omer abriu os olhos. Apesar da visão embaralhada, ele viu o machado se elevar no céu.

– Estamos vivos... Eu fracassei!

A voz melosa com um timbre infantil respondeu:

– Sim, Geoffroy de Saint-Omer, eu o venci... Pela santa e única verdade da Igreja!

Em seguida, o champanhês ouvir um estalar de madeira quebrada. O frio que havia transido o seu corpo e paralisado os seus nervos evitou que sentisse dor.

Nenhum sofrimento.

Um afluxo de sangue lhe inundou o rosto. O seu próprio sangue.

O homem do machado havia arrancado a sua mão direita. "*In hoc signo vinces!*", ouviu dizer em cima dele.

A risada do seu carrasco. A sua própria mão lhe era exibida sob os olhos... A marca que lhe foi feita na testa... A marca que ele podia adivinhar... O número 3 e uma cruz...

– Agora, a caminho! – lançou a voz suave.

Ruído de botas que diminuía. Depois, o silêncio. Uma paz tumular acompanhada de uma grande sombra gélida que cobriu o cavaleiro.

Geoffroy percebeu um batimento lento, longínquo. Seria o seu coração que ainda vivia um pouco? Seria a morte que se aproximava em passos tranquilos, certa de que o ferido já lhe pertencia?

"É a minha morte?"

Era o seu sangue que jorrava das artérias do seu braço seccionado, em pulsações sincopadas.

Geoffroy esperou. Sabia que era robusto e deu a si mesmo uma trégua. Talvez conseguisse ouvir bater as terças* no sino do povoado.

"Geoffroy, estamos aqui! Nós chegamos, irmão!"

A voz de Payns. Mas o cavaleiro não conseguia vê-lo. Agora, uma sombra o cobria inteiramente.

"Ele está perdendo todo o sangue... Deem-me um cinto, vou aplicar um garrote."

O moribundo tinha consciência de que se agitavam à sua volta. Com certeza, estavam fazendo uma ligadura no seu braço. Para quê?

"Vamos lhe tirar a roupa e cobri-lo com os nossos casacos. Ajude-me, Hugues. E lavem a testa dele!"

Geoffroy se ouviu dizer:

– Ora, Payns, sabe perfeitamente que para mim acabou... Não procure se iludir...

– Não, Geoffroy. Queremos mantê-lo conosco. Fique, meu irmão. Fique!

E o ferido respondeu num murmúrio:

– Abrace-me, tenho tanto medo... Tenho um pedido a lhes fazer...

– Estamos ouvindo.

– Vocês... vocês me enterrarão no Túmulo da floresta do Oriente... Na terra onde será deitado o Primeiro... Compartilharei do sono dele...

---

* Hora canônica, correspondente às nove da manhã. (N. T.)

– Nós juramos, irmão!
A voz não passava de um estertor:
– E matarão esse fantasma... O homem do machado...
A sombra lhe fechou os olhos.

11.

Gratias agamus Domino Deo nostro. Dignum et justum est

O homem do machado estava transido de frio, mas não se queixou depois que saiu das terras de Saint-Omer à frente da sua tropa.

Os cavaleiros saíram de um bosque e subiram uma colina, cortando através das videiras peladas, de cepas retorcidas e fuliginosas. No alto, eles fizeram uma parada. Havia duas estradas diante deles. Uma descia para um povoado, outra entrava numa densa floresta.

– Vamos nos separar aqui – ordenou o jovem matador. – Voltem para casa e descansem até que eu os chame para que cuidemos do conde e de Payns. Desta vez, a presa será mais difícil.

– O cavaleiro Payns tem a reputação de ser um espadachim invencível, e o conde é fortemente protegido.

– É verdade, eu vi Payns lutando em Jerusalém. Não é o tipo de animal que se ataca pela frente. Dizimei a sua ninhada; só lhe resta um filho. Esse é o seu ponto fraco. *Dominus vobiscum.*

– *Et cum spiritu tuo* – responderam os quatro homens, que ficaram olhando o matador partir e lançar o cavalo a galope.

– Dá para pensar que ele sente um prazer dissimulado em atacar crianças – observou Le Roué. – Fico com a espinha gelada com a falta de compaixão do mestre.

– Não vejo diferença entre a morte de um jovem e a de um velho! – reagiu um segundo. – O nosso trabalho é obedecer a ordem de matar. Pois bem, matemos crianças, mulheres e homens! Pois a causa é sagrada.

– Porém, temo que Deus faça diferença! – retrucou Le Roué, com uma careta de repulsa.

*
* *

Quando o homem do machado apeou no pátio do mosteiro de Santa Menehould, o padre superior saiu da capela e foi ao encontro dele, saltitando e torcendo as mãos no peito.

– Meu senhor! Ah, meu senhor, enfim chegou... O conde Hugues de Champagne veio pessoalmente procurá-lo.

– O conde, aqui? Quem contou para ele?

– Não pude deixar de confessar que o senhor... Enfim, compreenda, ele me ameaçou! Deixei que ele visitasse a sua cela.

O matador se aproximou do monge e quase o ergueu do chão, pegando-o pela gola. Ele disse:

– Seu cãozinho ladrador de sotaina! Você falou do papa?

– Não! Não! Mas o conde é poderoso e, sem dúvida, está bem-informado. Ele é genro do rei e o irmão é bispo de Châlons. Não sei o que ele tem contra o senhor; no entanto, a raiva dele era muito grande!

– Ele estava sozinho?

Alguns monges haviam saído da capela e assistiam de longe à altercação. Nenhum deles ousou socorrer o superior, embora alguns temessem que o desconhecido o estrangulasse.

– Ele estava sozinho? Já lhe perguntei.

– Eu responderia mais facilmente se não me apertasse o pescoço tão forte, meu senhor... Não, ele não estava sozinho. Outro cavaleiro o acompanhava, bem como homens fortemente armados.

– O cavaleiro... Ouviu o nome dele?

– Certamente – respondeu o padre superior, num acesso de tosse. – O conde o chamou de Payns.

– Então foram eles que por pouco não me pegaram no lago...

– Como?

O homem do machado soltou o monge, cujo rosto já estava exangue e, dirigindo-se para o galpão que abrigava a sua cela, disse:

– O mosteiro não é mais um refúgio seguro, vou embora daqui a pouco. Não me verá mais; acho que ficará satisfeito.

Os monges que haviam saído da capela esperaram que o matador ficasse fora do campo de visão para ir ao encontro do superior, que lutava para recuperar o fôlego, dobrado ao meio, tossindo sem parar.

– Eu nunca havia cruzado com uma criatura dessas até hospedar esse homem – arquejou ele. – Ele nos sorri feito um anjo e olha como demônio. Não ouso imaginar que tipo de negócio ele tem com o Santo Padre!

– As roupas dele estavam encharcadas e ele não parecia sofrer com isso, apesar do frio.

– É o caso de se perguntar se ele já sofreu ao menos uma vez na vida!

*

* *

Ele ficou inteiramente nu.

Em seguida, deitou-se sobre o monte de palha úmida que cobria o chão da cela, de barriga para baixo, braços em cruz, em frente à parede onde pendia um crucifixo.

O seu corpo, mortificado pelo banho glacial no lago, lembrava a ele a sua miserável condição humana, que Deus quis que fosse frágil, e ele sentiu uma intensa satisfação.

Os pedacinhos de palha lhe arranhavam a pele e faziam com que sentisse um deleite agudo, benigna mortificação que atiçava o seu prazer.

Na mão direita, ele segurava uma pequena corda na qual havia feito uma dezena de nós.

– Creio em Ti, meu Deus – começou ele. – Creio na Tua santa glória, na Tua vinda à Terra, na Tua verdade...

Anjo estático de olhar revirado, ele sorria singularmente, como uma criança.

– E eu sou o braço que defende essa verdade contra todos os inimigos do Teu nome. Eu Te imploro que me dês força para travar o meu justo combate até o fim. Eu Te adjuro a me ajudar a vencer os adversários do Teu nome. Endurece o meu coração e o meu corpo...

Rodando o braço direito no ar, bateu com a corda nas costas e gritou, entre dor e gozo.

– *Gratias agamus Domino Deo nostro. Dignum et justum est.*

Os golpes choviam freneticamente. A pele açoitada se rasgou e sangrava. Ele ria. Ele chorava.

– *Gratias agamus Domino Deo nostro. Dignum et justum est.*

Ao fim de muitos minutos de suplício, ele se ergueu e, com o polegar, traçou um sinal da cruz na testa e outro no coração.

Ele enrolou a cordinha e pôs na sacola de couro, dirigindo-se para a cama. Antes de se deitar para descansar, olhou para o colchão.

– É claro – pensou. – Os champanheses encontraram a minha lista!

Ele se jogou na cama. Fechou os olhos. E dormiu em seguida.

12.

O terceiro anel

O corpo de Geoffroy foi levado para o palácio do conde de Champagne e colocado na capela. Ele foi estendido em cima de um altar erguido para a ocasião. Uma grande tábua sobre cavaletes, coberta com um lençol branco.

Candelabros haviam sido dispostos nos quatro cantos do altar improvisado.

Os irmãos da Loja Primeira, assim como dona Hélène, a condessa Constance e Maurin foram lá se inclinar e se recolher diante do cadáver.

O rosto bondoso de Saint-Omer parecia adormecido. Não estava marcado por nenhum estigma de dor. Só a pele das maçãs do rosto estava ligeiramente esticada sobre os ossos e as comissuras dos lábios, um pouco descaídas.

– Chegamos tarde demais, minha querida – disse Hugues à mulher, abraçando-a. – O matador, que nos persegue desde a nossa volta de Jerusalém, já havia feito o trabalho. O cavaleiro Geoffroy morreu nos nossos braços, no de Payns e no meu.

– Temo perdê-lo também, meu marido. Todas as minhas orações serão em vão diante de tal assassino.

– Temos de encontrar um meio de montar uma armadilha para esse lobo!

– Se não conseguirmos pegar a fera – resmungou Payns entre dentes –, talvez seja preciso atacar o seu patrão!

O conde se separou ternamente de Constance e arrastou Payns para o fundo da capela.

– Quando você fala do patrão, pensa realmente no papa?

– Sim. Não é ele o mandante? É ele quem segura a guia desse cão! O papa Pascoal fica na retaguarda, mas aproveita a rebatinha. Iremos ao encontro dele...

Bem baixinho, o conde perguntou:

– Como pretende proceder? O papa não vai nos escutar; ele negará ser o instigador desta guerra secreta.

– Hoje à noite, vou submeter um plano à Loja. Avise Eliphas para voltar da floresta do Oriente e testemunhar o que vamos fazer. Só vou enterrar o nosso irmão Geoffroy quando houver punido esse papa assassino! Quando o puser de joelhos! Você verá, Hugues, logo ele estará nos implorando clemência e deverá se voltar contra os Guardiães do Sangue se quiser continuar a viver.

Hugues segurou o amigo pelos ombros e disse, ainda mais baixo:

– Você quer atacá-lo fisicamente?

– Deveríamos tê-lo feito antes; tivemos oportunidade. Foi uma fraqueza da nossa parte nos comportarmos de maneira humana e acharmos que a Igreja nos pouparia.

Depois de um tempo, Payns sussurrou, sabendo que Hugues podia ler as palavras pelos movimentos dos lábios:

– Juro, pelo cadáver de Geoffroy, bem como pela memória de Arcis, de Basile, de Typhaine e de Émeline, que vou forçar a Igreja a reconhecer a nossa confraria! Juro, por Cristo, que a Igreja nos será submissa e que nós a submeteremos à nossa vontade. Por I.N.R.I.!

*

* *

Reims. A refeição estava terminando na mesa do bispo. Foram muitos os pratos, mas servidos em pequenas porções para não ofender a humildade do papa. No entanto, este último e dom Mestrany apreciaram os bolinhos de favas bem apimentados, a enguia cozida ao vinho com grandes cebolas vermelhas, o cordeiro de leite cozido em fogo baixo, apresentado em cima de uma camada de couves aferventadas no ponto certo e ainda crocantes, as coxas de frango grelhadas, acompanhadas de castanhas e passas. E o hidromel de mel branco, aromatizado com canela, o leite grosso coalhado e as nozes amargas.

Na ampla sala, perfeitamente aquecida pelas duas lareiras, os três homens comeram em silêncio e só trocaram algumas poucas palavras convencionais sobre o sabor dos pratos ou a respeito do inverno obstinado que parecia não querer terminar.

O sumo pontífice se divertiu em observar de soslaio o bispo, que morria de vontade de iniciar uma conversa mais à altura da sua posição.

O papa não o ajudava, rindo interiormente dessa pilhéria. Pascoal não gostava do prelado austero, falsamente modesto, abertamente curioso.

Mas o bispo não se conteve mais; armando-se de coragem, lançou num tom cauteloso:

– Compreendo, Santo Padre, que tem as suas razões para me manter afastado dos negócios que o prendem em Champagne; no entanto, permita que me interrogue. Naturalmente, eu digo isso com todo o respeito que um filho deve ao pai.

– Não pensei que fosse de outro modo – respondeu o papa, sem dissimular a ironia. – Não sinta nenhum rancor, Monsenhor. Sou seu hóspede e aprecio as vantagens de sê-lo. Apesar de tudo, não posso lhe contar nada. Eu lhe digo isso com toda a afeição que um pai deve sentir pelo filho.

Encurvado, o bispo fingiu não ter sido afetado pelo revide e continuou:

– Eu não esperava menos do príncipe da Igreja, por quem tenho um sincero respeito.

– Além do mais, o que lhe revelar? Alguns problemas exigem uma grande discrição e só encontram a sua resolução no mais absoluto segredo.

– No entanto, um simples abade o visita com frequência e fica longos momentos com o senhor, sendo que as raras conversas que me concede são bem banais. Será que não me julga digno de receber alguns dos seus saberes? Eu lhe asseguro que o meu espírito é suficientemente aberto e, sem sombra de dúvida, se enriqueceria com a sabedoria que consentisse lhe passar.

– Você me atribui muitas qualidades – disse o papa. – Está exagerando na minha roupagem!

Dom Mestrany assistia à justa descascando algumas nozes, cujos miolos retirava cuidadosamente.

– Eu me refiro ao abade Denis, boticário e erudito em ciência hebraica – prosseguiu o bispo. – Um homem cujo grande saber é reconhecido, com razão, mas que, dizem, é adepto de disciplinas ocultas, perigosas para a alma.

O papa ergueu a mão cansada.

– Dizem tantas coisas a respeito dos espíritos brilhantes! Posso lhe afirmar que estou apto a reconhecer uma alma a caminho da perdição assaltada por forças maléficas. Fique tranquilo, Monsenhor: o abade Denis não foi vitimado por forças deletérias. Esse bravo homem tem, sobretudo, a razão finamente torneada e, se ele chega a parecer peculiar para um observador pouco atento, é por causa dos grandes conhecimentos que lhe são familiares.

O bispo se preparava para continuar o duelo, quando dom Mestrany se adiantou:

– Santo Padre, não está na hora de fazer a sua sesta?

O papa se levantou sorrindo e respondeu:

– Tem razão, dom Mestrany. Queira me dar licença, Monsenhor; vou me retirar para os meus aposentos. Por falar nisso, faço questão de lhe agradecer mais uma vez pela qualidade da sua acolhida. E pela sua discrição!

– Estou à sua disposição, meu pai – resmungou o prelado.

Depois que dom Mestrany e ele saíram da sala, o papa se virou para o amigo e admitiu:

– Você interrompeu a discussão com muito talento, meu amigo.

– Eu? Ora, apenas me preocupei com a saúde do sumo pontífice!

Em seguida, Sua Santidade foi para os seus aposentos. Ao entrar, ele estremeceu e, ao ver que uma janela estava aberta, comentou:

– Mas aqui está gelado! Ah, o vento empurrou a janela...

Ao fechá-la, notou, preocupado, sinais de neve no chão.

– Marcas de passos!

Ele adivinhou...

O homem do machado estava sentado num banquinho, bem à vontade. A sua sacola de couro estava em cima dos joelhos.

– Os meus respeitos, Santo Padre.

– Que mania desagradável você adquiriu de se introduzir neste palácio como uma sombra!

O matador jogou a sacola aos pés do papa.

– Uma sombra! É claro, pois eu não existo!

– Humilhar-me o satisfaz tanto assim? Você me atira esta coisa como se jogasse um osso para um cão!

– Eu mato pelo senhor, Padre. Acho que pode muito bem se abaixar para pegar o que lhe é devido.

Pascoal pegou o bornal, dizendo:

– Pode acreditar que, se eu não precisasse dos seus serviços, se a Igreja não estivesse em perigo, eu o levaria à fogueira.

– Eu sei. O senhor escolheu me odiar em vez de se detestar. Estamos ligados por um contrato. Sou uma parte do senhor.

– De quem se trata desta vez?

– Geoffroy de Saint-Omer. O cavaleiro lutou heroicamente. Quase me arrastou com ele para a morte. Ele se comportou como um homem corajoso. Um árduo adversário!

Com gestos lentos, o Santo Padre pegou a mão do champanhês e a colocou em cima da mesa, perto da lareira.

– O nosso contrato, Padre...

– É, tenho de abrir o anel e reproduzir o desenho do Santo Sinal e deixar o original para os Guardiães do Sangue... Compartilhar a Verdade e o conhecimento com vocês! Tudo isso é bem simbólico, não acha?

– Não vou lhe ensinar que a palavra "símbolo" vem do grego *sumbolon* – sorriu o matador.

– *Symbolum*, em latim... – acrescentou o papa, retirando da pedra vermelha o pedaço do sudário de Tomé.

– Latim ou grego! – caçoou o assassino. – Nos dois casos, um objeto que dois anfitriões dividiram na Antiguidade em dois pedaços. Cada um conservava o seu, para transmiti-lo aos seus descendentes, o que iria permitir que as famílias se reconhecessem mais tarde e se reunissem. Assim, a Igreja e os Guardiães do Sangue permanecerão casados por todos os séculos dos séculos, ambos obrigados a respeitar os seus compromissos.

Dedicando-se a copiar o mais exatamente possível o novo motivo, Pascoal proferiu com violência:

– Acontece que certos casamentos se rompem.

– Isso seria fatal para qualquer uma das partes, Padre. Não vamos desejar isso de maneira nenhuma!

O homem do machado se levantou do banco e foi se pôr às costas do papa para olhar por cima do ombro o desenho que ele estava reproduzindo.

– Este motivo é composto de quatro letras: I, N, R e I – disse Pascoal. – Não é surpreendente que Jesus tenha pegado o alfabeto romano para dissimular o seu segredo?

– Atualmente, pouco me importo com o significado desses Sinais. Cabe ao senhor descobrir o sentido, sendo que o meu trabalho consiste em roubá-los.

– Não pense que sou ingênuo, desconfio que esteja tão impaciente quanto eu para descobrir o segredo de Jesus.

– Ou de fazê-lo desaparecer!

O papa entregou a joia e o pedaço da mortalha ao rapaz. Este anunciou:

– Preciso de outro esconderijo; o conde Hugues e Payns descobriram o mosteiro e, por motivo de segurança, não posso compartilhar do refúgio de um dos meus homens.

– Naturalmente! Vamos remediar esse inconveniente. Mas como os cavaleiros chegaram até você?

– Não sei. O conde tem firmes apoios. Quem sabe, o irmão dele, Philippe?

– O bispo – admitiu Pascoal. – Sim, é possível. Muito provável... Eu devia ter desconfiado desse homem. Vou escrever uma carta para você entregar ao prior da abadia de Hautvillers. De Reims, duas horas a cavalo são suficientes para ir até lá. Você ficará seguro nesse lugar.

– É o que espero. Achei que estava seguro e que nunca seria descoberto, até hoje. Subestimamos os nossos inimigos.

– Muitas vezes pecamos por orgulho, meu filho. Principalmente quando nos achamos invencíveis.

O tom do pontífice era mordaz. O matador respondeu com doçura:

– Não é o orgulho que me move. Deixo isso para os políticos e para os seus prelados. Eu defendo a causa de Deus; por acaso se esqueceu, Padre?

– Não, claro que não... Deus! Por Deus, evidentemente! Como a cruzada que fizemos à Palestina, que não passa de uma encenação, na qual se atiram reis insignificantes, ávidos por aventura e ouro.

O assassino foi para a janela, preparando-se para pulá-la. Ele interrompeu o gesto. O papa lhe recomendou:

– Fique atento; você atiçou o ódio no coração dos últimos cavaleiros. Payns e o conde vão procurar fazer com que pague caro a morte dos três irmãos.

– Eles nem desconfiam que tenho um homem *in loco*. Um carpinteiro...

Ele pôs o pé na borda da janela e, antes de desaparecer, atirou estas últimas palavras:

– Nós nos veremos em breve, Padre.

– Na verdade, é o que temo.

Pascoal chegou à janela em duas passadas. Só teve tempo de ver, à direita, um pedaço da capa do homem do machado, que ondulava no alto de uma cornija sustentada por dois modilhões retorcidos de maneira grotesca.

– *In gloriam et laudem Dei!* [17]

[17] Pela glória e louvor de Deus!

13.

O ouro

Schelomet puxou a cortina preta.

– Aproxime-se, dona Hélène. Você também, Maurin, pois morria de vontade de saber o que escondíamos nesta sala.

O menino, que já tivera uma rápida visão do laboratório, agora olhava com muita atenção, surpreso por encontrar uma sala mais exígua do que havia imaginado.

– Eu não me enganei – observou ele. – O que eu vi ontem era mesmo ouro, não era? Aquilo que está fervendo ali!

– Realmente, Maurin – respondeu Payns. – É ouro.

– Vejam – disse Schelomet, pegando um punhado de areia de um recipiente e deixando escorrer diante da jovem e da criança. – Como se pode fazer vidro com esta areia silicosa, submetendo-a à fusão com potássio e soda, somos capazes de obter o ouro por um processo similar... Nós derramamos uma quantidade específica desta areia neste primeiro atanor, a expomos a um forte calor neste forno e, ao se tornar pastosa, a submetemos a diferentes tratamentos nesta série de vasos interligados por tubos de chumbo. Fazemos essa singular argamassa passar por vários tratamentos e decantações em diferentes recipientes, depois a levamos mais uma vez a uma alta temperatura que chamamos de "exaltação", antes de filtrá-la nestes crivos cônicos. Recebemos uma quinta-essência pura neste segundo atanor, onde ela se transforma nesta sopa amarela que levamos à ebulição durante quase três dias e três noites.

– Então, com o mercúrio e o enxofre amalgamamos a matéria e a solidificamos em ouro – explicou Ferrer.

– Isso é feitiçaria! – exclamou Hélène, persignando-se.

– Não, Hélène – repreendeu o conde, sorrindo. – É apenas uma tradição científica que nos veio de Jesus. Cristo foi instruído com esse saber pelos doutores egípcios, que o iniciaram na misteriosa sociedade dos construtores e sábios de Deir el-Medineh...

– Jesus consagrou toda a sua energia e inteligência a essas pesquisas – acrescentou Payns. – Os egípcios se aproximaram da transmutação sem nunca conseguir atingi-la. Você sabe que Jesus teve a revelação da fórmula no túmulo de Tomé. Depois disso, ele dedicou a vida inteira a pôr essa equação em prática. Ele foi o único alquimista a realizar a Grande Obra.

– I.N.R.I. se aplica tanto à matéria mineral quanto à matéria orgânica – frisou Schelomet.

E Payns continuou:

– Agora compreendem por que a Igreja nos persegue. Nós, os herdeiros da confraria de Jesus, detemos o poder supremo sobre a morte e a natureza!

– E achamos que ainda não chegou a hora de dividir com os homens esse conhecimento – escandiu Hugues. – Aliás, talvez, esse saber nunca deva ser revelado.

Uma voz grave e forte, ligeiramente rouca, surpreendeu a todos:

– *Insignia Natures Ratio Illustrat!* [18]

Eles se viraram. Eliphas lhes sorriu, com os olhos brilhantes por detrás das lentes de aumento. Ainda havia neve nos ombros do seu casaco, devido ao caminho que havia percorrido desde a floresta

---

[18] A razão revela as maravilhas da natureza!

do Oriente. Ele cumprimentou dona Hélène, depois Maurin, passando-lhe a mão nos cabelos.

– Você está com uma cara, menino!

– Por Deus, mestre Eliphas, como poderia ser diferente?

– O quê? Tudo isso só porque fazemos aqui um pouco de ouro? Tudo o que a natureza produz pode ser imitado pelo homem, se ele for um legítimo observador dos seus mistérios.

– Está zombando de mim! – queixou-se Maurin. – A natureza é pródiga em fenômenos que continuarão a ser, para sempre, profundos enigmas.

– Eu creio em Deus e tudo isso me deixa confusa – diz Hélène.

– Todos nós também cremos em Deus – prosseguiu Eliphas sem desmanchar o sorriso. – Essa ciência é de essência divina. A sua origem vem dos primórdios dos tempos, do próprio Deus! Deus existia antes dos homens! Bem antes de eles inventarem religiões pervertidas para o prenderem!

– Falamos para vocês sobre os sábios da confraria de Deir el-Medineh – disse Payns. – Foi à luz da Tradição deles que Jesus se instruiu. Nela ele bebeu, como bebemos na fonte original do Conhecimento. Essa comunidade de construtores e de clérigos provavelmente foi constituída na décima oitava dinastia. Ela ficava ao lado de Luxor, ao norte de Edfu. Nessa sociedade, os homens eram chamados de "servos na praça da Harmonia" ou "servos da Grande Praça", e obedeciam a uma regra especial que punha o trabalho deles em relação direta com o divino. Para um servo da Grande Praça, a arte, o equilíbrio e a harmonia eram de origem divina. O homem – o artesão – recebia a inspiração dos deuses, que ele concretizava no seu trabalho. Portanto, ele não se permitia reivindicar a paternidade da obra, espelho terrestre de uma eufonia cósmica. Por gestos tradicionais, por um comportamento irrepreensível, por uma ética monacal, ele se concentrava em se tornar o catalisador de uma força universal, de um plano já traçado que ele se esforçava para reconstituir por um ensinamento permanente, despertado na sua iniciação no seio de uma comunidade fraternal e estruturada; uma comunidade hierarquizada que possuía mestres e aprendizes. Pela sua iniciação, o artesão devia progredir, subir os degraus que conduziam ao Conhecimento. Era aí que se situava o verdadeiro mistério da iniciação, fenômeno sagrado e, ao mesmo tempo, material que unia o espírito ao gesto, que consagrava o trabalho, insuflando no homem o sentimento de um dever a ser cumprido. A iniciação egípcia abria a mente do homem para a ideia de que existia um plano, de que ele sempre existira e que era dever do artesão decifrar os seus contornos. Aliás, é lendo o plano universal, o qual às vezes aparece para nós, que nos aproximamos da harmonia, da força, da sabedoria e da beleza. O arquiteto egípcio sabia que nunca atingiria o equilíbrio supremo nem a perfeição da sua arte. *Os limites da arte não poderiam ser atingidos por um indivíduo.* Por essa razão, porque uma vida humana é muito curta, é que os egípcios instauraram esse tipo de comunidade iniciática de construtores. Os mais velhos transmitiam o seu saber aos jovens adeptos, perpetuando a Tradição, ensinando a eles a regra da confraria, calcada no ciclo solar...

– Acho que compreendo... – interrompeu-o Hélène. – Você descreve a sua confraria citando a dos egípcios. E, mesmo que não entenda tudo do seu discurso, meu amigo, eu deduzo que a Loja Primeira, da qual o meu saudoso Arcis fazia parte ao lado de vocês, é irmã dessa sociedade de construtores.

– Você é uma mulher inteligente, Hélène – tranquilizou-a Payns. – E entendeu claramente o que estou explicando. Sim, sim, a Loja Primeira, que Jesus fundou para que a Tradição não morresse, nasceu, efetivamente, do que lhe havia sido ensinado em Deir el-Medineh.

– No entanto – acrescentou Hélène –, acho que entendi que Cristo não deixou o seu saber para os seus irmãos num único elemento. Ele não o fragmentou? Vocês não tiveram de ir recolher alguns pedaços em Jerusalém, partindo de um manuscrito de José de Arimateia?

– É verdade – continuou Payns. – Jesus segmentou o seu saber e deixou partes em latim, em grego e em hebraico. Falando nisso, não é secundário especificar que a confraria de Deir el-Medineh era composta por membros cujos nomes podiam variar em função das obras a serem edificadas. Os servos da Grande Praça eram "homens da tripulação". Eles eram divididos em dois lados: direito e esquerdo, como num navio egípcio. O impetrante que pedia para ser admitido na confraria era recebido no canteiro de obras e os dois vigilantes lhe faziam várias perguntas profanas e sagradas, ao mesmo tempo. Se fosse bem-sucedido no exame, uma última prova esperava o jovem recruta. Era apresentada a ele uma barca em pedaços, cujas peças ele devia juntar na ordem correta. Esse exercício explicava, mais uma vez, que existia uma planta e que, mesmo em pedaços ou rasgada, essa planta divina sempre continuaria a iluminar o espírito e a mão do homem. A inspiração e o domínio da técnica deviam permitir ao iniciado egípcio encontrar o sentido universal da harmonia divina. É pelo trabalho que o homem adquire o saber; é pela iniciação que atinge o sagrado. A iniciação nos insere no plano de trabalho – em nós mesmos, com os outros e pelos outros. Ela abre os nossos olhos para um novo caminho, a verdadeira religião da fraternidade que nos propõe uma linguagem universal feita de símbolos...

Payns fez uma pausa. Olhou os amigos um por um e se demorou sobre Maurin, a quem as suas palavras, a eloquência com que as havia pronunciado, haviam surpreendido. O filho nunca ouvira o pai falar tanto, com uma voz tão firme, tão acalorada, com essa ênfase tão pouco habitual.

A criança se deu conta de que o pai era uma pessoa dupla, que pertencia à família e à confraria... A essa Loja Primeira! E que lá, na sociedade secreta, ele era um homem eloquente a quem os amigos ouviam em silêncio. Com muito respeito! E que até o conde de Champagne lhe demonstrava uma consideração e uma deferência surpreendentes.

Payns continuou:

– Somos herdeiros da Tradição, os filhos do sopro inicial. Fazemos parte de um todo fragmentado, disperso através do espaço e do tempo. Contemplamos, maravilhados, as estrelas que atapetam o céu do templo da natureza e que, sem cessar, nos convidam a elevar o espírito, a sonhar, ao mesmo tempo nostálgicos e entusiastas, com esse mistério de onde viemos e para onde retornaremos. É essa verdade absoluta, mas inacessível, que a ciência deveria tentar decifrar, empurrando mais para a frente as suas fronteiras a cada nova descoberta. Isso porque existe uma região do Universo – do nosso universo – que a ciência não consegue atingir e que está situada no campo espiritual. Naquilo que alguns chamariam de alma. O Universo é um símbolo inteiramente contido em si mesmo, plano enigmático que oferece o cosmo como campo de exploração. A nossa busca é, então, alimentada por inúmeras perguntas que não pedem, necessariamente, respostas, pois muitas delas se situam fora do campo da nossa compreensão. No entanto, interrogadores muitas vezes inquietos, investigadores frustrados, e nós também inscrevemo-nos na Tradição pela nossa teimosia em perseguir a Verdade. As perguntas que lançamos hoje serão retomadas por outros que, enriquecidos de um novo saber, de uma ciência mais precisa, talvez encontrem o esboço de uma resposta. A mão suja de lama que outrora marcou a parede de uma gruta, primeiro símbolo pictórico de uma consciência inteligente, nunca saiu da memória da humanidade. Esse ser humano, recém-transformado, deixou ali a sua assinatura de afiliação a uma comunidade. Ele imprimiu, de maneira indelével, a imagem de sua mão estendida aos seus semelhantes através dos séculos. Como um aperto de mãos numa Cadeia de União que unisse os vivos aos mortos. Que unisse aqueles que construíram àqueles que retomam a obra... Isso porque existe um ensinamento particularmente evidente que a iniciação nos transmite: a nossa vida é fugaz, mas o nosso trabalho é imortal. Salvamos os tesouros preservados pelos nossos irmãos mais velhos. Na iniciação já percebemos que o saber é temporal e humano, mas que o Conhecimento é do gênero do divino. O Conhecimento é único e engloba todos os saberes. Tudo está sempre contido nessa infinitesimal partícula original, nesse primeiro ovo onde estão, lado a lado, o infinitamente pequeno e o infinitamente grande, a vida e a morte, tudo e o seu contrário, Deus e o caos. Tudo está nesse Verbo, o enigma inominável que esmaga a razão e impõe ao homem que estenda a sua mão todo o tempo para Deus, buscando um guia, um apoio, um esboço de resposta que o console por ser apenas um simples mortal. Que o impeça de afundar na loucura de uma fatalidade inaceitável. A morte e a vida estão ligadas como a areia ao ouro!

E, então, todos os homens fizeram o mesmo gesto a um só tempo, numa coreografia perfeita, que impressionou Hélène e Maurin: eles levaram a mão direita aberta à altura do coração e se inclinaram. Em seguida, baixinho, lentamente, pronunciaram as seguintes palavras:

– Pela carne e pelo sangue do Cristo, pela areia e pelo ouro, que a Tradição permaneça para a glória do Conhecimento!

Eles se ergueram. Payns viu que Hélène estava pálida e trêmula; ele se aproximou, pegou-a pelos punhos e perguntou:

– Temo que tenha tomado algumas das minhas afirmações por catilinárias, não?

– Na verdade, você revirou a minha alma mais de uma vez, Payns. Já se deu conta de que, se um representante do clero ouvisse a milésima parte do que diz, ele o entregaria ao tribunal, de pés e mãos amarrados, que o condenaria à fogueira?

Maurin interveio, com as faces vermelhas por ter ficado muito tempo perto de um forno:

– A Igreja faria melhor se julgasse e queimasse o homem do machado e as pessoas que estão com ele, isso seria uma justiça muito salutar e razoável, dona Hélène!

Eliphas passou novamente a mão ossuda nos cabelos do menino e lhe esfregou a cabeça, dizendo:

– Você é uma boa semente, menino! Mas é que dona Hélène reagiu de acordo com as suas crenças, usos e hábitos. Não seria nada inteligente da nossa parte censurá-la. Em contrapartida, tenho a certeza de que ela respeita a nossa filosofia como nós respeitamos a dela. Mesmo que ela esteja com a consciência um pouco abalada! Sem dúvida, ela compreendeu que nós somos os depositários da verdadeira religião de amor que Cristo nos transmitiu. Nós lutamos contra a Igreja que traiu Jesus...

– Você é um homem excelente, mestre Eliphas – disse Hélène. – Aliás, todos vocês são nobres amigos a quem devo muito. Vocês amavam o meu Arcis como a um irmão, embora deem vários sentidos a esse vocábulo. Toda essa bondade e todo esse amor me aquecem o coração e me ajudam a suportar a viuvez. Eu também lhes sou grata por me instruírem sobre os seus segredos; considero isso uma demonstração do respeito que me devotam. Por isso, embora o que fiquei sabendo esta noite possa me impedir de dormir por muitas noites, juro que não falarei nada com ninguém.

Diante dessas palavras, Payns a abraçou e lhe deu um beijo na testa, murmurando:

– De hoje em diante, eu a chamarei de *irmã*, minha amiga. E saiba que sempre darei a essa palavra o sentido de amizade!

Ela sorriu para ele, com o olhar embaçado de lágrimas.

*

* *

À noite, mais tarde, depois de Maurin e Hélène terem ido deitar, os homens se reuniram na primeira sala do laboratório a pedido de Payns, que compartilhou com eles a sua intenção de ir ao encontro do papa em Reims. E que expôs a eles a armadilha que decidira montar.

– O papa será vencido pelo ouro! Pelo nosso ouro!

14.

A punição

A neve, que não cessara de cair durante a noite, ao amanhecer havia se transformado numa chuva pesada, que se instalou em Reims.

Ao soar a nona,* continuava a chover. O papa Pascoal e dom Mestrany se entrincheiraram na biblioteca do palácio episcopal.

O sumo pontífice não conseguia disfarçar o mau humor; não cessava de se queixar do tempo execrável daquela Champagne fria e lúgubre.

Ele pensou que o exame dos magníficos antifonários** o distrairia, mas não foi isso o que ocorreu. Virava as páginas maquinalmente, suspirando todas as vezes que o vento soprava a chuva contra a janela.

Dom Mestrany tentou puxar conversa por diversas vezes. Em vão. Por isso, ele se emparedou num completo mutismo, à beira do entorpecimento.

De repente, a porta foi aberta pelo bispo.

– Santo Padre! Sua Senhoria, o conde de Champagne em pessoa... Ele forçou a passagem e solicitou uma audiência com o senhor, imediatamente!

---

* Hora canônica correspondente às 15 horas. (N. T.)

** Livro litúrgico que contém as antífonas. (N. T.)

– O conde, aqui? – surpreendeu-se Pascoal. – Sem ter apresentado uma solicitação antecipadamente?

– Fui o primeiro a ficar surpreso com isso. Ele deve ter saído do palácio de Troyes muito cedo e cavalgado sem parar para tomar fôlego! Só está acompanhado de um cavaleiro.

– Nenhuma tropa?

– Nenhuma, Santo Padre, nenhuma!

Pascoal se virou para dom Mestrany, que havia se levantado da cadeira, e disse:

– Entre neste recinto, meu amigo, enquanto recebo esse singular visitante.

Dom Mestrany se fechou numa sala minúscula que servia de depósito para o arquivista. Mal havia se escondido, o conde Hugues e Payns entraram na biblioteca.

– Perdoe esta intrusão, Santo Padre. Sem saber por quanto tempo ainda permaneceria em Reims, eu me permiti quebrar o protocolo para ter a certeza de encontrá-lo.

– Ora, conde! – gaguejou o papa. – Eu... Deixe-nos a sós, Monsenhor.

O bispo se retirou contra a vontade e fechou a porta atrás de si.

– Este é o cavaleiro Payns, que foi comigo e três outros companheiros a Jerusalém, onde, sem dúvida o senhor sabe, nós nos hospedamos no Templo.

– Sei, sei... Eu... Ouvi alguns rumores do interesse que tinham nessa cruzada à Terra Santa, sob a hospitalidade do rei Balduíno.

Payns levava a tiracolo um bornal de couro. Nele, enfiou a mão enluvada.

– Vamos falar sem rodeios – continuou Hugues. – O cavaleiro Payns, que é o meu amigo mais fiel, me falou sobre um projeto que imediatamente aprovei. Ele me convenceu a financiar uma parte do piedoso, mas caro, empreendimento que mantém a Igreja na Palestina.

– Ah, conde... É... Eu não esperava por uma oferta dessas!

Payns tirou do seu bornal um tijolo de ouro e o entregou ao papa. A princípio desconcertado, o papa resolveu aceitar o presente.

– Aceite essa prova da minha resolução – disse Hugues. – Posso pôr mil vezes esse peso de ouro nas suas santas campanhas.

– O que quer receber em troca de um investimento desses, conde?

Pascoal olhou para o tijolo que segurava na mão direita.

– Falaremos sobre isso mais tarde – concluiu o conde. – Quando tivermos estabelecido os termos do nosso negócio. Reflita... Estou em condições de cobrir a Igreja de ouro! O senhor deverá mandar para mim a sua resposta. Adeus, Santo Padre.

Os dois homens se retiraram, deixando Pascoal perplexo.

– Você ouviu? – perguntou ele a dom Mestrany, que havia acabado de sair do seu reduto. – Que jogo o conde está jogando? E com ele estava o tal cavaleiro... Payns! Será que têm a intenção de me comprar como uma mercadoria qualquer?

– Com certeza, trata-se de outra coisa, Santo Padre... Deve esconder alguma artimanha. Não posso conceber tal reviravolta!

– O que não impede que este ouro seja bem real e bem pesado. Pegue e avalie!

Mas dom Mestrany deu um passo atrás, recusando-se a pegar o lingote, e exclamou:

– Meu Deus, o seu punho, Santo Padre!

O papa abaixou os olhos.

– O meu punho o quê? É... está bem vermelho! E... estão aparecendo bolhas nos meus dedos. Está começando a me queimar! O que está acontecendo comigo?

– É este ouro, Padre! Solte-o, rápido!

O papa soltou imediatamente o presente envenenado, que caiu aos seus pés.

A sua carne começou a inchar. A palma da mão e o punho se cobriam, a cada segundo, de flictenas purulentas.

– Os malditos! Eles adulteraram o ouro com as suas magias de feiticeiros! Vieram me contaminar com um terrível tóxico...

*
* *

Payns e o conde se apressaram em voltar para os cavalos. Antes de subir na sela, com a mão esquerda e muito cuidadosamente, Payns retirou a luva da mão direita e a pôs no seu bornal.

– Quando voltarmos, jogarei no fogo esta luva de proteção contaminada. Neste exato minuto, o papa deve estar constatando o estado repugnante da sua mão.

– Foi uma punição maquiavélica, Payns!

Ao saírem do pátio do palácio episcopal, Payns acrescentou:

– O dano vai se espalhar lentamente por todo o braço. Se não quiser ser obrigado a cortá-lo, como mandou decepar a mão direita dos nossos irmãos, o papa terá de implorar que lhe administremos o antídoto.

– E nós somos os únicos a possuir o remédio! – pontuou Hugues, caindo na gargalhada.

*
* *

O pontífice se jogou na cadeira e enrolou a manga direita da túnica.

– A minha mão está uma verdadeira brasa!

– Vamos pedir ao abade Denis que venha o mais rápido possível – propôs dom Mestrany. – Além de outros boticários, os melhores da região.

O mal piorava a olhos vistos. Os abscessos, cada vez mais numerosos, desenhavam bolhas e pústulas avermelhadas.

– A dor é insuportável... Esta lepra está me devorando a pele. Corra, dom Mestrany!... Chame de volta esses malditos cavaleiros. Talvez ainda dê tempo de pegá-los.

– Estou indo...

Dom Mestrany saiu correndo e por pouco não derrubou o bispo, alertado pelos gritos.

– Socorro! Alguém vá para perto do Santo Padre... Médicos, rápido! Chame os médicos...

– O papa está se sentindo mal? – preocupou-se o bispo.

– Não procure saber e vá chamar os doutores. Você viu o conde?

– Certamente, cruzei com ele há pouco e com o homem que o acompanhava.

Apesar da idade e do peso, dom Mestrany se jogou pela escada, descendo às pressas e correndo o risco de escorregar em cada degrau.

Quando chegou ao pátio, interrogou bruscamente o porteiro:

– Dois homens... Você os deixou sair?

– Certamente, Monsenhor. Um deles me disse ser o conde Hugues. Ele partiu à rédea solta com o companheiro.

– Meu Deus, meu Deus! – lamentou-se o eclesiástico, que retornou correndo.

Sem fôlego, com o peito em fogo, ele voltou para a biblioteca e encontrou o papa na companhia do bispo, ladeado por dois abades.

– O que fez para se queimar assim, Santo Padre? – perguntou o bispo.

– Por favor – disse Pascoal num sopro, fazendo uma careta. – Livrem-me desse sofrimento! Unguentos, pomadas! Tragam-me bálsamos! Façam alguma coisa!

– Veja – tentou tranquilizá-lo o bispo. – Trouxe dois clérigos que têm um certo talento em medicina e que vão examiná-lo.

– Não preciso de neófitos! Exijo que tragam homens de ciência!

Ele virou um olhar implorante para dom Mestrany. Um olhar cheio de lágrimas, revirado de dor e de terror. O papa cerrou os dentes, deixou cair o queixo sobre o peito e ficou assim por um longo momento, enquanto o bispo e os dois abades não decidiam que atitude tomar.

Ele levantou o rosto, suspirou e, com os olhos molhados, murmurou:

– *Flammis ne urar succensus, per te, Virgo, sim defensus!*[19]

---

[19] E para que eu escape dos tormentos do fogo, ó Virgem, sede a minha defesa!

15.

As palavras de Jesus

No dia seguinte, de manhã cedo, os irmãos da Loja Primeira, Maurin e a senhora Hélène foram à floresta do Oriente para enterrar Geoffroy de Saint-Omer.

Eles entraram no local protegido pela alta paliçada vigiada pelos homens do conde. Este desceu no poço com Payns para cavar o túmulo do companheiro.

Terminada a tarefa, Payns fez tilintar um sino para avisar os amigos. Eles colocaram o corpo de Geoffroy numa tábua e o amarraram. Em seguida, Ferrer e Schelomet acionaram a roda da grua.

O cadáver do cavaleiro desapareceu no fosso.

Payns e Hugues o receberam com infinitas precauções. Duas tochas fixadas na terra os iluminavam e projetavam as suas sombras dançantes nas paredes da gruta.

Em seguida, eles levaram o corpo até a cavidade feita pelos escavadores e escorada por grossas vigas. No mesmo lugar onde seria preparada a cripta para abrigar o túmulo de Jesus.

Geoffroy foi deitado na marga úmida.

Antes de jogar a primeira pá de terra sobre a mortalha, Payns disse:

– Adeus, irmão Geoffroy. Segundo a sua vontade, os seus ossos se misturarão à argila para a qual, em breve, traremos o nosso irmão Primeiro...

Terminado o trabalho, Payns e o conde foram içados até a superfície, onde encontraram os amigos encharcados, transidos de frio. Uma chuva oblíqua atravessava casacos e túnicas, escorria pelos rostos em grossas lágrimas brilhantes.

Maurin foi se encostar no pai, passando-lhe um braço pela cintura.

Hélène esboçou um sinal da cruz.

Eliphas tirou as lupas dos olhos para enxugá-las na túnica e as pôs de volta com uma cara de descontentamento.

Ferrer ficou olhando o gesto dele, sorrindo.

– Fale, Payns – pediu Hugues.

Payns, que fitava as trevas do buraco aberto, tossiu e pigarreou, como se quisesse expulsar um soluço. E pronunciou as seguintes palavras:

– Disse Jesus: *Eu não estou morrendo. Estou deitado para um longo sono. Eu sou o Amor que adormece tranquilamente. Eu entro no coração dos homens. Na terra do Futuro. Eu sou a semente que germinará na palma da mão dos sábios e dos santos. Pois eu lhes digo, a vocês, os meus irmãos: a água é o meu sangue; o fogo, a minha alma; o ar é o meu sopro; e a terra, a minha carne. Jamain, Nor, Ruach, Jabashah. Por I.N.R.I., eu não morro. Vocês serão os meus discípulos pelos séculos vindouros. Formarão a longa Cadeia de União entre os vivos e os mortos, e ninguém se aproximará do Conhecimento para fazer dele uma arma de poder. Virá um tempo, o do Julgamento final, que decidirá sobre o meu despertar. Então, eu trarei a Vida Eterna para a humanidade. Não haverá mais mendigos nem doentes, nem rei nem vassalos.*

Todos permaneceram um longo momento em silêncio, batidos pela chuva, com os espíritos saciados pelas frases que Cristo confiou à Tradição e que esta levou através dos séculos.

Não haverá mais mendigos nem doentes, nem rei nem vassalos.

Hélène chorava em silêncio, quase timidamente, mais atrás. E não era de dor. A jovem chorava diante do amor expresso, compreendendo, numa súbita iluminação, a mensagem desse homem que, se não era o filho único de Deus, pelo menos, era um dos seus inúmeros filhos. Um entre essa numerosa descendência humana cujas almas foram abrasadas por tempos imemoriais.

Hélène chorava, surpresa por sentir uma serenidade semelhante à da felicidade.

Uma firme e suave mão, ao mesmo tempo rugosa e sensível, pegou a sua.

Era Payns.

– Chore, minha irmã. Eu sei por que está chorando e a invejo.

QUARTA PARTE

PELA VIDA ETERNA...

1.

A iniciação de Maurin

A primavera não conseguia expulsar o interminável inverno. Embora as frágeis luzes do céu de Champagne finalmente houvessem acordado os novos rebentos, amparado a eclosão dos brotos sedosos e doces, o sol pálido e longínquo não liberava o seu calor.

As tardes frias encurtavam os dias e o vento soprava todas as noites, ainda úmido, trazendo do rio e dos seus canais os odores do lodo espesso.

Tarde da noite, um aposento continuava iluminado no primeiro andar do presbitério de Châlons, encostado na catedral. As grossas placas de vidro presas nos caixilhos de chumbo impediam que, do exterior, se discernissem com nitidez os vultos presentes no gabinete do bispo Philippe.

Um homem estava sentado e escrevia numa escrivaninha. Os ombros largos, o pescoço grosso e a tonsura indicavam que se tratava de Philippe. Um segundo homem estava de pé do lado esquerdo, perto do primeiro. Finalmente, um terceiro permanecia imóvel na sombra, mais longe.

A mão do bispo tremia e a pena fazia pressão no velino, enquanto o homem que estava de pé ao lado dele, com voz suave e infantil, ditava:

– *Meu caro e bem-amado irmão Hugues, pela presente mensagem, entregue por um clérigo em quem tenho toda a confiança, peço que faça o favor de vir ao meu encontro, o mais cedo possível, no meu bispado em Châlons. Preciso, sem demora, fazer uma importante comunicação referente ao papa, que, atualmente, está hospedado em Reims...*

O homem continuou o ditado. Quando terminou, ele se inclinou sobre a escrivaninha, dobrou a carta em quatro e pegou um pequeno bastão de cera, aquecendo-o na chama da vela para lacrar a carta.

– Aponha o seu selo, Monsenhor – disse a voz calma.

Depois, assim que o bispo obedeceu com gestos febris, o homem entregou a carta para a terceira pessoa, que saiu da sombra para pegá-la.

– Entregue essa carta ao conde, em mãos, depois faça como o combinado.

– Volto com Hugues e o trago a estes aposentos.

– Isso mesmo. Vá imediatamente para não ser visto e tranquilize os outros; eles devem me esperar com os cavalos embaixo da janela. Temos pouco tempo para agir... Ah, mais um detalhe!

– Qual?

– Você está com uma mancha de sangue na manga esquerda. Limpe-a antes de se apresentar ao conde.

*
* *

Todos estavam presentes: o conde Hugues, Payns, Schelomet, Ferrer, Eliphas e Émeric. Eles cercavam Maurin na capela iluminada por tochas.

No altar, perto de uma vela grossa apagada, haviam sido colocados um cálice cheio de vinho e um pedaço de pão.

Maurin vestia uma túnica branca. Estava descalço.

Payns ficou na frente dele, com a mão direita apoiada na sua testa. E disse:

– Pelas quatro forças... Jamain, Nor, Ruach e Jabashah... Pela ordem recuperada no fogo, no sal, no enxofre, no mercúrio e no azoth... Em nome de Jesus, nós o recebemos na nossa Cadeia de União, Maurin, o meu filho. Nós o aceitamos na Loja Primeira.

Payns retirou a mão da testa da criança e continuou:

– Pelo Triângulo, pelo Hexagrama, pelo Ômega, pela Cruz e pelo Tau, hoje você passa a fazer parte da grande comunidade dos mortos e dos vivos que consagraram e consagrarão a sua vida à preservação da Verdade e da Palavra secreta do Cristo.

E todos responderam:

– Por I.N.R.I.!

Payns se aproximou do altar, pegou o cálice e o pão, dizendo:

– Comamos este pão e bebamos este vinho, a carne e o espírito imortal de Jesus!

– Por I.N.R.I.! Pela carne e pelo sangue do Cristo, pela areia e pelo ouro, que a Tradição continue para a glória do Conhecimento!

Payns entregou o pão ao filho, que destacou um pedaço e o comeu prontamente.

– O pão da terra é a carne da vida.

Em seguida, o cavaleiro ofereceu o cálice à criança.

– O vinho da terra é o sangue da vida.

Depois, Payns usou uma vela para acender o grande círio, pronunciando:

– Maurin, meu filho, você recebeu a verdadeira eucaristia que o uniu aos irmãos da Loja Primeira. Por esse sacramento, você desposou a sua causa e se comprometeu a respeitar o juramento que eles fizeram há muito tempo ao seu ancestral Jesus, fundador da ordem.

Hugues pegou a taça e o pão. Ele bebeu e comeu. Em seguida, todos os outros irmãos fizeram o mesmo.

Payns elevou o círio acima da cabeça do jovem impetrante.

– *Igne Natura Renovatur Integra.* Pelo fogo, a natureza é integralmente renovada... Que a luz de Jesus nos guie até o fim dos tempos na fraternidade e no Conhecimento!

– Por I.N.R.I.!

Payns abaixou e elevou o círio três vezes antes de colocá-lo de novo no altar.

Ao voltar para perto do filho, ele fez um gesto que surpreendeu o menino. Desnudou o peito da criança. Maurin recuou um passo. Subitamente, ele se deu conta do frio que reinava na capela: o pavimento sob os seus pés... a sombra que embaçava os vitrais.

Ele estremeceu.

Payns se ajoelhou diante dele, sorrindo, e depôs um beijo no seu peito esquerdo. Uma longa carícia ternamente aplicada, lábios colados no mamilo. Assim que Payns se ergueu, Hugues também se ajoelhou e agiu da mesma maneira

Como todos os irmãos.

Terminada a singular cerimônia, Payns arrumou de volta a túnica do filho e disse:

– O sangue de Jesus está no nosso peito, Maurin. Você é o último da sua descendência, que procriará. Os futuros irmãos beijarão o coração dos seus filhos... E os seus filhos procriarão; os futuros irmãos beijarão o coração deles, antes que, um dia, os futuros irmãos beijem o próprio coração de Jesus. Você é o Santo Coração do futuro e nós respeitamos o nosso irmão Primeiro ao honrar você. Pois a sua irmã não existe mais para parir. Você e eu, filho, somos os últimos elos da linhagem do Cristo.

– Mas e se nós dois morrermos, pai?

– A Tradição só conservará a Palavra do nosso irmão Primeiro e o seu cadáver na floresta do Oriente.

– Eu queria saber...

– O quê?

– Se Jesus voltasse à vida...

– Sim?

Os olhos de Maurin se arregalaram. A chama do grande círio brilhava neles.

– Se Jesus voltasse à vida, teria meios de procriar de novo? Transmitiria o seu dom à descendência? Mulheres e homens do seu sangue se tornariam imortais?

Payns pensou um pouco e se virou para os amigos, buscando apoio. Voltando-se para Maurin, ele disse:

– Não sabemos. Além do mais, não sabemos nada a respeito de uma possível ressurreição do nosso ancestral. Temos certeza de que a morte não o deteriorou como faz tradicionalmente com qualquer corpo orgânico. Nós lhe dissemos que a vida – ao menos uma forma letárgica de vida – se mantém nele, graças ao processo alquímico que ele aplicou em si mesmo. A Tradição nos dá a esperança de que, se os irmãos lhe prodigalizassem a medicina de I.N.R.I. conforme as regras, Jesus recuperaria progressivamente a vida. Os seus ossos se endureceriam de novo, a medula os irrigaria, os tecidos se regenerariam, as veias e as artérias se formariam de novo, a água, o sal e o sangue correriam nelas. Mas só a experiência pode comprovar essa hipótese.

– Nós acreditamos nela – interveio Eliphas –, mas acontece de duvidarmos. Toda ciência impõe a dúvida, Maurin. A certeza não pertence ao mundo dos homens.

– Nós temos esperança – acrescentou Schelomet. – A prática do I.N.R.I. permitiu desafiar a morte... Será que a vencerá definitivamente?

– Você deve se deixar penetrar pelo ensinamento da Tradição – continuou Payns. – Esse ensinamento é duplo, como você pôde entrever. Ele é científico no que concerne ao corpo de Jesus e de essência simbólica pela mensagem que devemos tirar dele.

– Compreendo – arriscou-se a dizer Maurin. – Cristo era Amor e Conhecimento; cabe a nós prodigalizar um e aprofundar o outro para que ele viva perpetuamente por nossas ações...

– Como eu já disse – interveio Eliphas, com um largo sorriso –, você é realmente uma boa semente, meu jovem irmão! Que só pede para germinar no excelente húmus da sua inteligência.

– Você é muito bom, mestre Eliphas. A minha iniciação na Loja me confere de repente um raciocínio sábio e douta consciência?!

A brincadeira da criança desencadeou uma explosão de risos.

– Uma boa semente! – repetiu Eliphas.

2.

A cilada

Payns entrou no quarto de Maurin para abrir as janelas num alegre ruído. Com um resmungo, a criança puxou o lençol sobre os olhos para se proteger da claridade de um dia pálido.

– Está na hora de o galo cantar! – decretou Payns, rindo. – A melhor hora para se levantar!

– Você quer me matar de frio, papai!

– Temos um longo dia pela frente, filho. Pule da cama, respire profundamente este belo ar frio e se lave vigorosamente do focinho até o rabo!

Maurin se sentou contra a vontade, fazendo uma careta de gato contrariado.

– Preciso fazer tudo isso tão cedo? – surpreendeu-se ele. – Você não me acostumou a ser tão madrugador.

– Naturalmente, os tempos mudaram! Agora que você é irmão da Loja Primeira, também tem de adotar a sua disciplina. Cada hora do dia é uma bênção da vida. Planejei levar você para visitar a obra na floresta do Oriente. Mestre Eliphas quase terminou o Túmulo. Ele voltou para lá assim que soaram as vigílias!*

---

* Cada uma das quatro partes em que se dividia a noite. (N. T.)

– Que ele faça bom proveito! Estou começando a sentir falta da minha condição de criança... Acho essa mudança de status um pouco brusca! Todas as pessoas da casa ainda dormem.

– Não é verdade: um cavaleiro acabou de passar pela poterna – contradisse-o Payns, inclinando-se na janela.

No pátio, um viajante apertado num grosso casaco de pele fulva apeou e se dirigiu a um dos guardas que vieram lhe abrir a porta:

– Preciso entregar uma mensagem urgente do bispo de Châlons ao senhor conde.

– Vou buscar o meu patrão.

O estafeta não precisou esperar quase nada. Hugues não demorou, acompanhado de Constance, que havia passado um xale de lã nos ombros e usava uma touca.

Intrigado, Hugues pegou a carta e a abriu rapidamente. Afastando-se do mensageiro, leu em voz alta para a mulher:

– *Meu caro e bem-amado irmão Hugues, pela presente mensagem, entregue por um clérigo em quem tenho toda a confiança, peço que faça o favor de vir ao meu encontro, o mais cedo possível, no meu bispado em Châlons. Preciso, sem demora, fazer uma importante comunicação referente ao papa, que, atualmente, está hospedado em Reims. Eu lhe peço a maior discrição. Como o caso é muito grave, quero que venha sozinho saber o segredo. Depois, você julgará se deve compartilhá-lo. Seu devotado Philippe.*

Hugues voltou imediatamente para casa a fim de se preparar.

– Vou partir agora! Philippe é nosso aliado na Igreja; é um homem sábio que não me chamaria sem razão. Será que o papa o fez saber que o envenenamos?

Payns, que havia se reunido a ele, disse:

– Vou acompanhá-lo. Vamos levar alguns homens conosco por prudência, caso o palácio seja vigiado pelos Guardiães do Sangue. Não vamos correr nenhum risco no caminho.

O conde respondeu, sorrindo:

– Meu fiel e precavido cavaleiro Payns, que toma conta de mim como uma ama-seca! O que poderia me acontecer com um tal companheiro?

– Não brinque, Hugues. Já perdemos muitos dos nossos que eu não soube proteger! Eu me censuro todos os dias... E esse é um fardo bastante pesado!

Maurin saiu do quarto. Desarrumado, com o rosto ainda amassado de sono, desceu a escada e encontrou o pai, que esperava na porta dos aposentos do conde.

– Vamos adiar para amanhã a nossa visita à obra – anunciou Payns.

– Não valeu a pena me tirar de uma cama quentinha! O que aconteceu?

– Hugues e eu temos de ir a Châlons.

– Ah! Está bem, vou subir...

O menino deu meia-volta e subiu a escada cantarolando.

– Preguiçoso! – disparou o pai, rindo.

*
* *

O conde Hugues, Payns, o mensageiro de Philippe e três homens armados se apresentaram no bispado de Châlons pouco depois do meio-dia.

As portas foram abertas e o conde se deu a conhecer a um abade que veio ao seu encontro:

– Sou Hugues, conde de Champagne, feudatário do rei e irmão do bispo; eu vim a pedido dele.

– Ah – respondeu o abade –, eu não sabia que o Monsenhor esperava a sua visita. Ele não informou aos seus secretários. No entanto, seja bem-vindo dentro destes muros.

– Onde posso encontrá-lo?

– Nos seus aposentos, sem dúvida. Ele não saiu de lá desde ontem à noite; temo que esteja estragando os olhos com os antigos pergaminhos embaralhados de latim ou de grego! O seu criado pessoal foi rechaçado hoje de manhã quando bateu na porta. Com certeza, o Monsenhor não comeu nenhum alimento, tão ocupado estava no trabalho.

– Não faz parte dos hábitos dele pular uma refeição – surpreendeu-se Hugues, descendo do cavalo. – O meu irmão, santo homem, ao contrário, peca frequentemente pela gulodice. Vou imediatamente lhe dar uma lição. Espere por mim, Payns; pedirei que suba se Philippe permitir. Vamos saber o que ele tem de tão grave a me comunicar.

– Se demorar demais, eu me convidarei para a mesa desses bons pastores – disse Payns, sorrindo.

– Para ser sincero, se gostar de sopa de couve com pão, queijo azedo e nozes secas...

O mensageiro convidou Hugues a segui-lo.

Payns apeou e desenferrujou as pernas fazendo algumas flexões. O abade, um homem grande, de pele curtida e olhar cintilante, não manifestou a intenção de voltar às suas atividades. Ao contrário, aproveitando a oportunidade que lhe era oferecida de se distrair um pouco, puxou conversa com o cavaleiro:

– É verdade que o nosso bispo nunca deixou de abençoar o desjejum. É um momento que ele aprecia muito, manifestando, todas as vezes, a satisfação de celebrar um novo dia. Depois, ele aproveita para cumprimentar cada um de nós com a efusão que lhe é característica. O trabalho que o prende no gabinete deve exigir muito dele!

Enquanto isso, o mensageiro conduzia Hugues no interior do prédio austero. Os dois homens subiram uma escada de degraus pretos que estalavam sob os seus pés.

Chegando a um estreito saguão, seguiram por um corredor pavimentado com um tijolo fino e hexagonal de cor castanha. Os aposentos do bispo ficavam ao fundo. Sem nem mesmo bater, o que deixou o conde um pouco surpreso, o estafeta abriu a porta e se afastou para deixá-lo passar.

Philippe estava sentado na escrivaninha. Imóvel. Ele não reagiu à chegada do irmão.

Hugues se aproximou.

– Philippe! Por que esta penumbra? Há uma luz tão bonita lá fora...

O mensageiro ficou próximo à porta.

– Philippe...

– Hugues – começou a voz lastimosa do bispo –, é você mesmo? Poderá me perdoar?

– O que tenho a perdoar, meu irmão?

Hugues deu mais alguns passos.

– Eu... Eu escrevi porque sentia muita dor... Ele me ditou... para lhe armar uma cilada!

O conde percebeu que o seu irmão estava com os braços amarrados nas costas. Ele acorreu. Viu o rosto intumescido, o lábio superior aberto, o sangue na testa...

– Você apanhou! Meu pobre irmão, o que aconteceu com você?

Philippe tinha um olhar suplicante e a voz dolorosa:

– Fuja! Ele está aqui! Fuja, Hugues...

Hugues se virou bruscamente para a porta que dava para um segundo aposento. Escuro. Porém, um vulto se destacava no umbral.

– Encontrei essa artimanha para fazer com que viesse até mim, conde. Tinha certeza de que morderia a isca. Bastava falar do papa.

O vulto: capuz, capa ampla e machado na mão direita.

*

* *

O abade não parava de falar, feliz por conversar com o amável cavaleiro, amigo do conde de Champagne, que fora a Jerusalém e se havia inclinado no Túmulo de Jesus Cristo.

– Fizeram boa viagem? Troyes fica a uma boa distância de Châlons.

– O tempo foi clemente e a mensagem levada pelo seu clérigo exigia que nos apressássemos.

– O nosso clérigo? Está falando desse homem que subiu com o conde?

– Sim, é dele que estou falando. Ele chegou ao condado de madrugada e nós pulamos imediatamente na sela.

Em seguida, tomado por uma súbita preocupação, Payns perguntou:

– O quê? O mensageiro não pertence à casa do bispo?

– De jeito nenhum, senhor! Pensei que fizesse parte da sua gente...

Uma angústia gelou o sangue de Payns, que falou para os homens armados:

– Uma emboscada! Venham comigo, os três, rápido! Espada nas mãos, o conde corre perigo de morte!

Eles saíram correndo na direção do prédio grosseiro.

*

* *

Hugues esboçou um passo, tentando recuar na direção da porta que dava para o corredor, mas que estava obstruída pelo mensageiro. O homem do machado estava no gabinete.

– Nenhuma retirada possível, Hugues. Chegou a sua hora, tenho de pegar o anel que usa na mão direita. Como sabe, faço a ceifa para preservar os interesses da Santa Igreja.

– Os meus homens estão lá embaixo...

– Eu sei; mas não terão tempo de salvá-lo. Só preciso de alguns segundos para ceifar...

O matador se aproximou da escrivaninha; o bispo olhou para ele, procurando adivinhar alguns traços do rosto dissimulado pelo capuz. Ele queria saber, mas o terror invadiu a sua fisionomia. Isso porque o homem do machado, como se realizasse um gesto comum, sem importância, levantou a arma, dizendo:

– Primeiro a testemunha!

O machado se abateu sobre a nuca de Philippe. A cabeça, meio separada do tronco, caiu num ângulo incongruente sobre o peito, que, imediatamente, ficou vermelho de sangue.

Hugues gritou. Os olhos do seu irmão, mesmo na morte, mesmo no rosto oblíquo e grotesco, ainda lhe sorriam ternamente por trás do véu de pavor.

O cavaleiro desembainhou a espada. Ele avançou para cima do assassino.

– Monstro! Não precisava matar este inocente.

– Ora, nenhuma alma é totalmente virgem! O seu irmão conhecia o Segredo e você o condenou ao contá-lo para ele.

Hugues foi jogado ao chão por um forte golpe na testa com o cabo do machado. O matador havia batido como um carniceiro, violentamente, sem que o adversário tivesse tempo de suspeitar do ataque.

– O seu anel, conde...

Da porta, o mensageiro gritou:

– Vamos acabar com isto, os homens estão subindo a escada! Eles vão derrubar a porta e...

– Como você é apressado, Robert! Sabe que eu gosto de saborear esses instantes... É preciso ter prazer na sua profissão. Sobretudo quando ela é uma arte sutil...

No chão, prisioneiro do matador que o dominava, Hugues disse:

– Você não passa de um carniceiro vulgar!

A voz de mel, sem nenhuma delicadeza, se fez baixa e lenta:

– Não, conde. Sou o braço da Verdade. A arma de Deus! E injuriar o Seu guerreiro é ofender a Deus.

– Mestre – impacientou-se o mensageiro –, eles estão no corredor!

– Sim, sim...

E com uma voz infantil, ligeiramente irritada, disse:

– Sim, sim... Já que é preciso pressa...

O matador cortou com um golpe seco o punho direito do conde, traçando-lhe uma cruz e o número 4 na testa, com o seu próprio sangue.

– *In hoc signo vinces!*

A porta voou em pedaços. O mensageiro foi empurrado; mesmo assim, tentou defender o mestre.

– Cristo Rei, chegamos tarde demais! – lamentou-se um dos três guardas ao ver o conde desmaiado e banhado em sangue, que não parava de jorrar do horrível ferimento.

O braço, como um animal ferido, era percorrido por movimentos repetitivos, como se fosse independente do corpo inerte.

– Afastem-se! – gritou Payns, mergulhando a lâmina da sua espada na garganta do mensageiro, atravessando-a de um lado ao outro.

Ajoelhando-se ao lado do amigo, ordenou:

– Pelo amor do conde, não deixem o matador escapar!

Os três homens correram para o segundo aposento, enquanto Payns puxava o corpo do ferido até a lareira onde ainda sobreviviam algumas brasas grandes, vestígios do fogo noturno.

Hugues abriu os olhos.

– Preciso fazê-lo sofrer de novo, irmão... – preveniu Payns. – Mas é absolutamente necessário cauterizar a sua ferida, ou você vai perder todo o sangue.

– Já entendi! Acha que isso será suficiente?

O abade entrou nos aposentos do bispo e se deparou com a cena assustadora. O sangue. O sangue no chão, na batina de Philippe. A cabeça dele, presa apenas por frágeis tendões e ligamentos, a face direita apoiada no peito de maneira obscena. O cavaleiro sentado no chão, o conde gemendo apoiado nele...

– Meu Deus – exclamou o abade –, não vai queimar o braço dele, vai?

– É o único meio – retorquiu secamente Pays. – Mergulhar o punho dele nas brasas... Queimar-lhe a carne para parar o sangramento! Você pode desmaiar depois. Agora, corra para buscar socorro!

Um crepitar. Odor repugnante de pele e músculos calcinados pelas brasas. O sangue gotejava e fervia no calor.

O conde não gritou. Havia desmaiado de novo e Payns ficou satisfeito com isso; assim, poderia manter o punho por mais tempo nos restos de brasas reavivadas.

O homem do machado conseguiu fugir. Pulou de uma janela. Depois de cair num pátio pequeno com tanta facilidade quanto um gato, ele montou num dos dois cavalos que os três Guardiães do Sangue, que estavam esperando, haviam preparado para ele e para Robert le Roué.

Quando o grupo ia sair, um dos Guardiães do Sangue ficou preocupado:

– Não vamos esperar Le Roué, mestre?

– O sacrifício dele permitiu que eu escapasse. Vejam, tenho a mão direita do conde. Agora só restam dois nomes a serem riscados da nossa lista: Payns e a viúva de Brienne.

– Ah, Payns...

– E o que tem *Payns*?

– Um mago e feiticeiro!

– Vocês não passam de burros supersticiosos, bons para engolir histórias para crianças – disse o matador, esporeando o cavalo. – Payns cairá como os seus quatro "irmãos" e terei cumprido o meu contrato. *Dominus vobiscum*.

– *Et cum spiritu tuo* – responderam em coro os três Guardiães do Sangue.

Depois de uma curta cavalgada, a tropa teve de se separar.

– Vamos nos encontrar hoje à noite no lugar habitual – ordenou o homem do machado. – Formaremos a Loja para ouvir o nosso espião. Creio que o papa está me escondendo algumas coisas.

– Talvez o cheiro de sangue indisponha o Santo Padre! – opinou um dos três Guardiães.

– A não ser que ele esteja impaciente – arriscou um segundo. – Com certeza, imaginava que recuperaríamos os cinco anéis mais rapidamente.

– A nossa missão terminará em breve, e ele poderá voltar para o seu confortável palácio com o espírito tranquilo. Assim a História será escrita! Os peregrinos irão, aos milhares, recolher-se no Túmulo do crucificado em Jerusalém. Pelos séculos vindouros, respeitarão essa crença. *Amen!*

– *Amen* – disseram os três Guardiães.

3.

Mestre Guillemet

Payns limpou a testa do conde, fazendo desaparecer a cruz e o número que a marcavam.

– O criminoso escapou, senhor Payns! Três homens o esperavam embaixo do muro. Eles fugiram a toda velocidade e acho inútil persegui-los; nós não os pegaremos.

– Ajude-me a levar Hugues para o quarto de Philippe; mandei o abade buscar um médico.

O ferido voltou a si. Lívido, ele deu uma olhada no braço mutilado, cuja extremidade escurecida estava inchada. Em seguida, lançou um olhar aflito para o corpo do irmão, ainda sentado na escrivaninha, quase decapitado.

– Ele seccionou o pescoço de Philippe rindo, Payns. Ele ria! Você ouviu? Ele ria!

– Eu lhe asseguro que o farei engolir o riso. Vou matar essa víbora em memória de todos aqueles que ele massacrou.

Enquanto o deitavam na cama do bispo, Hugues continuou:

– Mas os dias estão passando e ele não para de matar. Estamos perdendo a nossa luta... Você havia dito que o papa mandaria nos chamar... que ele imploraria...

– Paciência. A doença que transmitimos para ele não pode ser curada sem a nossa ajuda. Somos os únicos a possuir o antídoto.

Com gestos marcados por brandura e amor, Payns levantou delicadamente a nuca do amigo, para deslizar um travesseiro embaixo da sua cabeça, e se sentou na beirada da cama.

– Dê a ordem para me levarem de volta – pediu o conde. – Pegaremos uma carroça... E, depois, os mestres Ferrer e Schelomet poderão usar em mim a sua ciência.

– Farei o que me pede. Partiremos assim que o médico fizer um emplastro em você. Mas pare de falar. Descanse. Guarde as suas forças para a viagem.

– Eu gostaria tanto de viver mais, meu amigo... Para Constance e meus filhos. Sou tão jovem!

– Você vai viver, Hugues. Consegui estancar a hemorragia a tempo, evitando que perdesse todo o sangue.

Um homem idoso e de estatura baixa entrou no quarto.

– Sou mestre Guillemet, meus senhores – anunciou ele, abrindo uma grande sacola. – Vim o mais rápido possível quando me disseram que se tratava de um membro cortado e carbonizado.

Os abades invadiram o gabinete do bispo soltando altos gritos. Do quarto, se podia ouvir que se agitavam em torno do cadáver. Alguns começaram a rezar. Outros choravam, fungando como crianças assustadas.

Mestre Guillemet examinou o braço seccionado do conde.

– É, estou vendo – observou ele –, administraram-lhe um remédio forte!

– Eu fui o autor – disse Payns.

– Não o censuro. Muito pelo contrário! Sem sombra de dúvida o senhor lhe salvou a vida. Na verdade, não posso dispensar outros cuidados além de aliviar a dor e aplicar um unguento para regenerar a carne e impedir a infecção.

O médico vasculhou a sacola; retirou potes, vidros de boca larga, panos e saquinhos de pó.

– Esquentem uma tina de água – ordenou ele – e tragam vinagre para que eu desinfete a ferida.

Ele se inclinou para ficar mais perto das grandes flictenas, parecendo farejá-las como um cachorro velho e as examinando demoradamente com os olhos para avaliá-las. Erguendo-se, ele constatou:

– Não é preciso laquear as artérias. Elas foram duramente queimadas e não precisam de nenhuma outra intervenção. Quanto aos ossos, eles foram quebrados com um só golpe. Um rude golpe... Vamos, a água quente!

Ele se virou, impaciente.

– Está indo – responderam do gabinete do bispo. – Foi preciso acender o fogo, mestre!

– E o vinagre?

– Aqui está – tranquilizou-o um abade entregando um frasco marrom.

Embora reputado pela qualidade dos cuidados que dispensava havia mais de quarenta anos ao seu próximo, mestre Guillemet não era apreciado pela sua amabilidade, virtude que ele desconhecia e que considerava uma perda de tempo.

Mantinha com os seus condiscípulos relações frias e austeras, e quase sempre repelia todas as efusões de gratidão quando salvava uma vida ou simplesmente curava uma angina comum.

Contudo, os muitos anos passados a exercer o seu ministério lhe permitiram adquirir uma prática magistral, e ele ensinava a sua arte com um profundo desdém e uma orgulhosa altivez a estudantes admirados.

Desinfetando a ferida horrivelmente intumescida com gestos quase femininos, ele murmurou por entre a barba:

– Evidentemente, não tenho nada com isso... O que aconteceu aqui não é da minha conta. No entanto, por mais que a minha vista tenha diminuído com a idade, não pude deixar de ver que o Monsenhor bispo teve o pescoço cortado! E que, para ele, a minha ciência não será de nenhuma ajuda... Que época assustadora, em que santos homens são trucidados nos seus próprios aposentos e, como se não bastasse, punhos são mutilados! Jamais gostei muito dos meus semelhantes, que geralmente são medíocres filhotes de porco andando nas patas posteriores, o que lhes confere, eles imaginam, a razão e a religião! Mas tenho de admitir que o meu julgamento está ficando mais duro no entardecer da minha vida... Essa água, afinal, está ou não está quente?

A última frase foi pronunciada num tom agudo, exasperado.

Um dos homens de armas voltou, finalmente, com uma tina fumegante.

– Ponha aqui, seu desastrado!

Payns ficou observando o velho agir, admirando a sua habilidade precisa e atenciosa. Quando ele limpava o antebraço do paciente, surpreendia pela delicadeza do seu tato, aplicando com grande precaução os tecidos molhados sobre a pele, esfregando-a sem pressa, ou melhor, acariciando-a, para retirar as crostas de sangue, enquanto continuava com as suas litanias num tom de raiva malcontida:

– Um triste mundo e uma época sórdida, por certo! E dizer que gastei a minha bela juventude enchendo a cabeça, até doer, com esse maldito *trivium*...* Gramática ao levantar, tanto no inverno quanto no verão, até me empanturrar! Retórica ao meio-dia à guisa de refeição, todos os dias que Deus fez! Astronomia ao entardecer, com o nariz se resfriando nas estrelas e nos seus cursos infinitos! E dizer que o meu pai, que ele repouse na paz do paraíso, queria que eu fosse mais sábio do que ele! A medicina? É claro, mas não antes de haver aprendido a dominar completamente as artes liberais! Antes de tudo, dormir na companhia dos caros e doutos Euclides, Ptolomeu, Aristóteles, Cícero e Pitágoras e beber, como eles, na fonte da sabedoria! E para quê? Qual o resultado? Hipócrates só me apadrinhou para remendar homens que estropiam e retalham outros homens!

---

* Na Idade Média, o *trivium* era a primeira parte do ensino universitário, formada por três disciplinas e que, posteriormente, com o *quadrivium*, constituía as artes liberais. (N. T.)

Ele jogou os panos avermelhados na tina e começou a preparar uma pasta num almofariz com óleo e um pó amarelo.

A respiração do conde havia acalmado. Payns continuou perto dele e pôs a mão na sua testa. Por um segundo, percebendo esse gesto de amizade, o velho médico esboçou um sorriso. Só por um segundo.

Quando pareceu satisfeito com a textura da pasta, o médico ungiu a ferida do paciente, usando uma espátula.

– Eu vou lhe dar este linimento, senhor – disse ele a Payns –, assim poderá repetir diariamente, pela manhã, o que me viu fazer. Pois acredito que um laço fiel o une a este ferido...

– É verdade, mestre Guillemet. Observei atentamente e notei que nutriu a carne abundantemente com essa gordura, indo até as partes sadias.

– É muito observador. Pratica um pouco a medicina?

– A minha arte não é nada ao lado da sua – gracejou o cavaleiro. – Os meus amigos me usam mais como um curandeiro. Sei pôr os ossos no lugar, costurar uma ferida, tratar de algumas dores... Um aprendizado empírico que veio dos meus antepassados... e de uma irmã em especial.

A voz do mestre Guillemet mudou de maneira imperceptível. Deixando de lado as entonações agudas e amargas, ele disse:

– Não se deve fazer pouco caso da ciência dos nossos ancestrais. Em geral, ela foi cunhada no bom senso e é comumente aceito que tenha resultado de observações acuradas do mundo. Veja esta pomada, por exemplo, a mesma com que untei tão generosamente o braço do seu amigo; pois bem, na sua confecção entra um pouco de magia!

Esquecendo a dor, Hugues disse, surpreso:

– Magia? O que quer dizer com isso?

Mestre Guillemet explicou:

– As queimaduras sempre foram as enfermidades mais difíceis de tratar; as dores, as mais difíceis de acalmar! Pele, músculos e tendões supuram. A carne apodrece. Os ossos gangrenam... A cicatrização é laboriosa e é comum se formarem escaras que ocasionam um sofrimento abrasador. O fogo é o pior inimigo do corpo, pois nos vem do inferno. Ele morde e deixa o seu veneno na chaga em carne viva. Uma poeira, uma gota de água suja e a ferida infecciona! Os senhores não têm ideia de quantas horas passei estudando um meio de remediar essa calamidade... Em vão! Interroguei vários confrades ilustres e me debrucei sobre tratados que eram autoridade no assunto. Fossem eles em latim ou em grego, só encontrei remédios medíocres: soluções de óleo e de água de cal, banhos quentes...

– Mas, e a magia? – impacientou-se o conde.

– Vou chegar lá, meu senhor... Uma mulher bem velha, cujo sobrenome era Pervenche, mandou me chamar um dia para que eu fosse até a sua cabana, onde estava morrendo entre um filho retardado e uma filha que se devotava a ela de corpo e alma. A senhora Pervenche tinha reputação de curandeira na região e confesso que já tinha ouvido falar dela sem prestar muita atenção. As suas receitas caseiras não faziam efeito sobre a doença que a corroía e que a vencia, por isso ela queria que eu a ajudasse a ter uma morte suave. Tendo diagnosticado uma forte e terrível infecção do intestino (as fezes estavam vermelhas de sangue), eu lhe fazia cataplasmas para serem absorvidos pela pele e tisanas analgésicas. Ia vê-la todas as noites para lhe prodigalizar os meus cuidados; a velha não sofria mais e se ia lentamente, com um sorriso nos lábios. Na véspera da sua morte, sem dúvida percebendo que a sua hora estava próxima, ela me interrogou sobre o meu apostolado e perguntou que doença resistia aos meus tratamentos. Fiquei espantado com a pergunta, mesmo assim respondi: falei com ela sobre as queimaduras, que eu não conseguia aliviar. Então, ela me disse: "Quer dizer que não conhece a pasta amarela?" Ela me apontou uma prateleira coberta de saquinhos e de potes. "Pegue aquele pó! O saco marcado com uma mandrágora", ordenou-me ela. Fui até a prateleira e peguei o saco no qual figurava uma grosseira representação de mandrágora. Levei-o até a sua cama. Ela o abriu e me fez cheirar o conteúdo. "Sabe o que é isto?" Como respondi com uma negativa, ela continuou, rindo: "Pois bem, nem eu! Eu a confecciono desde que era criança, de acordo com a receita da minha mãe, que fazia como a mãe dela lhe havia ensinado. Eu conto as medidas exatas das ervas escolhidas com todo o cuidado, as quais trituro e misturo, associando um número exato de alguns insetos esmagados... Em seguida, depois de o pó secar por uma semana, no verão, de dia em pleno sol, à noite sob uma lua cheia bem redonda, ele está pronto para ser usado. Para que ele aja, basta molhá-lo com aquele óleo... Ali, na outra prateleira..." Ela me fez buscar o frasco de óleo e recomeçou uma cantilena semelhante. Em seguida, ela me disse: "Quer que eu lhe diga a natureza dos ingredientes que entram na composição da pasta amarela, mestre Guillemet?" Eu estava um pouco cansado do seu falatório, que estertores às vezes tornavam inaudível. Aborrecido, eu lhe pedi: "Ao menos, preciso saber para que serve a famosa panaceia!" Ainda me lembro da risadinha que ela deu ao me responder: "Ah, é verdade, eu não lhe disse... Achei que houvesse compreendido. Esta pasta cura as queimaduras, mestre Guillemet!"

Rasgando um pedaço de pano para fazer um curativo, o médico acrescentou:

– Faz mais de vinte anos que preparo este pó e este óleo, meus senhores. Para isso, uso a receita que a senhora Pervenche me confiou, sem mudar um grão! Faço o pó secar por uma semana, no verão, na época da lua cheia... Não existe aí um pouco de magia?

Hugues conseguiu sorrir para dizer:

– Assim que me sentir mais animado, vou rezar para o descanso da alma da senhora Pervenche!

– Faz bem – reforçou o médico –, ela merece muito. Verá que o seu braço não o fará mais sofrer dentro de dois ou três dias e que a queimadura vai secar sem infeccionar.

– Mestre Guillemet! – interpelou-o Payns.

– O quê?

– O senhor é um homem bom.

– E eu lamento muito. Gostaria muito mais de detestar o próximo como ele merece, na sua notável estupidez e desejo incurável de fazer o mal em tudo o que é lugar em que põe a pata! Veja, nesta cidade havia um personagem de valor e de grande bondade... Os bárbaros o mataram lhe cortando a cabeça!

– O bispo Philippe... – articulou Hugues com um soluço.

– É verdade – anunciou o velho. – Ele mesmo! Um santo que não ficava citando as Escrituras em todas as ocasiões e que falava uma língua que o pior dos burros podia compreender.

– Ele era o meu irmão... – proferiu Hugues, num sopro.

– Meu Deus! – exclamou o médico. – Nesse caso, o senhor é o conde... O nosso conde!

Começando a tremer de repente, levantando-se da beirada da cama onde estava sentado, ele gaguejou:

– E eu o encharquei com os meus discursos de velho senil!

Em seguida, virando-se para Payns, ele disse:

– Pegue o material para escrever, meu senhor! Anote com precisão a receita da senhora Pervenche...

4.

A intuição do abade Denis

Com o rosto atravessado por tiques e a testa brilhando de suor, dom Mestrany recebeu o abade Denis, aflito, e o puxou bruscamente pela manga.

– Ah, Denis! Nós o esperávamos com impaciência. Venha... Depressa!

– Sim, senhor, nunca o vi num estado desses! Dá para pensar que é o doente, Monsenhor!

– Não brinque com isso. Podemos saber se a infecção do Santo Padre é contagiosa?

– Já repeti cem vezes; não precisa se preocupar quanto a isso. A propósito, como está o papa hoje de manhã?

Puxando, literalmente, o pequeno abade para os aposentos do pontífice, dom Mestrany respondeu:

– Mal. Teve febre alta a noite toda, por isso eu estava ansioso pela sua chegada.

– Ele deveria estar melhor com o meu tratamento!

No quarto do papa, reinava um movimento pouco habitual. Dois clérigos preparavam unguentos e cataplasmas numa mesa em frente à janela, pela qual entrava uma luz radiante. Com uma pena de ganso, um abade tentava diminuir a ardência do doente com carícias imperceptíveis.

Sentado na beirada da cama, o papa estava com o torso nu e a sua barriga gorda encostava nas coxas. Ele gemia, lamentava-se e choramingava, sem medo de parecer ridículo. A dor e o esgotamento lhe haviam tirado grande parte da dignidade. Ele não passava de uma coisa infeliz, amedrontada, que sofria um martírio.

Virando-se para o abade Denis, ele o injuriou, reclamando:

– Estou queimando! Continuo a me consumir interiormente, mestre Denis! Veja em que estado me encontro, apesar dos remédios que me receitou! Nada faz efeito! As pomadas com que me untam, as decocções que me forçam a engolir... Inúteis, tanto umas quanto as outras!

– No entanto, Santo Padre – justificou-se Denis, aproximando-se do paciente –, pode ter a certeza de que ponho todo o meu saber nessas prescrições.

– Esses feiticeiros... Payns e o conde Hugues envenenaram o meu sangue; a cada dia, o mal avança um pouco mais. Veja por você mesmo, apareceram bolhas no meu peito e no meu pescoço; preciso me controlar para não arrancar a pele!

Denis tirou uma lupa do seu bornal e começou a fazer um exame minucioso dos furúnculos purulentos, que lhe arrancaram uma careta de contrariedade.

– Não compreendo – admitiu ele –, os emplastros de *Alliara** e de *Asteraceae*** deveriam acalmar a sua dor. Quanto à *Echinacea purpurea**** que lhe administro de manhã e à noite, ela lhe deveria ter purgado as veias. Eu me pergunto se a *Uncaria tomentosa* **** não seria mais apropriada para essa infecção que...

---

* *Alliara petiolata* – Planta da família da mostarda, considerada uma erva medicinal. (N. T.)

** Família botânica com o maior número de espécies. Algumas delas com propriedades curativas. (N. T.)

*** Equinácea – família de plantas às quais são atribuídas propriedades imunoestimulantes. (N. T.)

**** Popularmente conhecida como Unha-de-gato, essa planta possui muitas propriedades medicinais. (N. T.)

– Pelo amor dos céus, Denis, pare de tagarelar e cure-me!

– Sim, sim, Santo Padre... É o que estou fazendo. No entanto, esta doença é bem misteriosa. Nunca vi nada igual. Não é uma infecção de pele habitual, Santo Padre. Errr... Se eu conhecesse a natureza do veneno que o infectou, sem dúvida poderia executar o meu trabalho com mais discernimento.

O tom do abade pareceu irônico e dom Mestrany o censurou secamente:

– Nós lhe explicamos como o nosso sumo pontífice foi contaminado por esses malditos champanheses!

– É verdade, Monsenhor, sei disso. No entanto, com qual veneno cometeram o crime? Porque esta é uma doença muito estranha!

O papa suspirou.

– Eu deveria me decidir a implorar a Payns e ao conde de Champagne que me entreguem um antídoto, dom Mestrany?

– A que preço? – perguntou o eclesiástico.

O abade sorriu.

– O senhor me deu a honra de pedir, recentemente, que eu comentasse três desenhos, Santo Padre... Só um alquimista poderia ter traçado aquelas figuras.

– Aonde quer chegar? – perguntou com brutalidade o pontífice.

– Circularam muitos rumores depois que o conde de Champagne voltou de Jerusalém. Três dos quatro cavaleiros que o acompanharam foram vítimas de crimes terríveis...

– Continue – disparou o papa.

– O assassino os teria mutilado, cortando-lhes a mão direita com um golpe de machado. As línguas estão alvoroçadas e dizem que o matador roubou um segredo trazido da Terra Santa. Um segredo ligado à Grande Obra...

– Mexericos, claro! – disse o Santo Padre, varrendo o ar com as costas das mãos.

– Zombarias e maldades, sem dúvida! – continuou o abade. – Isso não pode ter ligação com os desenhos que me convidou a decifrar nem com o seu envenenamento, Santo Padre. É claro!

– Ao menos, é assim que devemos entendê-los, Denis.

– Naturalmente, pois é a verdade... Seria mesmo maldoso não admiti-lo ao ouvir da sua própria boca.

Depois de desinfetar as feridas e admoestar os clérigos pela falta de habilidade na confecção de uma bandagem conveniente, o abade Denis saiu com dom Mestrany para conversar com ele em particular. Os dois homens deram alguns passos no corredor.

– Confesso que a saúde do papa me deixa muito contrariado, Monsenhor.

– De qualquer forma, tem de encontrar um meio de curá-lo. E o mais rapidamente possível, para que possamos retornar ao seu palácio. O Santo Padre não pode se dar o direito de deixar a cadeira vaga por muito tempo.

– Se entendi bem, os dois últimos sobreviventes da expedição à Terra Santa são o cavaleiro Payns e o conde Hugues. E foram eles que envenenaram Sua Santidade... Qual a razão?

– Baixa política que não é da sua conta – disse categoricamente dom Mestrany, embaraçado. – Limite-se a obedecer cegamente às nossas vontades.

– Mesmo assim – teimou o abade –, o caso é importante! O conde de Champagne cometeu um atentado contra a vida do sumo pontífice; esse ato exige que se faça uma queixa ao rei e que um processo seja aberto, sem demora... A não ser que...

– Sim?

– Três crimes, três desenhos herméticos... não é uma curiosa coincidência, dom Mestrany? O rei deve ser mantido afastado?

– Aprenda a obedecer aos seus superiores sem fazer perguntas! – retorquiu o eclesiástico, exasperado.

– Desculpe-me; eu estava pensando em voz alta. É um defeito que não consigo corrigir.

– Você é esperto como uma raposa, abade. Não esqueça que se comprometeu a não revelar nada do que viu entre estas paredes.

– Fique sossegado quanto ao meu silêncio. Vou refletir de novo sobre o mal que afeta o Santo Padre e voltarei amanhã à mesma hora. Se a febre piorar nesse meio-tempo, mande me chamar.

– Não deixarei de fazê-lo.

O abade Denis se despediu de dom Mestrany com uma rápida inclinação do torso e se virou, com o bornal a tiracolo.

O bispo, que os vigiava havia alguns minutos pelo vão de uma porta, aproveitou o momento para interpelar dom Mestrany:

– Justamente, eu o procurava. Faço questão de cumprimentar Sua Santidade. Eu me preocupo muito com ele e não paro de rezar para o seu pronto restabelecimento!

– Que Deus o ouça. Nós lhe somos gratos pela sua calorosa hospitalidade e tememos ter de abusar um pouco mais.

– Fiquem em Champagne quanto quiserem. O tempo necessário para o papa sarar e resolver os seus negócios.

– A que negócios está se referindo?

– Oh, nenhum... Estava pensando no conde Hugues e no seu piedoso primo Hugues de Payns, que vieram outro dia visitar o sumo pontífice! Justo antes de ele ser atingido por essa súbita doença. Imagino que uma negociação discreta tenha sido feita entre eles.

Dom Mestrany deu meia-volta. O bispo o seguiu para perguntar de novo:

– Posso ver o papa e lhe apresentar os meus cumprimentos?

– Mais tarde, Monsenhor. Mais tarde. Ele quer repousar.

– Vai compartilhar da minha ceia?

– Mandarei lhe dizer.

O bispo desistiu. Ficou observando o vulto imponente do seu hóspede se afastar, meneando a cabeça e dizendo a si mesmo que, decididamente, detestava aquele homem e os seus mistérios. Assim como execrava esse papa de maneiras afetadas e que, no entanto, comportava-se como o mais vulgar dos camponeses.

*
* *

O abade Denis apreciava os longos passeios em Reims. Do palácio episcopal, precisava andar muito para voltar à sua modesta cúria. Atravessar a praça da Catedral atravancada de mercadores e curandeiros, seguir pelas ruas estreitas e sombrias com lojas minúsculas, albergues duvidosos, acompanhar o rio e ver as chatas passarem carregadas de fardos, se demorar perto dos pescadores pacientes que depois venderiam os peixes para as tabernas, ouvir os gritos das crianças que se banhavam apesar da água fria... Chegar, finalmente, à sua igreja torta, por ter sido malconstruída, com o seu cemitério de túmulos cobertos de limo, a sua cúria com um galinheiro e um chiqueiro. E o seu laboratório de boticário, modesto edifício que um espesso telhado de sapê parecia esmagar.

Muco, o seu cão gordo e um pouco cego, lhe fazia festa todas as vezes que passava pelo portão de madeira. O cachorro saía correndo, quase caía, e latia com a boca cheia de baba virada para cima, a ponto de se sufocar.

– Tudo bem, estúpido e afetuoso animal!

Muco nunca compreendeu a linguagem dos homens, embora tenha feito louváveis esforços para entender o sentido de algumas palavras. Ele latia de felicidade por encontrar o dono, como se o houvesse perdido há anos, e se enroscava nos seus tornozelos.

– Como você é idiota!

Tudo o que saía da boca daquele homenzinho de túnica era brandura e gentileza. Por isso, Muco latia cada vez mais.

Uma folha de uma das janelas do laboratório foi aberta. A cabeça redonda e tonsurada de um jovem abade apareceu.

– Ah, você está de volta, Denis.

– Achei que não o encontraria mais trabalhando, Mathieu. Você não tinha de visitar o casal Champloit e rezar junto com eles? O bebê pode morrer de uma hora para a outra.

– Irei mais tarde. Estava com pressa de acabar essa decocção à base de *Aconitum carmichaeli*. E o papa, diga-me... Qual a aparência dele hoje?

Denis entrou no laboratório repleto de potes e jarros etiquetados, de livros de magia e de rolos amontoados nas prateleiras abauladas, de caixas, de cestos cheios de ervas secas, de saquinhos lacrados, almofarizes, pilões, cutelos...

Ali reinava um calor sufocante e úmido; dois caldeirões cantavam nos fogões. Num deles, o jovem Mathieu recomeçou a mexer um líquido avermelhado com uma longa colher de pau. Gestos aplicados, ritmados.

– Então, e o papa? – impacientou-se ele.

– Passo por um doutor medíocre aos olhos dele; o velho urso é só bolhas, abscessos e pústulas em todo o lado direito. No entanto, a mente continua alerta e ele soube se esquivar habilmente das perguntas que lhe fiz sobre os envenenadores. Em todas as minhas visitas, brincamos de gato e rato, e ele se aproveita da sua augusta função para assumir a pele de gato grande, obrigando-me a enfiar o rabo entre as pernas! Eu sou maltratado abertamente, pode ter certeza...

Sem parar de mexer a preparação, Mathieu propôs:

– Talvez eu possa acompanhá-lo. Dois ratos são melhores do que um.

– Ele vai nos morder a ambos. Esse homem é um ogro. Muito debilitado atualmente, mas, mesmo assim, um ogro!

Enquanto falava, Denis começou a vasculhar um monte de anotações jogadas de qualquer jeito numa mesa, entre livros e grimórios.

– Ah, aqui está! – exclamou ele, extraindo de uma grossa pasta um pedaço de pergaminho no qual havia copiado de memória as figuras que o papa lhe pedira para estudar.

Ele foi até Mathieu e lhe agitou a folha debaixo do nariz, dizendo:

– Que eu seja amaldiçoado se não estou certo! Com certeza, o conde Hugues e os seus cavaleiros trouxeram estes símbolos de Jerusalém e posso garantir que não estão completos.

– Como pode afirmar?

Denis pareceu decepcionado.

– Não compreende? Esses três sinais fazem parte de uma equação alquímica que a Tradição hermética menciona como sendo a própria base do grande magistério!

– A transmutação?

Desta vez, o jovem preparador parou de misturar a sua decocção.

– A transmutação da sombra em luz – articulou Denis –, da areia em ouro, do morto em vivo! A fórmula do Elixir espagírico.

– Não, é impossível, Denis! Impossível!... Só um homem se levantou da morte e saiu do túmulo... Jesus! *Dixit ei Jesus: Ego sum resurrectio et vita.*[20]

– E se Jesus não fosse mais do que um simples mortal? – sugeriu Denis. – Se ele houvesse sido realmente instruído pelos egípcios, como dizem certas lendas? Se ele fosse o primeiro e o único a possuir os arcanos de um poder ancestral? O que o papa me pede para traduzir, com certeza, é isto: o segredo de Jesus! O antigo mistério da ressurreição...

Horrorizado, Mathieu deu um pulo para trás, soltando a colher, que mergulhou na solução fervente.

– Sacrilégio! Creio no Cristo filho de Deus! Creio que foi por Deus que Jesus foi além da morte. *Ex Deo nascimur, in Jesu morimur, per Spiritum sanctum reviviscimus!*[21]

Depois, retirando a capa de um cabide, Mathieu saiu do laboratório, exclamando:

– Não, não quero ouvir mais! Vou para a casa do casal Champloit rezar pela saúde daquela criança!

A porta bateu atrás dele.

---

[20] Disse Jesus: Eu sou a ressurreição e a vida.

[21] De Deus nós nascemos, em Jesus nós morremos, pelo Espírito Santo revivemos!

5.

O retorno do conde

O comboio que levava o conde Hugues de volta para casa demorou o resto do dia para chegar a Troyes, rodando lentamente, evitando todas as relheiras, por menores que fossem.

Constance e Hélène saíram do palácio quando o veículo parou no pátio.

A esposa do conde correu para Payns, que apeou, o rosto sério, as faces cavadas de cansaço.

– Payns, não estou vendo Hugues. Ele ficou em Châlons? E o que transportam nesta carroça?

– Seja corajosa, dona Constance...

A mulher levou as mãos à boca para abafar um grito. Ela havia compreendido. Hélène se aproximou e lhe enlaçou a cintura para apoiá-la.

– Meu Deus, Hugues teve a sorte dos seus cavaleiros, não é?

– Ele está vivo. Ele viverá... Porém, o matador do papa lhe cortou a mão direita.

– Quero vê-lo!

Os homens de armas já desciam o conde numa padiola. Constance, sustentada pelos braços de Hélène, aproximou-se do ferido inconsciente.

– Um médico lhe prestou cuidados de muito boa qualidade – explicou Payns enquanto a padiola era levada para o palácio. – Ele adormeceu sob os efeitos de um forte narcótico. Sugiro que o instale no andar térreo, onde os mestres Ferrer e Schelomet possam examiná-lo.

– Não seria mais conveniente levá-lo para o quarto? – propôs Hélène.

– Teríamos de subir a escada. Não, vamos preparar uma sala embaixo.

Os empregados logo foram postos a par do acontecido, as ordens foram dadas; toda a casa do conde estava agitada.

– Felizmente, os nossos filhos estão na casa de um dos nossos tios – disse Constance.

– De fato, ainda bem – afirmou Payns. – Quando voltarem, encontrarão o pai de pé. Você verá, Hugues vai se recuperar depressa. Como eu lhe disse, ele foi muito bem-cuidado em Châlons. A hemorragia foi estancada a tempo.

– Você não mencionou o bispo – notou Constance.

Mestres Ferrer e Schelomet, que haviam acabado de entrar na sala onde deitaram o conde, ouviram. Ferrer encadeou:

– É, Payns... O que foi feito de Philippe? O que aconteceu?

– Caímos numa cilada dos Guardiães do Sangue. Explicarei mais tarde.

– Mas, e o bispo? – insistiu Constance.

Payns suspirou. Preferia poder poupar as mulheres, evitar a referência à matança.

– Philippe foi assassinado sob os olhos do irmão... A mensagem que ele mandou hoje de manhã lhe havia sido ditada pelo matador do machado, que o mantinha prisioneiro nos seus próprios aposentos.

Hélène, que continuava a segurar Constance, impediu que ela caísse. A mulher desmaiou nos seus braços.

– Levem-na para o quarto! – ordenou Payns a dois empregados. – E você, Hélène, fique ao lado dela.

– Molhe a testa dela com um pano embebido em água fria – recomendou Schelomet. – E abra a blusa para liberar o peito e ajudá-la a respirar.

Em seguida, Payns ordenou aos empregados que haviam ficado na sala que se retirassem.

– E eu? – perguntou Maurin, que passara a cabeça pela porta entreaberta.

– Entre – disse Payns. – Você faz parte da nossa Loja, portanto, pode ficar. Feche bem a porta.

Schelomet começou a desmanchar a atadura do conde enquanto Payns lhe fazia um breve resumo da intervenção do mestre Guillemet, comentando sobre a pasta amarela.

– Como é possível que o matador não tenha acabado com Hugues? – surpreendeu-se Ferrer.

– Ele não teve tempo. Eu apareci na sala quando ele havia acabado de seccionar a mão do nosso irmão. Restavam algumas brasas na lareira, então mergulhei ali o braço de Hugues.

– Fez bem em lhe queimar o punho – felicitou-o Schelomet, com o nariz enfiado na ferida. – Foi isso que lhe salvou a vida. O sangue coagulou na artéria radial. E estou constatando que os cuidados prestados já firmaram as carnes. Esse mestre Guillemet é, sem dúvida, um médico excelente.

– Como estão os ossos? – preocupou-se Ferrer.

– Nenhuma esquírola – registrou Schelomet, depois de um longo tempo de observação. – Esse sujeito sádico sabe afiar a lâmina!

– Prometi a Constance que ele viveria – disse Payns. – Tranquilize-me, Schelomet.

Este respondeu, num murmúrio:

– *Medicus curat, natura sanat.*[22]

Schelomet refez o curativo, claramente satisfeito com o trabalho realizado no braço do amigo.

---

[22] O médico trata, a natureza cura.

No seu sono, com o rosto tranquilo apesar de muito pálido, Hugues respirava calmamente, o peito se erguendo com regularidade.

Maurin e os três homens ficaram olhando para ele por um longo tempo, em silêncio, depois Ferrer disse:

– Os Guardiães do Sangue deram prova de uma incrível audácia ao se infiltrarem na casa do bispo. Correram um enorme risco!

– Certamente – concordou Payns –, e isso mostra a obstinação deles. Nunca nos deixarão escapar. Só falta recuperar o meu anel e farão de tudo para obtê-lo. Acredito até que não se contentarão com esse último trabalho. Eles vão querer assassinar todos os que compartilham o Segredo. O homem do machado não vai abandonar o trabalho de açougueiro enquanto não estivermos todos mortos.

– Será que ele desconfia que Maurin e você sejam descendentes de Jesus?

– Não sei – reconheceu Payns –, mas a nossa Loja não deve se extinguir. O Túmulo sempre precisará de vigias... De sentinelas que protejam eternamente o corpo do Cristo. Até o dia da sua ressurreição, se assim deve ser!

6.

A Loja

Uma noite escura e límpida em que raras estrelas brilhavam. Algumas janelas continuavam iluminadas no palácio episcopal de Reims. As luzes filtravam através das pequenas aberturas das grossas venezianas de madeira.

O vulto passou sem dificuldade pelo muro do lado norte e caiu no pátio dos fundos, pavimentado. Descansou por um instante, aguçando os ouvidos em busca de algum ruído, por menor que fosse; depois, tranquilizado, lançou-se na direção de um pátio interno que sabia ter de atravessar para chegar ao prédio onde o papa estava hospedado.

Este cochilava, sentado na cama, com as costas apoiadas por almofadas e uma peliça passada por sobre os ombros nus. A doença o impedia de usar roupas, que lhe irritavam a pele inchada, e o abade Denis o aconselhara a deixá-la respirar à noite.

O quarto estava cheio de um odor acre, mistura de suor e de remédios. A luz de uma vela flutuava na penumbra e uma chama medíocre mordiscava uma lenha úmida que exalava a sua fumaça assobiando.

Um barulho na janela. Uma veneziana rangeu... O papa, com as pálpebras pesadas e os lábios úmidos de baba, acordou.

– Maldito tratamento que me deixa a mente enevoada e faz com que eu durma feito um velho!

Ele precisou se acostumar com a escuridão para perceber que a janela havia sido aberta e que um vulto aparecera no parapeito.

O seu coração deu um salto, provocado pelo medo.

O homem do machado se destacou na escuridão como vindo de uma goma negra.

– Dá para acreditar que você se transforma num gato à noite para se prender assim nas paredes! – exclamou o Santo Padre encolerizado, puxando a peliça por cima do braço direito e do peito, para dissimular as feridas. – Decidiu me matar de susto ao surgir assim?

– Preferia que um vigário ou um diácono cruzassem comigo e me perguntassem o que estou escondendo nesta sacola? – ironizou a voz suave e feminina. – Eu seria obrigado a responder: "Na verdade, não é nada além da mão direita do conde Hugues!"

Os ombros do papa se arquearam.

– Ah, o conde! Então também o matou, é claro!

O matador se aproximou da cama.

– Não tenho muita certeza de que o possa dar como morto. Fui surpreendido pelo cavaleiro Payns quando havia acabado de cortar a mão do conde, depois de eliminar o bispo.

O pontífice perdeu as forças, deslizou sobre as almofadas, procurou um apoio, tremendo.

– O que disse? Você falou do bispo? Não está querendo dizer que...! De que bispo se trata, seu miserável? O que ousou fazer?

– Armei uma cilada para Hugues – prosseguiu o matador num tom de voz anódino. – O irmão Philippe foi a isca, compreendeu?

– Você é um demente e um fanático! E quis o destino que eu fosse condenado a compartilhar da sua loucura até o fim da carnificina!

O matador pôs a sacola em cima do lençol.

– Chamo isso de uma aliança racional. Tanto a Igreja quanto os Guardiães do Sangue têm os seus interesses. Uma sociedade satisfatória até o momento, não acha? Tome! Eis o quarto dos Santos Sinais. Retire do anel o pedaço do sudário e, se a sua consciência não o torturar demais, copie-o como fez com os anteriores.

O papa recuperou um pouco do seu autocontrole e se endireitou, procurando sentar de forma confortável.

– Traga-me a escrivaninha portátil, a pena e o tinteiro que estão em cima da mesa – ordenou ele ao visitante.

Depois, lutando contra repugnância, abriu o bornal.

Tirou a mão do conde. Cerosa, os dedos endurecidos numa dor que lhes dava o formato de garras.

– Nós atingimos a própria família do rei! – articulou o Santo Padre. – E, com o bispo, a da Igreja!

Colocando a escrivaninha sobre os joelhos do seu anfitrião, o matador proferiu:

– O rei não vai se mexer, pois os champanheses o manterão afastado das suas atividades. Quanto à Igreja, o senhor é o seu chefe.

Sem poder reprimir o tremor dos dedos, Pascoal retirou a pedra do anel de Hugues para extrair o pedaço do sudário de Tomé, que ele desamassou e aproximou dos olhos para vê-lo.

– Traga-me a vela e segure-a perto de mim!

– Farei tudo o que deseja, Padre.

– O quarto dos Santos Sinais... – balbuciou o papa. – Um triângulo que encerra um menor com este estranho símbolo no centro... Seria um "U" de cabeça para baixo?

Ele levantou a tampa da escrivaninha portátil e retirou a folha de velino, na qual já havia traçado os três primeiros Sinais.

– A luz, mais perto! – irritou-se ele.

– Está bem, Padre.

E ele se pôs a trabalhar. A sua mão estava desajeitada; a pena rasgou o velino por duas vezes e fazia um som agudo sob a pressão malcontrolada dos dedos.

– Está doente, Santo Padre? – surpreendeu-se o assassino. – A sua mão treme e o braço parece adormecido.

– Não é nada... Uma simples dificuldade devida ao frio; as paredes deste palácio gotejam de umidade. É só isso. Nada além de um reumatismo, eu garanto.

O rapaz apontou para os numerosos potes e frascos em cima da mesa.

– Os seus médicos são pessoas muito previdentes, a julgar pela quantidade de remédios e unguentos que prescreveram para um reumatismo banal.

– Não se preocupe tanto com a minha saúde; diga-me se investigou as obras que Payns faz na sua propriedade na floresta do Oriente.

– Estou chantageando um carpinteiro, mestre Rogemourd. Ele me mantém sempre informado sobre o avanço da obra. Não há mais dúvida: os champanheses estão cavando um túmulo profundo no meio dos pântanos.

– O Túmulo do Cristo! Eles exumarão o cadáver do local que mantêm em segredo e vão transferi-lo para esse novo sepulcro.

O papa terminou a cópia do quarto dos Santos Sinais. Colocou o pedaço do sudário de volta no anel e o devolveu ao matador. Este pôs a vela novamente no lugar, pegou a sacola e deixou no lençol a mão encolhida do conde.

Dirigindo-se para a janela que havia ficado aberta, afastou os batentes. Antes de pular o rebordo, ele se virou, certo de ter ouvido um soluço. Porém, mal discernia o sumo pontífice na escuridão.

– Cuide-se, Padre – recomendou, desaparecendo.

O frio da noite entrou no quarto, e o papa precisou se levantar para fechar a janela. Avançou em pequenos passos cansados, curvado sob um peso que lhe esmagava a coluna.

Em seguida, foi até a lareira e acionou o fole para reavivar a chama na acha de lenha. E, quando ela pegou fogo, Pascoal pôs a mão de Hugues de Champagne em cima das brasas.

Desta vez, apesar do cheiro execrável de carne queimada, ele ficou olhando-a desfazer-se, chorando, como o mais miserável dos humanos.

Nenhuma oração lhe subiu aos lábios. Um frio de morte que lhe envolveu o coração o fez estremecer e bater os dentes. Um frio negro, profundo, infinito.

*

* *

Os três Guardiães do Sangue esperavam no centro de um cemitério, na saída de Reims. A noite estava imóvel. Nenhum sopro de vento. Nem o mínimo barulho.

Até os próprios cavalos, que esperavam não muito longe, não se moviam.

De repente, um dos Guardiães disse:

– Eis que ele chega!

– Não ouvi o seu cavalo.

– Nem mesmo vi o seu vulto se aproximar, e eu estava olhando a entrada do cemitério!

– Dá para pensar que o nosso mestre é um fantasma – voltou a falar o primeiro.

– Ou então uma pessoa muito discreta!

O homem do machado avançou lentamente entre os túmulos. Ao chegar perto dos três Guardiães, ele apeou, dizendo:

– Gosto deste lugar. É o local ideal para abrir a nossa Loja... A noite, as estrelas, o frio e a calma da morte!

Ele amarrou as rédeas da montaria no montante transversal de uma cruz.

– O senhor não nos disse quem esperamos.

– Um dos meus mais fiéis agentes. Um clérigo que acompanha o papa desde que saiu de Roma e que o segue como a sua sombra. Alguém medíocre, transparente, insignificante e que ninguém nota!

– O traidor ideal!

– E pontual! – observou o matador mostrando um homem que vinha na direção deles.

O clérigo se inclinou diante do homem do machado, indicação de respeito que ele tornou ridícula pela insistência em permanecer curvado.

– *Dominus vobiscum* – disse, enfim. – Fiquei sabendo no palácio de coisas muito interessantes que estou ansioso para lhe relatar.

– *Et cum spiritu tuo* – respondeu o assassino. – Primeiro vamos abrir a Loja.

Imediatamente, todos formaram um círculo e estenderam o braço direito para a frente, na horizontal, os seus dedos quase se tocando, formando uma espécie de estrela de cinco pontas.

O homem do machado pronunciou:

– É pela Casa de Deus e pelo Seu Reino que lutamos e oferecemos as nossas vidas. *Cum fortis armatus custodit atrium suum, in pace sunt ea quae possidet.*

O clérigo e os Guardiães acrescentaram:

– *Salvum fac populum tuum, Domine, et benedic hereditati tua.*

Então, eles abaixaram os braços e o matador explicou:

– A Loja é delimitada no espaço e no tempo segundo as regras e costumes. Pode falar, companheiro.

– O papa sofre de uma doença misteriosa que lhe infectou o sangue e lhe queima todo o lado direito...

Com uma voz monótona e sem vida, ele lhes deu todas as informações que conseguiu com as pessoas que cercavam o pontífice; por muitas vezes havia participado dos cuidados dispensados ao papa, aguçando os ouvidos curiosos para os murmúrios trocados entre Pascoal e dom Mestrany. Foi assim que testemunhou a ira e a exasperação que o bispo já não evitava demonstrar aos seus vigários ou secretários.

O clérigo lhes contou sobre o estranho e sábio abade Denis, que tentava decifrar os desenhos que o Santo Padre lhe confiava; sobre a visita do conde Hugues de Champagne e do cavaleiro Payns ao palácio... Era verdade, confessou ele, que as informações que lhes transmitia naquela noite talvez não tivessem relação umas com as outras e pudessem parecer desconexas, mas como poderia fazer uma boa triagem?

– Fez muito bem – tranquilizou-o o homem do machado. – Você disse que o papa está doente e isso me interessa muito.

– O abade Denis, que tem uma grande reputação no que se refere à medicina, não sabe a natureza da infecção. No entanto, acho que compreendi que era devido a um envenenamento pela pele.

– Faça um esforço, amigo... Reflita e me diga se a doença que atingiu o papa apareceu antes ou depois da ida ao palácio do conde de Champagne.

De maneira grotesca, o clérigo coçou o queixo pontudo e imberbe e, depois de uma interminável meditação, revelou:

– Sinceramente, meu senhor, posso afirmar, agora que prestei atenção, que o Santo Padre pediu os médicos depois da audiência que concedeu ao conde. No mesmo dia! O que estou dizendo? Na hora seguinte à audiência!

– Obrigado. A Loja está orgulhosa de ter entre os seus membros um elemento da sua qualidade.

Apesar da noite, era visível que o pequeno clérigo de cara de fuinha havia enrubescido da raiz dos cabelos ao pomo de adão, que subia e descia no seu pescoço como um ovo que não quer passar.

– Vamos fazer o círculo novamente – disse o matador.

Os cinco homens voltaram aos seus lugares e estenderam o braço direito.

Com a sua voz suave, o homem do machado recitou uma passagem da comemoração dos mortos, como obrigava o fechamento do ritual da Loja:

– *Irmãos, eu vos revelo um mistério: não morreremos todos, mas todos seremos transformados, num instante, de repente, quando tocar a trombeta final, porque ela soará e os mortos ressuscitarão indestrutíveis, e nós seremos transformados. Portanto, é preciso que este corpo destrutível receba a indestrutibilidade e que este corpo mortal se revista de imortalidade. Quando este ser destrutível tiver assumido a indestrutibilidade e este ser mortal tiver assumido a imortalidade, então se cumprirá a palavra da Escritura: A morte foi tragada na vitória. Morte, onde está a tua vitória? Morte, onde está o teu aguilhão? O aguilhão da morte é o pecado e a força do pecado é a lei. Mas sejam dadas graças a Deus, que nos dá a vitória por*

*Nosso Senhor Jesus Cristo.** In memoria aeterna erit justus: ab auditione mala non timebit.[23]

A essas últimas palavras, os homens bateram três vezes no chão com o pé esquerdo e abaixaram os braços.

* 1 Coríntios, 15, 51-57. *Bíblia, Mensagem de Deus; op. cit.* (N. T.)

[23] A memória do justo será eterna; ele não teme os maus discursos dos homens.

7.

O Elixir

A vigília já soara havia muito tempo quando, a pedido dos mestres Ferrer e Schelomet, Payns foi ao laboratório, que ele havia abandonado nas últimas semanas, preferindo supervisionar a obra na floresta do Oriente junto com Eliphas.

Ele encontrou o laboratório totalmente transformado. Ali se circulava com dificuldade entre inúmeros vasos, alambiques e recipientes nos quais eram reduzidas diversas formulações, que, por longos tubos de vidro retorcidos, eram em seguida dirigidas, em filetes borbulhantes, para recipientes de chumbo.

As paredes estavam cobertas de ardósias cheias de símbolos e de fórmulas que se encavalavam infinitamente.

Com as faces vermelhas, a testa brilhando de suor, Schelomet, que usava grossas luvas de proteção e um longo avental de couro, pulava de um recipiente para o outro, debruçava-se sobre um atanor avermelhado, examinava provetas de decantação, enquanto Ferrer, mais calmo, fazia cálculos complexos num quadro.

– Ah, você chegou – disse ele ao ver Payns entrar. – Aproxime-se, irmão, temos de lhe mostrar uma coisa; progredimos muito no nosso trabalho.

– Está se referindo ao Elixir? – perguntou Payns, excitado.

Schelomet abandonou a atenta observação que o monopolizava.

– Pensamos ter conseguido reunir os princípios dos Santos Sinais de Jesus e extrair a quinta-essência da Solução primordial – explicou ele, com voz nervosa.

– Se estou entendendo bem – arriscou Payns, igualmente nervoso –, vocês fizeram com sucesso a estabilização das três essências primárias e a destilação alcalina do Opus Maior?

Schelomet indicou um recipiente redondo no qual pingava um líquido espesso depois de seguir um longo trajeto entre tubos e alambiques.

– A Tradição nos deixou o número dos ingredientes naturais, assim como as dosagens exatas, mas não sabíamos em que ordem e que método usar...

– E os Santos Sinais os esclareceram!

Ferrer, que se havia reunido a eles, acrescentou:

– Na verdade, embora tenhamos conseguido fazer o ouro rapidamente, partindo da areia e de metais banais, resolver a Equação alquímica do irmão Primeiro demandou da nossa parte um trabalho obstinado. Tivemos de recomeçar várias vezes a sublimação original, sem nunca cessar de duvidar.

– E...? – questionou Payns, impaciente.

– Pois bem, em algumas semanas, com certeza, teremos atingido o objetivo, e o que você vê ali, aquele licor, possuirá potentes propriedades regeneradoras. Estamos entusiasticamente convencidos.

Payns se inclinou sobre o recipiente redondo, onde a cada segundo se formava a bolha de uma gota pesada e preta que caía do bico de um tubo afilado.

– Um remédio contra a doença e a morte! – murmurou ele. – Os nossos ancestrais chamavam este óleo de o Sangue do Cristo...

– Realmente. Também lhe dão o nome de Santo Graal! Pois é isto: uma sábia química na temperatura certa para uma calcinação exata, pacientes decocções, precisas macerações, perfeitas agitações...

– Não poderíamos dar este elixir da vida ao nosso irmão Hugues? – perguntou Payns.

– De jeito nenhum! – reagiu violentamente Ferrer. – Enquanto o procedimento não estiver terminado, este licor representa um verdadeiro veneno, bem mais potente do que aquele com o qual você infectou o papa. Sabe muito bem que o próprio Jesus disse no seu testamento oral, transmitido pela Loja, que a destilação deve durar trinta e três dias.

– Lembre-se do versículo que se referia ao Elixir – acrescentou Schelomet. – *E a consciência virá do casamento da estrela com o triângulo no seu círculo. E a vida renascerá da Unidade fracionada formando o Tau. O Único será multiplicado e se transformará em espírito. Trinta e três dias e trinta e três noites serão necessários para que o sangue seja vida.*

Ferrer disse:

– Você me surpreende, Payns!

– Por que, irmão?

– Devíamos preparar o Elixir de modo a especificar os elementos que o constituem, as suas dosagens, as reações, para registrar por escrito o protocolo de elaboração...

– Sim.

– Isso, com o objetivo de transmitir a receita aos nossos sucessores.

– De fato.

– Os nossos legatários estariam, assim, capacitados a aplicar o remédio de regeneração no irmão Primeiro, se essa escolha fosse feita pela Loja.

– Estou ouvindo. Mas não vejo em que eu o surpreendi, Ferrer.

– Quando sugeriu a possibilidade de usar o Sangue de Cristo em um de nós, evidentemente! Não temos a missão de nos tornarmos imortais, Payns! Nós, não! Sem dúvida usaremos a ciência que resultará dos nossos trabalhos atuais para tratar as doenças atualmente incuráveis, mas não devemos usar o procedimento na sua completude! Você, mais do que qualquer um, sabe disso!

Schelomet se aproximou e passou o braço em volta do pescoço de Payns, para lhe perguntar em voz baixa:

– Por acaso tem algum projeto que não sabemos, irmão? Escondeu-nos uma parte das suas intenções para o futuro? Um futuro próximo?

Payns sorriu para os dois.

– Desculpem-me. Diante de um tal prodígio, eu divaguei por um momento. Acho que vi, por um instante, todo o interesse que a nossa Loja teria em ser servida por irmãos eternos. Todo o bem que, então, ela estaria capacitada a prodigalizar aos seus semelhantes... Mas vocês têm razão em pôr de volta uma boa quantidade de raciocínio na minha cabeça; essa missão cabe ao irmão Primeiro. Só a ele!

Payns deu um sorriso maior, mais claro, e acrescentou:

– De qualquer modo, o nosso guia jaz atualmente na terra! E, embora achemos que ele seja capaz de se levantar se, graças ao Elixir, lhe insuflarmos o suplemento de vida que lhe é necessário, nos limitaremos a esperar... Esperar o quê, irmãos?

– Você está nos confundindo! – exclamou Ferrer.

– Sinto muito – respondeu Payns sem grande convicção. – Eu estava simplesmente sonhando diante desse pequeno recipiente que contém o mais inominável dos milagres da natureza.

– Estava sonhando?

– Sim, meus bons amigos. Sim... Eu estava sonhando com um mundo de amor.

Schelomet forçou a pressão do seu braço nos ombros de Payns e disse:

– Eu estava enganado em relação ao seu sonho.

– Por acaso imaginou um outro significado para ele? – perguntou Payns.

– Certamente. A imortalidade pode criar as maiores paixões, e, se o amor ao próximo é uma delas, exemplar e benéfica, há uma outra que cairia em você como uma segunda pele.

– Qual?

– A vingança, Payns! Ter a eternidade para se vingar também é um sonho! Vingar-se da Igreja, dos Guardiães do Sangue...

Payns pegou a mão de Schelomet, apertou-a com força e, destacando nitidamente cada sílaba como se pronunciasse uma promessa solene, declarou:

– De fato, eu me vingarei daqueles que o merecem. Depois farei as pazes com a Igreja, pois temos uma única mensagem de fraternidade a compartilhar. A Loja Primeira servirá secretamente à sua irmã, a Igreja, enquanto esta respeitar os preceitos do nosso mestre, Jesus Cristo!

– É assim que gostamos de ouvi-lo – concluiu Schelomet. – Queira o Céu que você possa manter a sua promessa!

8.

A partida de Maurin

Como de hábito, os abades Denis e Mathieu se levantaram cedo. Depois de dizer as primeiras orações do dia e de dar graças a Deus por mantê-los com vida durante a noite, tomaram de café da manhã uma bela tigela de leite coalhado, grossas fatias de pão inundadas de mel e amêndoas secas. Depois, cuidaram dos seus poucos animais, com Muco passando entre as suas pernas a latir para as galinhas e batendo nas paredes, sob a afetuosa zombaria de Denis.

Depois de feitas todas as tarefas, eles foram para o laboratório, reavivaram o fogo na lareira e puseram mãos à obra.

Denis se instalou na mesa para mergulhar nos grimórios e continuar as pesquisas sobre as três figuras que o papa lhe pedira para estudar.

Mathieu voltou às preparações: ele ficara incumbido de fazer emplastros, unguentos, tisanas e vermífugos.

Os ruídos familiares que lhe eram tão caros encheram o laboratório, que se aquecia lentamente.

Uma chuva fina começou a bater na tela esticada das janelas, crepitando em rajadas.

De repente, Mathieu perguntou:

– Estava esperando alguém? Um cavaleiro acabou de entrar no pátio. Não ouviu o bater dos cascos?

– Na verdade, estou muito concentrado na minha leitura. Sem dúvida, é alguém da casa do papa que me solicita à sua cabeceira.

Logo bateram à porta. Denis se levantou para abrir.

O homem que estava na soleira escondia o rosto sob um capuz, o que, de imediato, desagradou o abade. Um machado estava preso no cinto.

– Esta é a casa do abade Denis, o boticário?

– Ele está na sua frente, estranho. Em que lhe posso ser útil?

O homem deu um passo à frente. Mathieu ergueu o rosto do caldeirão.

– Pode me prestar um grande serviço morrendo! – disparou o desconhecido.

– Como?

– Nisso, posso ajudá-lo!

O machado foi apressadamente desatado do cinto e assobiou antes de atingir Denis em pleno peito. Penetrando profundamente, rasgando a carne e quebrando os ossos, ele foi retirado igualmente rápido, abandonando o corpo do abade, que se dobrou ao meio, vergando lentamente e se imobilizando de uma maneira frouxa, com a barriga no chão.

Mathieu gritou com uma voz aguda que lhe rasgou a garganta e se jogou sobre o corpo do amigo.

– Pelo Céu, por quê? Por que matá-lo? Quem é você?

– Sou aquele que extingue a heresia, fradinho!

E, num novo gesto, amplo, veloz e brutal, arrancou a cabeça da segunda vítima.

– Nenhum vestígio, nenhuma prova deve sobrar depois da minha passagem. Eu sou aquele que batiza pela morte e pelo fogo. *Viam veritatis elegi!* [24]

---

[24] Escolhi o caminho da verdade!

Ele pegou uma lamparina a óleo e jogou sobre a pilha de pergaminhos e de livros que cobria a mesa. Esperou que as altas chamas nascessem para ter certeza de que não demorariam a se propagar por todo o laboratório, aspiradas pelo ar que atravessava o sapê; em seguida, saiu, montou na sela, atravessou o pátio sob os latidos inquietos de Muco e se encontrou, mais ao longe, numa ruela, com os três companheiros, aos quais anunciou, rindo:

– Este dia merece a graça de Deus! Ele terminará para a Sua glória. Teremos cumprido a nossa missão esta noite, meus amigos. O carpinteiro Rogemourd disse que deve entregar hoje à tarde o último carregamento de vigas na floresta do Oriente. E Payns estará presente como de costume nos últimos dias, com o filho... Sim, um belo dia, na verdade! Louvado seja Deus, a quem oferecemos as nossas vidas e as nossas almas, meus amigos!

O grupo se pôs a caminho debaixo da chuva. Os gritos já ressoavam às suas costas. O incêndio do laboratório de Denis havia alertado os vizinhos, que tocavam o sino chamando para a formação de uma corrente com baldes e tinas.

*
* *

Tempos depois, ao se lembrar desse dia, Payns se amaldiçoará por ter resistido a um pressentimento que, desde o despertar, lhe ensombrecia o espírito.

A noite havia sido mais suave do que o normal e Maurin dormira com a janela do quarto entreaberta. Um corvo havia entrado enquanto a criança dormia; Payns, que fora acordar o filho, havia espantado o pássaro. Este voara perdido, sem encontrar, imediatamente, uma passagem, indo de encontro às vigas e às paredes num terrível bater de asas antes de conseguir fugir.

Payns se lembrou do que a sua mãe dizia: “Um corvo numa casa é sinal de grande desgraça!”

Mas o cavaleiro se sacudiu e rejeitou essa sentença assustadora, como um cão molhado se livra da água gelada que lhe encharca o pelo.

A obra da floresta do Oriente esperava por ele, e também por Maurin, a quem ele se orgulhava de mostrar o progresso da construção... Ele havia feito uma voz alegre para tranquilizar a criança, que se assustara com a ave.

Depois, esqueceu-se do corvo.

*

* *

Payns e Maurin se encontraram com Eliphas em frente à pequena capela. Uma mesa de trabalho havia sido preparada em cima de cavaletes. Um grande toldo de tecido grosso protegia o arquiteto da chuva.

Por trás das suas grossas lupas, o velho consultava os desenhos, examinando-os pela enésima vez, ainda duvidando dos seus cálculos ou revisando os que haviam sido deixados por Arcis de Brienne.

– Qual o seu medo? – perguntou Payns, segundo um ritual cotidiano. – Em breve as obras estarão terminadas e, mesmo assim, você não para de estudar essas plantas!

– Você me conhece... Chego ao ponto de me levantar à noite para refazer algumas operações. É o fenômeno da pressão que ainda me atormenta. Imagine se Arcis e eu deixamos de considerar certas forças ou avaliamos mal a quantidade de água que temos de derramar para imergir o Túmulo! A pressão, é o que eu digo... Um afluxo dinâmico demais, malcontrolado, com a velocidade insuficientemente reduzida pelas comportas, poderia exercer uma pressão muito grande sobre as duplas paredes do poço, explodindo-as.

– Não entendo muito desse assunto, Eliphas. Eu me limito a confiar em você como confiei em Arcis. Não duvido que a sua inteligência tenha conseguido rechaçar todas as armadilhas da física.

Eliphas se virou para Maurin:

– Está vendo, meu jovem irmão? O seu pai às vezes está sujeito a um excesso de confiança! Sobretudo quando julga os amigos... Ele lhes concede um crédito cego.

Maurin respondeu, sorrindo:

– Ele acabou de dizer, mestre Eliphas, que se comporta assim porque se trata de um assunto em que não é perito. Caso contrário, e deve saber disso tanto quanto eu, ele tende a exercer uma autoridade um pouco insistente demais!

– Você está crescendo bem depressa – reagiu Payns com evidente bom humor. – Aqui está você, zombando de mim como se tivesse a minha idade!

– Sou seu irmão, não é, pai?

Eliphas desatou a rir, tapando a boca com as mãos. "Decididamente", pensou ele, "gosto muito desse menino. A sua mente é viva e ágil, sempre pronta a manter sólidas disputas oratórias com humor... Sim, um agradável companheiro e, no entanto, muito triste! Tem sempre lágrimas nos olhos..."

Voltando a ficar sério, enxugando os vidros das lentes na manga, Eliphas perguntou a Payns:

– O papa se manifestou?

– Ainda não. Sem dúvida, ele é muito orgulhoso para se rebaixar e nos pedir o remédio para a sua doença! Ou então ele não foi muito atingido! Vamos esperar, ele nos chamará.

O arquiteto levantou o colarinho de pele da túnica e ajustou o barrete.

– Venham, vou lhes mostrar o avanço das obras enquanto esperamos pelo mestre Rogemourd. Vejam, acabamos de cavar todos os canais, nos quais recolhemos a água dos pântanos vizinhos maiores.

– E todos os diques foram montados – disse Payns a Maurin.

– Terminamos de colocar as comportas, graças às quais inundaremos o Túmulo... Essas famosas comportas que me impedem de dormir! A pressão! A maldita pressão...

*

* *

Quatro cavaleiros, com suas amplas capas, a cabeça e o rosto protegidos da chuva por capuzes, se aproximaram da oficina do mestre carpinteiro Rogemourd.

Este, ajudado por seis companheiros e pelo seu filho Nizier, carregava numa grande carroça as últimas peças encomendadas por Eliphas.

A voz trêmula de Nizier exclamou:

– Eles voltaram, pai!

– Quem são esses cavaleiros? – perguntou um dos carpinteiros.

– Não se preocupe – disse Rogemourd. – Terminem o carregamento.

Os quatro cavaleiros chegaram perto dos operários. O homem do machado pulou da montaria e se dirigiu a Rogemourd, pegando-o pelo braço:

– Siga-me, vamos para a sua oficina, Landéric; tenho um serviço a lhe pedir e estou certo de que não me poderá recusá-lo. Você é um homem de bom senso, pelo que sei.

– Depende do serviço – forçou-se a responder o carpinteiro, seguindo o matador contra a vontade.

– Você vai aceitar! Porque é, sobretudo, um pai preocupado com o bem-estar do seu filho. Aliás, estou vendo que Nizier se recuperou do ferimento; seria desagradável se ele sofresse novamente.

Os companheiros não pararam de trabalhar, mas não puderam deixar de se interrogar.

– Você notou? O nosso mestre pareceu assustado ao ver os desconhecidos.

– E Nizier mais ainda! Veja como ele treme...

Na oficina, ao saber o que queria lhe impor o homem do machado, Rogemourd se rebelou, subitamente lívido:

– Não, meu senhor! Eu jamais poderia fazer isso ao cavaleiro Payns... Não, pelo amor de Deus! Não posso traí-lo mais do que já fiz. Os termos da nossa negociação exigiam que eu o informasse do avanço das obras e eu agi de acordo com eles. Agora, o senhor me força a preparar uma cilada e me torna cúmplice de uma ação criminosa.

– No entanto, você vai agir como estou ordenando e vai desempenhar o seu papel com naturalidade para que ele não perceba nada. O seu filho ficará aqui com um dos meus homens. Ele será a garantia da sua obediência. Eu juro que o encontrará com vida se cumprir a sua tarefa de acordo com o meu plano.

Vencido, o carpinteiro meneou a grande cabeça ruiva com lágrimas nos olhos.

– Não tem nenhuma piedade?

– Se não tivesse, já teria cortado a cabeça de Nizier. Então, e a sua resposta?

– Sim... Vou obedecer... Por Nizier. Mas que Deus me perdoe!

– Eu tinha certeza!

Os dois homens saíram da oficina e se juntaram aos companheiros. Nizier lançou um olhar preocupado para o pai. Este lhe respondeu com um sorriso infeliz.

Pouco depois, mestre Rogemourd conduziu a carroça através do povoado e pegou a estrada que o levaria à floresta do Oriente e com três cavaleiros que passariam por seus companheiros: o homem do machado e dois dos seus Guardiães do Sangue.

Assim que chegaram à pequena capela, Eliphas ordenou a alguns de seus operários que ajudassem a descarregar a carroça e que levassem imediatamente as últimas peças do vigamento para a ilha cercada pela alta paliçada.

Payns cumprimentou o carpinteiro calorosamente, felicitando-o por ter respeitado tão escrupulosamente os prazos que lhe haviam sido concedidos. Mestre Rogemourd se esforçou para parecer amável, mas não conseguiu disfarçar totalmente o seu embaraço.

– Vou pagar o que lhe devemos – anunciou Payns. – Você mereceu amplamente.

Surpreso por não ver Nizier, Maurin chamou a atenção para esse fato:

– Nizier não veio? Mas ele me prometeu que o acompanharia.

O carpinteiro deu uma olhada por cima do ombro na direção dos três Guardiães do Sangue que participavam do descarregamento da carroça.

– Ele sentiu muito, Maurin... De verdade! Está com dor de garganta por causa de uma ingrata corrente de ar que atravessa a oficina. Eu.. eu achei melhor que ele ficasse no quentinho.

– Ele que se cuide bem – disse Payns. – Aproxime-se, mestre Rogemourd, o seu dinheiro o espera. Pague aos seus companheiros e lhes agradeça pela qualidade do trabalho.

– Não deixarei de lhes transmitir o cumprimento, meu senhor. Eles receberão o pagamento de acordo com os justos princípios da nossa profissão...

O homem do machado se esgueirou para ficar atrás de Maurin, que estava ligeiramente afastado, olhando a cerca. A criança não percebeu nada. Os dois outros Guardiães do Sangue abandonaram a carroça e se aproximaram do mestre.

Payns abriu uma caixa, tirou uma bolsa roliça e a entregou a Rogemourd. Depois pediu que ele assinasse um documento atestando que havia sido pago segundo os termos do contrato.

– Os seus empregados não manifestaram nenhuma curiosidade quanto à natureza dos trabalhos que pedia que fizessem? – preocupou-se Payns.

– Eu lhes fiz compreender rapidamente que de nada adiantaria fazer perguntas a esse respeito. Eles respeitaram a minha vontade e todos trabalhamos em perfeita harmonia.

– Eu me vanglorio de tê-lo incluído na nossa obra, meu amigo.

– Obrigado, senhor Payns.

"Socorro, pai!"

O cavaleiro e Eliphas se viraram. Um bater de asas de corvo rasgou a mente de Payns. Uma sombra escura lhe velou os olhos por um instante.

Um dos companheiros abaixou o capuz. Ele segurava Maurin com um punhal apontado para o seu pescoço. Imediatamente, Payns reconheceu o matador com a sua cicatriz e os olhos transparentes. Landéric juntou as mãos num gesto ridículo e patético.

– O homem do machado! – gritou Payns. – Você o fez entrar na obra, Rogemourd! Você, membro do Tribunal Arbitral do Trabalho da sua guilda! E o seu juramento?

– Senhor... – gaguejou o carpinteiro, torcendo os dedos. – O meu filho é refém. O meu Nizier! Ele prometeu que não o mataria se eu traísse o senhor e... Imploro a sua clemência...

Payns deu alguns passos na direção do assassino, que sorriu como uma criança cansada. Dois homens, bem atrás dele, tiraram as suas espadas.

– Você só sabe combater usando mulheres e crianças? – gritou o cavaleiro. – É covarde demais para enfrentar os inimigos face a face?

– O terror é uma das minhas armas, meu senhor. Pouco me importam o sexo e a idade das minhas vítimas se eu conseguir atingir os meus objetivos. Tenho um dever a cumprir; eu me dedico a ele com determinação. Por Deus!

– Solte o meu filho e vamos nos medir, nós dois.

– Parece que não compreendeu: sairei daqui com o seu anel. O último dos cinco. Um confronto entre nós poderia ser desvantajoso para mim e eu não honraria o meu contrato. O que seria uma pena, depois de todo o trabalho que tive.

– Ele amputou Nizier – gemeu Rogemourd. – Este demônio é capaz de tudo... Não sei por que razão ele pede o seu anel, mas obedeça, e o seu filho, assim como o meu, terá a vida salva...

– Cale-se! – disparou Payns. – Nunca mais quero ouvir você choramingar!

O homem do machado pressionou a adaga no pescoço de Maurin, que fez uma careta. Um filete de sangue escorreu pela pele da criança.

– Já ceifei tantas vidas que a do seu filho não pesará mais na minha consciência do que todas as outras. Quer fazer as contas?

Os seus amigos... Arcis de Brienne, Basile le Harnais, Geoffroy de Saint-Omer... A sua mulher, a sua filha, o bispo de Châlons... E, talvez, o conde Hugues! Uma longa litania, não é? Todos mortos por causa de um poder que detém com aqueles que chama de irmãos.

Eliphas se aproximou de Payns e lhe pegou o punho.

– O anel, Payns – continuou o matador. – Estou esperando! A ponta do meu punhal começa a pesar no pescoço do menino.

– Obedeça, meu amigo – implorou o arquiteto no ouvido de Payns. – Os Guardiães do Sangue não dispõem do nosso ensinamento oral; eles não conseguirão desvendar o Segredo.

– Hoje... amanhã, eles não conseguirão. Mas, e daqui a alguns anos, alguns séculos?

O cavaleiro fez o anel deslizar do seu dedo. Um Guardião do Sangue foi pegá-lo e o entregou de imediato ao mestre, que o embolsou rapidamente.

– Vou ficar com o seu filho. Ele será o meu salvo-conduto para sair desta obra. Eu o deixarei mais ao longe, no caminho, com a condição de que ninguém nos siga. Não saia daqui antes do tempo despendido para rezar um Pai-Nosso e dois Credos, pronunciados lentamente.

Operários e soldados do condado não sabiam o que fazer. Alguns deles desembainharam as armas. Eliphas lhes dirigiu um sinal proibindo que interviessem.

E para Payns, que levou a mão ao punho da espada, ele disse:

– Não, seria muito perigoso! A vida de Maurin está em jogo.

– Algum dia vou matar esse canalha. Ele não ficará protegido para sempre atrás de uma criança! Se ele não cumprir a palavra... se fizer mal a Maurin...

– Ele disse que o soltará. Agora ele tem o último anel; foi só o que veio buscar. Sejamos pacientes: assim que se sentirem em segurança, os Guardiães largarão Maurin e nós o veremos aparecer pelo caminho. Confiança, meu amigo!

A criança foi içada para o pescoço do cavalo do homem do machado, que subiu na sela.

Maurin não tirava os olhos do pai. Dava a impressão de querer guardá-lo na cabeça assim: de pé, sob a chuva, ombro a ombro com Eliphas, cujo olhar tornara-se enorme com as grossas lupas.

O corvo, naquela manhã...

Os três Guardiães do Sangue saíram do canteiro de obras, se enfiaram na floresta, escura devido à chuvarada, e desapareceram.

Eliphas, o meu velho amigo, pressionou com força a minha mão. Ele tremia tanto quanto eu enquanto esperávamos a volta de Maurin. Os operários haviam parado de trabalhar. Eles esperavam conosco. A floresta era apenas silêncio e frio...

– Não aguento mais! – exclamou, de repente, Payns, enveredando pelo caminho percorrido antes pelos matadores. – Maurin já devia ter voltado há muito tempo...

Ele correu, fervendo de ódio e de angústia. Cada passo era uma dor. Cada inspiração, um dilaceramento. Com batimentos desordenados, o coração lhe palpitava violentamente no peito, a ponto de explodir.

Na capela, Eliphas se dirigiu aos soldados do conde:

– Que cinco homens venham comigo. Vamos atrás dele!

"O corvo, naquela manhã..."

O caminho subia por entre os carvalhos molhados. Na crista do pequeno promontório brilhante de chuva, uma perna se destacava no cinzento do céu. Um corpo estava deitado lá em cima. Payns já adivinhava e chamou pelo filho, sabendo, no entanto, com um horror infinito, que ele não lhe responderia.

Mais abaixo, um guarda exclamou, com o rosto desfeito:

– Ouviram esse grito?

– É o grito de um pai dilacerado... – murmurou Eliphas.

O velho arquiteto acelerou o passo, embora começasse a ficar sem fôlego. Ele viu ao longe, no caminho, o amigo dobrado ao meio, abraçando o corpo sem vida de Maurin.

Os soldados diminuíram o passo, censurados por tanta tristeza.

Eliphas chegou perto do cavaleiro ajoelhado na lama, embalando a criança, que havia perdido todo o sangue através de um corte profundo no peito.

– Payns, meu irmão, deixe-me ver. Deixe-me compartilhar da sua dor.

O pai levantou o rosto e voltou o seu olhar de espectro para o arquiteto.

– Ele jurou que o pouparia! Ele disse... Eu sabia que ele era o Diabo, Eliphas. É a encarnação do Mal absoluto!

Eliphas caiu de joelhos, também destruído. Ele passou a mão nos cabelos do seu "irmãozinho" que, enquanto viveu, só conheceu a desgraça.

"Uma boa semente..."

– Não parece que ele está dormindo? – surpreendeu-se Payns. – Parece tão calmo.

– Está calmo, de fato. Ele dormirá assim, nos seus braços, até o fim dos tempos.

9.

A intenção do papa

Reims não estava sendo poupada pela chuva, que parecia cobrir toda a Champagne e se ter instalado por um longo tempo.

Quando veio a noite, no palácio episcopal, dom Mestrany entrou sem bater nos aposentos do papa, que estava sendo tratado por um clérigo. O pontífice, totalmente voltado para a sua dor, não pareceu contrariado por essa abrupta irrupção.

– Ah, dom Mestrany, veja como as úlceras estão aumentando. E o abade Denis não veio me examinar!

– E não virá nunca mais, Santo Padre.

– Por quê?

– O abade foi morto com golpes de machado, bem como o seu ajudante. O seu laboratório de boticário foi destruído pelo fogo. Sabemos quem cometeu esse duplo assassinato!

Com um gesto impaciente e violento, o papa dispensou o clérigo. Depois que este partiu, dom Mestrany acrescentou:

– E ainda tem o pior! Um carpinteiro de Troyes espalhou a notícia de que o filho de Payns foi morto na floresta do Oriente. O assassino teria traçado uma cruz na testa da jovem vítima.

– O matador dos Guardiães do Sangue! Ele atacou o filho para atingir o pai. Mas que tipo de monstro é esse homem? A Igreja não pode tolerar tanto horror!

O papa se levantou de repente, empurrando dom Mestrany, que fora ajudá-lo, quase o fazendo tropeçar.

– Sou tão culpado quanto o assassino – martelou Pascoal. – Fechei os olhos para os crimes porque pensava lutar pela fé cristã, para a manutenção do dogma...

– Sem dúvida, agora, os Guardiães do Sangue possuem o quinto e último anel. A guerra está terminada...

A papa parou na frente de um espelho e se examinou à luz de uma vela. Toda a parte direita do seu corpo estava inchada, necrosada.

– Eu mereço a doença da qual sofro – disse ele com repugnância. – Veja, a minha carne é a imagem da minha alma, tão imunda, cheia de varíolas, podre!

– Vamos começar a preparar a nossa volta. Assim que o matador lhe permitir copiar o último dos Santos Sinais, nós nos poremos a caminho.

– Por enquanto não quero ir para o meu palácio. Mande preparar o coche e peça seis soldados: vamos partir, imediatamente, para Troyes.

– Para Troyes? – espantou-se dom Mestrany. – Quer dizer que...?

– Não discuta, dom Mestrany; temos um longo caminho a percorrer até o palácio do conde Hugues de Champagne.

10.

O beijo

Eu velava Maurin na capela de São João do palácio de Hugues. O meu coração e a minha alma eram pedras geladas...

No pátio, Ferrer, Schelomet e Eliphas, parados sob a chuva, estavam voltados para a capela. Por trás dos vitrais *naïfs*, velas instáveis espalhavam uma luz trêmula.

– Faz horas que ele está sozinho com o cadáver de Maurin – lamentou-se o arquiteto.

– Não ouso incomodá-lo – disse Ferrer –, mas temo que ele perca a razão sob o peso de tamanha dor.

– Por que o matador poupou o filho do mestre Rogemourd e não o do nosso amigo? – perguntou Eliphas.

– Sem dúvida, os Guardiães do Sangue compreenderam que Maurin era um descendente da linhagem dos "Païens" – arriscou Schelomet. – Os seus clérigos devem ter descoberto as poucas lendas que se referem à ramificação direta de Jesus, assim denominada. Por isso, ele foi morto.

Eles ouviram um grito às suas costas. Um lamento dolorido.

Os três homens se viraram.

Titubeando, o conde Hugues havia saído dos seus aposentos, com uma capa de pele jogada sobre o torso nu, os pés calçados de qualquer jeito, desvairado, cambaleante. Constance tentou retê-lo, em vão. O cavaleiro avançava, avançava sem ver nada...

– Você mal consegue ficar de pé, querido. E não está vestindo nada. Volte para a cama, por favor...

Hugues continuou a avançar como um autômato, quase caindo a cada passo, dirigindo-se para a capela. Impotente, Constance se agarrou a ele, inutilmente.

– Quero vê-lo... beijá-lo...

Ninguém poderia deter o conde, que empurrou os três amigos, obrigando-os a se afastarem para deixá-lo passar. Constance parou, consciente de que não conseguiria impedi-lo.

– Eu errei muito ao lhe dar a terrível notícia quando ele acordou – explicou ela. – Deveria ter esperado o amanhecer. Ele desmaiou quando lhe contei; depois, assim que recuperou a consciência, pulou da cama como um demente.

Ao chegar à porta da capela, Hugues bateu com o braço sadio, como um bêbado, dando murros com toda a força.

– Payns, abra... Abra! Sou eu, Hugues!

Depois de um tempo, a porta foi entreaberta, revelando o rosto pálido e encovado de Payns.

– Hugues... Como podemos sobreviver a tanta desgraça?

– Deixando os amigos ficarem com uma parte.

O conde se introduziu na capela. A porta foi fechada atrás dele.

Acostumar-se à escuridão... Discernir o corpo de Maurin deitado no altar com a espada do pai colocada sobre o seu abdome...

Avançar... enterrando os pés na pedra gelada do piso, tão mole como uma areia lamacenta. Avançar e olhar a criança que dormia, as faces redondas, pálpebras transparentes, o dourado meio ruivo dos cabelos se movimentando no fraco brilho das velas.

– Juntei as mãos dele em cima da minha espada, como um cavaleiro... Eu havia prometido que lhe ensinaria novos golpes, esquivas... Ele estava cansado de treinar no manequim de palha.

– Meu amigo, caro terno amigo... O que posso dizer com palavras?

Hugues abraçou Payns, apertou-o contra si, passando o coto em volta do pescoço dele. Eram dois afogados que se seguravam um no outro, os peitos se apertando, misturando os batimentos dos corações.

Ficaram assim por longo tempo, num mútuo calor.

– Vamos nos beijar, meu irmão – disse Hugues.

Eles juntaram os lábios.

Depois, quando se separaram, o conde acrescentou:

– E chorar.

– Não quero mais chorar, Hugues. Quero lutar! Matar... Matar até ficar coberto de sangue!

– Nós fracassamos, Payns... Os Guardiães do Sangue nos arrancaram aqueles que amávamos e nos roubaram os Santos Sinais. O nosso combate acabou.

– Não! Apenas começou. Esta espada foi consagrada pelo sangue do meu filho. É com ela que atravessarei o flanco do homem do machado.

Payns retirou delicadamente a espada das mãos do filho e a elevou acima dele, dizendo:

– A Loja Primeira possui o corpo de Jesus, e Eliphas não acha que o segredo de I.N.R.I. possa ser facilmente descoberto. Os nossos inimigos estão longe de conseguir os conhecimentos que a Tradição nos legou. Mas, caso contrário, se os Guardiães do Sangue algum dia se apoderarem do Cristo ou se aproximarem do seu Segredo, esta espada os massacrará.

– Você me dá medo, Payns... Está divagando. Somos apenas humildes mortais e não sabemos como os irmãos da Loja Primeira se comportarão no futuro. Talvez a Tradição desapareça com o tempo.

Ao alvorecer, eu continuava a minha vigília com Hugues, que às vezes cochilava, esgotado pelas drogas lenitivas que havia tomado...

II.

Três cruzes de sangue

A minha meditação foi interrompida por alguém batendo à porta...

– Meus senhores Hugues e Payns, está aqui um viajante desconhecido que deseja conversar com o conde. Ele tem uma mensagem para entregar e diz que, ao vê-la, o conde compreenderá.

Payns entreabriu a porta da capela. Um guarda lhe entregou uma carta.

– Desculpe-me incomodá-lo, senhor Payns, mas o viajante insiste, afirmando que a sua visita é da mais alta importância. Tome.

O conde saiu do banco e se aproximou do amigo, cambaleando, os olhos inchados por haver dormido mal.

– Desculpe; devo ter pegado no sono. O que está acontecendo?

Payns lhe entregou a mensagem.

Na folha de velino dobrada ao meio haviam sido traçados quatro dos Santos Sinais.

– Por são João! – exclamou Hugues. – Você viu?

– Vi; naturalmente, trata-se do papa. Abra depressa o bilhete...

O conde obedeceu rápida e desajeitadamente, e leu em voz alta:

– *Vim aqui como penitente, meu senhor. Eu me apresento na sua frente como pecador e, hoje, me submeto ao seu julgamento com toda a humildade. Pascoal.*

Os dois homens saíram da capela. O sumo pontífice estava no pátio, vestido com uma túnica preta e um casaco comum de pano cru. Calçava sandálias; o frio matinal havia deixado violáceos os dedos dos pés nus.

Os dois cavaleiros logo notaram que o homem havia emagrecido. As flácidas bochechas estavam caídas e pendiam como bolsas vazias. As órbitas estavam fundas, escuras; os olhos febris brilhavam. As mãos juntas sobre o peito tremiam. A direita estava coberta por uma ferida hedionda.

Pascoal nunca achou que fosse possível que dois homens pudessem expressar tanto ódio nos seus olhares. Uma aversão dirigida contra ele, que o atingia em pleno coração, despertando um remorso abrasador. Um ardente desejo de resipiscência.

Ele caiu de joelhos aos pés das suas vítimas e inclinou a cabeça.

– Eu me ajoelho diante de vocês como um penitente, meus senhores. Renuncio a fazer oposição a vocês. Faço um ato de fidelidade e de contrição. Doravante, eu me comprometo a fazer com que a Igreja não os atormente mais...

Batendo três vezes no peito, ele disse:

– *Miserere mei.*[25]

Payns deu um passo. E bateu no sumo pontífice. Foi um tapa violento, surpreendente, brutal. Que o desequilibrou, obrigando-o a pôr uma das mãos no chão para não cair de lado.

Com lágrimas nos olhos, o papa se ergueu e levantou o queixo.

– Mereço o seu ódio e o seu castigo, senhor Payns. Perdeu a sua família nesta guerra, enquanto eu perdi a minha alma, o que é bem pouco! Mas eu lhe asseguro que vim falar de paz.

– De paz? – reagiu Payns com voz dura. – Eu acreditaria se consentisse em me dar uma garantia da sua boa-fé.

– Peça e eu lhe darei.

---

[25] Tenham piedade de mim.

– Vamos entrar nesta capela onde repousa o cadáver do meu filho. Eu o farei estender a mão direita em cima do seu coração e nos dirá o que queremos saber.

– Eu o seguirei...

Ao chegar diante do altar no qual estava deitada a criança que parecia dormir, Pascoal sentiu um mal-estar, mas se recuperou em seguida. Lívido, obedeceu à injunção de Payns e pôs a mão direita no coração de Maurin.

Hugues se encostou num pilar.

– Queremos que nos entregue o Guardião do Sangue – disse Payns –, esse matador que estraçalha as suas vítimas com golpes de machado.

Pouco depois, nós saímos da capela, e o papa ficou perto do seu veículo esperando que eu lhe trouxesse o remédio que devia curar o envenenamento. Havíamos feito um acordo sagrado.

Depois, eu parti, sozinho. Deixei Maurin no altar da capela. Pedi que o velassem na minha ausência.

Hélène e Constance achavam que eu havia ficado louco para abandonar o meu filho assim. E era como eu estava naquela manhã: louco! Louco de ódio e de vingança a saciar.

Eu havia escolhido de propósito uma túnica e uma capa brancas, pois sabia que as mancharia com o sangue do homem do machado.

*

* *

De volta ao palácio episcopal, o papa subiu imediatamente para os seus aposentos e dom Mestrany o seguiu, em silêncio.

Uma janela estava aberta. Pascoal suspirou, ao mesmo tempo adivinhando e temendo a presença do matador no seu quarto.

– Ele entrou no meu quarto como sempre faz. Parece um maldito gato usado em feitiçarias!

Mas o homem do machado não estava no quarto nem no gabinete.

– Olhe, Santo Padre!

Numa mesa, um punhal espetado segurava uma folha de velino. Pascoal se aproximou.

– Ele não me esperou. Veja, dom Mestrany... Ele mesmo copiou o último Sinal. E acrescentou uma frase... *Ad vitam aeternam*. Pela vida eterna... Cinismo é o que não falta a esse demônio!

Amassando raivosamente o bilhete, o papa fez uma bola com ele e jogou no fogo.

– Então desistiu? – dom Mestrany fez uma cara de espanto.

– Fiz um acordo com os champanheses. Eles não revelarão o Segredo de Jesus, desde que a Igreja os deixe em paz. Espero que os meus sucessores conservem essa aliança e não escutem os Guardiães do Sangue. O nosso mundo será mantido nesse frágil equilíbrio. Os homens têm necessidade de acreditar. Eles não aceitariam a terrível fatalidade da morte se não houvesse Deus. Se não houvesse mais esperança!

– O ensinamento do Cristo ressuscitado, a nossa fé nele, a nossa cultura, tudo isso é o que nos torna civilizados...

– Invejo a sua fé, dom Mestrany. Uma bela fé agarrada ao corpo, simples e evidente. Muito longe da minha, corrompida pelos cálculos, planos e política!

Enquanto falava, o papa tirou de debaixo da capa um pequeno frasco de vidro tapado com uma cortiça amarrada por um fino cordão.

– E esse frasco, Santo Padre?

Pascoal respondeu quase evasivamente, elevando o recipiente à altura dos lábios:

– Ah, isto? É o antídoto que o cavaleiro Payns me entregou. Devo estar curado em menos de uma semana.

– E o que lhe deu em troca?

Pascoal esboçou um leve sorriso.

– Eu entreguei aquele que lhe destruiu a vida. E dei a garantia de um futuro em que a Loja Primeira e a Igreja aprenderão a coabitar.

Enquanto eu cavalgava em direção à abadia de Hautvillers, onde sabia que encontraria o matador, voltei a pensar no papa que, depois de me contar o que eu queria saber e de ter prometido que a Igreja cessaria de atormentar os irmãos da Loja Primeira, havia chorado por muito tempo sobre o cadáver de Maurin, antes de se ajoelhar novamente e me beijar a mão direita. As suas lágrimas me escorreram por entre os dedos. E ele começou a rezar baixinho.

Era a Deus que ele pedia perdão. Será Deus quem o julgará.

A abadia ficava situada no centro do povoado, construída na encosta de uma colina que dominava o Marne.* Alguns vinhedos conseguiam ludibriar uma terra gredosa e se deparavam com bosques espessos e sombrios.

A chuva havia desgastado o solo, no qual escavara profundos sulcos. Ao longe, na bruma que pesava na depressão do vale, ecoavam latidos e alguns gritos de aves.

Payns desceu do cavalo e amarrou as rédeas numa argola presa a um grande muro de pedra. Depois, bateu à pesada porta de madeira escura.

Ele não precisou esperar muito para que um monge viesse abrir, revelando um rosto rachado como uma velha maçã madura demais.

– Sim, meu senhor?

O cavaleiro lhe enfiou um documento debaixo do nariz.

– Reconhece este selo? É do papa Pascoal. Leia a mensagem e obedeça às ordens.

– Na verdade, é muita honra para um modesto monge ler uma carta do papa!

O homem franziu os olhos e leu a mensagem, mexendo os lábios como um coelho.

– Sim, sim... Compreendi.

---

* Afluente do Sena, o Marne é o rio mais longo da França (514km). Banha a região Champagne-Ardenne. (N. T.)

A porta foi aberta. Afastando-se para deixar Payns entrar, o capuchinho acrescentou:

– Vai encontrá-lo na capela. Ele pegou a bagagem e se prepara para nos deixar. Ele nos disse que, antes, queria que o deixássemos rezar. E que se vá; para ser sincero, não nos fará falta! É uma pessoa bem pouco amável...

Payns já não o escutava. Sob o olhar de alguns monges que se interrogaram ao vê-lo atravessar o jardim com a espada em punho, ele avançou em largas passadas, quase correndo, com o corpo e o espírito tensos de tanto ódio.

A capa branca balançava em volta dele, ruidosa, pesada da chuva e da lama do caminho.

O homem do machado estava deitado na capela, com o rosto no chão, braços em cruz. As bagagens, assim como a sua arma, haviam sido deixadas ao pé de um grande crucifixo de madeira, não muito longe do altar.

– *Sanguis Domini nostri Jesu Christi custodiat animam meam in vitam aeternam. Amen.*[26]

Os seus lábios murmuravam na poeira fria do lajeado grosseiro, que a sua língua começou a lamber longamente, esfolando-se nas asperezas.

Essa carícia o aqueceu, e o gosto de sangue que apareceu na sua boca lhe despertou o prazer.

Com os olhos fechados, ele acentuou a força do beijo, aprazendo-se ao se ouvir suspirar enquanto uma ponta de gozo lhe invadia o baixo ventre.

– *Praesta meae menti de te vivere, et te illi semper dulce sapere.*[27]

Como ele gostava daquela pedra que as solas dos monges haviam curtido! Daquela pedra contra a qual se apertava melhor do que o faria contra o corpo de uma mulher. Uma mulher...

---

[26] Que o sangue de Nosso Senhor Jesus Cristo guarde a minha alma pela vida eterna. Amém.

[27] Fazei com que o meu coração viva de vós e que, sempre em vós, encontre as suas delícias.

– *Me immundum munda tuo Sanguine: cujus una stilla salvum facere totum mundum quit ab amni scelere.*[28]

Que mulher poderia lhe proporcionar tanta voluptuosidade? As poucas que havia estreitado nos braços só deixaram lembranças de cinza e humilhação.

O seu sexo, capaz de ficar ereto ao ouvir uma oração ou um canto intenso, aos golpes de chicote, à mordedura do frio e ao jejum, mostrou-se lastimável em presença de uma carne morna à espera.

Ele ainda ouvia aquelas prostitutas coradas. Ouvia-as zombar da adaga constrangedora que pendia entre as suas pernas!

Então, batia nelas. Reprimia as chacotas apertando-lhes a garganta branca. Enchia-as de pancadas, quando não as matava. Quando não as estripava.

Lembrava-se de uma delas, cuja grande beleza o havia impedido de esperar a menor manifestação de virilidade. Ele havia chorado diante da própria impotência, e as lágrimas haviam duplicado o desdém da moça, cujos seios nus se agitavam com intermináveis gargalhadas.

Ele lhe havia aberto o ventre com uma machadada e assistira à sua morte lenta, as tripas palpitantes se espalhando sobre as coxas ensanguentadas.

Os grandes olhos azuis da mulher, inicialmente aterrorizados, lentamente se afogaram numa aceitação da sua sorte. E foi esse olhar o que ele apreciou. Esse mergulho na sua alma que docemente se afastava, qual um vento de verão ao fim de um dia muito quente.

A vida abandonava a mulher imolada, sentada na terra batida da sua residência.

Então, ele havia gozado.

Deus, por que, naquele momento, a sua memória se lembrava de todas aquelas imagens?

---

[28] Que o vosso sangue, do qual uma única gota pode apagar os pecados do mundo, lave as manchas da minha alma.

Por que a porta da capela se abria com tanta violência para deixar entrar um vulto alto, magro e branco que a luz, nas suas costas, transformava em anjo por alguns instantes?

Ele se ergueu, ajoelhou-se e franziu os olhos.

– Payns? Então o papa me traiu!

Ele se levantou, recuou. Precisava pegar o machado.

Payns avançou.

– De fato, o papa o entregou. Foi o que ele fez de melhor na vida! Ele percebeu todo o horror da aliança com os Guardiães do Sangue... Com um monstro como você.

– Você veio me matar! E tomar de mim os Santos Sinais. Chegou tarde demais, eu os entreguei a um dos meus homens que já está a caminho de Roma.

Em seguida, pegando o cabo do machado, disse:

– Decididamente, você não tem nenhuma chance neste caso, cavaleiro. Que pena! Pensarei e rezarei por você quando o houver matado.

Payns avançou mais. A ponta da sua espada arranhou o chão, emitindo um rosnado ácido.

– Fiz uma promessa ao meu filho: a de transpassar o seu peito com a minha espada e de encharcar as minhas roupas com o seu sangue. A alma dele só ficará em paz quando você deixar esta Terra.

– Infeliz criança que nunca se sentirá aliviada...

Ele se atirou em cima do cavaleiro, com o machado rodando sobre a cabeça. Num segundo, o seu rosto havia passado da inocência para a crueldade, deformando-lhe os lábios sensuais numa careta obscena, abrasando-lhe os olhos pálidos com uma chama malévola.

Payns antecipou o ataque e preparou a esquiva. Dobrou-se agilmente, evitando a pesada lâmina, que caiu sobre o altar, quebrando o tabernáculo, cujas marchetarias e dourados voaram em pedaços.

A espada do champanhês surgiu para atingir o matador na cintura, mas este se esquivou do ataque com um passo lateral rápido e flexível.

Um tempo. Os dois homens se desafiaram com o olhar. O suor começou a escorrer pela testa do assassino.

– Em quem está pensando, Payns? – ironizou ele. – Nos seus irmãos, no seu filho? Ou na sua mulher e na sua filha? Por quem sente mais dor?

Payns era um espadachim muito experiente para se deixar desestabilizar por essas cutucadas. A voz de mel não conseguiu atingir o objetivo. Ela não atiçou a sua raiva.

Era de ódio, unicamente de ódio, que o cavaleiro devia se alimentar para massacrar o adversário.

O homem do machado compreendeu que os seus sarcasmos não surtiam efeito. Precipitou-se para um novo ataque ainda mais violento, mais brutal. Gritando.

Payns se curvou, o machado passou bem em cima da sua cabeça; ele sentiu lhe roçar os cabelos. Então, quando o matador se preparava para atacar de novo, a espada do cavaleiro o atingiu no ombro esquerdo sem que ele a visse surgir.

– Só um pouco de sangue – observou ele, dando uma olhada no ferimento.

– Isso é só o começo – disse Payns. – Eu vim buscar todo o seu sangue. Vou sangrá-lo como um porco. Esvaziá-lo!

A voz do champanhês estava mudada. O homem do machado deu um passo atrás como se ele o houvesse atingido. A voz...

– Sairei daqui com a serena satisfação do dever cumprido – prosseguiu Payns, cujas entonações guturais pareciam revestidas de surdas ressonâncias.

"Mas essa é realmente a voz dele?", perguntou-se o matador, que não conseguia controlar o medo, com os músculos das coxas se entorpecendo, as mãos ficando pesadas.

"Ele está me paralisando com a sua voz! Está me envenenando o espírito! O que está dizendo agora? Eu o ouço, porém não o compreendo mais. Em que língua ele está falando?"

Os lábios de Payns articulavam sílabas graves que se sucediam em ecos intermináveis.

O homem do machado tentou se controlar, aspirou uma longa e farta golfada de ar, crispou os dedos no cabo do machado, toda a sua vontade obrigando os seus sentidos a se desligarem do engodo tecido à sua volta por aquele champanhês feiticeiro...

No entanto, aquela voz..

– Meu Deus... Não é uma voz! Não são duas! Meu Deus!

Um terror medonho, pegajoso, espalhou-se pelas suas veias e tomou conta do seu coração.

– Quantas?

O matador havia acabado de compreender por que não entendia o que Payns salmodiava. Agora ele sabia a razão das diversas entonações das suas litanias...

Os mortos falavam pela boca dele! Os seus mortos se expressavam por aquela boca!

Arcis de Brienne, Basile le Harnais, Geoffroy de Saint-Omer, Typhaine, Émeline, Maurin... Eles o acompanhavam e o apoiavam na missão de vingança.

"Então, o que diziam do cavaleiro é verdade! Um bruxo e um necromante... Meu Deus! O descendente do Cristo!"

O homem do machado sentiu a lâmina da espada lhe entrar no flanco direito, ouviu-a quebrar os ossos, rasgar as carnes, ser retirada e mergulhar de novo no seu peito, depois na sua garganta, que borbulhou em seguida.

– Em nome dos meus irmãos! – disse Payns com a sua própria voz de volta. – Em nome da minha família! Em nome do verdadeiro Cristo!

O jovem matador estava pregado no crucifixo. O aço o havia atravessado de um lado ao outro. Ele era só ferimentos e sangue.

Um assobio. Um choque no seu punho direito. A sua mão cortada se soltou e lhe caiu entre os pés. O machado bateu no chão.

O corpo mutilado cuspia todo o sangue como uma gárgula. A dor não conseguia submergir a sua perplexidade. Atordoado, ele deslizou ao longo do crucifixo. Fantoche quebrado, estropiado, destruído, ele se tornou pesado, grotesco. E continuou a cair, com as costas sendo arranhadas pelas lascas da cruz. Uma queda sem fim durante a qual uma terrível angústia o atingiu, como as garras de uma ave de rapina, jogando-o num abismo onde ressoavam as vozes das suas vítimas.

E ele continuava a cair...

Gritos, uivos, maldições,

Ainda um sobressalto. Um gesto ridículo do seu braço seccionado, que urinava sangue na direção do machado. Um reflexo. O último de um guerreiro vencido.

Payns ficou em cima dele, olhou-o por um longo momento, vendo-o soluçar e vomitar uma bile vermelha, antes de lhe transpassar o coração com um gesto rápido, pronunciando:

– Em nome da Verdade!

O farrapo sanguinolento caiu sobre si mesmo, feto gigante retornando ao inferno que o havia parido.

O cavaleiro pôs um joelho no chão e, com o indicador molhado no sangue da sua vítima, traçou-lhe um triângulo na testa.

– Finalmente, em meu nome! Agora você que é marcado na testa... com o símbolo da Loja Primeira!

Em seguida, com as mãos inteiramente empapadas de sangue, Payns desenhou uma primeira cruz no seu próprio peito, uma segunda e uma terceira em cada um dos seus ombros.

Ele se ergueu, exausto e satisfeito, com o espírito finalmente livre da bola de ódio que o intumescia.

"Doravante, os irmãos da Loja Primeira usarão essas cruzes nas suas túnicas brancas como lembrança dos seus três irmãos sacrificados: Arcis de Brienne, Basile le Harnais e Geoffroy de Saint-Omer. E em memória da minha luta vitoriosa contra o fanatismo!"

Quanto a Typhaine, Émeline e Maurin, eles ficariam no seu coração.

Eternamente...

12.

O futuro

No fim da tarde, enterramos Maurin no cemitério da minha propriedade, ao lado da mãe e da irmã, a alguns passos do túmulo provisório de Jesus.

Éramos apenas cinco: Eliphas, Schelomet, Ferrer, Hugues e eu, vestidos com as túnicas brancas nas quais havíamos traçado as cruzes vermelhas nos ombros e no peito.

Émeric havia saído mais cedo para a floresta do Oriente para que a obra ficasse sob a vigilância de um irmão da Loja Primeira.

Formamos a Loja para celebrar a cerimônia e pronunciei a frase ritual:

– Já que está na hora e que temos a idade, vamos abrir os nossos trabalhos...

Não pude continuar, tão grande era a minha dor. Hugues oficiou no meu lugar, e nós nos mantivemos em círculo em torno do cadáver de Maurin, com as nossas mãos unidas.

A chuva tinha cessado havia muito tempo e um fim de dia ensolarado havia despertado suaves exalações de relva e de terra: um cheiro bom e adocicado que a noite próxima picotava de frescor.

O perfume da minha propriedade...

O verão chegaria. Émeric iria se incumbir dos trabalhos nos campos com os empregados temporários que eu contratava habitualmente. Eu pediria a uma mulher do povoado que viesse preparar as refeições do meu pessoal...

Eu sabia que sentiria uma falta dolorida da minha família, que cada gesto que eu fizesse me lembraria dela. Esses gestos do cotidiano que eu desenharia no espaço vazio da minha solidão.

Maurin não correria mais atrás das galinhas para divertir Émeline. Typhaine não me acompanharia mais ao vinhedo de Grouin nas vindimas. A minha filhinha não me interrogaria mais sobre tudo, sempre curiosa, sempre insatisfeita com as minhas respostas.

Hugues falava; eu não o escutava. Ouvia os diversos ruídos da noite. Baixíssimos em sua maioria. Persistentes como os dos gafanhotos, monocórdios e cansados como os dos sapos do charco cheio de lodo que se estendia atrás das estrebarias. Depois, os breves pios de uma coruja grão-duque que vi, algumas vezes, empoleirada num galho baixo da velha macieira. Alguns latidos dos meus cachorros, os últimos cacarejos das galinhas, os grunhidos lassos dos porcos...

Eu deixava embalar a minha dor por essa música desordenada. Mas emergi do meu melancólico devaneio quando Hugues me disse que estava na hora de colocar o cadáver de Maurin no túmulo.

Fiz isso com a ajuda de Ferrer.

Em seguida, Schelomet pegou uma pá e começou a encher o buraco.

Quando o meu amigo terminou, coube a Eliphas recitar:

– Por I.N.R.I.. Igne Natura Renovatur Integra.

Voltei a pensar no licor escuro que repousava num vaso do laboratório de Troyes. O sangue do Cristo! Lamentei que ainda não houvesse atingido a sublimação...

Ele teria agido se eu o introduzisse no organismo de Maurin! Pois Schelomet me havia explicado qual o procedimento para infiltrá-lo nas veias. Uma cânula, um tubo... O licor teria invadido todo o sistema sanguíneo do meu filho para lhe devolver a vida.

– Vamos ficar com você – disse-me Hugues.

– A presença de vocês será, efetivamente, um terno conforto – respondi agradecido.

Passamos toda a noite acordados, relembrando os nossos mortos. Bebemos muito e, sem dúvida, foi por causa do estado de embriaguez em que eu me encontrava ao alvorecer que tomei a mais impensada das decisões.

O futuro... Eu me projetei no futuro, prometendo aos quatro irmãos que a Loja Primeira jamais se apagaria da face da Terra, prevendo que ela teria uma vida eterna.

*Na verdade, como eu poderia desconfiar de que, a meu pedido, um concílio seria realizado em Troyes dezessete anos depois? E que, nessa ocasião, o papa Honório II reconheceria oficialmente a ordem do Templo, da qual eu seria o primeiro grão-mestre...?**

Tempos depois!

Que eu me tornaria essa figura lendária, iniciadora de uma das mais prodigiosas epopeias humanas...

*

* *

O papa havia partido. Junho terminava com uma clara luz de verão. Não chovia desde maio, e a terra começava a rachar em volta do pântano da floresta do Oriente.

Eliphas mandara derrubar a paliçada que cercava a ilha; ele mandara escavar o poço que levava ao hipogeu onde íamos inumar os restos de Jesus, o irmão Primeiro.

Havíamos dispensado todos os operários; o conde havia encarregado um punhado de homens de sua confiança de vigiar o local. Assim, estávamos tranquilos com as patrulhas percorrendo os diques e vigiando o entorno da obra.

O papa não ignorava que Jesus repousaria nessa floresta, mas havia jurado que não tentaria nada para encontrar o seu Túmulo. E eu acreditei nele. Ele não mandaria fazer escavações, mas eu temia que os Guardiães do Sangue se emancipassem da tutela da Igreja e quisessem continuar o seu combate...

Havíamos escolhido a data de vinte e quatro de junho para sepultar o Cristo: o dia da festa de são João Batista, que batizou Jesus depois de anunciar a chegada dele às pessoas próximas.

---

* A maior autoridade que preside a Grande Loja e que constitui o seu poder executivo. (N. T.)

À noite, um cortejo formado por Émeric, Hugues, Eliphas, Ferrer, Schelomet e por mim seguiu por um estreito caminho sinuoso através da floresta. Havíamos posto o corpo do Cristo numa charrete coberta.

Eliphas havia realizado uma proeza; mandara fazer, em muito pouco tempo, a escada helicoidal – cujas plantas foram concebidas em parte por Arcis –, permitindo que se chegasse ao nicho funerário no qual descemos o irmão Primeiro; nós o deitamos num caixão de pedra que, uma vez fechado por uma grossa lápide, ficaria totalmente hermético.

Ficamos muito tempo diante do Túmulo, meditando na aventura que, ali, chegava ao fim.

Como eu sentia falta da presença de Maurin ao meu lado!

Formamos a Cadeia de União e eu pronunciei:

– Quod est inferius est sicum quod est superius...[29]

Hugues acrescentou:

– Quod est superius est sicut quod est inferius ad perpetranda miracula rei unius.[30]

Duas frases do ritual da Loja Primeira...

Antes de selar o caixão de pedra, pus sobre o peito do Cristo o seu testamento, protegido por um saco de couro.

Émeric disse:

– Quem poderá descobrir este túmulo quando tivermos imergido esta parte da floresta?

– Os Guardiães do Sangue não se darão por vencidos – observei. – Devemos temer que eles o procurem incansavelmente.

Eliphas nos tranquilizou:

– Os que violarem este lugar ficarão presos na armadilha que preparei. Um mecanismo foi concebido para que a abóbada da cripta se feche pouco depois da sua

---

[29] O que está embaixo é como o que está no alto.

[30] O que está no alto é como o que está embaixo para realizar os milagres de uma única coisa.

abertura. Além disso, para conseguir entrar neste lugar, o visitante terá de usar a Argola...

Eliphas nos explicou que havia concebido um dispositivo que poria em funcionamento assim que deixássemos a cripta, depois de haver condenado o acesso a ela.

Tratava-se de um sistema de engrenagens muito preciso que só o peso da Argola poderia acionar. Bastava colocá-la numa abertura circular de diâmetro idêntico. A Argola seria recebida por uma plataforma de bronze que reagiria sob o seu peso – e apenas sob o seu peso. A plataforma se abaixaria até a trava de uma roda que engrenaria o engenhoso maquinário criado por Eliphas.

– Resta-nos uma última tarefa a cumprir – disse eu.

Subimos à superfície e arrastei Ferrer e Schelomet até os diques depois de nos munirmos de umas maças. Tomamos posição diante de uma comporta.

Os outros irmãos voltaram para a margem.

– Teremos muito pouco tempo para nos pormos a salvo depois de abrirmos as eclusas – disse a Ferrer e a Schelomet. – Estão prontos?

– Dê o sinal, Payns.

Tínhamos entre nós um espaço de trinta passos grandes.

– Vamos! – proferi.

E bati com toda a força sobre a cavilha que mantinha a eclusa fechada. A peça de madeira saltou; a pequena comporta se abriu violentamente.

Os meus companheiros fizeram a mesma coisa. A água contida nos lagos que serviam de reservatórios começou a escorrer imediatamente em grandes fluxos na bacia onde havíamos cavado o poço.

Ferrer, Schelomet e eu corremos para ir ao encontro dos nossos amigos na margem. Em pouco tempo, os diques seriam cobertos.

A água dos pântanos, por longo tempo contida pelas estacadas, invadiu a obra, enfiou-se no Túmulo, mergulhou no poço...

Não demorou muito e havia somente um grande lago espalhado; na sua superfície cintilavam os últimos raios de sol que, em silêncio, ficamos olhando desaparecer.

Tive a visão de Jesus repousando doravante no seu sepulcro ao lado do nosso irmão Geoffroy, protegido pela água da floresta do Oriente. Jesus entre a vida e a morte, nesse estado milagroso que preservava um pouco da sua carne e da sua consciência. Da sua alma.

Será que ele dormia? Estaria vivo?
Eu só sabia que ele esperava...

*
* *

Isso ocorreu há muito tempo. Há tanto tempo que não tenho certeza de me lembrar com precisão dos acontecimentos. Às vezes acontece de eu confundir alguns fatos ou de não mais saber situá-los em ordem cronológica.

Por isso, adquiri o hábito de escrever um diário. É verdade que jamais o publicarei, pois estou consciente de que me tomariam por um impostor ou por um demente.

Continuo a morar na minha propriedade, perto de Troyes. A minha casa não se parece em nada com a original. Mas conservei o pequeno cemitério e a capela, e vou diariamente ao túmulo de Typhaine, Émeline e Maurin.

Os meus passeios me levam constantemente à floresta do Oriente, da qual não sou mais proprietário; passo horas diante do pequeno lago onde, no verão, as crianças vão se banhar. Gosto de ouvi-las e de olhá-las, pois me lembram a minha filha e o meu filho. Será que se espantam com a minha presença triste e silenciosa? Interrogam-se a respeito do homem sombrio que gosta de vê-las brincar?

Depois que vão embora, fico muito tempo na margem do lago, tentando rememorar as imagens das obras... Gosto quando a noite me entorpece com o seu frescor, apaziguando a minha dor.

A floresta passou a ser a minha tebaida; conheço o menor dos seus ruídos, o sopro mais ínfimo. Ela está em mim, qual uma segunda alma, mergulhando a sua grande quantidade de raízes na minha carne.

O meu sangue a nutre. Os meus sonhos a animam. Ela fala comigo.

Vozes do vento, das folhagens, do marulho e dos estalos. Vozes dos mortos que a assombram e que sou o único a perceber.

Perdi o sono. As minhas noites se tornaram longas derrelições nas quais a minha razão se perde.

Ferrer, Schelomet, Eliphas, Hugues e eu trocamos de nome. Hoje em dia me chamo Henri Payens. Sou historiador e escritor. Depois de exercer várias profissões! Antes de exercer muitas outras...

O meu fiel Émeric não existe mais. Ele recusou o pacto que lhe propusemos; preferiu viver de acordo com a natureza. E morrer.

Portanto, somos apenas cinco.

Hugues sacrificou o seu amor e enterrou Constance com uma dor que nunca mais vi em homem nenhum. Uma dor inumana.

Dona Hélène morreu aos setenta e sete anos, e nós choramos por ela por muito tempo antes que ela tomasse docemente o seu lugar entre todos os fantasmas da nossa memória

Devo confessar que me esqueci do som da sua voz, da forma do seu rosto, do brilho dos seus olhos... Sendo que, depois de alguns anos de viuvez, eu me apaixonei por ela!

A nossa vida se parece com um longo outono. Uma eterna espera. Pois nos tornamos esses cinco homens sem idade que uma indolente paciência amadureceu.

Assistimos como testemunhas imóveis aos sobressaltos deste mundo desordenado em que irmão não cessa de brigar com irmão. Cansados de sonhar por muito tempo com o amor e a fraternidade, a desilusão passou a ser a nossa última companheira. Essa amante seca e estéril embrulhou o nosso coração num envoltório.

Nunca mais choramos.
Somos apenas cinco.
Cinco vigias. Os últimos cinco Templários, guardiães do Túmulo de Jesus.
E nas nossas veias corre um sangue eterno. O "Sangue do Cristo".

HENRI PAYENS, 20 DE DEZEMBRO DE 2007

Justificativas

Alguns fatos históricos foram propositadamente truncados ou interpretados livremente em benefício da trama do romance.

Alguns personagens, que existiram, viram o seu destino transformado para desempenhar os papéis impostos pelo autor.

Existem duas histórias: a história oficial, mentirosa, e a história secreta, onde estão as verdadeiras causas dos acontecimentos... (Honoré de Balzac)

D. C.

Impresso no Brasil pelo
Sistema Cameron da Divisão Gráfica da
DISTRIBUIDORA RECORD DE SERVIÇOS DE IMPRENSA S.A.
Rua Argentina 171 – Rio de Janeiro, RJ – 20921-380 – Tel.: 2585-2000